소세키漱石 문학과 춘원春園 문학에서의 가족관계

吳 敬

제이앤씨
Publishing Company

머리말

학부와 석사과정에서 한국현대문학을 전공한 저자가 나쓰메 소세키夏目漱石(1867~1916)를 만난 것은 1979년, 일본으로 유학을 가고 나서의 일이니 벌써 30년도 훨씬 전의 일이다. 결코 짧지 않은 세월동안 소세키를 공부하고 작품을 읽으며 논문을 쓰고 교단에서 강의하며 지내온 저자에게는 그와의 만남이 내 삶의 중요한 한 부분을 차지하고 있었음을 부정할 수가 없다. 이제 머지않아 교단을 떠나야 하는 저자는 그와의 만남을 어떤 형태로든 정리해야만 할 것 같아 『소세키漱石문학과 춘원春園문학에서의 가족관계』라는 제명題名으로 본서를 출간하게 되었다.

일본의 '국민작가'로 불리고 있는 소세키의 인기는 여전히 변함이 없고, 그의 문학에 대한 연구 또한 일본에서뿐만 아니라 외국에서까지 활발하게 이루어지고 있음은 모두 잘 아는 사실이다. 그런 만큼 새롭게 제시되는 연구 성과와 함께 그동안 연구된 소세키적漱石的인 주제는 일일이 다 열거하기도 어려울 만큼 다양하고 그 수도 방대하다. 그러나 인간의 본질이 무엇이고 근대인의 삶의 방식이 어떠해야 하는가라는 물음을 통하여 인간존재의 실상實相에 다가가려 했던 소세키의 핵심적인 주제의 하나는 다름 아닌 근대인의 자아自我에 관한 문제라고 하겠다. 소세키는 자아를 추구하는 근대인의 삶의 모습을 통하여 인간의 본질을 탐구한 작가라고 말할 수 있기 때문이다.

소세키문학에서 이 근대인의 자아, 자기본위自己本位의 추구는, 주로 가정을 무대로 하여 가족과의 일상생활 속에서 고뇌하는 주인공의 삶을 통해서 나타나고 있다. 따라서 소세키의 작품에 묘사되어 있는 가족관계는 그의 문학을 이해하기 위한 좋은 단서가 될 수 있다.

저자는 이 점에 착안하여, 가족관계를 코드로 하여 소세키의 주요 작품을 검토한 박사학위논문과 그 후에 집필된 논문들을 모아 『가족관계로 읽는 소세키漱石문학』(보고사, 2003)을 출간한 바 있다. 이 책에서는 기존의 작품 해석이 남성男性 위주의 시각만 부각된 데에 대한 반조정反措定으로서 여성주의女性主義 즉 페미니즘의 시각으로, 부부관계가 치밀하게 그려진 『문門』, 『행인行人』, 『마음こゝろ』, 『노방초道草』, 『명암明暗』을 집중적으로 재조명함과 동시에 부모자식관계, 형제관계, 친족관계도 소세키의 원체험原體驗과 당시의 '이에제도家制度'와 결부시켜 검토하였다. 이들을 통해 가부장제 가족의 실상을 밝힘으로써 소세키문학에서의 가족의 의미를 찾아보려고 했던 것이다.

이 책 이후의 연구물들인 본서는, 제1부 「소세키漱石문학의 가족관계」, 제2부 「춘원春園과 소세키漱石문학의 가족관계」로 구성하였다. 제1부에서는 기간旣刊의 저서에서 취급되지 않았던 작품, 취급했어도 충분한 고찰이 이루어지지 못했던 작품인 『나는 고양이로소이다吾輩は猫である』, 『그 후それから』, 『행인行人』의 가족관계, 소세키문학에서의 아이子供의 의미를 다루었다. 제2부에서는 연구의 외연外延을 확대시켜서 한국의 대표적인 작가로서 소세키의 영향을 많이 받은 것으로 알려진 춘원春園 이광수李光洙(1892~1950)작품에서의 가족관계를 소세키문학에서의 가족관계와 비교하여 고찰하였다. 좀 더 부연敷衍하면, 이광수가 동경 유학시절, 소세키의 소설을 애독하여 그 영향을 많이 받은 것으로 알려진 『무정無情』과 소세키의 『우미인초虞美人草』, 『재생再生』과 『그 후それから』의 가족관계를 가족구성원(부모자식 · 부부 · 형제)별로 나누어 그 관계 양상을 파악하고, 그것이 어디에서 기인하였고 그 기능이 무엇인지를 작품의 배경인 시대

상황과 작가의도를 중심으로 규명하였다.

한국과 일본의 근현대문학을 공부한 저자의 작고 부끄러운 연구결과물인 본서가 춘원과 소세키의 작품세계의 이해는 물론, 한일 양국의 근현대문학에 대한 폭넓은 이해와 함께 연구방법의 다양화에 조금이나마 자극이 될 수 있기를 감히 기대해본다.

2014년 2월

吳 敬

차례

제2부 춘원春園과 소세키漱石문학의 가족관계

소세키漱石문학과 츠윈春園문학에서의 가족관계

제1부 ●●●

소세키漱石문학의

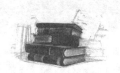

소세키漱石문학과
춘원春園문학에서의 가족관계

제1장

『나는 고양이로소이다吾輩は猫である』

잘 알려진 대로 소세키의 문명文名을 떨치게 한 『나는 고양이로소이다吾輩は猫である』[1]는 고양이가 인간을 관찰한다고 하는, 지금까지 보지 못한 새로운 스타일로 인간군상과 인간사人間事를 해석하고 풍자, 비평하여 큰 반향을 불러일으킨 작품이다. 따라서 이 작품에 대한 연구는 주로 유머와 해학, 풍자, 또는 사회와 문명비판 등에 초점이 맞추어져 행하여졌다.[2] 그러나 이러한 연구와는 다른 다양한 시각에서의 연구가 요구되고 또 가능한 것은, 소세키의 처녀작이면서 출세작인 이 작품에서 그의 문학적 특징의 한 원형原型을 찾아볼 수 있기 때문일 것이다.

『나는 고양이로소이다』는 화자話者인 〈내吾輩〉가 중학교 영어교사의 집에 얹혀살면서 주인 가족은 물론, 그 곳에 자주 드나드는 "태평의 일

1 『吾輩は猫である』; 1905년 1월부터 1906년 8월까지 잡지 『호토토기스(ホトトギス)』에 10회에 걸쳐 단속연재(斷續連載)한 장편소설. 작가는 처음부터 장편소설로 집필한 것이 아니라 제1회는 독립된 단편(短篇)이었는데 의외로 호평을 받아 속편으로 제2회를 쓰고 제3회부터는 소설로서의 구상을 세우면서 써나갔다. 초판은 상편이 1905년 10월, 중편이 1906년 11월, 하편이 1907년 5월에 大倉書店과 服部書店의 협력으로 간행되었다.

2 예를 들면 無署名, 「明治三十八年史」(『新潮』, 1906). 江藤淳, 「『猫』は何故面白いか?」(『三田文学』, 1955. 12). 梅原猛, 「日本人の笑い－『吾輩は猫である』をめぐって－」(『文学』, 1959. 1). 越智治雄, 「猫の笑い, 猫の狂気」(『解釈と鑑賞』, 1970. 9). 秋山公男, 「『吾輩は猫である』－笑いの性格－」(『立命館文学』508号, 1988. 10). 藤尾健剛, 「『吾輩は猫である』－知識人の抵抗とその限界－」(『大東文化大学紀要』(人文科学)39号, 2001. 3) 등.

민太平の逸民"[3]들을 비롯한 인간들의 언행을 관찰하며 비평, 풍자하는 식으로 스토리가 전개되기 때문에, 주인 진노 구샤미珍野苦沙弥를 위시하여 ‹나›에게 자주 목격되는 미학자 메이테이迷亭, 이학사 미즈시마 간게쓰水島寒月, 시인 오치 도후越智東風, 철학자 야기 도쿠센八木独仙 등이 작품의 중심인물이 된다고 하겠다.

이들은 세상을 달관한 척 살아가지만 세상살이에는 요령부득인 지식인들로, 주로 구샤미 집에 모여서 예를 들면, 가네다 하나코金田鼻子부인과 그 일가를 상대로 대립하며 그들을 매도한다든지, 여러 가지 세상사에 대한 자신들의 의견을 피력하는 일 등에 열중한다. 즉, 그들의 관심사는 자신들이 현실생활에 집착하지 않는 삶을 영위하는 자유로운 지식인이라고 자위하는 하는 일 같은 것이므로, 등장인물들의 가족에 관한 일은 그다지 화제가 되지 않는다. 다만, 이 작품의 화자가 살고 있는 곳과 중심인물들이 모여서 대화하는 장소가 구샤미의 집이기 때문에 그의 가족의 모습이 가끔 ‹나›의 눈에 띄어 화제가 되지만, 이는 작품의 주된 내용이 아니므로 지금까지의 『나는 고양이로소이다』론에서는 별로 다루어지지 않았다.

그러나 소세키문학의 가족관계의 특징을 이해하기 위해서 『나는 고양이로소이다』의 가족관계에 대한 고찰은 간과할 수 없는 일이라고 생각한다. 소세키문학의 가족관계의 원형이라고 할 수 있는 것이 그 속에

3 태평의 일민(太平の逸民); 사전적 의미로는 "학문과 덕행이 있으면서도 세상에 나서지 않고 파묻히어 지내는 사람"(이희승 편, 『국어대사전』, 민중서관, 1961, p.2363)인데, 텍스트에서는 이들을 "수세미외처럼 바람에 불려도 초연한 척 하지만, 실은 역시 세속적이며 욕심도 있다. 경쟁심, 남을 이기려는 마음은 그들의 평상시 대화 중에도 언뜻언뜻 내비쳐 여차하면 그들이 평소 매도하고 있는 속물들과 한통속이 되는(糸瓜の如く風に吹かれて超然と澄し切るつて居るものゝ、其実は矢張り婆婆気もあり欲気もある。競争の念、勝とう〳〵の心は彼等が日常の談話中にもちら〳〵とほのめいて、一歩進めば彼等が平常罵倒して居る俗骨共と一つ穴の動物になる" 『吾輩は猫である』二) 사람들이라고 묘사하고 있다.

내재內在되어 있기 때문이다.

이에 본서에서는 진노가珍野家의 가족 구성원간의 관계를 상세히 분석하여 그 특징을 추출하고, 그 후의 작품들에서 형상화된 가족관계의 특징과도 연관시켜 살펴봄으로써 소세키문학의 가족관계의 원형이 어떠한 것인지를 확인하고자 한다.

I 진노 구샤미珍苦野沙弥의 부부관계

구샤미의 부부관계는 그것이 『나는 고양이로소이다』에서 최초로 묘사된 다음과 같은 장면, 즉 떡국을 과식한 구샤미에게 소화제를 먹으라고 권하는 아내와의 대화에서부터 그 양상이 잘 나타나고 있다.

> 안주인이 벽장 속에서 다카디아스타제를 꺼내 식탁 위에 놓자, 주인은 "그건 듣지 않아서 안 먹어."라고 말한다.
>
> "하지만 여보, 탄수화물 음식에는 아주 효능이 있는 거 같으니까 드시는 게 좋을 거예요."라며 먹이고 싶어 한다.
>
> "탄수화물이든 뭐든 안 듣는다니까."라고 완고하게 나온다.
>
> "당신은 정말 싫증을 잘 내요."라고 안주인이 혼잣말처럼 말한다.
>
> "싫증을 잘 내는 게 아니고 약이 듣지 않는 거지."
>
> "그렇지만 요전에는 대단히 잘 듣는다며 매일같이 드시지 않았어요?"
>
> "그 동안에는 들었지. 요즘은 듣지 않는다니까."라고 대구対句[4]와 같은 대답을 한다.
>
> "그렇게 먹다 말다 하면 아무리 효능이 있는 약이라도 들을 리가 없죠. 좀 더 참을성이 없고선 위장병 같은 것은 다른 병과 달라서 낫지 않는다

4 대구(対句); 뜻이 상반되는 두 글귀를 늘어놓아 표현한 글귀.

고요."라며 쟁반을 들고 서 있는 하녀를 돌아다본다.

"그건 옳은 말씀이에요. 좀 더 드셔보지 않고선 아주 좋은 약인지 나쁜 약인지 알 수 없을 거예요."라며 하녀는 덮어놓고 안주인 편을 든다.

"어쨌든 좋아. 안 먹는다면 안 먹어. 여자 따위가 뭘 안다고 그래. 잠자코 있어."

"그래요. 어차피 난 여자예요."라며 안주인이 다카디아스타제를 주인에게 들이대고 기어코 먹이려고 한다.

주인은 아무 말 않고 일어나서 서재로 들어간다.

(『나는 고양이로소이다』二)[5]

이 인용문에서 알 수 있듯이 논리성 내지 설득력이 거의 없는 구샤미의 주장은 아내에게 받아들여지지 않고, 아내는 아내대로 남편에게 자신의 뜻을 관철시키려 하기 때문에 부부관계는 화목한 모습을 보이지 못한다. 즉 두 사람의 주장이 팽팽한 가운데 하녀까지 끼어들어 아내의 편을 들자, 화가 난 구샤미는 '여자 따위가 뭘 안다고 그래. 잠자코 있어.'라고 두 사람을 멸시하는 말을 던지고 자리를 뜸으로써 부부의 대화는 단절되어버린다.

이러한 여성멸시의 예는 다음과 같은 언설에서도 찾아볼 수 있다.

"따분하시죠?. 곧 돌아올 거예요." 하고 차를 새로 따라서 메이테이 앞에 내민다.

"어디 갔나요?"

"어딜 가면 간다고 알리고 간 적이 없는 남자니까 알 수는 없지만, 아마 의사선생에게라도 갔겠죠."

(중략)

5 夏目漱石, 『漱石全集』第1・2巻, 岩波書店, 1956. 본서에 인용한 모든 소세키 작품은 저자가 번역한 것으로 인용문 끝의 한자(漢字) 숫자는 장(章)을 나타내고 밑줄은 저자에 의한 것으로 이하 모두 같음.

"요즘은 어떤가요? 조금은 위 상태가 좋아졌나요?"

"좋은지 나쁜지 통 알 수가 없어요. 아무리 아마키甘木 선생에게 진찰받아봐야 그렇게 잼만 먹어대니 위장병이 나을 리가 없지요." 하고 안주인은 조금 전의 불평을 메이테이에게 넌지시 토로한다.

"그렇게 잼을 먹나요? 마치 어린애 같군요."

"잼만이 아니에요. 요즘은 위장약이라면서 무즙을 마구 먹어대니……."

"놀랍군." 하고 메이테이는 감탄한다.

"무즙에 디아스타제가 있다는 얘기를 신문에서 읽고 나서 부터예요."

"옳거니, 그걸로 잼으로 입은 손해를 보상하려는 속셈이로군. 잘도 생각했네, 하하하하."

메이테이는 안주인의 호소를 듣고 매우 유쾌한 기색이다.

"얼마 전에는 갓난아이에게까지 먹였지 뭐예요……."

"잼을 말입니까?"

"아뇨, 무즙을……."

(중략)

"다른 도락은 없지만, 무턱대고 읽지도 않는 책만 사들여서요. 그것도 사정을 봐가며 적당히 사들이면 괜찮겠지만, 마음대로 마루젠丸善[6]에 가서 몇 권이고 들고 와서 월말이 되면 모르는 체 하는걸요. 지난 연말에는 다 달의 책값이 쌓여서 아주 곤란했어요."

(중략)

"그럼 이유를 말하고 책값을 삭감시키세요."

"아니, 그런 말을 해도 좀처럼 들어야지요. 요전에도 당신은 학자의 아내로 어울리지 않다, 조금도 서적의 가치를 알지 못하고 있다, 옛날 로마에 이런 얘기가 있다. 후학後學을 위해 들어둬.라고 말하는 거예요."

(『나는 고양이로소이다』三)

6 마루젠(丸善); 동경 니혼바시(日本橋)에 본사를 둔 상사로, 일본·서양서적, 문구, 교재, 용품, 잡화를 판매한다.

구샤미의 집을 방문한 메이테이가 구샤미의 외출로 무료해지자 안주인과 나누는 위와 같은 대화를 통해, 그는 평소 외출할 때 아내에게 '어딜 가면 간다고 알리고 간 적이 없는 남자'이고, '무턱대고 읽지도 않는 책'을 외상으로 사들이고는 책값을 지불하는 일에는 모르는 체하다가, 아내가 책값을 줄이라고 하면 '당신은 조금도 서적의 가치를 알지 못하'니 '학자의 아내로 어울리지 않다'며 아내에게 옛날 로마의 왕 얘기를 들려주고 책의 고마움을 알라고 강요하는 등, 아내(여성)에 대한 배려나 의견 존중 따위는 안중에도 없는 사람임을 알 수 있다. 그래서 아내는 그를 "여자가 말하는 것은 절대로 듣지 않는 사람"(五)으로 인식하고 있다.

이런 구샤미의 여성멸시는, 안주인에게서 그에 관한 이런저런 얘기를 들은 메이테이가 막 귀가한 구샤미에게, "지금 자네가 없을 때 자네의 일화를 남김없이 들었다네." "자네는 갓난아이에게 무즙을 먹였다며."라고 말하자, "여자는 좌우지간 말이 많아서 안 돼. 인간도 이 고양이만큼 침묵을 지키면 좋을 텐데."(이상 三)라고 내뱉는 말 속에서 더욱 적나라하게 표출되고 있다. 이 언설에는 친구(타인)에게 자신에 관한 푸념을 늘어놓은 아내에 대한 불만과 함께, 여자를 고양이만도 못하다고 치부하는 비아냥거림이 내포되어 있다고 하겠다.

그 외에도 "속 좁은 여자의 일인지라 무슨 일을 저지를 지도 모른다.", "당신은 여자지만, 'many a slip twixt the cup and the lip'[7]라는 서양 속담 정도는 알고 있겠지?"(이상 二), "건방지게 비싼 오비[8]를 맸군. 앞으로는 1엔 50전쯤 하는 걸로 해.", "15엔짜리 하오리[9]를 입다니 분수에 맞지 않아."(이상 五) 등, 아내를 무시하고 멸시하는 구샤미의 언설은 도처에

7 'many a slip twixt the cup and the lip'; '입술과 술잔의 거리는 짧은 것 같지만 그 사이에 많은 실패가 있다고 해석되는 것으로, 입에 든 떡도 넘어가야 제 것이다.'라는 의미.
8 오비(帶); (일본 옷의) 허리띠.
9 하오리(羽織); 일본 옷 위에 입는 짧은 겉옷.

서 쉽게 찾아볼 수 있다.

그 뿐만이 아니라 여성인 부인의 입에서도 "난 여자라서 그런 어려운 절차는 모르지만"(二), "평범한지 평범하지 않은지 여자로선 알 수 없지만"(三) 등, 스스로를 비하하는 표현이 자연스럽게 튀어나오고 있다. 이러한 표현들은 작가의 여성멸시가 고정관념이 되어있음을 반증하는 것이라 하겠다.

"얼마나 하나?"

"참마 값까진 몰라요."

"그럼 12엔 50전쯤으로 해두지."

"지나치지 않아요? 아무리 가라쓰唐津에서 캐왔다 하더라도 참마가 12엔 50전이나 할 수 있어요?"

"하지만 당신은 모른다지 않았어?"

"그래 몰라요. 모르지만 12엔 50전이라는 건 터무니없어요."

"모르지만 12엔 50전은 터무니없다는 건 뭐야? 도대체 논리에 맞지 않아. 그러니까 당신을 오탄친 팔레오로구스[10]라고 하지."

"뭐라고요?"

"오탄친 팔레오로구스라고."

"뭐예요, 그 오탄친 팔레오로구스라는 게?"

"뭐든 좋아. 그리고 다음은— 내 옷은 통 나오지 않지 않아?"

"다음은 아무래도 좋아요. 오탄친 팔레오로구스의 뜻을 말해줘요."

"뜻이고 뭐고가 어딨어?"

"가르쳐줘도 되잖아요? 당신은 저를 아주 우습게보고 계시는 거죠. 틀림없이 제가 영어를 모른다고 생각해서 악담하신 거예요."

"바보 같은 소리 말고, 어서 다음을 말하는 게 좋아. 빨리 고소하지 않

10 오탄친 팔레오로구스; 멍청이를 의미하는 에도(江戸)시대의 속어(俗語)인 오탄친을, 동(東)로마 제국의 마지막 황제인 콘스탄티누스 팔레오로구스(Constantius XI Palaeologus)에 붙여 쓴 농담.

으면 물건이 안 돌아 온다고."

"어차피 이제부터 고소해봤자 이미 늦었어요. 그보다 오탄친 팔레오로구스의 뜻을 알려줘요."

"성가신 여자로군. 아무 의미도 없다는데."

"그렇다면, 물건도 그 다음은 없어요."

"고집불통이군. 그럼 맘대로 해. 난 도난 고소장을 써주지 않을 테니까."

"저도 물품 수를 가르쳐주지 않을래요. 고소는 당신이 하시는 거니까, 써주지 않아도 전 곤란하지 않아요."

"그럼 그만두지." 하고 주인은 여느 때처럼 훌쩍 일어나 서재로 들어간다. 안주인은 거실로 물러나 반짇고리 앞에 앉는다. 두 사람 다 10분 정도는 아무것도 하지 않고 말없이 장지문만 노려보고 있다.

(『나는 고양이로소이다』五)

구샤미가 도둑맞은 물건들과 그 값을 아내에게 물으며 대화하는 위의 장면을 보면, 화목하지 못하고 걸핏하면 언쟁하는 이들 부부관계의 원인이 우선은 고집 센 두 사람의 성격과 관련이 있다고 생각된다. 그러나 아내가 남편에게 끝까지 따지고 승복하지 않는 데에는 그녀의 성격보다는 구샤미의 여성 멸시관이 더욱 크게 영향을 미치고 있음을 간과해서는 안 될 것이다. 구샤미는 언제나 먼저 아내를 무시하고 억지를 부리다가 그녀가 반발하면 아내를 비난하고 말없이 서재로 들어가 버림으로써 부부관계를 냉각시킨다. 자신을 무시하고 멸시하는 남편에게 자존심이 상한 아내가 그 말을 고분고분히 따르지 않고 반발하는 것은 당연한 일이 아니겠는가?

그러나 여성 멸시관의 소유자인 구샤미는 이러한 아내의 태도를 용납할 수 없기 때문에 늘 아내를 비난하고 자리를 뜸으로써 불협화음의 부부관계를 창출하게 되는 것이다. 그의 아내도 이러한 남편을 "그다지 소중히 여기지 않기" 때문에, ‹나›는 구샤미를 "마누라한테마저 인기가 없는 주인이, 세상 일반 숙녀들의 마음에 들 리가 없다."고, 그가 이성異性간에 인기가 없음을 폭로한다. 그렇지만 구샤미 본인은 자신의 여성관에 문제가 있음을 전혀 인식하지 못하고, "터무니없는 착각을 하여 순전히 나이 탓에 마누라한테 사랑을 못 받는 거라고 핑계를 대"(이상 十)기 때문에 그들의 부부관계는 개선의 기미가 보이지 않는다.

작가는 오히려 부인회의 모임에서 연설하는 야기의 입을 빌려서,

> "(전략) 부인네들이란 좌우지간 일을 하는데 있어서, 정면에서 가까운 길을 지나가지 않고 오히려 먼 곳부터 에두르는 수단을 택하는 폐단이 있다. (중략) 여러분들이 바보 다케[11]가 된다면 부부간이나 고부간에 생기는 꺼림칙한 갈등의 3분의 1은 확실히 줄어들 것이 틀림없다. 인간은 책략이 있으면 있을수록 그 책략이 탈이 되어 불행의 기원起源이 되기 때문에, 많은 부인네들이 평균 남자보다 불행한 것은 순전히 이 책략이 지나치게 많은 까닭이다. 부디 바보 다케가 되어주십시오."
>
> (『나는 고양이로소이다』十)

라고 부부간의 불행의 원인을 여성의 '책략'에서 찾고 있다. 그래서 '여러분들이 바보 다케가 된다면 부부간이나 고부간에 생기는 꺼림칙한 갈등의 3분의 1은 확실히 줄어들 것이 틀림없다.'고 역설하며 여성에게 ‹바보 다케›가 되어달라고 요청하고 있는 것이다.

소세키는 『산시로三四郎』, 『그 후それから』, 『우미인초虞美人草』, 『추분이 지날 때까지彼岸過迄』, 『문門』, 『행인行人』, 『마음こゝろ』, 『노방초道草』, 『명

11 바보 다케(馬鹿竹); 옛날 어느 번화가 한 복판에 있는 돌부처를 움직이려고 여러 사람이 다양한 방법으로 시도했으나 다 실패했는데, 마지막으로 바보 다케가 돌부처 앞에 와서 움직여달라고 정직하게 말하자 곧 돌부처가 움직였다고 한다.

암明暗』 등, 그의 대부분의 작품에서 여성의 애교를 '기교' 또는 '책략'으로 해석하고 싫어했다. 이러한 여성 혐오와 멸시는, 예를 들면 "여자란 어쩔 수 없다", "생각하면 여자는 죄 많은 물건이야"(이상 六), "여자라는 건 처치 곤란한 물건이니까", "좌우지간 여자란 전혀 불필요한 것", "여자들이란 경박해서"(이상 十一) 등의 언설과 함께, 고래의 현철賢哲들의 여성관을 적어놓은 16C의 토마스 내시[12]의 저서까지 들고 나와 다음과 같이 여자에 관한 악담을 소개하는 것에서 좀 더 명확하게 확인할 수 있다.

> "아내를 얻고서, 여자는 좋은 것이로구나 하고 생각하면 엉뚱한 실수를 범하게 되지. 참고로 내가 재미있는 것을 읽어 주겠네. 잘 들어보게." 하고 조금 전 서재에서 가져온 낡은 책을 들고
>
> "이 책은 오래된 책이지만, 이 시대부터 여자가 나쁘다는 걸 명확하게 알고 있어."라고 말하자, 간게쓰군이
>
> "좀 놀랍네요. 도대체 언제쯤의 책입니까?" 하고 묻는다.
>
> (중략)
>
> "아리스토텔레스가 말하기를 여자는 어차피 멍청이니까 아내를 얻으려면 덩치 큰 아내보다 작은 아내를 얻도록 해라. 큰 멍청이보다는 작은 멍청이 쪽이 재앙이 적으니……."
>
> (중략)
>
> "다음으로는 디오게네스[13]가 나와 있군. 어떤 사람이 묻기를, 아내를 얻으려면 어느 때에 얻어야 하는가? 디오게네스가 대답하여 말하기를, 청년은 아직 이르고 노년은 이미 늦었느니.라고 쓰여 있어."
>
> "선생, 나무통 속에서 생각했군."

12 토마스 내시(Thomas Nashe, 1567-1601); 논쟁을 즐겨 풍자적인 작품을 많이 쓴 영국 작가.
13 디오게네스(Diogenēs); 그리스의 철학자. 조악한 옷과 음식에 큰 나무통(사실은 양조용의 긴 항아리) 속에서 생활하며 많은 기행(奇行)을 행하였다. 그 중에서도 알렉산더 대왕과의 문답은 유명한 얘기다.

"피타고라스[14]가 말하기를, 천하에 세 가지 가공할 만한 것이 있으니 불, 물, 여자다."

(중략)

"소크라테스는 부녀자를 다루는 것은 인간의 최대 난사難事라 했다. 데모스테네스[15]가 말하기를 만약 적을 괴롭히려거든 내 여자를 적에게 주는 것보다 더 좋은 계책은 없느니라. 가정 풍파로 밤낮없이 그를 지치게 하여 일어나지 못하게 하면 된다.

세네카[16]는 부녀자와 무학無學을 세계의 2대 재화災禍라 했고, 마르쿠스 아우렐리우스[17]는, 여자는 제어하기 어려운 점에서 선박船舶을 닮았다 했고, 플라우투스[18]는, 여자가 비단으로 장식하는 버릇을 가리켜, 그 타고난 성품의 추함을 감추려는 어리석은 방책에서 기인한 것이라 했다.

발레리우스[19]는 일찍이 글을 그 친구 아무개에게 보내어 말하기를, 천하에 어떤 일도 여자가 몰래 해내지 못하는 일이 없다. 바라기는 하늘이 불쌍히 여기사 그대로 하여금 그들의 술수에 빠지지 않도록. 그가 또 말하기를, 여자란 무엇인가? 우애友愛의 적敵이 아닌가, 피할 수 없는 고통이 아닌가, 필연적인 해害가 아닌가, 자연의 유혹이 아닌가, 꿀과 같은 독毒이 아닌가, 혹시 여자를 버리는 것이 부덕不德이라면, 그들을 버리지 않는 것은 한층 더한 가책呵責이라고 말하지 않을 수 없다……."

(『나는 고양이로소이다』十一)

물론 이 인용문에 열거된 내용이 구샤미 자신의 말은 아니지만, "우처愚妻의 악담"(十一)으로 가득찬 책을 일부러 들고 나와 간게쓰와 메이테

14 피타고라스(Pythagoras); 그리스의 철학자·수학자. 피타고라스의 원리로 유명한 사람.

15 데모스테네스(Dēmosthenēs); 그리스 최대의 변론가.

16 세네카(Seneca: 55B.C.경-40A.D.경); 스페인의 기사(騎士) 집안에서 태어나 로마에서 웅변술을 배운 수사학자(修辭學者)로서 알려졌다.

17 마르쿠스 아우렐리우스(Marcus Aurelius: 121-180); 로마 황제로 스토아학파의 철학자.

18 플라우투스(Plautus: 254B.C.?-184B.C.?); 로마의 희극작가.

19 발레리우스(Valerius Maximus); 1세기 전반의 로마의 통속사가(通俗史家). 그의 저서 『저명언행록』은 편견이 많아 사서로서의 가치는 낮지만, 고대에서부터 중세에 걸쳐 많이 이용되었다.

이에게 들려주는 구샤미의 행동은 그의 여성관을 간접적으로 보여준 것이라 하겠다. 소세키의 여성 혐오와 멸시가 일찍이 『나는 고양이로소이다』에서부터 시작되고 있음을 확인할 수 있는 대목이다. 상대방의 언행의 동기가 순수한지 불순한지를 지나칠 정도로 따지는 소세키의 결벽증이 여성 혐오, 여성 불신 등의 왜곡된 여성관을 형성했고, 그 원인은 유·소년시절에 체험한 그의 불행한 가족관계 때문이라고 보아야 할 것이다.

소세키의 유·소년기의 가족관계는 『노방초』에서 어린 겐조健三에게 의탁하여 서술된 부분을 보면 상세하다. 이를 근거로 유추해보면 "거짓말을 아주 잘 하"고 "어떠한 경우에라도 자기에게 이익이 된다고만 보이면 바로 눈물을 흘리는 일을 할 수 있는 편리한 여자"여서, "아무리 귀여움을 받아도 그것에 보답할 만큼의 정이 이쪽에서 생길 수 없을 것 같은 추악한 것"을 "인격 속에 숨기고 있딘"(이상 四十二) 양모養母와의 관계 속에서 결벽증이 배양되고, 그것이 그의 뇌리에 새겨져 고착화되어버린 일종의 편견을 갖고 있었음에 틀림없다.

이처럼 소세키의 여성관은 여성 혐오, 여성 불신으로 가득 찬 개인적인 성벽性癖 위에, 당시의 '이에제도家制度'의 이데올로기에 의해 형성된 보편적인 사고방식인 여성 멸시관이 혼합되어 일생동안 유지되었기 때문에, 그의 소설의 남자 주인공들 또한 이러한 여성관에서 완전히 자유롭지 못함을 찾아볼 수 있다. 『문』, 『행인』, 『마음』, 『노방초』, 『명암』 등의 부부관계에서 보여주는 아내에 대한 남편들의 태도[20]가 『나는 고양이로소이다』에서의 구샤미의 그것과 그다지 다르지 않은 것도 이 때

20 吳 敬, 「フェミニズムで読む漱石文学の夫婦関係(上)」, 『文芸と批評』第9巻 第7号, 文芸と批評の会, 2003. 5. 吳 敬, 「フェミニズムで読む漱石文学の夫婦関係(下)」, 『文芸と批評』第9巻 第9号, 文芸と批評の会, 2004. 5. 참조.

문이라고 하겠다. 특히 『노방초』와 『나는 고양이로소이다』의 부부관계는 정도의 차이는 있지만, 아내에 대한 겐조와 구샤미의 태도가 매우 유사한데, 이는 작가 자신의 모습이 직접 투영되어 있기 때문이라고 생각된다.

Ⅱ 진노家의 부모자식관계

『나는 고양이로소이다』에서의 부모자식관계는 진노家, ‹나›(고양이族), 가네다家에서 그 일면을 찾아볼 수 있으나, 진노家 이외의 양자兩者에서는 극히 단편적인 모습 밖에 보이지 않는다. 그러므로 여기에서는 진노家를 중심으로 부모자식관계를 살펴보도록 하겠다.

진노家에는 3명의 딸이 있는데, "위의 둘은 유치원생이요, 셋째는 언니의 꽁무니를 따라다니는 것조차 할 수 없을 만큼 어리기 때문에"(十) 부모와의 관계에서 어떤 문제점은 아직 야기되지 않는다. 따라서 고찰의 대상이 되는 것은 부모, 그 중에서도 구샤미의 자식에 대한 태도라 하겠다.

> "얼마 전에는 갓난아이에게까지 먹였지 뭐예요……."
> "잼을 말입니까?"
> "아뇨, 무즙을……." 아가, 아빠가 맛있는 걸 줄 테니 이리 온, 하면서요. ―어쩌다가 어린 것을 귀여워해주는가 싶으면 그런 바보 같은 짓만 하는 거예요. 2,3일 전에는 가운데 딸애를 안아서 옷장 위에 올려놓았어요……."
> "무슨 생각이 있었나요?" 메이테이는 무슨 말을 들어도 온통 생각이라는 관점으로만 해석한다.

"아니 생각이랄 게 뭐가 있겠어요, 그저 그 위에서 뛰어내려 보라고 하는 거예요. 서너 살짜리 계집애가 그런 말괄량이 짓을 해낼 리가 없지요."

"정말 그건 생각이 너무 없었네요. 그러나 마음은 악하지 않은 착한 사람이죠."

"거기에다 마음까지 악하다면, 참을 수 없을 거예요."

(중략)

"자네, 갓난아이에게 무즙을 먹였다면서?"

"흠." 하고 주인은 웃었지만,

"갓난아이라도 요즘의 갓난아이는 꽤 영리해. 그 후로 아가 매운 건 어디? 하고 물으면 꼭 혀를 내미니 묘하지 뭔가."

"마치 개에게 재주를 가르치는 기분으로 있으니 잔인하군. (후략)"

(『나는 고양이로소이다』三)

위의 예문을 보면, 과연 구샤미가 아버지로서의 자격이 있는 지조차 의심스러울 정도로 자식을 대하는 태도가 무책임하고 난폭하다. 갓난아기에게 무즙을 먹인다거나, 서너 살짜리 계집아이를 옷장 위에 올려놓고 뛰어 내려 보라고 하는 것은 위험천만한 일로, 자기 자식뿐만 아니라 그 어떤 아이에게도 해서는 안 될 일인 데도 그는 아무 생각 없이 이러한 일을 자식에게 시키는 데다, '마치 개에게 재주를 가르치는 기분'으로 그 이후의 자식(갓난아이)의 반응에만 관심을 가질 뿐, 그런 행동이 얼마나 잔인한 짓인지에 대해서는 전혀 무관심하기 때문이다. 그가 아무리 마음이 착한 사람이라도 이런 아버지를 가진 자식, 특히 딸들의 장래가 걱정스럽고, 이런 남편을 아내가 못마땅하게 생각하는 것도 당연하다고 하겠다.

이 아이들이 말을 잘못 쓰는 일은 아주 많은 법이어서, 때때로 사람을 당혹스럽게 만드는 잘못된 말을 한다.

화재로 기노코[21]가 날아왔다든가, 오차노미소[22]의 여학교에 갔다거나, 에비스[23]와 다이도코[24]를 나란히 놓기도 하고, 어떤 때는 "난 와라다나藁店[25]의 아이가 아니에요."라고 해서, 잘 물어보면 우라다나裏店[26]와 와라다나를 혼동하고 있는 것이다. 주인은 이런 실수를 들을 때마다 웃고 있지만, (후략).

(중략)

주인은 자기 자식이면서도, 곰곰이 생각하는 일이 있다. 이래도 성장해야만 한다. 성장하다 뿐이랴, 그 성장의 신속함이란 선사禪寺의 죽순이 푸른 대나무로 변하는 기세로 성장한다.

주인은 또 컸구나 하고 생각할 때마다, 등 뒤로부터 추격자에게 쫓기는 듯한 기분이 들어서 등골이 써늘하다. 아무리 답답한 주인이더라도 이 세 따님이 여자라는 것쯤은 잘 알고 있다. 여자인 이상은 어떻게든 시집보내야만 한다는 것쯤도 잘 알고 있다. 잘 알고 있을 뿐으로 시집보낼 수완이 없다는 것도 자각하고 있다. 그래서 자기 자식이면서도 좀 주체스럽게 생각하고 있는 것이다.

(중략)

이때 지금까지는 얌전하게 단무지를 깨물고 있던 순코すん子가, 갑자기 막 퍼 담은 된장국 속에서 뭉개진 고구마를 건져내 힘차게 입속으로 던져 넣었다.

여러분도 잘 아시겠지만, 국으로 끓인 고구마만큼 입 안에서 뜨겁게 느껴지는 건 없다. 어른조차도 주의하지 않으면 덴 것 같은 느낌이 든다. 하물며 순코처럼 고구마에 경험이 없는 자는 물론 허둥지둥하기 마련이

21 기노코; 버섯. 히노코(불똥)라고 할 것을 잘못 알고 기노코(버섯)라고 말함.
22 오차노미소; 오차노미즈(お茶の水)라는 지명(地名)을 미소(된장)라고 말한 것.
23 에비스(恵比寿); 7복신(七福神)의 하나.
24 다이도코(臺所); 부엌. 7복신(七福神)의 하나인 다이고쿠(大黑)를 다이도코(부엌)라고 말함.
25 와라다나(藁店); 에도(江戶)시대의 행정구획의 이름으로, 짚을 파는 상점이 있었던 데서 붙여진 이름이라 한다.
26 우라다나(裏店); 골목 안에 지은 집.

다. 순코는 와악! 하고 입 속의 고구마를 식탁 위에 뱉어냈다. 그 두세 조각이 무슨 바람에선지 아가 앞까지 미끄러져 와 마침 적당한 거리에서 멈춘다. 아가는 물론 말할 것도 없이 고구마를 무척 좋아한다. 아주 좋아하는 고구마가 눈앞에 날아왔기 때문에 즉시 젓가락을 내던지고 손으로 집어 우적우적 먹어버리고 말았다.

아까부터 이 꼬락서니를 보고 있던 주인은 한마디 말도 하지 않고 오로지 자신의 밥을 먹고, 자신의 국을 마시고, 이때는 이미 한창 이쑤시개를 사용하고 있는 중이었다. 주인은 딸들의 교육에 관해서 절대적인 방임주의를 취할 작정으로 보인다. 머지않아 셋이 에비차 시키부海老茶式部[27] 나 네즈미 시키부鼠式部[28]가 되어, 셋 다 모두 약속이라도 한 듯 애인을 만들어 도망쳐도, 역시 자신의 밥을 먹고 자신의 국을 마시고 천연덕스럽게 보고 있을 것이다. (『나는 고양이로소이다』十)

이상의 예문으로부터, 구샤미는 자신이 교사이면서도 딸자식들의 언어 교육이나 식사예절 등에는 전혀 관여하지 않고 있음을 알 수 있다. 그가 하는 일이란, 딸이 언어 착각으로 엉뚱한 말을 하면 그 뜻을 잘 설명하고 정정해주기는커녕 웃기만 하고, 식탁에서 세 딸이 서로 싸우면서 엉망으로 식사를 하고 있는 모습을 지켜보면서도 무심히 자기 식사만 한다. 그리고 나날이 성장하는 딸들을 보며 그들을 시집보낼 수완이 없음을 자각하고 자식들을 좀 주체스럽게 생각하고 있을 뿐이다. 이처럼 구샤미가 딸들에 대해 '절대적인 방임주의'를 취하거나 그들을 주체스럽게 생각하는 것은, 딸들의 훈육은 전적으로 아내가 해야 할 일이

27 에비차 시키부(海老茶式部); 메이지 30년대 화족(華族)여학교에서 당시의 교장인 시모다 우타코(下田歌子)가 발안(發案)했다는 에비차색(검은 빛을 띤 붉은 차색)의 하카마(袴; 일본 옷의 겉에 입는 주름 잡힌 하의)가 널리 일반 여학생 사이에서 유행했기 때문에, 재녀(才女)의 뜻을 풍자하여 무라사키 시키부(紫式部; 『源氏物語』, 『紫式部日記』, 『紫式部集』 등을 쓴 헤이안 중기(平安中期)의 여류작가)를 흉내 내어 에비차 시키부(海老茶式部)라고 불렀다.

28 네즈미 시키부(鼠式部); 에비차 대신 네즈미(쥐) 시키부로 다시 익살스럽게 만들어 붙인 것.

라고 생각해서거나, 자신에게는 딸들을 시집보낼 능력이 없음에서 오는 일종의 자괴감 같은 것 때문일 지도 모른다.

그러나 아버지로서의 책임을 다 한다는 것은 단지 자식을 결혼시키는 일만은 아닐 것이다. 아내와 함께 어린 자식들에게 관심을 갖고 따뜻한 사랑으로 훈육하며, 부모형제와 친밀한 관계를 맺어 한 인격체로서 훌륭한 삶을 영위하도록 이끌어주는 일이 더 중요하고 필요하다고 생각된다. 그럼에도 불구하고 구샤미는 이러한 일에는 전혀 무관심한 채 '마치 개에게 재주를 가르치는 기분'으로 딸들을 대상으로 시험해보지 않으면, '절대적인 방임주의'를 채택하여 딸들에게 아무런 관심도 기울이지 않고 제대로 교육도 시키지 않는다. 과연 자식들이 자라면서 이러한 아버지에게 애정을 느끼며 존경하게 될지 의심스럽다.

한마디로, 구샤미와 딸들의 관계에서는 애정이 넘치는 부성父性의 표현을 거의 찾아볼 수가 없는데, 이는 소세키가 양부養父는 물론 생부生父로부터도 애정이 담긴 따뜻한 부성을 느낄 수 없었던 원체험原體驗에 의한 부성의 결핍으로 자식에게 부성을 표현하는 방법을 몰랐기 때문이거나, 또는 참다운 부성을 보인 예가 없는 두 아버지에 대한 부정적인 관념이 구샤미에게 투영되어 있었기 때문일 것이다.[29] 『나는 고양이로소이다』 뿐만 아니라, 그 이후의 소세키의 소설 세계에 조형되어 있는 부모자식관계에 애정이 넘치는 부성 표현이 거의 없는 것[30]도 이러한 추

29 소세키는 소설 속에서만이 아니라 실제로 그 자신도 자식들에게 따뜻한 부성을 보이지 않았던 무서운 아버지였다고 하는데(夏目鏡子 述・松岡譲 錄, 『漱石の思ひ出』, 改造社, 1928. 夏目伸六, 『父・夏目漱石』, 文春文庫, 1992. 夏目筆子, 「夏目漱石の『猫』の娘」, 『漱石全集』別巻, 岩波書店, 1996. 참조), 이는 소세키의 신경병에 의한 증상 외에 어린 시절에 경험하지 못한 부성의 결핍에서 유래한 것이라고 보아야 할 것이다.

30 소세키가 그리는 부모자식은 부모가 부재한 경우에도, 생존해 있는 경우에도 그 관계가 밝고 긍정적인 것은 그다지 찾아볼 수 없다. 뿐만 아니라 소세키의 부성에의 갈망이 소설 속에 조형될 때에도 『마음』의 ‹선생›과 ‹나›와의 관계처럼 친부(親父)가 아닌 생판 남이거나, 『우미인초』의 고노 긴고(甲野欽吾)처럼 돌아가신 아버지의 초상화를 향해 추구되고 있어, 살아 있는 친부는 결코 자식에게 좋은 감화나 영향을 끼치지 못하는 존재로 되어 있다.

론을 가능케 해준다.

Ⅲ 진노家의 형제(자매)관계

전술한대로 진노家에는 3명의 딸이 있으나, 어리기 때문에 자매간의 갈등 같은 문제점은 아직 노정露呈되어 있지 않다. 그러나 다음과 같은 예문에서 이들의 관계가 앞으로 어떻게 발전할지 예견할 수 있지는 않을까?

> 4, 5일 전의 일이었는데, 두 명의 아이가 유달리 일찍 일어나 주인 부부가 아직 자고 있는 동안에 식탁에 마주앉았다. 그들은 매일 아침 주인이 먹는 빵 몇 조각에다 설탕을 뿌려 먹곤 하는데, 이날은 마침 설탕단지가 식탁 위에 놓여 있고 스푼까지 곁들여 있었다. 여느 때처럼 설탕을 나눠주는 사람이 없기 때문에, 큰 아이가 이윽고 단지 속에서 설탕을 한 술 퍼내어 자신의 접시 위에 담았다. 그러자 작은 아이가 언니가 한 대로 같은 분량의 설탕을 같은 방법으로 자신의 접시 위에 담았다. 잠시 둘은 서로 노려보고 있다가 큰 아이가 다시 스푼을 들어 듬뿍 자기 접시에 더 담았다. 작은 아이도 즉시 스푼을 들어 자기 분량을 언니와 동일하게 만들었다. 그러자 언니가 또 가득 퍼냈다. 동생도 지지 않고 한 스푼 가득 퍼냈다. 언니가 또 단지에 손을 대자 동생이 또 스푼을 든다. 보고 있는 동안 한 술 한 술 더해져서 마침내 둘의 접시에는 설탕이 산더미처럼 쌓이고, 단지 안에는 한 술의 설탕도 남지 않았을 즈음, 주인이 잠이 덜 깬 눈을 비비면서 침실에서 나와 애써 퍼낸 설탕을 원래대로 단지 속에 넣어 버렸다. (『나는 고양이로소이다』二)

빵에 뿌려 먹기 위해서라면 한 술의 설탕만으로도 충분할 텐데, 언니와 동생이 서로 지지 않기 위해 단지의 설탕을 남김없이 다 퍼내 자신의 접시 위에 갖다놓는 어린 두 자매의 모습에서 인간의 끝없는 욕심과 형제자매간의 경쟁심을 목도하게 된다. 가족관계 중에서 특히 형제관계는 다른 경우와 달리 더욱 경쟁적으로 되기 쉬운데, 이는 부모와 자식과는 상하上下관계인데 반해, 형제자매간은 수평水平관계이기 때문이라고 하겠다. 즉, 한 부모와 여러 명의 자녀가 모두 동등한 관계를 유지하고 있기 때문에, 부모의 사랑이나 재산을 조금이라도 더 획득하기 위해서 형제자매들이 서로 경쟁적으로 되기 쉽다. 유산을 둘러싼 형제간의 갈등이나 분쟁이 빈발하는 이유가 여기에 있다고 하겠다.

『나는 고양이로소이다』의 경우는, 현재 딸들만 있기 때문에 유산을 둘러싼 갈등이나 분쟁이 발생할 확률은 그다지 많지 않다.[31] 그러나 위의 예문에서 보는 바와 같이 유산 상속과는 상관없는 어린 자매끼리도 그들 나름대로 할 수 있는 일을 놓고 서로 경쟁하고 있는 모습에서, 형제(자매)간의 갈등의 원형을 발견함과 동시에, 이들의 장래에도 이러한 크고 작은 경쟁과 갈등이 틀림없이 발생할 것임을 예견할 수 있다. 형제간의 갈등은 '카인의 후예'들인 인간이 존재하는 곳에서는 언제 어디서나 발생했고 또 발생할 것이기 때문이다.

> 그런데 처치곤란한 건 아가다. 아가는 올해 세 살이므로 안주인이 알아서 식사 때는 세 살에 맞는 작은 젓가락과 밥공기를 주는데 아가는 결코 받아들이지 않는다. <u>반드시 언니의 밥공기를 빼앗고 언니의 젓가락을 잡아채어 쥐기도 힘든 것을 억지로 쥐고 먹는다</u>.
>
> 세상을 둘러보면, <u>무능하고 재주 없는 소인배일수록 이상하게 설치고 나대어 분수에 맞지 않는 관직에 오르고 싶어 하는 법인데, 그런 성품은</u>

31 메이지시대의 '이에제도'에서는 가독(家督)은 장남에서 장남으로 상속되기 때문에 딸에게는 유산상속이 되지 않았다.

실로 이 어린 시절부터 싹트는 것이다. 그 기인하는 바는 이처럼 깊은 것이니 결코 교육이나 훈도로 고칠 수 있는 것이 아니라고 일찌감치 포기해 버리는 게 좋다. (『나는 고양이로소이다』十)

이것은, 인간의 경쟁심리, 또는 자신의 능력 밖의 것을 추구하는 분수에 맞지 않는 욕심이 어린 시절부터 싹터 있으며, 그것은 '교육이나 훈도'로서도 고칠 수 없는 본능적인 것이기 때문에 일찌감치 포기하는 게 좋겠다는 소세키의 생각을 대변하는 예문이라고 하겠다.

소세키의 문학 속에 조형된 형제관계는, 『도련님坊つちやん』의 〈나おれ〉와 형, 『그 후』의 다이스케代助와 형 세이고誠吾, 『우미인초』의 고노 긴고甲野欽吾와 누이동생 후지오藤尾, 『문』의 소스케宗助와 동생 고로쿠小六, 『행인』의 이치로一郎와 동생 지로二郎, 『노방초』의 겐조健三와 형 조타로長太郎, 『명암』의 쓰다津田와 누이동생 히데코秀子의 관계처럼 그 관계가 좋은 예를 거의 찾아볼 수 없다.

피를 나눈 형제이면서도 동생을 마음으로부터 사랑하며 돌보아주는 우애 있는 형의 모습도 없고, 마음속으로 형을 경애하는 동생의 모습도 보이지 않는다. 이것은 전술한 것과 같은 인간본성이 형제지간에서도 예외 없이 드러날 뿐더러, 가족의 사고방식과 행동양식을 구속하고 지배하는 '이에제도'의 이데올로기[32]의 영향과 함께, 나쓰메가夏目家의 막내아들로 태어난 소세키의 삶 속에서 경험한 형들과의 불쾌한 경험에 의해서 형성된, 형제에 대한 부정적인 관념이 투영되었기 때문이라고 하

32 메이지 시대에는 정부가 '이에제도'의 이데올로기를 이용하여 국가권력의 도구로 끌어올리기 위해 가부장제를 민법으로 규정하여 장려했다. 가장에게 가족 구성원에 대해서 지배명령하는 절대적인 권력을 부여한 가부장제는, 가장의 이 권력을 보장하기 위한 도구로서 유·소년시절부터의 가정교육 및 가족 내의 신분의 차별과 서열, 가장에 의한 재산의 독점과 단독 상속제, 그리고 가장의 권위를 지탱하는 여러 행동양식을 만들고, 이러한 가족질서에 가족구성원이 구속받도록 했다.

겠다.[33]

Ⅳ 〈나吾輩〉와 진노家의 가족들과의 관계

진노家에서의 〈나〉의 위상은, 그가 구샤미의 가족들과 함께 살게 된 과정과, 그 이후 그에 대한 가족들의 대우를 보면 쉽게 알 수 있는데, 먼저 〈내〉가 구샤미의 가족들과 함께 살게 된 과정부터 살펴보도록 하겠다.

> 제일 처음 만난 것이 하녀다. 이건 앞의 서생보다 한층 더 난폭한 편으로, 나를 보자마자 갑자기 목덜미를 잡아 밖으로 내던졌다. (중략) 나는 다시 하녀의 방심을 틈타 부엌으로 기어올랐다. 그러자 곧 또 내던져졌다. 나는 내던져졌다가 기어오르고 기어올랐다가는 내던져져, 아마도 같은 일을 네댓 번 되풀이했던 것으로 기억하고 있다. (중략) 내가 마지막으로 잡혀 내던져지려고 할 때, 이 집 주인이 웬 소동이냐며 나타났다. 하녀는 나를 집어 들고 주인 쪽을 향해
>
> "이 도둑고양이 새끼가 아무리 내쫓아도 부엌으로 기어 올라와서 죽겠어요."라고 말한다.
>
> 주인은 코밑의 검은 털을 배배 꼬면서 내 얼굴을 잠시 바라보고 있다가, 이윽고 "그럼 집안에 놓아두라."고 말한 채 안으로 들어가버렸다.
>
> (『나는 고양이로소이다』一)

서생[34]의 손에 의해 어머니는 물론 형제들과도 헤어져 홀로 된 〈나〉는 굶주림과 추위를 피해 밝고 따뜻할 것 같은 곳을 찾아 구샤미 집 부

33 상세한 것은 吳 敬, 「漱石文学における家族関係－兄弟関係を中心として－」, 『文芸と批評』第9巻 第2号, 文芸と批評の会, 2000. 11. 참조.

34 서생(書生); 남의 집에서 일을 거들면서 공부하는 사람.

억으로 숨어들어 간다. 그러나 부엌의 주인인 하녀는 난폭하게 <내> '목덜미를 잡아 밖으로 내던'진다. 갈 곳이 없는 <나>는 살기 위해 필사적으로 다시 부엌으로 기어오르고 내던져지는 일을 반복하는 소동 끝에 주인 구샤미의 호의로 간신히 진노家에 받아들여진다. 이처럼 <나>는 처음부터 환영받지 못하는 존재로 진노家에서의 더부살이를 시작하는데, 그 후의 <나>에 대한 가족들의 대우를 보여주는 예를 찾아보자.

> 내가 이 집에 더부살이할 당시는, 주인 이외의 인간들에게는 아주 인기가 없었다. 어디를 가도 걷어차이고 상대해주는 사람이 없었다. 얼마나 푸대접을 받았는가는, 오늘에 이르기까지 이름조차 지어주지 않은 것으로도 알 수 있다. 나는 어쩔 수 없어서 되도록 나를 집안에 받아들여준 주인 곁에 있으려고 애썼다. (후략)
>
> 나는 인간과 동거하며 그들을 관찰하면 할수록, 그들은 제멋대로라고 단언하지 않을 수 없게 되었다. 특히 내가 때때로 함께 자는 아이들 같은 경우에는 말로 다할 수가 없다. 저 좋을 때는 남을 거꾸로 치켜들기도 하고, 머리에 자루를 씌우기도 하고, 내팽개치거나 부뚜막 속에 밀어 넣기도 한다. 게다가 내 쪽에서 조금이라도 집적거리기라도 할라치면 온 집안 식구가 쫓아다니며 박해를 가한다. 일전에도 잠간 다다미에서 발톱을 갈았더니 안주인이 버럭 화를 내고 그 뒤로는 좀처럼 다다미방에 넣어주지 않는다. 부엌의 마루방에서 떨고 있어도 거들떠보지도 않는다.
>
> (『나는 고양이로소이다』一)

아이들은 '저 좋을 때는 남을 거꾸로 치켜들기도 하고, 머리에 자루를 씌우기도 하고, 내팽개치거나 부뚜막 속에 밀어 넣기도'하면서 <내> 쪽에서 '조금이라도 집적거리기라도 할라치면 온 집안 식구가 쫓아다니며 박해를 가'하고, 안주인의 경우에는 <내>가 '잠간 다다미에서 발톱을 갈'자 '버럭 화를 내고 그 뒤로는 좀처럼 다다미방에 넣어주지 않'아, '부엌

마루방에서 떨고 있어도 거들떠보지도 않는다.' 주인 이외의 모든 가족에게 '어디를 가도 걷어차이고 상대해주는 사람 없'이 푸대접을 받는 ‹나›는, '오늘에 이르기까지 이름조차 지어주지 않은 것'으로 진노家에서의 자신의 위상이 어떠한지를 구체적인 예를 열거하며 설명하고 있다. 이렇듯 ‹나›를 제멋대로 대하고 먹을 것은 주면서 이름도 지어주지 않는다는 것은, 그를 가족의 일원으로서 완전히 인정하지는 않았음을 의미하는 것이 아닐까?

아무튼 한 집에서 함께 살면서도 가족으로서 인정받지 못하는 ‹나›는, 위기의 상황에서도 진노家의 가족으로부터 전혀 보호받지 못한다. ‹나›에 대한 그들의 몰인정함은 떡국 사건을 통해 적나라하게 현재화顯在化한다.

> 오늘 아침에 본 떡이 오늘 아침 본 색깔 그대로 그릇 밑바닥에 들러붙어 있다. 고백하건대 떡이라는 것은 지금까지 한 번도 입에 넣어본 적이 없다. (중략) 먹을까 말까 하고 주위를 둘러본다. 다행인지 불행인지 아무도 없다. (중략) 먹으려면 지금이다. 만약 이 기회를 놓치면 내년까지는 떡이라는 것의 맛을 모르고 지내야 한다. (중략) 마지막으로 온몸의 무게를 그릇 속에 신듯이 해서 떡의 모서리를 한 치쯤 덥석 물었다. (중략) 이가 떡 속으로 들어가 빠질 듯이 아프다. 빨리 잘라먹고 도망가지 않으면 하녀가 온다. 아이들 노래도 그친 듯하다. 필경 부엌으로 달려올 것이 틀림없다. (중략) 다행히 하늘의 도움을 얻은 내가 열심히 떡이란 요물과 싸우고 있는데, 뭔가 발소리가 나며 안에서 사람이 오는 것 같은 기색이다. 여기서 사람이 오게 되면 큰일이라고 생각하여 더욱더 부엌 안을 이리 뛰고 저리 뛴다. 발소리는 점점 다가온다. 아아 아쉽지만 하늘의 도움이 조금 부족하다. 마침내 아이에게 들켜버렸다.
>
> "어머, 고양이가 떡을 먹으면서 춤을 추고 있네." 하고 큰소리로 떠들어댄다. 이 소리를 제일 먼저 들은 것이 하녀이다. (중략) 안주인도 치리

> 멘縮緬[35]의 몬쓰키紋付[36] 차림으로 "정말 못 말리는 고양이네." 하고 말씀하신다. 주인까지 서재에서 나와 "이런 바보 자식." 하고 말했다. 재밌다 재밌어 하고 말하는 건 아이들뿐이다. 그리고 모두 약속한 것처럼 깔깔 웃고 있다. (중략) 원래대로 네 발로 기는 꼴이 되어 눈을 희번덕거리는 추태를 보였으니 어이가 없다. 그래도 죽어가는 것을 못 본체하고 내버려 두는 것도 가엾다고 보였는지,
>
> "자, 떡을 떼어 주어라." 하고 주인이 하녀에게 명령한다. 하녀는 '좀 더 춤추게 하면 좋지 않아요?' 하는 눈빛으로 안주인을 본다. 안주인은 춤은 보고 싶지만 죽이면서까지 볼 생각은 없어 잠자코 있다.
>
> "떼어 주지 않으면 죽어버린다, 빨리 떼어 줘라." 하고 주인은 재차 하녀를 돌아다본다. 하녀는 맛있는 음식을 반쯤 먹는데 누군가가 꿈을 깨웠을 때처럼 시큰둥한 얼굴을 하고 떡을 잡아 쑥 잡아당긴다.
>
> (『나는 고양이로소이다』二)

‹나›는, '뭐든 먹을 수 있을 때 먹어두자는 생각에서, 주인이 먹다 남긴 떡국'의 떡을 먹는 일에 도전하지만, 이에 떡이 달라붙어 떨어지지 않아 괴로워하며 그것을 떼어내려고 발버둥을 친다. 그러나 그를 발견한 진노家의 가족들은 어린아이 어른 할 것 없이 고양이가 춤을 추고 있다고 생각하여 '모두 약속한 것처럼 깔깔 웃고 있'는데, 그것은 "서로를 묶어주는 부드러운 웃음이라기보다, '인간들의 동정심이 결핍된 행동'을 고양이에게 과시하는, 냉담한 웃음"[37]인 것이다. 그들은 고양이의 목숨보다 자신들의 즐거움을 우선시하기 때문에 ‹내›가 '눈을 희번덕거리는 추태'를 보이며 죽을 만큼 고통스러워하는데도 하녀는 '좀 더 춤추게 하면 좋지 않아요? 라는 눈빛'이 되고, 안주인은 '춤은 보고 싶지만,

35 치리멘(縮緬); 주름이 잡힌 견직물. 크레이프.
36 몬쓰키(紋付); 가문(家紋)이 새겨진 옷.
37 久米依子, 「猫の家の人々」, 『漱石研究』第十四号, 翰林書房, 2001, p.127.

죽이면서까지 볼 생각은 없어 잠자코 있'는 몰인정한 인간들인 것이다.

이런 ‹나›의 처지는, 이현금二絃琴의 선생이 '마치 자기 자식처럼' 귀여워해주는 암코양이 얼룩이三毛子의 경우와 비교해보면 더욱 확실해진다.

> 나는 한동안 황홀하게 바라보고 있다가 이윽고 제정신을 차리자 낮은 목소리로
>
> "얼룩 씨, 얼룩 씨" 하고 앞발로 불렀다.
>
> 얼룩이는 "어머, 선생님" 하며 툇마루를 내려온다. 빨간 목걸이에 단 방울이 딸랑딸랑 울린다. 어, 설이 되니 방울까지 달았군, 참 좋은 소리로군 하고 감탄하고 있는 동안 내 곁에 와서
>
> "어머, 선생님, 새해 복 많이 받으세요." 하고 꼬리를 왼 쪽으로 흔든다.
>
> (중략)
>
> "야아, 새해 복 많이 받으세요. 매우 훌륭하게 꾸미셨군요."
>
> "네, 작년 세모에 저희 선생님이 사주셨어요. 좋죠?" 하고 딸랑딸랑 울려 보인다.
>
> "정말 좋은 소리군요. 나 같은 건 태어나서 이런 훌륭한 것은 본 적이 없어요."
>
> "어머, 별 말씀을. 모두 다 달고 있는데요." 하고 또 딸랑딸랑 울린다.
>
> "좋은 소리죠? 난 즐거워요." 하고 딸랑딸랑, 딸랑딸랑 계속해서 울린다.
>
> "댁의 선생님은 굉장히 댁을 귀여워해주시는 것 같군요." 하고 내 처지와 비교하여 넌지시 부러워하는 뜻을 내비친다. 얼룩이는 천진난만하다.
>
> "정말이에요. 마치 자기 자식처럼요." 하고 천진하게 웃는다.
>
> (『나는 고양이로소이다』二)

‹나›는, 설을 맞아 선생님이 사줬다는 방울을 달고 있는 얼룩이를 보고 '나 같은 건 태어나서 그런 훌륭한 것은 본 적이 없'다고 칭찬하며, '댁의 선생님은 굉장히 댁을 귀여워해주시는 것 같군요.' 하고, 자신의

처지와 비교하여 은근히 부러워하는 뜻을 내비친다. 얼룩이와 그 주인과의 관계는, "구샤미家에서는 불필요한 자에 불과한"[38] ‹나›와 몰인정한 그 가족들에게서는 찾아볼 수 없는, ‹내›가 동경해마지않는 인정 넘치는 가족의 이상적인 모습이라고 할 수 있을 것이다.

구메 요리코久米依子가 지적하고 있듯이, 『나는 고양이로소이다』가 발표된 메이지 30년대(1897~1906년)의 신문 잡지는 여전히 가족공동체의 가치나 가족애가 갖추고 있어야 할 모습을 확인하는 이야기를 반복하여 게재했고, 독자들도 '이에제도'가 내포하고 있는 모순에서 눈을 돌려 실태를 은폐하도록 만드는 이야기들을 요구했다.[39] 그 예로, 구메는 『나는 고양이로소이다』가 연재된 시기의 『호토토기스』에 게재된, 기르고 있는 고양이에 대해서 쓴 두 작품[40]의 내용을 분석하여, 이야기의 배후에 고양이와 화자를 둘러싼 친밀한 가정・가족상을 보이고 있음을 지적하며 당시의 『호토토기스』의 문장이 가족이나 친족을 취급할 때는, 친화적인 관계를 다루는 것이 통례였던 것처럼 보인다고 언급하고 있다.[41]

그런데 『나는 고양이로소이다』의 가족관계는 당시의 이러한 경향과는 달리 부부관계, 보모자식관계, 형제관계가 모두 친화적이지 못하고 냉랭하며, 화자인 ‹나› 또한 몰인정한 그들로부터 전혀 사랑받지 못하고 있다. 어째서일까?

그것은 앞에서 언급했듯이 소세키 개인의 원체험과 당시의 보편적인 사고방식과 가치관이 함께 작품 속에 깊이 투영되었기 때문일 것이다.

즉, 구샤미는 어린 시절의 양모와의 관계 속에서 형성된 여성 혐오,

38 前田愛, 「描の言葉, 描の論理」, 內田道雄・久保田芳太郎 編, 『作品論 夏目漱石』, 双文社, 1976, p.11.

39 주37의 책, p.129. 참조.

40 오기다 쇼후(荻田小風)의 『주운 고양이(拾ひ猫)』(1905. 1)와 사쿠마 호시(佐久間法師)의 『도둑은 고양이로소이다(泥棒は猫である)』(1905. 5)

41 주37의 책, pp.123-125. 참조.

여성 불신으로 가득 찬 여성관과 당시의 '이에제도'의 이데올로기에 의해 보편화된 여성 멸시관을 견지한 소세키에 의해 아내를 무시하고 멸시하는 남편으로 조형되었기 때문에 화목한 부부관계를 창출할 수가 없다.

부모자식관계에서는 애정이 넘치는 부성父性의 표현을 거의 찾아볼 수가 없는데, 이는 소세키가 양부는 물론 생부로부터도 애정이 담긴 따뜻한 부성을 느낄 수 없었던 원체험에 의한 부성의 결핍으로 자식에게 부성을 표현하는 방법을 몰랐기 때문이거나, 또는 참다운 부성을 보인 예가 없는 두 아버지에 대한 부정적인 관념이 구샤미에게 투영되었기 때문일 것이다.

부정적인 형제(자매)관계는, 인간의 경쟁심리 또는 자신의 능력 밖의 것을 추구하는 분수에 맞지 않는 욕심이라는 인간본성이 형제지간에서도 예외 없이 작용하는 데다, 가족의 사고방식과 행동양식을 구속하고 지배하는 '이에제도'의 이데올로기의 영향과 함께, 나쓰메家의 막내아들로서의 소세키가 겪은 형들과의 불쾌한 체험에 의해서 형성된, 형들에 대한 부정적인 관념이 투영되었기 때문이라고 하겠다.

그리고 구샤미 집에서 함께 살면서도 가족으로서 인정받지 못하는 ‹나›는, 진노家의 몰인정한 가족들로부터 사랑을 받지 못함은 물론 위기 상황에서도 보호받지 못한다. 가족 간에도 친화적인 관계를 유지하지 못하는데 가족의 일원으로 인정받지 못하는 ‹나›와의 관계가 어떠했겠는가는 미루어 짐작할 수 있을 것이다.

당시의 문학상황은 작가 정보가 소설의 독해에 불가결한 코드가 되어 있었기 때문에, 『나는 고양이로소이다』에 묘사되어 있는 "진노家는 나쓰메家의 데포르메라고 간주"되는 일이 많았고, 그 결과 "『나는 고양이로소이다』는 알맞게 희화화戯畵化된 작가의 초상肖像을 제공한 게 된다."[42] 고 피력한 구메의 언설은, 『나는 고양이로소이다』의 가족관계에 소세키의 원체험에 의해 형성된 여성관, 가족에 대한 특별한 관념, 당시의 보편적인 가치관 등이 투영되어 있음을 의미하는 것이라고 하겠다.

이러한 경향은 『나는 고양이로소이다』 이후의 거의 모든 작품의 가족관계에서도 확인할 수 있고, 특히 『나는 고양이로소이다』와 자서전적인 성격을 지닌 『노방초』는 정도의 차이는 있으나 구샤미와 겐조의 가족에 대한 태도가 매우 유사함을 볼 수 있는데, 이는 작가 자신의 모습이 직접 투영되었기 때문일 것이다.

소세키의 소설 세계에 조형된 거의 모든 가족관계가 어둡고 무거운 톤을 띠고 있는 것도 위와 같은 이유에서 비롯된다고 할 수 있고, 소세키문학의 가족관계의 특징은 『나는 고양이로소이다』에서부터 나타나기 때문에, 『나는 고양이로소이다』에는 소세키의 문학적 생애에서 거의 변하지 않고 일관되게 전개된 가족관계의 특징의 원형이 내재되어 있다고 말해도 좋을 것이다.

42 앞의 책, p.132.

제2장
『그 후それから』

『그 후』[1]는 주로 메이지明治의 사회상이나 문명비판에 경도되어 있던 소세키의 관심이 인간의 내면으로 보다 더 기울기 시작한 작품이라고 말할 수 있다. 즉, 근대적 자아에 눈뜬 인간이 그 삶을 어떻게 영위해야 할 것인가를 실험적으로 추구한 작품이라고 하겠다. 이를 위해 소세키는 다이스케代助, 미치요三千代, 히라오카平岡 3인이 벌이는 삼각관계를 통해 그 진상을 규명코자 했다.

따라서 이 작품에 대한 해석読み은 연애(사랑)를 코드로 한 것이 주류[2]를 이루고 있고, 이들과는 달리 이시하라 지아키石原千秋, 사사키 미쓰루佐々木充 등은 가족관계에 초점을 맞춰 종래와는 다른 시각에서의 연구 성과를 거두었다.[3] 그러나 가족구성원 전반에 걸친 연구는 찾아보기 어려운 실정이다.

소세키 최초의 실험소설이라 할 수 있는 『그 후』의 가족관계에 대해

1 『それから』; 1909년 6월부터 10월까지 「아사히신문(朝日新聞)」에 연재, 1910년 1월 春陽堂에서 간행된 나쓰메 소세키(夏目漱石)의 전기(前期) 3부작(三部作) 중 하나.

2 예를 들면 猪野謙二, 「『それから』の思想と方法」, 『岩波講座 文学の創造と鑑賞』第1巻, 岩波書店, 1954. 越智治雄, 「『それから』論」(『日本近代文学』5, 1966. 11). 浜野京子, 「‹自然の愛›の両儀牲－『それから』における‹花›の問題－」(『玉藻』19, 1983. 6). 大岡昇平, 「姦通の記号学－『それから』『門』をめぐって－」(『群像』, 1984. 1) 등 참조.

3 石原千秋, 「反=家族小説としての『それから』」(『東横国文学』19, 1987. 3). 佐々木充, 「『それから』論－嫂という名の‹母›－」(『国語と国文学』, 1989. 1)

서는 이미 저자의 기간旣刊의 저서[4]에서 다룬 바 있다. 그러나 이 책은 가족의 핵심인 부부관계를 중점적으로 다루었기 때문에 상세한 작품분석은 부부관계가 크게 부각된 『문門』, 『행인行人』, 『마음こゝろ』, 『노방초道草』, 『명암明暗』 등에 집중되었고, 『그 후』는 부모자식 · 형제관계에서만 약간 언급되었을 뿐, 가족관계 전반에 대한 심도 있는 고찰은 이루어지지 않았다. 그러므로 본서에서는 미진했던 『그 후』의 등장인물들의 가족 구성원간의 관계를 상세히 분석하여 그 특징을 추출하여 소세키문학의 가족관계의 양상을 밝혀보고자 한다.

Ⅰ 부모자식관계

소세키 소설이 대부분 주인공들의 부모가 조사早死하였거나 부재한 상태에서 시작되고, 그것이 작품의 기본설정이라는 것은 이미 사사키 미쓰루佐々木充에 의해 지적된 바 있다.[5] 그러나 『그 후』의 주인공 다이스케의 경우는, 어머니는 여의었지만 아버지가 생존해 있으므로 본서에서는 다이스케와 아버지 나가이 도쿠長井得와의 관계를 중심으로 고찰하도록 하겠다.

대학을 졸업했으면서 직장도 갖지 않은 다이스케는 아버지의 경제적인 원조로 결혼도 하기 전에 집을 나와 단독주택에서 서생과 가정부를 두고 생활하고 있다. 아버지가 다이스케의 별거를 허락하고 경제적인

4 吳 敬, 『가족관계로 읽는 소세키(漱石)문학』, 보고사, 2003.
5 사사키 미쓰루의 논고 「母の不在 父の不在」(『漱石推考』, 桜楓社, 1992. 所收)에 의하면, 소세키의 작품의 등장인물들의 부모의 사망률은 어머니가 37%, 아버지가 31%로 당시의 평균 사망률에 비해 상당히 고율(高率)이라고 한다. 중심인물의 경우에는 한층 더 높아 생모의 사망률은 49%, 생부의 사망률은 36%에 달하고 있다.

원조를 해주는 것은 언뜻 생각하면 "골육의 은애"(三)[6]인 것처럼 보이지만, 실상은 "다이스케가 나가이가長井家의 중심에서 따돌림을 당하여 주변에밖에 위치할 수 없다는 것을 말해주는 것"[7]이다. 즉 다이스케의 별거는 그를 위한 것이라기보다는 집안에서의 존재가치가 없어진 실질적인 차남(3명의 형 가운데 2명의 형은 요절)인 그가 '이에家'에서 축출된 것이라고 해야 할 것이다.

잘 알고 있는 바와 같이 '이에제도'에 있어서 가독家督은 장남에서 장남으로 상속된다. 그러므로 장남 이외의 아들은 '이에'에서는 그다지 중요한 존재가 아니다. 차남의 존재가 가치를 지니는 것은 장남에게 만일의 일이 생기면 그 대신 가독을 상속해야 하기 때문이다. "성자천지도야誠者天之道也"[8](三)라는 액자를 가장 소중히 하고 있는 아버지가 자신의 아명兒名을 세이노신誠之進, 장남을 세이고誠吾, 손자를 세이타로誠太郎라고 대代를 이을 사람에게는 '誠'字를 넣어 작명한 반면, 다이스케代助는 '誠'字 대신에 대리代, 또는 보조助의 뜻을 나타내는 이름으로 작명한 것이 이를 잘 설명하고 있다고 하겠다. 나가이가에서 다이스케는 장남인 세이고의 '대리(스페어)'로서의 역할을 위해서 '이에'에 존재할 가치가 있었던 것이다.

그러나 세이고는 이미 결혼하여 15세가 된 아들을 두고 있다. '이에'의 대를 이을 장남이 건재할 뿐만 아니라, 그 아들이 성인에 가까운 나이가 되었으므로 '스페어'로서의 다이스케는 더 이상 필요가 없게 되었던 것이다. 그러므로 아버지는 별거하겠다는 다이스케의 요청을 순순히 받아

6 夏目漱石, 『漱石全集』第8卷, 岩波書店, 1956.
7 石原千秋, 『反轉する漱石』, 靑土社, 1997, p.213.
8 성자천지도야(誠者天之道也); 『중용』(中庸) 제20장에 "정성은 하늘의 도리다. 이것을 정성껏 행하는 것은 사람의 도리다."라고 쓰여 있는데, 정성이라는 것은 천연자연으로 받은 것이지만, 그것을 내 자신이 구현하도록 노력하는 것이 사람의 도리라는 의미.

들이고, 호주로서의 부양의 의무[9]를 다 하기 위해서 경제력이 없는 그의 생활비를 원조해주고 있다. 그리하여 다이스케는 나가이가에서 떨어져서 "정신의 자유"(十六)를 누리고 있지만, 아버지('이에')로부터 완전히 독립하여 자신의 의지대로 살아갈 수 있는 입장이 못 된다. 다이스케가 누리고 있는 삶은 한 달에 한 번씩 본가에 가서 생활비를 받지 않으면 유지할 수 없는 취약하기 이를 데 없는 것이다.

호주로서의 부양의 의무를 수행하기 위한 아버지의 경제적인 원조는 다이스케를 호주의 권한에서 이탈할 수 없도록 하는 구속력을 갖고 있다. 그러므로 아버지는 다이스케가 "자기의 태양계에 속해야만 한다고 이해하고", "자기는 어디까지나 다이스케의 궤도를 지배할 권리가 있다"고 믿어 의심치 않고 있는 것이다.

이러한 아버지로부터 벗어나서 잠정적이기는 하지만 '정신의 자유'를 누리기 위해 다이스케도 "어쩔 수 없이 아버지라는 노 태양老太陽의 주위를 똑바로 회전하는 것처럼 가장하고 있"(이상 三)다.

> "사업이 싫다면 싫은 대로 좋다. 특별히 돈을 버는 것만이 일본을 위한 것이 된다고는 할 수 없을 테니까. 돈은 벌지 않아도 괜찮다. 돈 때문에 이러니저러니 말하게 되면 너도 기분이 나쁘겠지. 돈은 지금까지와 마찬가지로 내가 보조해 주마. 나도 이제 언제 죽을지 모르고, 죽으면 돈을 가지고 갈 수도 없을 테니까. 매달 네 생활비 정도는 아무튼 해 주마. 그러니까 분발해서 뭔가 하는 게 좋아. 국민의 의무로서 하는 게 좋겠다. 너도 이제 서른이지?" (『그 후』三)

다이스케를 불러들여 그의 결혼문제를 언급하기 전에, 아버지는 돈

9 메이지 민법(明治民法) 제747조에는, "호주는 그 가족에 대해서 부양의 의무를 진다."라고 되어 있다.

문제와 자신과 다이스케의 나이를 거론하면서 다이스케에게 무언가 하라고 충고한다. 그러나 이것도 다이스케를 위한 것처럼 보이지만 실은 자신이 베풀어 준 은혜를 다이스케에게 환기시키기 위한 것이다. "지금 이타본위로 하고 있는가 생각하면 어느새 이기본위로 바뀌어 있는"(三) 아버지의, 즉 이타본위를 표방한 아버지의 의도적인 서두인 것이다.

불경기로 회사 경영이 여의치 않게 된 아버지는 다이스케를 부양하는 의무가 무거운 짐이 되자, 재산가의 딸과 "정략적인 결혼"을 시켜 그 부양의 의무를 떠넘기려는 계획을 갖고 있는 것이다.[10] 그뿐만 아니라 실업계에 곤란과 위험이 발생할 때 대지주인 사가와佐川처럼 지방에 튼튼한 기초를 갖고 있는 "친척이 한 집 정도 있는 것은 대단히 편리하고, 또한 이제 굉장히 필요하다"(이상 十五)고 생각했기 때문이다. 이러한 아버지의 속셈은 다이스케와의 다음과 같은 대화, 즉 "독립할 수 있을 정도의 재산을 갖고 싶지 않느냐"는 자신의 질문에 다이스케가 "물론 갖고 싶다"고 대답하자, "그럼 사가와의 딸과 결혼하면 된다고 하는 조건을 달"(九)고 있는 데서 명백하게 드러난다.

그러나 아버지는 다이스케가, "그렇게 사가와의 딸과 결혼할 필요가 있"느냐고 질문하자 다음과 같은 네 가지 이유 때문이라고 설명한다.

> 자식의 미래가 걱정인 점, 자식에게 아내를 얻어주는 것은 부모의 의무라는 점, 며느리의 자격 기타에 대해서는 본인보다도 부모 쪽이 훨씬 주도면밀한 주의를 하고 있다는 점, 남의 친절은 그 당시야말로 쓸데없는 참견으로 보이지만, 나중에 보면 다시 한 번 까다롭게 간섭해 주기를 바

10 자식의 결혼상대를 부모가 결정하는 것은 당시(明治時代)에는 일반적인 일이었기 때문에 『마음』에서도 후견인인 숙부가 ‹선생›에게 자신의 딸과의 결혼을 강요했고, ‹나私›의 친구의 경우도 부모가 선택한 결혼상대가 마음에 들지 않아 방학인데도 고향에 돌아가지 않고 가마쿠라(鎌倉)해변에서 ‹나›와 해수욕을 즐기면서 시간을 보내고 있었던 것이다.

라는 시기가 오는 법이라는 점. (『그 후』九)

"유교의 감화를 받"아 사람의 행동 원리를 "남을 위해서"(이상 三)에 두고 있는 아버지는 자신의 생각이 다이스케의 자아를 무시하고 그 개성을 침해하고 있음은 전혀 깨닫지 못하고, 모두 다이스케를 위해서 부모의 의무를 다 하는 것이라고 믿고 있는 것이다.

다이스케도 이러한 아버지의 "덕의상의 교육"(九)을 받아 처음에는 아버지를 존경하고 있었다. 다이스케가 3, 4년 전의 자신의 삶을 회고하며 "그 때는 아버지가 금으로 보였다"(六)고 말하고 있는 것에서 그렇게 유추할 수 있다. 그러나 "대부분을 아버지가 칠한" 도금이 벗겨진 지금은 "아버지는 자기를 은폐하는 위군자僞君子이던지, 또는 분별력이 부족한 어리석은 사람"(九)에 지나지 않는다고 생각하고 있다. 아버지에 대하여 이렇게 경멸하는 마음을 갖고 비판적으로 생각하는 아들의 모습은 다이스케 이외에도 『도련님』의 ‹나おれ›, 『행인』의 이치로一郎, 『마음』의 ‹나私›, 『노방초』의 겐조健三, 『명암』의 쓰다津田 등에게서도 찾아볼 수 있는데, 이러한 아들들이 아버지를 경애할 수 없음은 자명한 일이다.

다이스케의 이와 같은 변화는 3년 전 "도금을 금으로 통용시키려"(六)고 했던 자신의 "의협심"을 "어설프게"(十六) 행사한 이래 생긴 것이다.

대학시절, 다이스케에게는 스가누마菅沼와 히라오카라는 두 친구가 있었다. 다이스케는 스가누마의 집에 자주 놀러 갔고, 후에 히라오카도 출입하기 시작했다. 두 사람은 스가누마의 누이동생인 미치요와 친해졌다. 특히 다이스케는, "누이동생의 미래"를 위한 계획을 자신에게 밝힌다든지 "취미에 관한 누이동생의 교육"을 모두 자신에게 위임하는 등, 자신과 미치요의 "접촉의 기회를 될 수 있는 대로 주도록 노력"(이상 十四)하는 스가누마의 의식적인 배려 하에서 미치요와의 관계가 자연스럽게 친밀해져 갔다. 이러한 그들 사이에 아무 것도 모르는 히라오카가 끼어들어 와서 미치요와의 결혼을 주선해 달라고 다이스케에게 부탁한 것이다.

평소, "~을 위해서" 정성을 다하는 것을 모토로 살아온 아버지의 이타본위의 논리에 교화된 다이스케는, 아버지의 가르침대로 자신의 "미래를 희생하더라도" 히라오카의 "바람을 들어주는 것이 친구의 본분"(十六)이라고 생각하여 히라오카와 미치요의 결혼을 주선해 주었다. 그러나 아내가 된 미치요를 데리고 근무처인 게이한京阪[11]지방으로 떠나가는 히라오카의 안경 너머로 "만족한 빛이 부러울 정도로 움직이는" 것을 보았을 때, "갑자기 이 친구를 얄밉게 생각"(이상 二)하게 되었다. 미치요에 대한 사랑보다도 아버지의 훈계를 중시했던 자신의 행동이 얼마나 어리석고 위선적이었던가를 깨닫게 된 것이다. 금으로 보였던 아버지의 이타본위가 실은 '자기를 은폐하는' 수단이었음을 비로소 알게 된 것이다.

이렇게 하여 "아버지에 대해서 자신을 4분의 1도 털어놓지 않"게 되었고, "그 덕택에 아버지와 불화의 관계를 간신히 지속해"(十五) 온 다이스케는, 사가와의 딸과의 결혼을 바라는 아버지의 강력한 의지를 저버리고 3년 전의 실패를 회복하기 위해, 아니 도금이 벗겨진 자신의 솔직한 "자연의 의지"(十四)에 따라 미치요를 히라오카로부터 빼앗을 것을 결심한다.

그러나 미치요를 빼앗는 것은 다이스케에게는 결혼을 권하는 아버지와의 결정적인 단절을 의미하는 것이었다. 히라오카에게 미치요를 양보해 달라고 부탁한 다이스케는 히라오카로부터 의절 당하고, 히라오카가

11 게이한(京阪); 교토(京都)와 오사카(大阪)를 포함한 지역.

보낸 편지를 통해 이러한 사실을 알게 된 아버지로부터도 부자간의 의절을 통보 받는다. 이제 다이스케에게 있어서 "미치요 이외에는 아버지도 형도 사회도 인간도 모두 적敵"(十七)일 뿐이다.

아버지의 다이스케에 대한 교육의 근거는, "자식이 부모에 대한 천부天賦의 정이 자식을 돌보는 방법 여하에 의해 변할 리가 없다. 교육을 위해 조금 무리를 하더라도 그 결과는 결코 골육의 은애에 영향을 미치는 것은 아니다."라고 생각하게 만든 유교적인 사고방식에 있었다. 즉, "자신이 다이스케를 존재하게 했다는 단순한 사실이, 모든 불쾌한 고통에 대하여 영구한 애정의 보증이 된다"고 생각한 아버지는 그 신념을 갖고 끊임없이 밀고 갔던 것이다. 그리하여 "자신에게 냉담한 한 아들을 만들어 내었다"(이상 三). 이 아버지의 사상은 그대로 '이에제도'의 이데올로기임을 알 수 있다.

'이에세도'에 있어서는, 자식에 대한 부모의 은혜의 근본은 자식을 낳아준 것에 있고, 더구나 부모의 은혜는 항상 자식의 효도와 한 세트가 되는 것을 예상하고 있기 때문이다.[12] 이 '이에제도'의 이데올로기를 철저하게 수행한 아버지의 교육이 부자간의 따뜻한 정을 냉각시켜 결국 아들과의 관계 단절을 초래했다고 할 수 있겠다.

소세키문학에서 부모가 생존해 있는 경우의 부모자식관계는 다이스케와 아버지가 보여주는 것처럼 자애와 경애심이 넘치는 긴밀한 관계가 아니라, 그 관계가 단절되어 있던지 자식에 대해 마음을 열고 사랑하는 일이 없는 가부장적인 권위만을 행사하는 부친상이 그려져 있는 것이 대부분이다. 소세키가 그리는 부모자식관계가 이렇게 어둡고 부정적인

12 자식의 효도는 부모의 은혜를 전제로 하고 은혜에 의해 조건지워진다. 효도와 은혜의 이러한 조건관계·교환관계가 효도의 논리적 및 심리적인 구조의 특질이다. 川島武宣, 「イデオロギ-としての孝」, 『イデオロギ-としての家族制度』, 岩波書店, 1957, p.102. 참조.

양상을 보이는 것은 어째서일까?

그것은 아마도 소세키가 '이에제도'의 이데올로기에 근거한 당시의 보편적인 사고방식과 가치관을 견지한 데다, 그의 마음 깊은 곳에 부모(특히 부친)에 대한 부정적인 관념을 각인시킨 원체험原體驗의 영향 때문일 것이다. 즉 양부養父는 물론 생부生父로부터도 애정이 담긴 따뜻한 부성父性을 느낄 수 없었던 원체험에 의한 부성의 결핍으로 자식에게 부성을 표현하는 방법을 몰랐거나, 또는 참다운 부성을 보인 예가 없는 두 아버지에 대한 부정적인 관념이 무의식중에 작품에 투영되었기 때문이라고 생각된다.[13]

Ⅱ 부부관계

『그 후』에는 히라오카・미치요, 다이스케의 형 세이고・우메코梅子 두 쌍의 부부가 등장하는데, 작품의 주요등장인물인 히라오카와 미치요의 부부관계는, 다이스케와의 대화 속에서의 부부의 언설이나 다이스케에게 목격되는 장면 등을 통해서 추출해낼 수 있다.

> 다이스케는 지금 히라오카가 괴롭게 된 것도 그 발단은 질이 나쁜 돈을 빌리기 시작한 것이 전전하여 탈이 된 것이라고 들었다. 히라오카는 그곳에서 처음에는 대단한 근면가로 통했지만, 미치요가 출산 후 심장이 나빠져 휘청거리기 시작하자 놀기 시작한 것이다. 그것도 처음에는 그리 심하지 않았기 때문에 미치요는 그저 사교상 어쩔 수 없겠지 하고 체념하고 있었지만, 마지막에는 그것이 점점 심해져 끝이 없기 때문에 미치요도

13 상세한 것은 吳 敬, 「『こゝろ』再考－‹親子関係›を中心として－」, 『文学研究論集』第12号(筑波大学比較・理論文学会, 1995. 3)를 참조 바람.

걱정했다. 걱정하면 몸이 나빠진다. 그렇게 되면 방탕이 더욱 심해진다. 불친절한 게 아니고 제가 나쁘지요라며 미치요는 일부러 변명했다. 그렇지만 또 쓸쓸한 얼굴을 하고, 하다못해 아이라도 살아있었더라면 얼마나 좋을까 하고 절실히 생각했던 적도 있었다고 고백했다.

다이스케는 경제문제의 이면에 숨어있는 부부의 관계를 대강 짐작할 수 있을 것 같았기 때문에 너무 많이 이쪽에서 묻는 것을 삼갔다.

(『그 후』八)

위의 예문으로부터 미치요와 히라오카는 당면한 경제문제로 괴로움을 당하고 있고, 그 발단은 히라오카의 방탕에 기인하고 있음을 알 수 있다. 미치요가 출산 후 심장병이 악화되어 아내로서의 역할을 제대로 하지 못하게 되자 시작된 히라오카의 방탕은 미치요의 건강을 더 악화시키는 요인이 되었고, 그러면 그의 방탕이 더욱 심해지는 식으로 악순환이 계속된 것이라 하겠다.

그리고 히라오카가 아내에게 시킨 "부끄러운 일", 즉 빚을 갚는데 필요한 돈을 다이스케에게 부탁하여 변통해오라고 하여 미치요가 다이스케를 찾아갔을 때 나눈 다음과 같은 대화에서도 그 빚이 히라오카의 방탕과 관련된 것임을 미루어 짐작할 수 있다.

"그런데 왜 그렇게 빚을 졌습니까?"

"그러니까 저도 생각하면 싫어져요. 저도 병을 앓았기 때문에 나쁘기는 하지만요."

"병났을 때의 비용입니까?"

"그렇지 않아요. 약값 같은 건 별 것 아니었어요."

미치요는 그 이상을 말하지 않았다. 다이스케도 그 이상을 물을 용기가 없었다. 그저 창백한 미치요의 얼굴을 바라보며 그 속에서 막연한 미래의 불안을 느꼈다. (『그 후』四)

이처럼 지금의 경제적인 파탄의 원인과 그 책임이 가장인 자신에게 있음에도 불구하고 그것을 인식하지 못하는 히라오카는 아내에 대한 미안함이나 배려 같은 것은 전혀 없다. 그렇기 때문에 그는 회사원으로서의 자신의 실패로 어쩔 수 없이 상경하여 경제난으로 힘든 가운데 새로 살림을 준비하느라 심신이 지쳐있는 병약한 미치요에 대하여 무관심하다 못해 방치하고 있다고 생각될 정도로 냉정하다. 미치요는 "남편이 늘 밖에 나가 있어서 단조로운 집안에서의 시간이 따분해서 애먹"고 있지만, 히라오카는 이러한 아내의 처지는 아랑곳하지 않고 "집에 돌아가도 재미가 없으니 어쩔 수 없지 않느냐."(이상 十三)며 차분히 집에 있는 날이 없거나 아예 귀가하지 않는 날도 있다. 그리고 미치요에게 부탁받은 돈을 변통해준 다이스케를 찾아와 "실은 나도 고맙다는 인사를 하러 온 것이지만 곧 본인이 찾아와서 정식으로 인사할 테니까."(八)라며 미치요와 자신을 별개인 것처럼 말한다. 히라오카가 아내를 대하는 태도가 결혼 당시와는 달라진 것을 부부가 도쿄에 돌아왔을 때 이미 간파한 다이스케는, "남편의 사랑을 잃어가고 있는"(十三) 미치요를 가엽게 생각하고 있다.

이들의 부부관계가 이처럼 냉랭하게 된 데에는 아이가 없다는 점도 한 요인이라고 할 수 있다. 남편의 무관심과 냉대로 외로운 미치요는 '하다못해 아이라도 살아있었더라면 얼마나 좋을까 하고 절실히 생각'하지 않을 수 없다. 의지할 데 없는 "황량한 마음"(十三)을 아이에게라도 쏟으며 위로받고 싶었기 때문일 것이다. 그러기에 아이가 태어나 곧바로 죽은 지 2년이 지났는데도 미치요는 "만든 채 아직 풀지도 않고 있"는 아기 옷을 꺼내와 "무릎 위에 놓은 채" "한참을 고개를 숙이고 바라보고" 있는 것이다.

이를 본 히라오카는 "아직도 그런 것을 간직하고 있었어? 빨리 뜯어서 걸레라도 해버려."(이상 六)라며 미치요를 나무란다. 이런 히라오카의 반응은 다음과 같은 다이스케와의 대화에서 유추해볼 때, 건강이 좋지 않아서 아이를 낳을 가망이 없는 미치요에 대한 불만의 표시라고도 볼 수 있겠다.

> "어린아이 일은 애석하게 되었네."
> "응. 가엾게 되었지. 그 때는 정중히 위로해줘 고마웠네. 어차피 죽을 거라면 태어나지 않는 편이 좋았어."
> "그 후는 어떤가? 아직 둘째는 생기지 않았나?"
> "응. 아직이고 뭐고 이제 틀린 것 같아. 몸이 그다지 좋지 않아서."
> (『그 후』二)

어린아이는 부부관계를 원만하게 해주는 매개체임이 분명하다. 그러나 이들에게는 아이가 없을 뿐만 아니라, 미치요가 병약하여 앞으로 아이를 낳을 희망도 없다. 그래서 그녀는 히라오카가 방탕하고 냉대해도 불만을 토로하지 못하고, 빚을 지게 된 데에는 자신의 탓도 있다고 인정하여 히라오카를 변호하고 있다. 히라오카나 미치요는 모두 자신들의 불행의 원인이 미치요에게 있는 것으로 생각하고 있음이 틀림없다. 부부의 이와 같은 사고방식의 배후에도 역시 당시의 '이에제도'의 이데올로기가 작용하고 있음을 간과해서는 안 될 것이다.

다 알고 있는 바와 같이 아이는 당시의 '이에제도' 하에서는 없어서는 안 될 절대적인 존재였다. 특히 '이에'를 이어 갈 상속인으로서의 아들은 더욱 중요시되는 존재였다. 예전에는 자식이 없으면 남편이 아내를 버릴 수 있는 일곱 가지 사유七去法 중의 하나가 될 정도였기 때문에, 여성은 아이를 낳음으로써 비로소 아내의 지위가 확보되고 보증 받게 된다

고도 말할 수 있다.[14]

이러한 사회적인 통념 외에도 "두 사람의 피를 나눈 애정의 결정체"로서 "눈에 보이지 않는 사랑의 정에 일종의 확증이 될 만한 형체"(『門』十三)를 주는 아이가 없다는 것은, 부부에게 기대할 만한 미래가 없다는 것도 의미하는 것이라고 하겠다. 미치요의 인상이 『문』의 오요네お米나 『마음』의 시즈静처럼 "어딘지 모르게 쓸쓸한 느낌이 드는" 것도, 다이스케가 "창백한 미치요의 얼굴을 바라보며 그 속에서 막연한 미래의 불안"(이상 四)을 느끼는 것도 이러한 요인들과 무관하지 않을 것이다.

다음으로 세이고와 우메코의 경우를 보자. 아들과 딸 하나씩을 둔 이들 부부는 그 관계가 크게 나쁘다고 지적할만한 일은 없다. 나가이가의 장남으로서 아버지가 관계하고 있는 회사에 들어가 중요한 위치에서 바쁘게 활동하고 있는 세이고는 집안일이나 자녀 교육 등에는 거의 관여하지 않고 아내에게 맡기고 있다.

쾌활하고 적극적인 성격의 우메코는 시어머니가 없는 가정의 맏며느리로서 모든 집안일을 총괄하며 매사를 시아버지와 남편의 지시에 따라 행하고 있다. 회사 일로 바쁜 남편에 대해서도 큰 불만 없이 지내고 있다. 이들은 당시의 전형적인 부부상이라고 보아도 좋을 것이다. 즉 공적公的영역과 사적私的영역을 명확히 분리하고 역할을 분담하여, 바쁘게 사회활동을 해야 하는 남편이 공적인 활동에만 전념하도록 아내는 사적영역인 집안일과 자녀교육을 책임지고 맡아 행함으로써 당시의 근대사회가 지향하는 전형적인 가장과 현모양처가 될 수 있었던 것이다. 세이고

14 가와시마 다케요시(川島武宣)가 '이에'를 지탱하는 의식(신념체계・가치체계)으로서 들고 있는 여섯 가지 속에 '자식'에 관련된 것은 다음과 같다. 첫째로 혈통연속에 대한 강한 존중 －특히 옛날 무사계층에 있어서는 부계(父系)혈통에 대한 강한 존중, 여성에 대한 멸시－ 및 선조와 자손이 일체라는 신념, 두 번째로 그 결과 다산(多産)의 존중, 자식을 낳지 못한 아내에 대한 멸시. 주12의 책, pp.33-34. 참조.

의 경제력은 가사노동에 종사해야 할 우메코의 노동의 수고를 덜어 여가를 즐기게 해줌으로써 가장을 가장답게 하는 권위로 작용했기 때문에 그는 아내 위에 군림할 수 있었던 것이라고 하겠다.

그러므로 우메코는 미치요와 마찬가지로 남편이 자신과 함께 있는 시간이 많지 않아도 큰 불만 없이 남편을 내조하며 시아버지를 모시고 있다. 뿐만 아니라 위기의 조짐을 보이는 회사의 경제력 강화를 위해서 "인연이 있다"(三)는 것을 구실로 다이스케에게 정략결혼을 시키려는 시아버지의 계획대로 그 일을 적극적으로 추진한다. 이는 머지않아 시아버지가 은퇴하면 회사는 남편이 차지하게 될 것이기 때문이다. 우메코는 남편 세이고가 가부장제의 이데올로기에 의해 가독을 상속하여 가장으로서의 권력을 부여받을 장남이라는 것을 잊지 않고 있는 것이다.

요컨대, 세이고와 우메코 부부는 당시의 사회가 지향하는 가장 이상적이고 선형석인 부부라고 말할 수 있고, 이들 부부가 보여주는 관계의 배후에도 그것이 원만치 못한 히라오카・미치요 부부와 마찬가지로 '이에제도'와 가부장제의 이데올로기가 작용하고 있다고 하겠다.

Ⅲ 형제관계

다이스케는 장남 세이고와의 사이에 있던 두 형의 요절로 실질적인 차남이 된 4남이다. 다이스케라는 이름이 대변해주는, 나가이가에서 그의 존재가 어떤 것이었는가에 대해서는 앞에서 이미 언급했다. 다이스케는 아버지의 사망으로 인한 가독 상속을 둘러싼 문제와 관련된 소세키의 다른 작품의 주인공들과는 달리, 은퇴하여 가독을 장남에게 상속하려는 아버지에 의해 '이에'로부터 축출된 차남이라서 그런지 형 세이고와의 사이에 직접적인 대립은 보이지 않는다. 텍스트에는 형제관계를 다음과 같이 묘사하고 있다.

> 다이스케는 두 아이(형의 자식; 인용자)에게 대단히 인기가 있다. 형수에게도 꽤 있다. 형에게는 있는지 없는지 알 수 없다. 가끔 형과 동생이 맞부딪치면 그저 세상이야기를 한다. 쌍방이 모두 아무렇지 않은 얼굴로 태연하게 지내고 있다. 진부함에 완전히 익숙한 모습이다. (『그 후』三)

위의 인용문에서 보는 것 같이 다이스케에게서는, 장남으로서 아버지가 관계하는 회사에 들어가 바쁘게 활동하고 있는 형과 대립하거나 크게 불만을 느끼고 있는 모습은 보이지 않는다. 그것은 세이고가 다이스케의 "유흥비를 불평도 말하지 않고 변상해 준 일"도 있으며, 아버지가 다이스케를 "아무래도 가망이 없는 것 같다"고 평했을 때, "그냥 놓아두어도 괜찮다, 틀림없이 머지않아 뭔가 할 것이라고 변명"(이상 六)해 주는 등, 동생에 대한 형의 역할을 비교적 잘하고 있기 때문일 것이다.

그러나 치밀한 사색력과 예민한 감응성, 남이 느낄 수 없는 것을 느끼는 신경의 소유자인 다이스케가 세속적인 형을 경애하고 있다고는 말할 수 없다. 다음과 같은 형에 대한 다이스케의 평이 이를 잘 말해 준다.

> 다이스케는 세이고가 항상 분주해 하는 모습을 알고 있다. (중략) 아침부터 밤까지 많은 사람이 모이는 곳에 얼굴을 내밀고 만족하게도 보이지 않으며 실망하고 있다고도 생각되지 않는 모습은, 이러한 생활에 아주 익숙해서 해파리가 바다에 표류하면서 바닷물을 짜게 느낄 수 없는 것 같은 것일 거라고 다이스케는 생각하고 있다.
>
> 그 점이 다이스케에게는 고맙다. 왜 그러냐면 세이고는 아버지와는 달리 일찍이 까다로운 설교를 다이스케에게 한 적이 없다. 주의라든가 주장

이라든가 인생관이라든가 하는 복잡한 것은 아예 요만큼도 입에 담지 않기 때문에 그것이 있는 건지 없는 건지 거의 요령부득이다. 그 대신 이 복잡한 주의라든가 주장이라든가 인생관이라든가 하는 것을 적극적으로 파기한 예도 없다. 정말로 평범해서 좋다.

그러나 재미있지는 않다. 이야기 상대로서는 형보다도 형수 쪽이 다이스케에게는 훨씬 흥미가 있다. (『그 후』五)

"자신은 특수한 사람이라고 생각"(六)하는 다이스케는, 주의, 주장, 인생관 같은 것도 전혀 입에 담지 않는 평범한 인물로서 세속적인 인간의 대표처럼 생활하고 있는 세이고가 자기에게 '까다로운 설교'를 하지 않고 성가시게 하지 않기 때문에 그 점을 다행이라고 생각하고 있다. 그리고 무슨 생각을 하면서 살고 있는지 전혀 알 수 없는 세이고가 마치 "손잡이가 없는 주전자와 같아서 어디에서부터 손을 대야할지 모르"(五)겠는 점에 흥미를 느끼기는 하지만, 형을 이야기상대로도 삼고 싶지 않은 재미없는 사람으로 인식하고 있다.

한편, 다이스케에 대한 형 세이고의 생각은 어떠한가?

"너는 평소부터 잘 알 수 없는 남자였다. 그래도 언젠가 알 수 있는 기회가 오겠지 생각하여 오늘날까지 지내왔다. 그러나 이번만은 도무지 알 수 없는 인간이라고 나도 체념해버리고 말았다. 이 세상에서 알 수 없는 인간만큼 위험한 것은 없다. 무엇을 하는 건지, 무엇을 생각하고 있는 건지 안심할 수가 없다. 너는 그것이 네 멋 대로니까 좋을지 모르겠지만, 아버지와 내 사회적인 지위를 생각해 봐. 너도 가족의 명예라고 하는 관념은 갖고 있겠지." (『그 후』十七)

세이고는 세이고대로 다이스케를 잘 알 수 없는 사람이라고 생각하고 있다. 형제는 생각하는 것이 전혀 다르기 때문이다. 세이고가 신경을 쓰는 것은 '사회적인 지위'나 '가족의 명예라고 하는 관념'이다. 전에 다이스케의 유흥비를 변상해준 것도 이러한 이유에서였던 것임을 알 수 있다. 세속적인 그가 장남으로서의 자신의 위치를 뚜렷이 자각하고 있다는 증거다. 그리고 "될 수 있는 대로 노인을 화나게 하지 않도록"(十二) 묵묵히 아버지를 따르고 있는데, 이는 가독 상속인으로서의 권리를 유지하기 위해서라고 볼 수 있겠다.

이에 반해 다이스케는 특수한 "이론가"(十一)로서 "그 자신에게 있는 특유한 사색과 관찰력"(六)으로 메이지 사회의 병폐와 아버지의 훈육을 비판하면서, 자기본위로 사고하며 행동하고 있다.

이렇게 세이고와 다이스케는 그 사고가 근본적으로 달라 서로를 이해할 수 없기 때문에 피차가 상대를 알 수 없다고 말하고 있다. 결국 이들의 형제관계는 아버지가 권하는 결혼을 거부하고 히라오카의 아내 미치요를 선택한 다이스케를, 세이고가 "부모의 명예에 관계되는 나쁜 짓"을 한 "바보", "쓰레기"(이상 十七)라고 매도하면서 아버지와 마찬가지로 의절을 선언함으로써 단절되고 만다. 이러한 형제관계의 근저에서 작용한 것도 '이에제도'가 규정한 장남과 차남의 신분의 차이에서 출발된 사고思考라고 할 수 있겠다.

이상 고찰한 바와 같이 『그 후』의 가족관계는, 가족이나 친족을 취급할 때는 친화적인 관계를 다루는 것이 통례였던 당시의 경향[15]과는 달리 부모자식관계, 부부관계, 형제관계가 모두 친화적이지 못하고 냉랭

15 메이지 30년대의 신문 잡지는 가족공동체의 가치나 가족애가 갖추고 있어야 할 모습을 확인하는 이야기를 반복하여 게재했고, 독자들도 '이에제도'가 내포하고 있는 모순에서 눈을 돌려 실태를 은폐하도록 만드는 이야기들을 요구했다. 그러므로 당시의 「호토토기스(ホトトギス)」의 문장이 가족이나 친족을 취급할 때는 친화적인 관계를 다루는 것이 통례였던 것처럼 보인다고 구메 요리코(久米依子)는 언급하고 있다. 久米依子, 「猫の家の人々」, 『漱石研究』第十四号, 翰林書房, 2001, pp.123-125, p.129. 참조.

하다.

다이스케와 아버지의 관계처럼 소세키의 소설 속에 부모가 생존해 있는 경우에는 특히 부친과의 관계가 단절되어 있거나 소원疎遠한 경우가 많아 애정이 넘치는 부성의 표현을 거의 찾아볼 수가 없다. 이는 제1장 『나는 고양이로소이다』에서 이미 밝힌 것처럼 소세키가 '이에제도'의 이데올로기에 근거한 당시의 보편적인 사고방식과 가치관을 견지한 데다, 양부는 물론 생부로부터도 애정이 담긴 따뜻한 부성을 느낄 수 없었던 원체험에 의한 부성의 결핍으로 자식에게 부성을 표현하는 방법을 몰랐거나, 또는 참다운 부성을 보인 예가 없는 두 아버지에 대한 부정적인 관념이 무의식중에 작품에 투영되었기 때문일 것이다.[16]

히라오카는, 자신들의 부부관계가 냉랭하게 된 원인과 책임이 자신에게 있다는 것을 인식하지 못하고 미치요의 건강상태나 마음고생 같은 것은 아랑곳하지 않은 채 그 책임이 미치요에게 있는 것처럼 행동할 뿐만 아니라, 아이를 낳을 가망성이 없는 미치요에 대한 불만 같은 것도 품고 있다. 미치요는 히라오카의 태도가 결혼 당시와는 달리 변한 데에는 자신의 책임도 있다고 인정하고 아무런 불만도 표하지 않고 묵묵히 감수하고 있는 것이다. "어딘지 모르게 쓸쓸한 느낌이 드는"(四) 미치요의 인상은 "남성 중심적인 성적 억압의 기구"[17]로서의 현모양처주의의 사상적 억압에 의해 만들어진 표정이라고 보아도 좋을 것이다.

이러한 표정은 『문』의 오요네, 『행인』의 오나오お直, 『마음』의 시즈에게서도 발견되는데, 이들은 소세키문학에서의 부부관계의 배후에서 '이

16 소세키는 소설 속에서만이 아니라 실제로 그 자신도 자식들에게 따뜻한 부성을 보이지 않았던 무서운 아버지였다고 하는데, 이는 소세키의 신경병에 의한 증상 외에 어린 시절에 경험하지 못한 부성의 결핍에서 유래한 것이라고 보아야 할 것이다. 제1장 『나는 고양이로소이다(吾輩は猫である)』, p.27. 참조.

17 小森陽一, 『世紀末の予言者・夏目漱石』, 講談社, 1999, p.202.

에제도'의 이데올로기에 근거한 여성 멸시관 내지 현모양처주의가 작용하고 있는 것을 보여주는 예들임에 다름 아니다.[18]

다이스케와 형 세이고는 '이에제도'가 규정한 장남과 차남의 신분차이에서 출발한 사고思考에 근거하여 행동하기 때문에 서로 이해할 수 없고, 따라서 피차가 상대를 알 수 없다고 말한다. 결국 이들의 관계도 아버지가 권하는 결혼을 거부하고 미치요를 선택한 다이스케를 세이고가 매도하고 의절을 선언함으로써 단절된다.

이처럼 소세키의 문학 속에 조형된 형제관계도 그 관계가 좋은 예를 거의 찾아볼 수 없는데, 이는 끝없는 욕심과 경쟁심이라는 인간본성이 형제지간에서도 예외 없이 드러날 뿐더러, 가족의 사고방식과 행동양식을 구속하고 지배하는 '이에제도'의 이데올로기의 영향과 함께 나쓰메가夏目家의 막내아들로 태어난 소세키의 삶 속에서 경험한 형들과의 불쾌한 경험에 의해서 형성된 형제에 대한 부정적인 관념이 투영되었기 때문이라고 하겠다.[19]

『그 후』 뿐만 아니라 소세키의 소설 세계에 조형된 가족관계가 대부분 어둡고 무거운 톤을 띠고 있는 것은 이처럼 소세키 개인의 원체험과 '이에제도'의 이데올로기에 근거한 당시의 보편적인 사고방식과 가치관이 함께 작품 속에 깊이 투영되었기 때문이라고 말할 수 있겠다.

18 이에 대한 상세한 내용은 吳 敬, 『가족관계로 읽는 소세키(漱石)문학』(보고사, 2003)의 제3장을 참조 바람.
19 제1장 『나는 고양이로소이다』, pp.29-31. 참조.

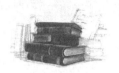

소세키漱石문학과
춘원春園문학에서의 가족관계

제3장

『행인行人』

『행인』[1]은 남자 주인공인 이치로一郎가 아내 오나오お直와 마음이 통하지 않아 고뇌하는 모습을 그린 작품이다. 『행인』에 대한 연구는 주로 이치로의 고뇌를 근대 지식계급의 고뇌의 한 전형으로 이해하는 것이 일반적이었다.[2] 대학교수인 이치로가 자신의 문제와 관련지어 인간의 불안, 종교론, 문명론 등을 언급하고 있고, 그것이 그의 고뇌와 고독과 미묘하게 얽혀 있어 『행인』 전체를 근대 지식인의 비판으로서 읽는 것을 가능하게 했기 때문일 것이다.

그러나 일상생활 속에서의 고독한 근대 지식인 이치로의 고뇌는 그 혼자만의 문제에서 비롯된 것이 아니라 아내와의 부부관계를 비롯한 가족 구성원들과의 관계 속에서 생성되어 심화되고 있으므로, 이치로만 초점화해서는 『행인』을 올바로 이해하기 어렵다고 본다. 이치로의 고독과 고뇌의 원인은 여러 면에서 찾을 수 있겠으나, 그를 둘러싼 가족들과

1 『行人』; 1912년 12월부터 1913년 11월까지 全 617회에 걸쳐 東京 · 大阪의 兩 「아사히신문(朝日新聞)」에 연재, 1914년 1월 大倉書店에서 간행된 나쓰메 소세키(夏目漱石)의 후기(後期) 3부작(三部作) 중 하나.

2 예를 들면, 가라키 준조(唐木順三)는 “우리들은 『行人』에서 근대 지식계급이 맛본 고뇌의 한 전형을 본다. 지식을 위한 지식을 끝까지 추구한 결과, 한발자국도 나가지도 물러서지도 못하고 불안과 초조에 몸을 태우고 있는 인간을 본다.”고 언급하고 있다. 唐木順三, 『夏目漱石』, 修道社, 1956, p.69.

의 관계 속에서 고찰해보면 그 해결의 실마리를 찾는 일도 그리 어렵지 않을 것이다.

소세키문학의 핵심적인 주제의 하나라 할 수 있는 자아, 자기본위의 추구는 주로 가정을 무대로 하여 가족과의 일상생활 속에서 고뇌하는 주인공의 삶을 통해서 보여주고 있는데 『행인』의 경우도 예외가 아님을 알 수 있다. 특히 소세키의 작품 대부분이 주인공의 부모가 조사早死하였거나 부재한 데다, 주인공의 가정이 부부 또는 핵가족만으로 이루어진 데 반해 『행인』은 거의 유일하게 부부를 중심으로 부모, 형제, 자녀 3세대가 동거하는 대가족을 다루고 있는 점에 주의할 필요가 있다. 이 점 역시 『행인』을 가족관계를 중심으로 이해해야할 필요성이 있음을 강하게 시사해주기 때문이다.

따라서 『행인』의 주인공 이치로의 고독과 고뇌의 원인을 파악하기 위해, 가족관계를 가족구성원별로 나누어 당시의 가족제도의 이데올로기와 소세키 자신의 원체험原體驗과도 결부시켜 구체적으로 분석하여 그 특징을 추출하여, 가족관계가 소세키문학을 이해하기 위한 코드 중의 하나임을 재확인하도록 하겠다.

Ⅰ 부모자식관계

『행인』의 주인공 이치로는, 아버지가 공직에서 은퇴하여 가장家長의 자리가 그에게로 넘어왔지만 부모가 작품의 시작부터 끝까지 건재하여 함께 생활하고 있고, 딸 하나를 두고 있다. 그러므로 여기에서는 이치로와 부모와의 관계와 함께 이치로와 딸 요시에芳江와의 관계도 고찰하도록 하겠다.

먼저 이치로와 부모와의 관계 중에서 아버지보다 상대적으로 관계가 밀접한 어머니와의 관계부터 살펴보겠다.

> 어머니는 형을 소중히 여기는 만큼 물론 그를 진심으로 사랑하고 있었다. 그러나 장남이라서 그런지, 또는 까다롭기 때문인지 어딘가에 조심스러운 데가 있는 것 같았다. 조그만 일을 주의시키면서도 될 수 있는 대로 기분이 상하지 않도록 처음부터 신경을 썼다. 그 점에서는 나는 어머니로부터 마치 어린애와 같은 대접을 받고 있었다. "지로, 그런 법이 어디 있니."라는 식으로 무조건 혼났다. 그 대신 형 이상으로 귀여움을 받기도 했다. 용돈 같은 걸 형 몰래 자주 받았던 기억이 있다. 아버지의 옷도 어느새 내 것으로 고쳐주는 일도 드물지 않았다. 이러한 어머니의 처사가 예의 형에게는 또 대단히 마음에 들지 않았다. 사소한 일로 형은 기분이 잘 상했다. 그리하여 밝은 집안을 우울한 공기로 가득 차게 했다. 어머니는 눈살을 찌푸리고 "또 이치로의 병이 시작됐다." 하고 때때로 나에게 속삭였다. 나는 어머니로부터 심복부하로 취급받는 것이 기뻐서 "버릇이니까 내버려둬요."라고 말하고 시치미를 떼고 있는 때도 있었다.
>
> (『행인』「형」七)[3]

이 인용문에서 알 수 있는 것은 어머니가 장남인 이치로를 위하고 사랑하기는 하지만 차남인 지로二郎에 대한 사랑과는 차이가 있다는 점이다. 어머니의 이치로에 대한 사랑은 그가 '이에家'의 상속자인 장남이라는 신분 때문에 '소중히 여기'기만 하는 것이고, '진심으로 사랑하고' 있다고 해도 까다로운 그의 기분을 건드리지 않도록 항상 신경을 쓰고 눈치를 보아야 하기 때문에 마음을 연 사랑을 베풀고 있지 못하다. 반면, 지로에 대하여는 거리감을 두지 않고 마음으로부터 아낌없이 사랑을 베

3 夏目漱石, 『漱石全集』第11卷, 岩波書店, 1956.

풀고 있기 때문에 지로는 이 어머니의 사랑을 마음으로 느끼고 기뻐하고 있다. 이치로에 대한 어머니의 사랑은 일종의 경원敬遠이라고 표현해야 옳을 것이다. 자신에 대한 이와 같은 어머니의 마음을 이치로도 느낄 수 있기 때문에 그 역시 어머니를 못마땅하게 생각하고 있다.

앞에서 언급했듯이 『행인』은 소세키 소설에서 부모가 작품의 스토리에 직접 등장하는 유일한 작품[4]으로서 생모, 생부가 역할을 맡아 작품세계에 등장했음에도 불구하고 이치로의 부모는 부모로서의 역할을 제대로 수행하지 못하고 있다.

어머니는 전술한 것처럼 까다로운 이치로의 가족에 대한 행동을 곤란하다고는 보고 있지만, 그에게 아무런 영향력도 발휘하지 못하고 눈치를 살피면서 지로를 상대로 푸념만 늘어놓는다. 아버지도 어머니의 경우와 크게 다를 바 없음은, 이치로의 누이동생인 오시게お重와 그의 아내 오나오와의 사이에서 발생한 사소한 사건에서 보여주고 있는 다음과 같은 그의 태도가 잘 대변해준다.

> "아가씨 이거 오사다お貞 씨 거예요. 좋죠? 아가씨도 빨리 사노佐野 씨 같은 분을 만나 시집가세요." 하고 형수는 바느질하고 있던 기모노를 겉과 속을 뒤집어서 보였다. 그 태도가 오시게에게는 일부러 여봐란 듯이 빈정거리는 것처럼 들렸다. 빨리 시집갈 데를 정해서 이런 걸 바느질할 각오라도 하라는 암시로 받아들여졌다. 언제까지 시누이의 지위를 이용하여 사람을 괴롭힐 거냐는 풍자로도 해석되었다. 마지막으로 사노 씨 같은 사람에게 시집가라는 말을 들은 것이 가장 신경에 거슬렸다.
>
> 그녀는 울면서 아버지 방으로 호소하러 갔다. 아버지는 성가시다고 생

4 『노방초(道草)』와 『명암(明暗)』에도 부모가 등장하기는 하지만 『노방초』의 경우는 겐조(健三)의 친부모가 아니라 양부모이고, 『명암』에서는 쓰다(津田)와 오노부(お延)가 어릴 때부터 부모와 떨어져서 숙부·숙모 밑에서 성장했고, 스토리가 진행되는 현 시점에서는 결혼하여 부모와는 멀리 떨어져 생활하고 있기 때문에 『행인』의 경우와는 다르다.

각한 것인지 형수에게는 한마디도 캐묻지 않고, 다음 날 오시게를 데리고 미쓰코시三越에 갔다. (『행인』「돌아와서」十)

오시게는 부모님이 계신 집에서 부모는 물론 큰오빠 이치로의 사랑을 받으며 마음껏 하고 싶은 대로 어리광을 부리고 있지만, 차가운 올케언니가 쌩한 표정으로 자신을 바라보고 있는 것을 괴롭게 생각하고 있다. 오시게보다 먼저 결혼을 하게 된, 집에서 일을 도와주고 있는 오사다お貞의 혼수로 기모노를 짓고 있던 오나오는, 오시게가 무슨 여성 잡지인가를 빌리러 자기 방에 오자 위와 같은 말과 행동을 한다. 평소 올케 곁에 있는 것을 꺼려하던 오시게에게는 오나오의 이러한 언행이 오사다의 결혼에 빗대어 올케가 자신을 빨리 시집가라고 압박하는 것으로 받아들여졌다. 특히 오사다의 결혼 상대인 '사노와 같은 사람에게 시집가라'는 말에 크게 자존심이 상한 오시게는 자신의 억울함을 호소하기 위해 울면서 아버지에게 달려간다. 그러나 아버지는 며느리와 딸 사이에서 발생한 심리적 갈등에 대한 근본적인 해결책을 제시한다거나 두 사람의 잘잘못을 따져 훈계하며 지도하기보다는 '성가시다고 생각'한다. 그래서 화가 난 오시게를 달래줄 선물을 백화점에서 사주는 것으로 당면 문제를 회피해버린다.

이처럼 아버지는 어머니와 마찬가지로 자식들 사이에 심리적인 갈등이나 문제가 야기할 경우, 재빨리 그 상황을 감지하여 원만하게 해결될 수 있도록 지도하거나 힘이 되어주지 못하고 당면 문제를 회피해버리거나 변죽을 울리는 체험담을 떠벌릴 뿐이어서 자식들의 심리를 어느 정도 통찰하고 있는지 궁금할 정도이다. 아버지로서의 위상이 어떠할지 미루어 짐작할 수 있을 것이다. 이와 같은 아버지를 이치로가 어떻게 생각하고 있는지 다음의 지로와의 대화를 보면 잘 알 수 있다.

"난 너니까 얘기하는데, 실은 우리 아버지에게는 일종 묘하게 덜렁대는 데가 있지 않니?"

(중략)

"그건 아마 형님이 말하는 유전이라든지 성질이라는 것은 아닐 겁니다. 지금의 일본사회가 그렇게 하지 않으면 통하지 않기 때문에 어쩔 수 없는 것이 아닐까요? 이 세상에는 아직도 아버지 정도가 아닌 곤란한 덜렁이가 있어요. 형님은 서재와 학교에서 고상하게 지내고 있으니까 모르실지 모르지만." (중략)

"하지만 지로, 유감스럽지만 아버지의 것은 타고난 성질이야. 어떤 사회에서 살든지 아버지에게는 그렇게 하는 것 외에 달리 존재할 방법이 없어." (중략)

"그건 너무해요. 나야 어쨌든, 아버지까지 세상의 경박한 자와 똑같이 간주하는 건. 형님은 외톨이로 서재에만 박혀있으니까 그런 비뚤어진 관찰만 하시는 겁니다."

"그럼 예를 들어볼까?"

형의 눈은 갑자기 빛을 발했다. 나는 그만 입을 다물었다.

"지난번 우타이謠[5]를 하는 손님이 있을 때, 눈 먼 여자의 얘기를 아버지가 하셨지? 그때 아버지는 아무개라는 사람의 대표로 갔으면서, 그 여자가 이십 몇 년이나 알 수 없어서 번민하고 있던 일을 단 한마디로 속였다. 나는 그때, 그 여자를 위해서 마음속으로 울었다. 여자는 잘 모르는 사람이기 때문에 그다지 동정은 일어나지 않았지만, 사실을 말하면 아버지가 경박한 것에 운거야. 정말로 한심하다고 생각했다……."

(『행인』「돌아와서」二十一)

아버지에 대한 지로의 변명에도 불구하고, 아버지는 타고난 성격이 덜렁댄다고 지적하며 그 경박함을 예로 들면서 한심하다고 비판하는 이치로에게 아버지를 경애하는 마음이 있을 리 없음은 자명하다. 이처럼

5 우타이(謠); 일본 예능의 하나인 노(能)의 가사. 또는 이것에 곡조(선율)를 붙여서 부르는 것.

아버지와의 관계가 소원한 이치로가 자신의 딸 요시에에게는 어떤 아버지로 비쳐지고 있는지를 보자.

> "요시에는 엄마 딸이구나. 왜 아버지 곁에 가지 않니?"라고 일부러 인듯 물었다.
>
> "왜냐면……" 하고 요시에가 말했다.
>
> "그래 어째서지?" 하고 오시게가 또 물었다.
>
> "왜냐면 무서워서"라고 요시에는 일부러 작은 목소리로 대답했다.
>
> "뭐? 무섭다고? 누가 무서워?"
>
> 이런 문답이 자주 되풀이되어 때로는 5분도 10분도 계속되었다. (중략) 마지막에는 아버지와 어머니가 양쪽을 달래기 위해서, 형님에게서 과일을 받게 하거나 과자를 받게 시켜, "자 그래 됐다. 아버지한테 맛있는 것을 받으렴." 하고 겨우 얼버무리는 일도 있었다. 오시게는 그래도 화가 가라앉지 않은 듯이 불만스러운 표정을 보였다. 형은 늘 잠자코 혼자 서재로 물러갔다. (『행인』「돌아와서」三)

이것은, 요시에가 아버지인 이치로를 잘 따르지 않고 어머니인 오나오만 따르는 것을 불만스럽게 생각하는 이치로의 누이동생 오시게가, 가족이 모여 식사하는 도중 요시에에게 그 이유를 따져 물어 이치로를 더욱 난처하게 만드는 장면이다. 이치로가 아무리 마음속으로 딸을 사랑해도 그 "사랑의 보답인 친밀감의 정도는 매우 희박"(「돌아와서」三)했다. 지로가 그 이유를 "형님은 아이를 달래는 법을 모르기 때문"(「돌아와서」五)이라고 말하자, 이치로는 자신은 자식뿐만 아니라 부모와 아내조차 어떻게 달래는지 아직 모른다고 인정한다. 무서워서 곁에 갈 수 없는 아버지와 딸 사이인 이 부녀관계도 소원한 것임을 쉽게 알 수 있을 것이다.

이처럼 이치로와 부모, 그리고 딸과의 관계가 소원한 첫 번째 이유로는 이치로 부모의 자식에 대한 지도력, 영향력의 결여를 들 수 있겠는데 그것은 무엇 때문일까? 이는 경박한 아버지의 성격 탓도 있겠지만, 그보다는 공직에 있던 아버지가 은퇴하고 가장의 자리를 장남인 이치로에게 내줌으로써 아버지는 실질적으로 경제력이 없을 뿐만 아니라, 자식들에 대한 책임감도 희박해졌기 때문이라고 보아야 할 것이다.[6] 아직 은퇴하지 않은 『그 후』의 다이스케의 아버지가 자식들에게 자신의 의견을 강하게 주장하는 것과 좋은 대비가 된다. 남편의 이러한 위치 때문에 그 배우자인 어머니도 까다로운 이치로의 가족에 대한 행동을 곤란하다고는 보고 있지만, 그에게 아무런 영향력도 발휘하지 못하고 눈치를 살피면서 지로를 상대로 푸념만 늘어놓을 수밖에 없는 것이다. 이치로와 부모와의 관계가 소원하게 된 배경에, 가독家督이 장남에서 장남으로 상속되는 당시의 '이에제도'의 이데올로기가 작용하고 있음을 찾아볼 수 있다.

두 번째 이유로 이치로의 방자한 성격을 들 수 있겠다. 이치로의 성격 형성에 중요한 역할을 한 것 역시 가독상속자인 장남의 지위를 보장한 당시의 '이에제도'의 이데올로기임은 말할 것도 없다.[7] 장남인 까닭에 부모의 특별대우를 받으며 자라 방자하고 까다롭고 변덕스러운 성정을 갖게 된 이치로는 가족 앞에서 절대적인 권력을 행사함으로써 어머니를 위시하여 아내, 동생, 딸을 억압하고 있고, 아버지까지도 그 경박함을

6 메이지(明治)민법 제747조에 "호주는 그 가족에 대해 부양의 의무를 진다."(中川善之介 外 5人 編, 『家族問題と家族法 V扶養』, 坂井書店, 1958)고 정해져 있는데, 호주가 가족에 대해 부양의 의무를 져야 하는 이유는 '이에'의 가독을 상속하여 가장으로서의 절대적 권력과 함께 경제력을 갖고 있기 때문이다. 따라서 은퇴하여 가장의 자리를 가독 상속인에게 양도하면 가족에 대한 부양의 의무도 없어지게 됨으로 자연히 책임감도 희박해진다고 하겠다.

7 이에 대한 상세한 것은 Ⅲ절의 형제관계에서 다룰 것임.

지적하며 우습게보고 있는 것이다. 그러므로 아버지는 이치로에 대해서는 일체 관여하지 않고, 어머니는 그의 기분을 건드리지 않도록 항상 신경을 쓰며 눈치를 보고, 아내 오나오는 체념하고 살고 있으며 딸인 요시에는 무서워서 아버지 곁에는 가지 못하고 엄마만 따르는 것이다. 한마디로 이치로는 집안에서 외톨이가 되어 점점 가족들과 거리가 멀어지기만 하는데, 이 고독한 가정생활은 그의 고뇌를 더욱더 심화시킨다. 이와 같은 이치로의 삶의 기저에도 당시의 '이에제도'의 이데올로기가 영향을 미치고 있음을 간과해서는 안 될 것이다.

세 번째 이유는 소세키가 갖고 있는 부모, 특히 아버지에 대한 특정한 관념 때문이라고 하겠다. 소세키문학에서의 부모자식관계는 한결같게 어둡고 부정적인 톤을 띠고 있다. 대부분의 작품에서 등장인물의 부모를 조사早死, 또는 부재한 것으로 설정함으로써 소설세계에서 부모가 차지하는 비중을 없애거나 미미하게 하였다.[8] 『그 후』, 『행인』, 『명암』처럼 소설 속에 아버지나 어머니가 생존해 있는 경우에는 부모자식관계, 특히 부친과의 관계가 나빠서 그 관계가 단절되어 있거나 소원한 경우가 많은데, 이렇게 여러 작품 속에서 주인공과 부모와의 관계가 부정적인 양상으로 반복적으로 나타나는 것은 작가가 어떤 특정한 관념을 갖고 있기 때문이라고 하겠다.

소세키의 부모에 대한 관념이 어떠한 것인가를 유추할 수 있는 좋은 예는 『노방초』에 묘사되어 있는 겐조의 아버지에 관한 기억들이다. "그는 자신의 아버지에 대하여 그다지 정이 담긴 기억을 갖고 있지 않았다."(十四), "겐조는 자신의 아버지의 분별력과 이해력에 대해서 그다지 존경을 표하고 있지 않았다.", "그는 부모의 임종조차 보지 않았다."(三

8 『도련님』, 『우미인초』, 『문』, 『마음』, 『노방초』 등이 이 경우에 속한다.

十一) 등과 같이 모두가 부정적인 내용뿐이다.

이처럼 겐조의 부친관이 부정적인 것은 어린 시절에 양부는 물론 생부에게서도 냉혹하고 부당한 대우를 받았기 때문이다. 『노방초』가 소세키 작품 가운데서 유일하게 자전적인 성격을 띤 소설로, 주인공 겐조의 가족관계가 소세키 자신의 가족관계와 일치하는 부분이 많다는 점을 감안할 때 소설 속에 묘사되어 있는, 어린 시절의 겐조가 아버지들에게서 받은 대우는 곧 소세키 자신의 것이었음을 미루어 짐작할 수 있을 것이다. 이러한 원체험이 아버지에 대하여 부정적인 관념을 갖게 하고, 마음 속 깊이 각인된 부친관이 성장해서도 변하지 않고 잠재되어 있다가 작품 속에 무의식적으로 표출된 것이라고 생각한다.

한편, 아버지로부터 자애로운 사랑을 받은 적이 없는 소세키의 마음 한 쪽에는 한 번도 맛보지 못한 따뜻한 부성父性에 대한 동경 내지 갈망이 있었음을 보여주는 장면도 목격된다. 『우미인초』의 고노 긴고甲野欽吾가 돌아가신 아버지의 초상화를 통해 아버지의 정신적 의지와 교훈을 깨닫게 되는 일이라든지, 『마음』의 ‹내私›가 친아버지가 아닌 생판 남인 ‹선생先生›에게 끌려 크게 영향을 받는 일 등이 그것이다. 소세키의 부성에의 갈망이 소설 속에 조형될 때조차 이와 같이 죽은 아버지의 초상화나 아무 혈연도 없는 타인을 통해서 추구되고 있다는 점은 그의 부친에 대한 부정적인 관념이 얼마나 심대했는가를 역설적으로 보여주는 것이다. 생부에게서도 양부에게서도 다정한 부성을 느낄 수 없었던 원체험에 있어서의 부성의 결핍으로 인해, 허구인 소설 세계 속에서도 부성의 생생한 리얼리티를 느끼지 못했던 때문이거나, 참된 부성을 보인 적이 없는 두 아버지에 대한 부정적인 관념이 소설 세계에서의 부성 표현을 거부한 때문일 것이리라.[9]

소세키는 소설 속에서만이 아니라 실제로 그 자신도 자식들에게 따뜻한 부성을 보이지 않았던 무서운 아버지였다고 하는데[10], 이는 소세키의 신경병에 의한 증상 외에 어린 시절에 경험하지 못한 부성의 결핍으로 인해 자식에게 부성을 표현하는 방법을 몰랐기 때문일 것이다. 요시에가 이치로를 무서워하여 그 곁에 가지 못하고 피하기만 하는 인물로 조형된 것도 소세키의 원체험과 무관하지 않음을 알 수 있을 것이다.

Ⅱ 부부관계

이치로의 가족관계에서 가장 중점적으로 고찰해야 할 것은 아내 오나오와의 부부관계라 하겠다. 이치로의 고독과 고뇌는 아내와의 사이에 정신적인 교류가 없는 데서 비롯되고 있기 때문이다. 요컨대 이치로는 아내의 '스피리트'[11]를 파악하여 아내와 '연애'를 하고 싶은데 그것이 되지 않아서 고통스러운 것이다. 이치로와 오나오가 어떻게 결혼했는지는 텍스트에 명시되어 있지 않다. 그러나 상당한 집안끼리의 중매결혼임을 유추할 수 있는 문맥에 의해 그들이 중매로 결혼한 부부라는 전제하에서 읽혀져 왔다. 이치로가 지로에게 "내가 영도 혼도 이른 바 스피리트

9 吳 敬, 「『こゝろ』再考－‹親子関係›を中心として－」, 『文学研究論集』第12号, 筑波大学比較・理論文学会, 1995. 참조.

10 夏目鏡子 述・松岡譲 錄, 『漱石の思ひ出』, 改造社, 1928. 夏目伸六, 『父・夏目漱石』, 文春文庫, 1992. 夏目筆子, 「夏目漱石の『猫』の娘」, 『漱石全集』別巻, 岩波書店, 1996. 참조.

11 이치로가 파악하고 싶어 하는 오나오의 '스피리트'란 그녀의 '본체'를 의미하는데, 이것은 '스피리트(Spirit)'라는 영어로 그대로 말하지 않으면 안 되는, 서양에서 수입된 개념으로서의 내면성, 또는 그러한 내면성에 의해 규정된 주체성이라고 미즈무라 미나에(水村美苗)는 설명하고 있다. 즉 그것은 『行人』이 쓰여진 시대에는 '영(霊)'이라고 번역하든 '혼(魂)'이라고 번역하든 일본어로는 제대로 표현할 수 없는, 일본어의 세계에는 이질적인 어떤 하나의 관념이라는 것이다. 水村美苗, 「見合いか恋愛か 夏目漱石 『行人』論(下)」, 『批評空間』, 福武書店, 1991. 7, p.190.

도 파악하지 못한 여자와 결혼한 것만은 확실하다"(「형」二十)고 말한 것은 중매 결혼했음을 말한 것이라고 하겠다.

야마다 아키라山田 晃와 미즈무라 미나에水村美苗가 지적[12]하고 있듯이 이치로의 불행은, 중매로 "스피리트도 파악하지" 않은 여자와 결혼한 그가 새삼스럽게 아내의 '스피리트'를 파악하여 '연애'를 하려는 데서 시작된다. 즉 '연애'와 '중매'는 완전히 다른 것, 아니 대립하는 것인데 서양문예에서 '연애'라고 하는 "내면성에 의해 규정된 '주체'"를 배운 이치로는 본래 그런 것을 요구할 수 없는 중매결혼이라고 하는 제도에서 그것을 찾으려 했기 때문에 불행해질 수밖에 없다는 것이다.

이처럼 처음부터 불가능한 것을 이루려고 고뇌하는 이치로는 광기狂氣를 보이는데, 그것은 결국 비상식적인 행동으로 현재화顯在化한다. 즉 아내 오나오의 정조를 시험하기 위해 지로에게 "너와 나오, 둘이서 와카야마和歌山에 가서 하룻밤 묵"(「형」二十四)어 달라고 강청強請하는 것이다. 이와 같은 이치로의 언동은 실현 불가능한 것을 이루려고 집착하기 때문에, 그가 정신의 균형을 잃어가고 있음과 동시에 그가 얼마나 자기본위적인 사람인가를 보여주는 것이라고 하겠다. 이치로는 아내의 마음을 확인하여 자신의 고민을 해결하고 싶은 자기본위적인 일념 하에 자

12 야마다는, 이치로와 오나오의 결혼을 "각자에게 있어 '이에(家)'에 대한 타협 내지는 굴복이라는 의미를 지니는 것"이라고 해석하며, 두 사람이 "자연이 만들어낸 연애"(「돌아와서」二十七)에 의한 것이 아니라 "인간이 만든 부부라고 하는 관계"를 감수했던 남녀였고, "처음부터 스피리트를 언급하지 않고 지나친 이치로가 새삼스럽게 영혼의 요구를 하는 것은 제멋대로"라고 이치로를 비판했다. 山田 晃, 「『行人』異議」, 三好行雄 外 編, 『講座 夏目漱石』第三巻, 有斐閣, 1981, p.216.
미즈무라도 '연애'와 '중매'의 대립을 서양문예의 전형인 '자연'과 '법'이라는 이항대립(二項対立)의 관계로 설명하여, "연애는 '자연'과 '법'이 대립하는 세계관을 전제로 하지만 중매결혼은 거꾸로 '자연'과 '법'이 대립하지 않는 세계관을 전제로 하는 것이고, 그것은 내면성에 의해 규정되어야 할 '주체'를 배제한 곳에서 성립하기" 때문에, 오나오의 내면에 대한 이치로의 질문은 그들이 중매결혼을 했다고 하는 조건이 있는 이상 불가능한 물음이 되지 않을 수 없다고 지적하고 있다. 水村美苗, 「見合いか恋愛か 夏目漱石『行人』論(上)」, 『批評空間』, 福武書店, 1991. 4, p.217.

기가 얼마나 잔혹한 일을 하고 있는지 전혀 생각하지 않는다. 남편에게 정조를 시험당하는 오나오가 느낄 굴욕감이나, 형수와 외박하여 그 정조를 시험하는 일로 훼손될 지로의 명예는 차치하고, 윤리상의 문제 같은 것도 전혀 개의치 않는 이치로의 모습에서, 집념이 강한 자기본위적인 인간이 영위할 수밖에 없는 광기에 찬 고독한 지옥을 보지 않을 수 없다.

이치로가 이렇듯 광적인 행동을 하기에 이른 것은 전술했듯이 본래 얻을 수 없는 것을 얻고자 하는 집념에서 기인하는 것이지만, 이것은 또한 그의 사고방식과 성정과도 깊은 관계가 있다고 본다. 이치로의 사고방식과 성정이 오나오와의 부부관계에 어떻게 작용하여 그들을 불행하게 만들고 이치로를 더욱더 고독하게 만드는지를 살펴보도록 하겠다.

이치로와 오나오의 부부관계는 와카노우라和歌の浦의 해변을 “마치 생면부지의 사람이 같은 방향으로 걷고 있는 것”(「형」十三)처럼 걷고 있는 장면에 암시되어 있다. 말없이 떨어져서 걷고 있는 부부의 모습은 마음이 서로 통하지 않음을 보여주는 것인데, 이치로의 어머니는 부부 사이가 원만하지 못한 이유가 여자인 오나오에게 있다고 생각하고 있다. 지로도 “화가 날 정도의 냉담함”(「형」十四)을 오나오에게서 가끔 본 적이 있다고 말하고 있는 것으로 보아 오나오가 냉담한 것은 사실이라고 보아야 할 것이다. 그러나 지로는,

> “내가 본 그녀는 결코 따뜻한 여자는 아니었다. 그러나 상대로부터 열을 받으면 따뜻해질 수 있는 여자였다. 선천적으로 지닌 애교는 없는 대신 이 쪽 하기 나름으로 상당히 애교를 끌어낼 수 있는 여자였다.”
> (『행인』「형」十四)

고 오나오를 평하고 있어 오나오에게만 문제가 있는 것이 아님을 알 수 있다. 오나오는 결코 따뜻한 성격은 아니지만 이치로가 대하기에 따라 충분히 따뜻한 여자가 될 수 있으므로, 그녀가 냉담한 것은 이치로가 냉담하여 따뜻하게 대해주지 않기 때문이라고 하겠다. 이러한 판단이 오나오를 변호하기 위한 것이 아니라는 것은,

> "가끔 형의 기분이 좋을 때만 형수도 유쾌한 듯이 보이는 것은, 형 쪽이 뜨거워지기 쉬운 성격인 만큼 여자에게 작용하는 따스함의 효험이라고 보는 것이 당연할 것이다. 그렇지 않을 때는 어머니가 형수를 너무 냉담하다고 평하는 것처럼 형수 또한 형을 너무 냉담하다고 마음속에서 평하고 있을지도 모른다." (『행인』「형」十四)

라는 형 부부에 대한 지로의 비평이 잘 증명해 준다. 지로도 분명히 오나오가 냉담한 것은 오나오보다 '뜨거워지기 쉬운 성격인' 형이 오나오를 따뜻이 대해주지 않는 데에 있다고 그 책임을 이치로에게 돌리고 있다.

이상에서 살펴보았듯이 오나오는 이치로에 의해서 그 태도가 결정되는 수동적인 여성이라고 하겠는데, 이러한 오나오의 태도는 그녀의 성정과도 관계가 있겠지만 그녀가 처해 있는 환경이 더욱 큰 영향을 주고 있다고 하겠다. 그 환경이란 가부장제 사회의 결혼제도의 모럴로 여성(아내)의 삶을 규정해버린 행동규범을 의미한다. 즉, 여자란 자기의 있는 그대로의 감정을 솔직하게 나타내서 행동해서는 안 된다. 결혼하기 전까지는 부모의 말을 따르지 않으면 안 되고, 결혼해서는 남편의 명령을 거역하거나 다투거나 험담 등을 입 밖에 내서는 안 된다는 식으로, 여자의 자아(주체성)를 인정하지 않고 부모와 남편에게 복종하게 하는

삶의 강요다.[13] 오나오는, 나중에 집을 나가 하숙하고 있는 지로를 방문했을 때,

> "나 같은 건 마치 부모 손으로 심겨진 화분의 나무 같아서 한 번 심겨지면 나중에 누군가가 와서 옮겨주지 않는 이상, 도저히 움직일 수 없어요. 잠자코 있을 뿐이죠. 고사枯死할 때까지 가만히 있는 것 외에 어쩔 수가 없어요." (『행인』「번뇌」四)

라고 말하고 있는데, 이 오나오의 체념 섞인 하소연은 「친구」에 묘사된 정신병의 처녀가 그랬던 것처럼 부모가 정해준 곳에 시집가서 자기에게 주어진 운명에 따라 일생을 인내하며 살아야 하는 여자의 삶을 대변함과 동시에, 그녀가 자주적으로 판단하여 행동하지 못하고 수동적인 자세를 취하고 있음을 보여주고 있다. 인내하며 수동적인 자세로 살아가는 여자이기 때문에 그녀는 시집 식구들에게 자신의 감정을 표하거나 적극적으로 대하지 않는다. 시어머니가 의향을 물으면 "저는 아무래도 괜찮아요."(「형」十六)라고 대답하고, 남편인 이치로가 말해도 "예", 시어머니가 다른 말을 해도 또 "예"라고 대답하며, 시동생 지로가 의견을 물어도 "아무래도 좋다."(이상 「형」二六)고 대답한다. 지로는 이런 대답이 "얌전하게 들리기도 하고 듣기에 따라선 냉담하게도 무뚝뚝하게도 들렸

13 『행인』이 쓰여진 당시의 여성의 입장, 또는 아내에 대한 인식이 어떠했는가를 보여주는 일례로서 1911년 11월 5일에 도쿄(東京) 「마이니치(每日)」 신문사가 발행한 『신가정(新家庭)』 제3권 제11호에, 중의원 서기관장 하야시다 가메타로(林田龜太郎)가 그 딸을 시집보낼 때에 준 '15개조'의 '아내의 수칙'을 소개한 글을 보면 잘 알 수 있다. "여자는 한 번 시집가면 남편의 집은 즉 내 집이다. 이 집 외에 생가가 있다고 생각하지 말라."로 시작되는 이 '아내의 수칙' 가운데서 제3조는, "남편은 일가의 주된 장(長)이다. 그러므로 언어거동에 있어서 이를 경중(敬重)해야 함은 물론, 무슨 일이라도 결코 그 명령을 거역해서는 안 된다. 남편에게 혹시 간언(諫言)할 것이 있으면, 서서히 하고 결코 다투지 말 것. 제4조는, 남편이 그 도리를 다하지 않더라도 아내는 아내의 도리를 태만히 하지 말 것. 아내가 오직 전심으로 아내로서의 도리를 다할 때는, 신(神)도 사람도 함께 감응하여 끝내 남편으로 하여금 좋은 남편이 되게 할 것이다."라고, 인내와 복종을 하도록 가르치고 있다.

다.”(「형」十六)고 평하고 있다. 오나오가 냉담하고 무뚝뚝한 여자로 오해받는 것이 이런 식으로 자신의 감정을 표하거나 적극적으로 대하지 않는 데에 기인하고 있음을 알 수 있다.

『문』의 오요네가 언제나 “쓸쓸한 미소”를 짓고 있듯이, 언제나 “쓸쓸한 보조개”와 “쓸쓸한 웃는 모습”(「돌아와서」二)을 보이는 오나오의 이와 같은 태도는 “유서 깊은 집안”(「돌아와서」二十九)인 나가노가長野家에 시집온 맏며느리로서 주위에서 요청한 삶의 방식을 충실히 따르고 있음을, 다시 말해 그녀가 당시의 여자가 지켜야 할 규범에 속박되어 있음을 보여주는 것이라고 해야 할 것이다.

따라서 오나오는 가족에게 자기가 애교 없고 냉담한 여자로 받아들여지고 있음을 알기에 신경을 써서 나름대로 최선을 다하고 있는데, 그것은 지로가 “형님한테만은 좀 더 신경 써서 친절하게 대해 주세요.”라고 말했을 때 “내가 그렇게 형님에게 불친절해 보이나요? 이래도 할 수 있는 한의 일은 형님에게 해드리고 있다고 생각해요. 형님뿐만이 아니어요. 도련님한테도 그래요.”(「형」三十一)라고 대답한 말에 단적으로 나타나고 있다. 이 ‘해드린다’는 말에는 일종의 의무적이고 시혜적施惠的인 느낌이 없지는 않지만, 할 수 있는 한의 일을 가족의 한 사람 한 사람에게 ‘해드리는’ 것이 한 집에 많은 친족을 거느린 며느리로서의 의무로, 수많은 여성들에 의해 실행되었고 오나오도 그 중의 한 명으로 그것을 실행하고 있는 것이다. 그런데 이 당연한 의무가 오나오처럼 의식된 인내의 행동이 될 때 그 삶은 커다란 불행을 짊어지게 되는 것이다.

또한, 오나오에 대한 이치로의 인식과 행동이 그녀를 위축시켜 소극적이고 수동적으로 만들어 냉담한 여자로 보이게 하는 것이다. 학자, 사색가로 불리는 그는 온 집안 식구들에게는 괴팍하고 상대하기 어려운 사람으로 느껴지기 때문에 모두 눈치를 보며 경원敬遠한다. 이러한 이치로에게 전통적인 여자의 규범에 속박되어 있는 오나오가 적극적으로 나서서 그의 기분을 컨트롤하기는 어려울 것이다. "기분이 좋을 때는 굉장히 좋지만 일단 뒤틀리기 시작하면 며칠이라도 불쾌한 얼굴을 하고 일부러 말을 하지 않고 있"(「형」六)는 이치로이므로, 자연히 그의 눈치를 살피며 그가 기분이 좋지 않을 때 잘못했다가는 그 기분을 악화시킬지 모른다는 염려 때문에 잠자코 있는 것이고, 그가 '기분이 좋을 때만' 오나오도 안심하고 유쾌해질 수 있는 것이라고 본다.

반면, 자신의 기분이 좋지 않을 때에 아내가 기분을 풀어주기를 바라는 이치로에게는 이러한 오나오가 냉담한 여자로 보이고 그래서 그는 아내가 못마땅한 것이다. 이치로는 처자를 비롯해서 부모조차 자기를 경원하고 있다는 것을 알고 있기 때문에 괴로워하지만, 부모와 처자식이 자기와 친밀토록 하는 것을 '기교技巧'라고 생각하고 자기는 "학문을 한 탓에 그런 기교는 배울 틈이 없었"다고 변명하거나, 그렇지 않으면 "상대방이 만족시켜 줄 수 없게 되고 만 것"(이상 「돌아와서」五)이라고 주변 사람을 원망하고 있다.

이러한 그의 생각과 행동은 자신의 정당성을 주장하며 잘못을 인정하지 않고 책임을 회피하려는 자기본위적이고 독선적인 그의 성격을 보여주는 것이라고 하겠다. 설령 '기교'를 배울 틈이 없었다는 이치로의 변명이 거짓이 아니더라도 이것은 틈이 있고 없고의 문제가 아니라 실은 그가 가족보다 학문을 중시한 때문이었고, 가족을 잘 다루려면 가족의 레벨에 서야 하는데 자기보다 열등한 가족의 레벨로 낮아지는 것을 원하지 않았기 때문이라고 보아야 할 것이다. "자신을 생활의 중심"(「번뇌」四十)으로 삼는 이치로는 자신의 정당함을 믿어 의심치 않고 자부심 또한 버릴 수가 없기 때문에, 상대방이 자기 쪽으로 다가와야 하고 자기가 상대방 쪽으로 다가갈 필요가 없다고 생각하는 것이다. 한마디로 이치로는 인간다운 기분을 인간답게 만족시킬 것을 갈망하면서도 그것을 위해 자신은 아무 것도 하지 않고, 상대방이 만족시켜 주지 않는다고 주위의 가족을 원망하기만 하는 사람이다

그 위에 또 하나, 이치로는 지나치게 예민한 사람이어서 타인도 자기처럼 움직이지 않으면 마음이 후련해지지 않는다. 이치로에게는 이런 경우 자기라면 이렇게 한다는 확실한 생각이 있어서 그 생각대로 실행하겠다는 확신이 있다. 그런데 상대방이 그대로 하지 않는다면 상대방은 그렇게 할 수 없는 사람임을 인정해야 하는데, 이치로는 상대방이 자기를 우롱하거나 함정에 빠뜨리는 것이라고 생각하는 것이다.

이와 같은 이치로의 생각과 그가 원하는 바를 이해할 수 없는 오나오는, 자기의 어디가 어떻게 마음에 들지 않아서 언제나 남편이 그렇게 언짢아하는지 도저히 이해할 수가 없다. 아내로서 며느리로서 집안 식구들에게 할 수 있는 한 최선을 다하고 있다고 생각하는 오나오는, 결국 자기가 어리석어서 그런 것이라고 생각할 수밖에 없는 것이다. 평소 책과는 그다지 관계가 없는 오나오가 대학교수로서 서재에서 밤낮으로 연구하는 이치로의 지성에 얼마나 위축되어 있었을 지는 미루어 짐작할 수 있을 것이다.[14] “난 정말 멍청이예요. 특히 요즘은 얼빠진 사람이 되고 말았으니까.”(「형」三十一)라고 자조하기도 하고,

> “나 같은 멍청이는 틀림없이 형님의 마음에 들지 않을 거예요. 하지만 나는 이걸로 만족해요. 이걸로 충분해요. 지금까지 형님에 대한 불만을 아무한테도 말한 적은 없어요. 그 정도의 일은 도련님도 지켜보아 대강 알 수 있을 텐데…….” (『행인』「형」三十一)

14 이시하라 지아키(石原千秋)는 “이치로의 지(知)는 틀림없이 가족을 억압하고 있다.”고 지적하고 있다. 石原千秋 「『行人』－階級のある言葉」, 『反転する漱石』, 青土社, 1997, p.118. 참조.

라고 울면서 지로에게 말하는 오나오의 모습은, 늘 무언가 고민하고 있는 ‹선생›의 마음을 몰라서 그 이유가 자기에게 있으면 고칠 테니 말해달라고 울면서 부탁하는 『마음』의 시즈静의 모습을 연상케 한다.

연애결혼을 하여 부부만 살고 있는 시즈는 남편의 마음을 알고자 ‹선생›에게 울면서 그 이유를 묻지만, 중매 결혼하여 3세대가 동거하고 있는 오나오는 자기의 어디가 마음에 들지 않는지 남편에게 묻지도 못하고, 자기의 어리석음 때문이라고 스스로 판단하여 체념하며 살고 있음을 볼 수 있다. 남편의 행동을 이해할 수 없어 고통스러워하는 두 아내의 모습이 그들이 처해 있는 환경에 따라 다르게 나타난 것이라 하겠다. 시즈보다 더 전통적인 여자의 규범을 따르고 있는 오나오의 깊은 마음의 상처는 회복하기 어려운 경지에 이르렀음이 분명하다.

이치로는 아내의 마음을 알기를 원하면서도 그것을 위해 아무 것도 하지 않을 뿐더러, 자기가 무엇 때문에 괴로워하고 있는지도 결코 오나오에게 말하지 않는다. 이치로가 동생과 친구 H에게는 정직하게 자기 내면의 고뇌를 말하면서, 문제를 해결할 수 있는 당사자인 아내에게는 어째서 정직하고 진솔해지지 않는 것일까?

그것은 오나오가 과묵하고 애교가 없는 탓도 있겠지만 근본은 남편과 아내의 위치가 다르기 때문이라고 하겠다. 당시의 모럴은 아내는 남편에 따르는 것으로 되어 있었다. 모럴뿐만이 아니라 법률도 아내는 한 사람의 인간이 아니라 남편의 부속물이고 소유물이었다. 여자의 자아나 개성 같은 것은 인식하지도 인정하지도 않았다. 특히 이치로의 경우는 학문에 의해 체득한 자신의 견식과 고상한 취미에 대한 믿음과 자부심이 확고했기 때문에, 자기보다 낮은 위치에 있는 아내에게 마음을 털어놓으려고 하지 않았다.

학문이나 지성의 힘으로 아내를 무시하고 억압하는 것은 『노방초』의 겐조도 이치로와 대동소이하다. 그러나 겐조 · 오스미 부부는 대립하여 충돌하면서도 대화를 교환하고 있고, 두 사람의 관계가 긴장하면 오스미는 히스테리를 일으키고, 겐조는 “자애의 마음”(五十四)으로 간병하여 부부관계가 유지되고 있다. 그런데 이치로 · 오나오 부부사이에는 어떤 커뮤니케이션도 없다. 커뮤니케이션이 단절된 부부의 마음이 통할 리 없음은 당연한 일이다. “신神은 나다.”, “나는 절대다.”(「번뇌」四十四)라고 자기본위로 생각하는 이치로는, 문제의 원인이 자신에게 있다는 것은 인식할 수도 없고 인식하려고도 하지 않은 채 오직 아내에게서만 찾으려고 했다. 이 점에서 이치로 · 오나오 부부는 겐조 · 오스미 부부보다 더욱 절망적인 관계라고 하겠다.

이치로는 자기 부부의 마음이 통하지 않는 이유를 아내가 동생을 좋아하기 때문이라고 제멋대로 생각하고, 마침내 아내의 정조를 그것도 의심받는 당사자의 상대인 동생을 이용해서 시험했다. 그리고 간음은커녕 서로의 애정을 고백한 사실도 없고 서로의 애정을 무언중에 확인한 사실도 없는 지로와 오나오 사이[15]를 바울과 프란체스카의 사랑 이야기[16]로 비유하여 “인간이 만든 부부라는 관계보다 자연이 만들어 낸 연애 쪽이 실제로 신성하기 때문에”(「돌아와서」二十七) 지로가 승자이고 자신은 패자라고 했다. 이치로의 이러한 비상식적인 행동과 광기는 ‘자연’과 ‘법’이라는 이항대립을 그것과는 무관한 자기 형제에게 적용시킨

15 시미즈 추헤이(清水忠平)는, 지로와 오나오 사이에 분명히 사랑이 싹터 있었다(清水忠平, 『漱石に見る愛のゆくえ』, グラフ社, 1992, p.130. 참조)고 주장하고 있으나, 오나오는 자기보다 한 단 위에 있고 까다로운 이치로보다는 나이가 어린 시동생 쪽이 마음 놓고 말할 수 있는 상대였고, 또 의지할 사람이 없는 시집에서 자기에게 호의를 보이는 지로를 상담의 대상으로 삼아 의지하려는 마음이 있었을 것이므로, 지로와 격의 없이 얘기했다고 본다. 그러므로 그들 사이에 사랑이 있었다고 보기보다는 친밀한 형수와 시동생 사이로 보는 것이 타당할 것이다.

16 단테의 『신곡』(神曲) 지옥편 제5가(歌)에 등장하는 인물. 바울은 리미니 국왕의 둘째 아들이고, 프란체스카는 라웬나 국왕의 딸이다. 바울이 심부름하여 프란체스카와 바울의 형이 결혼했으나, 후에 바울과 프란체스카 두 사람은 사랑에 빠져 형에게 살해되었다.

오류와 더불어, 남편과 아내의 위치가 대등하지 못한 상태에서 자기 입장에만 집착하는 이치로의 자기본위적이고 독선적인 성품에서 비롯된 것이라고 보아야 할 것이다. 이와 같은 이치로의 성격을 형성하는 데에 있어서 큰 영향을 미친 것은 장남이라는 그의 위치라고 하겠는데, 이에 대해서는 형제관계에서 고찰하도록 하겠다.

한편, 인간다운 마음을 인간답게 만족시킬 수가 없는 이치로는 항상 자기 곁에서 식사시중을 들어주는 오사다를 "집안에서 제일 욕심이 없는 선량한 인간"으로 생각하고 "행복하게 태어난 인간"(「번뇌」四十九)이라고 부러워한다. 이치로가 바라는 것은 오사다처럼 아무 불만도 없고 큰 바람도 없이 자신을 희생하여 헌신적으로 봉사하는, 가부장제하의 남성원리에 의해 규정된 여자의 규범을 지키며 묵묵히 살아가는 그런 여자인지도 모르겠다.

오나오는 여자의 규범에 속박되어 살고는 있지만 남편에 대하여 자기 나름대로 생각하고 이해하여 그 안에서 여자의 규범을 지키고 있기 때문에 이치로에 대한 애정이나 봉사가 의식적인 것이 되지 않을 수 없다. 자신에 대한 오나오의 사랑이나 봉사가 자발적이고 헌신적이 아니라 의식적이고 의무적이라는 것을 느끼는 그는, 아내가 자기를 사랑하지 않기 때문이라고 생각하여 그녀를 의심하며 그 마음을 알고 싶어 하는 것이다.

채워지지 않는 마음의 공허감으로 고독한 그는 그 원인을 자신이 아닌 '타자他者'에게서만 찾으려고 하기 때문에, 아내는 말할 것도 없고 부모를 비롯한 가족을 모두 의심하게 되고, 마침내 가장 위선자로 보이는 아내에게 폭력을 행사하는 데까지 이른다. 그러나 남성원리가 지배하는 사회에서 여성의 규범을 할 수 있는 한 지키고 있는 오나오가 남편에게 정면으로 대항하지 않는 것은 당연한 일이다. 항상 죽음을 생각하며 체념 속에서 사는 그녀가 할 수 있는 일은 자포자기의 심정으로 남편의 폭력을 감수하는 일밖에 다른 길이 없다.

그런데 이치로에게는 이 무저항이 오히려 강한 저항으로 느껴져 그녀를 잔혹하다고 인식하는 한편, 약한 자에게 폭력을 행사한 자신의 "인격의 타락을 증명"(「번뇌」三十七)한 꼴이 되어 자괴감을 느끼지 않을 수 없는 것이다. 이처럼 이치로가 아내의 정조를 시험하거나 아내에게 폭력을 행사하는 일까지 하게 된 것은 아내의 '스피리트'를 파악하여 소유하고 싶은 바람이 그만큼 강렬했음을 반증하는 것이라고 하겠다.

그러나 이치로의 이러한 바람은 아내를 독립된 인격을 지닌 '타자'로 보지 않는 데에서 비롯된 것이라고 하겠다. '타자'란 본질적으로 나와 다른 존재이고 우리들의 인식과 이해의 저 멀리 있는 것, 예측할 수 없는 존재로서 나와 '타자'와의 관계는 신비의 베일에 싸여진 관계라고 보는 엠마누엘 레비나스Emmanuel Lévinas는 다음과 같이 말한다.

> 타자他者를 소유하고 파악하고 인식할 수 있는 것이라고 한다면, 그것은 이미 타자라고 하는 것이 아니다. 소유하는 것, 인식하는 것, 파악하는 것은 힘의 동의어다.[17]

'타자'를 인식, 즉 알려고 하는 대상으로 삼는 것은 힘을 얻어 자기에게 '타자'를 동화시키려고 하는 것과 같다는 것이다. 남편이라는 힘으로 '타자'인 아내를 자기에게 동화시키려고 하는 이치로의 바람이 지나친 자기본위적인 과욕이 되는 이유다. 요컨대, 이치로의 바람은 그가 아내를 자신의 부속물 내지 소유물로 생각하는 가부장제 하의 남성원리에

17 Emmanuel Lévinas, 『Le temps et l'autre』, 1948. 原田佳彦 訳, 『時間と他者』, 法政大学出版局, 1986, p.92.

따라 철저하게 자기본위로 사는 인간임을 대변해 주는 것이라고 할 수 있다.

이치로가 오나오에게 주종관계에 의한 의무적인 것이 아닌 자발적인 애정을 원하고 있다는 것은, 자신과 대등한 관계에서의 사랑이 진정한 사랑임을 알고 있기 때문이다. 다시 말하면 '타자'로서의 그녀의 주체성의 존재를 발견했다는 것을 의미한다. 그러나 이치로는 '타자'로서의 아내의 존재를 발견했으면서도 실생활에서는 그 존재를 인정할 수 없기 때문에 고통스러운 것이다. 이치로가 오나오와 행복한 부부가 되기를 원한다면 '타자'로서의 오나오의 주체성을 인정하고 가부장家父長, 부권夫權, 남권男權에 의해서 형성된 가정의 특권자 의식을 버리지 않으면 안 된다. 그런데도 "자신이 지금까지 배양한 높은 표준을 생활의 중심으로 삼지 않으면 살아갈 수 없는" 이치로는 "그것을 깨끗이 내던지고 행복을 찾을 생각은" 하지 않고, "오히려 그것에 매달리면서 행복을 얻으려고 초조해 하는 것"(이상 「번뇌」四十)이다. 이 모순을 알면서도 끝내 자신을 생활의 중심으로 생각하는 것을 깨끗이 내던지지 못하는 이치로의 전도에는 "죽던지 미치던지 그렇지 않으면 종교에 귀의"(「번뇌」三十九)하는 세 가지 길밖에 다른 길은 없는 것이다.

Ⅲ 형제관계

소세키의 문학 속에 조형된 형제관계는 그 관계가 좋은 예는 거의 찾아볼 수가 없는데 『행인』의 경우도 예외가 아니다.[18] 『행인』에서 이치

18 『행인』의 이치로와 동생 지로(二郎)의 관계 외에 『도련님』의 ‹나›와 형, 『우미인초(虞美人草)』의 고노 긴고(甲野欽吾)와 누이동생 후지오(藤尾), 『문』의 소스케(宗助)와 동생 고

로·지로의 형제관계를 결정짓는 요인으로 먼저 부모의 교육을 들 수 있다. 지로의 아버지는 자신의 뒤를 이어 나가노가의 가독을 상속할 장남인 이치로를 특별 대우하여 최상의 권력을 부여하여 키웠기 때문에 어머니까지도 이치로의 이름을 부를 때 존대해서 부르고 있다. 따라서 동생인 지로가 형에게 깍듯이 존대하는 것은 당연한 일로써 습관이 되어 있었다. 부모가 어릴 때부터 가족 내의 신분의 차별과 서열에 의한 가족질서를 따르도록 교육한 때문이다.

모두 잘 알고 있는 바와 같이 메이지明治 시대는 정부가 '이에제도'의 이데올로기를 이용하여 국가권력의 도구로 끌어올리기 위해 가부장제를 민법으로 규정하여 장려한 시대였다. 가장家長에게 가족 구성원에 대해서 지배 명령하는 절대적인 권력을 부여한 가부장제는, 가장의 이 권력을 보장하기 위한 도구로써 유소년 시절부터의 가정교육 및 가족 내의 신분의 차별과 서열, 가장에 의한 재산의 독점과 단독 상속제, 그리고 가장의 권위를 지탱하는 여러 행동양식을 만들고, 이러한 가족 질서에 가족 구성원이 구속받도록 했다. 가독의 상속은 장남에서 장남으로 이루어졌으므로 장남은 특별한 지위에 있었고, 따라서 가족 내에서 특별대우를 받았다. 이치로의 부모도 이러한 가부장제의 이데올로기에 따라 장남인 이치로를 특별 대우하여 키운 것이다. 그러나 차남인 지로는 형과 자신을 차별해서 대하는 부모에게 불만을 갖고 있음을 알 수 있다. 가끔 어머니가 형의 이름을 존대해서 부른 끝에 자신의 이름에 씨さん를 붙여 부르는 것을 그다지 달갑게 생각하지 않을 뿐만 아니라, 부모에 대한 반발심 같은 것을 갖고 있음을 다음의 예문에서 찾아볼 수 있다.

로쿠(小六), 『노방초』의 겐조와 형 조타로(長太郎), 『명암』의 쓰다와 누이동생 히데코(秀子)의 관계 등을 예로 들 수 있다. 제1장 『나는 고양이로소이다』, p.30. 참조.

형은 (중략) 장남인 만큼 어딘가 방자한 데가 있었다. 내가 볼 때 보통의 장남보다는 상당히 응석받이로 자랐다고밖에 보이지 않았다. 나뿐만이 아니라 어머니와 형수에 대해서도 기분이 좋을 때는 굉장히 좋지만, 일단 뒤틀리기 시작하면 며칠이라도 불쾌한 얼굴을 하고 일부러 입을 열지 않았다. 그런데 남 앞에 나가면 완전히 딴 사람이 된 것처럼 여간한 일이 있어도 좀처럼 신사의 태도를 흩뜨리지 않는 원만한 좋은 동반자였다. 그래서 그의 친구는 모두 그를 온화한 호인이라고 믿고 있었다. 아버지와 어머니는 그런 평판을 들을 때마다 의외라는 표정을 지었다. 그러나 역시 자기 자식인지라 어딘가 기뻐하는 기색이 보였다. 형과 사이가 좋지 않을 때에 이런 평판이라도 들리면 나는 마구 화가 났다. 일일이 그 사람들의 집까지 가서 그들의 오해를 정정해 주고 싶은 생각마저 들었다.

(『행인』「형」六)

지로는 이치로가 가족에게 제멋대로 행동하는 방자한 성정임을 지적하고, 그것이 장남으로 특별대우를 받으며 자란 탓이라고 비판적으로 보고 있다. 그러므로 이치로가 타인 앞에서는 집안에서와는 전혀 다르게 행동하여 호인이라는 소리를 듣고 있는 데 대하여 부모와는 다르게 반응하는 것이다. 아버지와 어머니는 이치로에 대한 평판을 들을 때마다 의외라고 생각하면서도 한편으로 기뻐하는 모습을 보이는데 반해, 지로는 마구 화가 나고, 잘못 알고 있는 그 사람들의 오해를 일일이 정정해주고 싶다고 생각한다. 지로의 이러한 기분은 형을 특별 대우하여 방자한 성정으로 키움으로써 가족들을 억압하게 만든 부모의 양육방법과, 형의 평판이 오해임을 알면서도 기뻐하는 모습을 보이는 등, 편애하는 부모에 대한 반발심에서 비롯된 것이라고 볼 수 있다.

장남에 대한 특별대우는 장남의 성격형성에 악영향을 끼쳐 가족관계를 나쁘게 만드는 요인이 되고 있다. 그 대표적인 예가 바로 이치로의 경우다. 부모의 특별대우로 방자하고 까다롭고 변덕스러운 성정을 갖게 된 이치로는 가족 앞에서 절대적인 권력을 행사하여 아내, 동생, 딸은 물론 어머니까지도 억압하고 있다.

어머니는 이치로에 대하여 "어딘가에 조심스러운 데가 있는 것 같"고, "조그만 일을 주의시키는 데에도 될 수 있는 대로 기분이 상하지 않도록 처음부터 신경을 쓰"고 있다. 이치로가 "사소한 일로 기분을 잘 상하"여 "밝은 집안을 우울한 공기로 가득 차게"해도, 어머니는 눈살을 찌푸리고 "또 이치로의 병이 시작되었다."(이상 「형」七)고 지로에게 속삭이며 눈치를 살피거나, "학자란 모두 저렇게 별난 것이냐"(「돌아와서」二十)고 불만을 토로할 뿐이다. 지로의 말을 빌리자면 "어머니는 오랫동안 내 자식의 고집을 조장하듯이 키운 결과로서, 지금은 무슨 일이든 상관없이 그 고집 앞에 무릎을 꿇는 운명을 감수하지 않으면 안 되는 자리에 있"(「형」六)게 된 것이다.

다음의 대화에서는 이치로가 지로를 어떻게 억압하고 있는지를 찾아볼 수 있다.

> "형님, 저도 실은 이 일에 대해서는 전부터 생각하고 있었습니다……."
> "아니, <u>네 생각 따윌 들으려는 게 아냐</u>. 오늘 널 여기 데려온 건 네게 좀 부탁이 있어서다. 꼭 들어다오."
> "무슨 일인데요?" (『행인』「형」二十一)

이치로는, 지로에게 부탁하는 입장에 있으면서도 '네 생각 따위'는 듣고 싶지 않으니까 내 부탁만 들으라고 명령조로 말하고, 지로는 이치로의 명령에 따라 그 부탁이 무엇이냐고 묻고 있다. 즉, 이치로의 방자한 말이 통하고 있는 것이다. 이것은 두 사람의 형제관계가 대등한 관계가 아니라 상하관계에 있다는 것을 보여 주는 것이라고 하겠다. 그렇기 때문에 이치로는 아내 오나오의 정조를 시험하기 위해서 지로에게 오나오와 둘이서 와카야마에 가서 하룻밤 숙박해 달라고 강청하고, 이렇듯 상식 밖의 의뢰도 지로에게 받아들여지는 것이다.[19] 물론 지로는 인격이나 윤리, 명예상의 문제라고 말하며 이치로의 의뢰를 받아들이려 하지 않지만, "일단 뭔가 말을 꺼내면 어떤 일이 있어도 그것을 관철시키지 않으면 안 되"(「형」二十三)는 이치로는 지로로 하여금 자신의 의뢰를 받아들이지 않을 수 없도록 몰고 가, 결국 지로와 오나오와의 와카야마 행이 실행되는 것이다. 이치로는 지로나 오나오를 대등한 인격으로 대하지 않고 권력자로서 군림하기 때문에, 자기본위로 자신만의 일을 생각하고 그것을 관철시키는 과정에서 그들을 억압하여 마음속에 깊은 상처를 주고 있다.

지로는 마음에 상처를 받을 뿐만 아니라, 예전에 형과 장기를 둘 때 "자신이 뭔가 한 마디 한 것에 화를 내 갑자기 장기의 말을 자신의 이마에 내던진 소동"(「형」九)을 기억하고 있다. 지로가 이치로에 대해 불만을 품고 비판적이 되는 것도 무리가 아니라고 하겠다. 이러한 형제관계의 근저에서 작용한 것은 '이에제도'가 규정한 장남과 차남의 신분의 차이에서 출발된 사고思考라고 할 수 있겠다.

아내와 딸에 대한 이치로의 억압이 부부관계에 어떻게 기능하고, 어떤 부모자식관계를 만들었는지에 대해서는 이미 앞에서 고찰했던 대

19 니시가키 쓰토무(西垣 勤)도, "보통의 형제관계라면 '나오는 너한테 반해 있는 것 아니냐'는 질문을 던지는 것만으로 그 관계가 깨져버린다. 더구나 형수의 정조를 하룻밤 함께 묵으면서 시험하라고 하는 것은 논외의 일"이라고 언급하면서, 그럼에도 불구하고 지로가 형과의 관계를 깨뜨리지 않는 것은 장남과 차남의 차별 대우, 대학교수인 이치로와 일개 직장인인 지로의 현재의 신분의 차이, 동생은 형을 경애하고 스스로를 그 밑에 두는 것으로 좋다고 하는 심정 때문이라고 지적하고 있다. 西垣 勤, 「『行人』－自我と愛の相克」, 『夏目漱石 必携』, 学灯社, 1980 冬季号, p.40.

로다.

이상 살펴본 이치로와 지로와의 관계처럼 소세키 작품에서의 형제관계는 피를 나눈 형제이면서도 동생을 마음으로부터 사랑하며 돌보아주는 우애 있는 형의 모습도 없고, 마음속으로 형을 경애하는 동생의 모습도 보이지 않는데 그 이유는 어디에 있는 것일까?

그 하나는 앞에서 고찰한 것처럼 가족의 사고방식과 행동양식을 구속하고 지배하는 '이에제도'의 이데올로기의 영향 때문이고, 또 하나는 소세키의 삶 속에서 경험한 형들과의 불쾌한 경험에 의해서 형성된 형에 대한 관념이 투영되었기 때문이라고 하겠다. 소세키의 삶 속에서 경험한 형들과의 불쾌한 경험은 『노방초』의 겐조와 형과의 관계를 살펴보면 잘 알 수 있다.

잘 아는 바와 같이 나쓰메가의 막내로 태어난 소세키는 장남과 차남의 잇따른 사망으로 실질적인 차남이 된다. 1887년 나쓰메가의 가독을 상속한 3남 나오타다直矩는 1897년 6월 아버지 나오카쓰直克가 사망하자 "그때까지 살고 있던 가옥과 토지를 팔아치우고 우시고메 사카나마치牛込肴町에 전거"[20]한다. 당시의 실제의 매매가격을 정확하게는 알 수 없으나, "아버지 나오카쓰가 수집한 서화 · 가재도구류도 포함하여 토지와 함께 이들 일체의 매각에 의해 상당한 수입"[21]이 나오타다에게 있었던 것으로 추정된다. '이에'제도의 규정에 의해 소세키보다 연장자인 형이 단독 상속하여 재산을 처분한 것이므로 법적으로 잘못되지는 않았지만, 소세키는 인간적인 요구에서 형의 단독 재산 처분에 불만을 느꼈던 것 같다. 그래서인지 소세키는 『도련님』과 『노방초』에서 형의 유산 상속과 재산 처분을 자신의 형이 했던 것과 거의 똑같이 묘사하고 있다. 이러한

20 荒 正人, 『漱石研究年表』, 集英社, 1974, pp.120-121.
21 平岡敏夫, 『漱石研究』, 有精堂, 1987, p.180.

반복적인 묘사는 형에 대하여 느꼈던 소세키의 불만이 그만큼 컸음을 보여주는 것이라고 하겠다.

『노방초』에서의 겐조와 형 조타로長太郎의 형제관계를 보여주는 일련의 사건들, 즉 셋째형의 유산 상속과 재산 처분, 둘째형에게서 받기로 했던 은딱지 시계를 셋째형에게 빼앗긴 일, 형수의 1주기가 끝나기도 전에 세 번째 아내를 입적시킨 형의 처사 등, 마음 약한 형이기는 하지만 가장으로서의 권력을 행사하는 형에 대하여 크게 불만을 느꼈고, 형에 대한 겐조의 이러한 감정은 현재까지도 계속되고 있음을 다음의 예문에서 읽을 수 있다.

> "집념이 강하든 남자답지 못하든, 사실은 사실이야. 혹시 사실을 없는 걸로 하더라도 감정을 죽일 수는 없기 때문이야. 그 때의 감정은 아직 살아 있어. 살아서 지금도 어딘가에서 작용하고 있어. 내가 죽이더라도 하늘이 부활시키기 때문에 어쩔 수 없어." (『노방초』百)

이처럼 오래 전에 가졌던 형에 대한 불만의 감정이 아직도 살아서 작용하고 있기 때문에, 가정에서도 직장에서도 그 존재가 마치 형태가 없는 그림자와 같은 형을 겐조는 딱하게 생각하면서도, 한편으로는 그것이 모두 자업자득이라고 형에 대하여 날카로운 비판을 가하고 있는데, 이러한 겐조의 형에 대한 감정과 비판은 겐조와 똑같은 체험을 한 소세키 자신의 것임에 다름 아닐 것이다. 이들의 형제관계의 기저에서 작용한 것 역시 '이에제도'의 이데올로기에서 비롯되었음을 확인할 수 있다.

한마디로, 소세키문학의 형제관계는 이상에서 살펴본 것처럼 가부장제의 이데올로기에 따라 사고하고 행동하는 형제들이 만들어낸 인간관계라고 말해도 좋을 것이다.

이상 『행인』의 가족관계를 가족구성원별로 고찰한 바, 그 관계가 원만하고 친화적인 경우는 찾아보기 어려웠다. 이치로와 부모, 딸과의 관계는 소원하고 냉랭할 뿐인데, 이는 공직에서 은퇴하여 가장의 자리를 이치로에게 넘겨준 아버지가 가장으로서의 권력과 책임감을 상실하여 부모로서의 역할을 제대로 수행하지 못한 때문이고, 집안에서 절대적인 권력을 행사하는 이치로의 방자한 성격 때문이라고 하겠다. 아버지가 가장의 자리를 이치로에게 넘겨준 것은 가독이 장남에서 장남으로 상속되는 '이에제도'의 이데올로기에 의한 것이고, 이치로의 성격이 방자한 것은 가독상속자인 장남의 지위를 보장한 '이에제도'의 이데올로기에 의해 특별대우를 받으며 자랐기 때문이다. 그 위에 소세키가 갖고 있는 부모, 특히 아버지에 대한 특정한 관념이 작품 속에 무의식적으로 표출되어 『행인』의 부모자식관계도 냉랭한 것이 되었다고 생각한다. 이들 부모자식관계의 배후에서 당시의 '이에제도'의 이데올로기와 소세키의 원체험이 작용하고 있음을 알 수 있다.

이치로와 아내 오나오와의 부부관계는 커뮤니케이션의 단절로 관계개선의 여지가 전혀 보이지 않는 심각한 상황이다. 이치로의 고뇌는 본래 얻을 수 없는 것을 얻고자 하는 집념에서 기인하지만, 이것은 또한 그의 사고방식과 성정과도 깊은 관계가 있음을 확인하였다. 아내의 마음을 알기를 원하는 이치로는 이를 위해 자신은 아무 것도 하지 않을 뿐더러 자기가 무엇 때문에 괴로워하고 있는지도 오나오에게 말하지 않는다. 이치로는 자신을 신神이나 절대자로 생각하며 자기본위로 행동하고 문제의 원인을 아내에게서만 찾으려 했다.

반면, 전통적인 여자의 규범에 속박되어 있으며, 학자인 이치로의 지성에 위축되어 있는 오나오는 남편에게 적극적으로 대응하지 못하고 수동적으로 행동하며 자신이 어리석어서 남편의 마음에 들지 못하는 것이라고 체념하고 살고 있다. 이러한 관계형성에 영향을 미치고 있는 것은 이치로의 성격을 방자하고 자기본위적으로 만든 '이에제도'의 이데올로기와 이에 근거한 여성 멸시관 내지 현모양처주의, 다시 말해 남편과 아내의 지위가 대등하지 못한 당시의 모럴, 보편적인 사고방식과 가치관 등이라고 하겠다.

이치로와 지로의 형제관계도 친화적이라고는 말할 수 없는데, 이는 이치로와 지로가 '이에제도'가 규정한 장남과 차남의 신분차이에서 출발한 사고에 근거하여 행동하기 때문이고, 나쓰메가夏目家의 막내아들로 태어난 소세키의 삶 속에서 경험한 형들과의 불쾌한 경험에 의해서 형성된 형에 대한 부정적인 관념이 투영되었기 때문이라고 하겠다.[22] 형제관계에서도 가족의 사고방식과 행동양식을 구속하고 지배하는 '이에제도'의 이데올로기의 영향과 함께 소세키의 원체험에 의한 관념의 투영을 확인할 수 있다.

한마디로 『행인』의 이치로가 보여주는 가족 구성원과의 관계의 기저에서 작용하는 것은 '이에제도'의 이데올로기와 그에 근거한 당시의 보편적인 사고방식, 가치관과 함께 소세키 자신의 원체험이라고 하겠다. 이것들은 소세키의 다른 작품의 가족관계에서도 산견散見되고 있으므로 소세키의 소설세계에 조형된 가족관계는 소세키문학을 이해하기 위한 하나의 코드가 된다고 말해도 좋을 것이다.

22 吳 敬, 「漱石文学における家族関係－兄弟関係を中心として－」, 『文芸と批評』第9巻第2号, 2000. 참조.

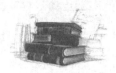

소세키漱石문학과
춘원春園문학에서의 가족관계

제4장

소세키문학에서의 아이子供

나쓰메 소세키의 작품은 근대적 자아의 소유자인 주인공이 가정생활 속에서 자기본위를 추구하는 모습을 그리고 있는 것이 대부분인데, 그 무대가 되는 가정은 극히 일부의 작품[1]을 제외하고는 전통과 '이에家'로부터 분리되어 도회에서 영위되는 핵가족의 형태를 띠고 있다.

핵가족이란 부부와 미혼의 자녀로 이루어진 가족으로서 인류에게 보편적이고 모든 가족의 기초적 단위[2]라는 사전적 설명에서 알 수 있듯이, 가족의 기초 단위인 부부와 그 사이에서 태어난 자녀로 이루어진 소가족이다. 따라서 소세키문학에 자주 등장하는 인물은 주인공이 일상생활 속에서 항상 접하게 되는 배우자 또는 그 자녀이기 때문에 주인공과 이들과의 관계에 대한 고찰은 소세키문학을 이해하기 위한 좋은 자료가 된다.

저자의 기간既刊 저서[3]에서는, 부모자식관계를 당시의 '이에제도家制度'[4]

1 예를 들면 『도련님』, 『산시로』, 『우미인초』 등의 주인공은 미혼이어서 아직 가정을 이루지 않았기 때문에 이 경우에 해당되지 않는다.

2 新村出 編, 『広辞苑』, 岩波書店, 1998, p.470. 참조.

3 오 경, 『가족관계로 읽는 소세키(漱石) 문학』, 보고사, 2003.

4 '이에제도(家制度)' ; 일본제국헌법(明治憲法) 당시 채용되었던 가족제도로, 전후(戰後)의 민법(民法)개정까지 계속되었다. 친족관계에 있는 자 가운데 더 좁은 범위의 사람을 호주와 가족으로서 하나의 '이에'에 소속시켜 호주에게 '이에'의 통솔권한을 주었던 제도이다. 이 제도에서는 일가(一家)에는 '장(長)'이 있고, '이에'의 계승자로서 '여자보다 남자, 차남

의 이데올로기나 일본사회의 보편적인 가치관에 초점을 맞추어서 주로 아버지와 장성한 아들과의 관계를 중심으로 고찰하였기 때문에, '아이子供'에 대한 고찰이 충분히 이루어지지 못했다.

'아이'는 부부가 낳은 소아小兒를 아들, 딸 성별을 구분하지 않고 지칭하는 단어인 만큼, 장성하기 전의 자녀를 대상으로 하여 이들이 부부에게 있어서 어떤 의미를 지니고 있는지, 또는 작품에 묘사된 아이상子供像의 특징이 어떠한지를 고찰해본다면 이 또한 소세키문학을 이해하기 위한 유익한 단서가 될 수 있으리라고 사료된다.[5]

그러므로 본 장本章에서는 소세키 작품 중 부부 사이에 아이가 없는 경우와 아이가 등장하는 경우로 나누어서 고찰하되, 그 의도하는 목적과 작품의 아이상像을 그렇게 묘사하게 된 원인이 무엇인지를 규명하여 소세키문학의 이해에 도움이 되고자 한다.

I 아이의 부재不在

소세키의 작품 중에는 『그 후それから』, 『문門』, 『행인行人』, 『마음こゝろ』, 『명암明暗』 등과 같이 부부 사이에 아이(자식)가 없는 경우가 비교적 많다. 주인공은 아니지만 작품에서 나름대로의 역할을 담당하고 있는 『행인』의 오카다岡田・오카네お兼 부부, 『명암』의 세키関・기요코清子 부부를

보다 장남'이라는 서열이 매겨져 있었다. 가부장이 절대적 권한을 갖고 가족원을 통솔하였다. 또 무슨 일이든 개인보다 '이에'를 중시했고, 아이는 부모의 자식이라기보다 '이에'의 대를 이을 자로서 양육방식도 '이에'본위였다. 가산은 분산을 막기 위해 모두 장남이 단독 상속하고, 대신 노부모 부양의 의무를 지는 등의 특징이 있다.

5 미요시 유키오(三好行雄)도 "아이가 소세키에게 있어서 역시 하나의 열쇠가 되는 것은 아닐까라는 생각이 든다."(三好行雄, 「漱石図書館からの展望」, 『国文学 解釈と鑑賞』, 至文堂, 1984. 10, p.28)고 말하고 있다.

포함하여 이들 작품에서 중점적으로 추구되고 있는 주인공 부부에게 있어 아이의 부재는 무언가 특별한 의미를 내포하고 있다고 생각된다. 소세키가 핵가족의 부부를 다루면서 아이를 배제시킨 점에 초점을 맞추어 작품을 고찰하여 그 의도하는 바를 추출해보고자 한다.

먼저 『그 후』의 히라오카平岡・미치요三千代 부부의 경우를 보면, 결혼 3년째인 이들에게는 아이가 없고 현재 경제난을 겪고 있는데, 이로 인해 심신이 지쳐있는 병약한 미치요에 대하여 히라오카는 무관심하고 냉정하다. 부부관계가 이렇게 된 이유는 어디에 있는 것일까?

> 다이스케는 지금 히라오카가 괴롭게 된 것도 그 발단은 질이 나쁜 돈을 빌리기 시작한 것이 전전하여 탈이 된 것이라고 들었다. 히라오카는 그곳에서 처음에는 대단한 근면가로 통했지만, 미치요가 출산 후 심장이 나빠져 휘청거리기 시작하자 놀기 시작한 것이다. 그것도 처음에는 그리 심하지 않았기 때문에 미치요는 그저 사교상 어쩔 수 없겠지 하고 체념하고 있었지만, 결국에는 그것이 점점 심해져 끝이 없기 때문에 미치요도 걱정했다. 걱정하면 몸이 나빠진다. 그렇게 되면 방탕이 더욱 심해진다. 불친절한 게 아니고 내가 나쁘지요라며 미치요는 일부러 변명했다. 그렇지만 또 쓸쓸한 얼굴을 하고, 하다못해 아이라도 살아있었더라면 얼마나 좋을까 하고 절실히 생각했던 적도 있었다고 고백했다.
>
> 다이스케는 경제문제의 이면에 숨어있는 부부관계를 대강 짐작할 수 있을 것 같았기 때문에 이쪽에서 너무 많이 묻는 것을 삼갔다.
>
> (『그 후』八)

위의 예문으로부터 미치요와 히라오카는 당면한 경제문제로 괴로움을 당하고 있고 그 발단은 히라오카의 방탕에 기인하고 있음을 알 수 있는데, 히라오카의 방탕이 미치요가 출산 후 심장병이 악화되어 아내로서의 역할을 제대로 하지 못하게 되자 시작된 점에 주의할 필요가 있다.

아이는 "두 사람의 피를 나눈 애정의 결정체"로서 "눈에 보이지 않는 사랑의 정情에 일종의 확증이 될 만한 형체"(『門』十三)를 주는 것이기 때문에 부부에게는 매우 중요한 존재라고 하겠다. 그러므로 결혼한 부부라면 누구나 아이가 출생하기를 바라게 되는 것이리라. 그런데 히라오카와 미치요에게는 이러한 아이가 오히려 부부관계를 멀어지게 만들었다. 미치요가 아이를 출산하지 않아 심장병이 악화되지 않았더라면 히라오카의 방탕은 없었을 것이고 부부관계가 지금처럼 소원해지지는 않았을 것이기 때문이다.

부부를 단단하게 연결해주는 끈으로서의 역할을 하는 아이의 출생이 거꾸로 히라오카의 방탕을 초래하여 미치요의 건강을 더 악화시키는 요인이 되었고, 그러면 그의 방탕이 더욱 심해지는 식으로 악순환이 계속되어 미치요는 "남편이 늘 밖에 나가 있어서 단조로운 집안에서의 시간이 따분해서 애먹"고 있다. 히라오카는 이러한 아내의 처지는 아랑곳하지 않고 "집에 들어가도 재미가 없으니 어쩔 수 없지 않느냐."(이상 十三)며 차분히 집에 있는 날이 없거나 아예 귀가하지 않는 날도 있다. 자신의 방탕에 대한 히라오카의 이러한 변명은, 만약 웃음과 기쁨을 주는 아이가 집안에 있었다면 쉽게 통하지 않았을 것이다. 설령 아내에 대한 사랑이 결혼 당시와는 같지 않더라도 집안에 재롱을 부리는 귀여운 아이가 있었다면 사정은 훨씬 달라졌을 것이다. 이러한 추론은 다음과 같은 다이스케의 모습,

> 이 친구는 고향에 돌아가서 약 1년쯤 있다가 교토京都에 있는 어느 재산가의 딸을 아내로 맞았다. 그것은 물론 부모의 분부였다. 그러자 얼마

> 안 되어 곧 아이가 태어났다. 아내에 관한 일은 결혼했을 때부터 아무것도 말하지 않았으나, 아이가 자라는 것에는 흥미가 있는 듯이 보여서 때때로 다이스케가 이상하게 생각할 것 같은 것을 알려 왔다. 다이스케는 그것을 읽을 때마다 이 아이에 대하여 만족하고 있는 친구의 생활을 상상했다. 그리고 이 아이 때문에 그의 아내에 대한 감정이 결혼할 당시와 비교해서 어느 정도 변했을지 궁금했다. (『그 후』十一)

즉, 부모의 뜻에 따라 결혼한 친구가 아내에 대해서는 만족해하는 모습을 보이지 않다가 아이가 태어나자 아이에 대하여 만족해하며 자라는 모습을 미혼인 다이스케에게 자랑삼아 가끔씩 편지에 써 보내자, 그 친구의 아내에 대한 생각이 얼마나 달라졌을지 궁금해 하는 모습에서 유추해낼 수 있다. 중매로 결혼하는 일이 흔했던 당시에는 이 부부와 같은 경우가 그리 특별한 것은 아니었던 만큼, 미치요를 좋아해서 결혼한 히라오카의 아내에 대한 사랑이 결혼 당시보다는 못하더라도 아이가 있었다면 그들의 가정생활이 텍스트에서 보여주는 것처럼은 되지 않았을 것이기 때문이다.

뿐만 아니라 미치요도 "하다못해 아이라도 살아있었더라면 얼마나 좋을까 하고 절실히 생각"(八)하지도 않았을 것이다. 히라오카가 늘 밖에 나가 있어서 혼자 지내는 미치요는 아이가 죽은 지 2년이 지났는데도 "만든 채 아직 풀지도 않고 있"는 아기 옷을 꺼내와 "무릎 위에 놓은 채" "한참을 고개를 숙이고 바라보고"(이상 六) 있다. 남편의 무관심과 냉대 속에서 외롭고 의지할 데 없는 "황량한 마음"(十三)을 아이에게라도 쏟으며 위로받고 싶었기 때문일 것이다. 이를 본 히라오카는 "아직도 그런 것을 간직하고 있었어? 빨리 뜯어서 걸레라도 해버려."(六)라며 못마땅해 한다. 태어나서 곧바로 죽은 아이에 대한 애석한 마음과 함께 건강이 좋지 않아서 아이를 다시 낳을 가망이 없는 미치요에 대한 불만의 표시라고도 볼 수 있겠다.

아이는 부부를 결속시켜주는 매개체일 뿐만 아니라 아내의 지위를 확고하게 만들고, 부부에게는 기대할 만한 미래가 있다는 것도 의미한다. 이들에게는 이러한 아이가 없는 데다 미치요가 병약하여 앞으로 아이를 낳을 희망도 없다. 당시의 사회 통념으로 볼 때 미치요는 남편에게나 '이에'에 대하여 떳떳할 수 없는 처지이다. 그래서 미치요는 히라오카가 방탕하고 냉대해도 불만을 토로하지 못하고, 빚을 지게 된 데에는 자신의 탓도 있다고 인정하며 고통스러운 결혼생활을 힘겹게 유지하고 있다. 미치요의 인상이 "어딘지 모르게 쓸쓸한 느낌이 드는" 것도, 다이스케가 "창백한 미치요의 얼굴을 바라보며 그 속에서 막연한 미래의 불안"(이상 四)을 느끼는 것도 이러한 요인들과 무관하지 않을 것이다.[6]

요컨대 히라오카와 미치요 부부의 불행은 히라오카의 방탕에서 비롯된 것이지만, 그 기저에서는 미치요의 출산의 후유증과 아이의 부재라는 두 가지 요인이 주요하게 작용했기 때문에, 이는 결국 히라오카의 방탕, 사직, 상경으로 연결되어 미치요와 다이스케代助를 재회하도록 하기 위해 준비된 것이었다고 보아야 할 것이다.

『문』[7]의 소스케宗助와 오요네お米 부부 역시 아이가 없다. 결혼하여 6년 동안 오요네는 세 번이나 임신을 했음에도 불구하고 아이가 없다는 사실이 부부에게 어떠한 의미로 어떻게 작용하고 있는지를 살펴볼 필요가 있다. 텍스트에서는 부부에게 있어서의 아이의 부재를 다음과 같이 설명하고 있다.

6 제2장 『그 후』, pp.50-51. 참조.

7 『문(門)』; 1910년 3월 1일부터 6월 12일까지 東京·大阪의 兩 「아사히신문(朝日新聞)」에 104회에 걸쳐 연재, 1911년 1월 東京의 春陽堂에서 간행.

> 부부는 사이좋게 지낸다고 하는 점에서는 보통 이상으로 성공했지만 아이에 있어서는 일반 사람들보다도 불행했다. 그것도 처음부터 아이가 생길 여지가 없었다면 또 모를까, 뱃속에서 자라고 있던 아이를 중도에서 잃은 것이어서 불행하다는 느낌이 한층 더 컸다. (『문』十三)[8]

가난하지만 금실 좋은 소스케와 오요네 부부에게는 아이가 없다는 사실이 큰 불행으로 받아들여지고 있음을 알 수 있다. 히로시마広島에서 가난한 살림을 차렸을 때 처음 임신한 오요네는 "이 새로운 경험에 대하여 두려운 미래와 즐거운 미래를 동시에 꿈꾸는 듯한 기분"으로 지냈고, 소스케도 "자신이 생명을 불어넣은 육체가 눈앞에서 꼼지락거릴 날을 손꼽아 기다렸다." 그러나 태아는 5개월째에 갑자기 유산이 되어 부부를 크게 낙담시키고 슬픔에 잠기게 했다. 소스케는 유산의 이유가 가난 때문이라고 생각되어 안타까워했고 오요네는 오로지 울기만 했다. 두 번째 임신은 후쿠오카福岡로 이사하고 나서였다. 한 번 유산하면 버릇이 된다고 하여 모든 일에 주의하여 음전하게 처신했기 때문에 경과는 지극히 순조로웠고 특별한 원인도 없었는데 아이는 달을 채우지 못하고 태어났다. 조산한 아이는 부부의 지극한 보살핌에도 불구하고 1주일 후 사망하여 또다시 타격을 안겨주었다. 도쿄東京로 옮겨온 첫해에 세 번째로 임신한 오요네는 이번만은 꼭 성공하겠다는 마음으로 한 달 한 달을 무사히 보내다가 5개월째가 되어 의외의 실수를 했지만, 태아나 오요네에게 이렇다 할 이상 징후를 보이는 일 없이 무사히 달을 채워 출산을 했다. 그러나 태어난 아이의 울음소리는 들을 수 없었다. 출산 직전까지 건강했던 태아는 태어날 때 탯줄이 2중으로 목에 감긴 것을 경험이 부족한 산파가 제대로 처치하지 못해 질식사한 것이다.

8 夏目漱石, 『漱石全集』第9卷, 岩波書店, 1956.

오요네는 잘못은 산파에게도 있었지만 절반 이상은 자기 탓이라고 믿고 있다. 탯줄이 목에 감기는 이상한 상태는 오요네가 우물가에서 미끄러져 아프게 엉덩방아를 찧었던 5개월 전에 이미 스스로 만들어낸 것이라는 것을 알았다. 오요네는 자신이 잔혹한 어미인 것처럼 느껴졌다. "자신이 직접 손을 댄 기억은 없지만 생각하기에 따라서는 자신이 부여한 생명을 빼앗기 위해 어둠과 밝은 세상의 중간에서 기다리고 있다가 이를 교살한 것과 마찬가지"였기 때문이다. 오요네는 마침내 세 번에 걸친 임신에 대한 기억 속에서 "움직이기 어려운 운명의 엄숙한 지배를 인정하고, 그 엄숙한 지배 아래에서 불가사의하게도 몇 해 동안 같은 불행을 되풀이하도록 정해진 어미"라고 느꼈을 때, 문득 저주의 목소리를 귓가에서 들었다. 그녀는 몸이 회복되자 "자신이 장차 아이를 낳을 수 있는지, 또 아이를 키울 수 있는 운명을 하늘로부터 부여받았는가를 확인"하기 위해 점쟁이를 찾아갔다가 "당신은 남에게 미안한 일을 한 적이 있다. 그 죗값으로 아이는 절대로 못가진다."(이상 十三)는 점쟁이의 말에 심장을 꿰뚫는 고통을 맛본다. 이후 오요네는 오랫동안 소스케에게 이 얘기를 털어놓지 못하고 혼자 괴로워한다. 텍스트에 "두 사람의 정신을 구성한 신경계는 마지막 섬유에 이르기까지 서로 뒤엉켜 이루어진" "하나의 유기체"(十四)라고 묘사된 금실 좋은 부부 사이에 마음의 벽이 생긴 것이다.

아이에 관하여 이와 같은 과거를 갖고 있는 소스케와 오요네에게 있어서 아이의 부재는 부부관계에 큰 영향을 미치고 있다. 앞에서 언급했던 것처럼 오요네는 아이를 낳을 수 있는 데도 세 번이나 실패했기 때문에 결코 아이를 포기할 수 없는 소스케는 아이에 대한 동경과 희망을 무의식중에 표출하여 오요네의 신경을 자극한다.

전차에 탄 소스케가 "앞에 있는 할머니가 여덟 살 정도 된 손녀의 귀에 입을 대고 뭔가 말하고 있는 것을, 옆에서 지켜보던 서른 남짓의 가게 주인 같은 여자가 귀여운 듯이 나이를 묻기도 하고 이름을 묻기도 하는 것"을 "딴 세상에 온 것 같은 기분"(二)으로 바라본다든지, 어린이용 달마 풍선을 사들고 와서 저녁식탁에서 장난을 친다든지, 집주인 사카이坂井의 딸들이 인형에게 덮어주는 "작고 빨간 침구가 예사롭게 햇볕 아래 널려 있는 모습"(九)을 한참 서서 바라본다든지, 안색이 안 좋은 오요네를 보고 "당신 아이 가진 것 아냐?"(六)라고 물어서 오요네의 마음고생을 조장하는 일 등이 그 좋은 예라고 하겠다.

이처럼 소스케가 아이에 대한 동경을 무의식중에 보여주고 자신의 바람을 기회가 있을 때마다 넌지시 비추는 것은 오요네와의 일로 노나카가野中家에서 폐적 당하다시피 했다고는 하나, 당시의 '이에제도'에 따라 장남인 자신이 '이에'를 계승해야 한다는 의식이 남아 있을 터인 그가 '아버지'가 되는 일로 상실한 자신의 아이덴티티를 회복하고 싶었기 때문일 것이다.

반면, 주인집에 여럿 있는 어린애들이 떠드는 소리가 들리면 "언제나 허무한 듯한 한스러운 듯한 기분"이 되는 오요네는, 특히 곁에 있는 숙모 모자를 보며 부러움을 느낄 수밖에 없다. 숙모는 "딱 아들 하나를 낳아 순탄하게 길러 훌륭한 학사가 되었기 때문에 숙부가 없는 지금까지도 부족함 없는 표정이고, 턱은 이중으로 보일 정도로 살이 쪘"는데, 이렇게 살 찐 숙모를 그 아들 야스노스케安之助가 항상 걱정해 준다고 한다. 걱정해 줄 자식이 없는 오요네의 눈에는 걱정하는 야스노스케도, 아들이 걱정해주는 숙모 본인에 대해서도 "함께 행복을 향유하는 사람들"(이상 五)로밖에 보이지 않는 것이다.

자신과의 사건으로 장남이면서도 노나카가의 상속인으로서의 권한을 행사할 수 없었던 소스케에게 죄책감을 느끼고 있는 오요네가, 자신의 죄 값으로 아이를 낳지 못하여 노나카가의 대가 끊길 수도 있다는 생각을 하지 않을 수 없었을 것이다. 즉, '이에'에서 폐적 당하다시피 한 장남의 아내지만, 맏며느리라는 의식을 갖고 있을 오요네에게는 대를 이을 아이를 낳을 수 없는 것이 커다란 고통이었을 것이다. 그러기에 소스케가 사카이 집에서 오요네를 위해 비단을 사 가지고 와서 이야기하던 중에 사카이 가정의 명랑하고 떠들썩한 모습에 대해서 "아니 돈이 있기 때문만은 아니야. 한 가지는 아이가 많기 때문이지. 아이만 있으면 대개 가난한 집이라도 활기가 있는 법이지." 하고, 아이에 대한 부러움과 함께 자신들의 적적한 생활에 대해 뭔지 만족스럽지 못한 것 같은 점을 무심결에 말해버리자, 소스케의 푸념이 아이를 낳지 못하는 자신에 대한 불만에서 나온 것이라고 밖에 생각할 수 없는 오요네는, 소스케가 고의로 "자신들의 신상에 대해서, 특히 오요네의 주의를 끌기 위해서 말한" 것도 아닌 이야기에 대하여 "당신 아까 아이가 없으면 적적해서 안된다고 말씀하셨죠?"(이상 十三)라고 민감하게 반응하는 것이다.

전술한 바와 같이 세 번에 걸쳐서 유산, 조산에 의한 아이의 죽음, 자신의 과실에 의한 사산을 경험한 오요네는 아이가 태어나지 않는 자신의 운명을, 점쟁이의 말을 계기로 예전의 남자 야스이安井를 배신하고 지금의 남편 소스케와 결혼한 것의 죄 값이라고 생각하고 있는데, 오요네의 이러한 해석의 배후에는 여성이 그때까지 관계하고 있던 남자에 대하여 정조를 지키지 않고 다른 남자를 사랑의 대상으로 선택했기 때문에, 그 죄 값으로 어머니가 되는 길이 막혀버려 아내로서의 지위를 보증받지 못할 뿐만 아니라, 자식을 원하는 남편에 대해서도 아내로서의 역할을 다 하지 못하고 있다는 죄책감을 느끼도록 하는 사상적 억압이 작용하고 있다는 사실이다.

즉 러일전쟁 후 여성에게 강력하게 요청되던 현모양처주의의 사상적 억압이다. "남성 중심적인 성적 억압의 기구"[9]로서의 현모양처주의가 여성을 가정에 가두어 두는 기능을 할뿐더러 "부인을 강력하게 규정하는 거의 유일한 말"[10]이었음을 상기할 때, 일단 야스이에 대한 정조를 지키지 못하여 양처가 될 자격을 상실한 오요네에게 현모로서의 자격이 허용될 리 없는 것은 당시의 가치관으로서는 당연한 결과였을지 모른다.

오요네는 이러한 일종의 강박관념 같은 것에 빠져 있었기 때문에 숙모 모자를 그토록 부러워하고, 평소에는 소스케에게 미소와 자상한 배려를 잃지 않지만 아이에 관한 이야기가 나오면 히스테릭한 반응을 보이는 것이다. 아이 문제에 본능적으로 반응하는 오요네는 소스케에게 평소의 의식적인 미소와 자상한 배려를 해줄 수 없는 것이다. 그 대신 그녀는 무심결에 불쑥 내뱉은 소스케의 말을 끈질기게 물고 늘어지면서 울어대는 등의 발작을 일으키고 만다.[11]

이상과 같이 『문』에서의 아이의 부재는, 당시의 '이에제도'의 이데올로기에 의해 '이에'에서 중시하는 아이 문제를 가지고 금실 좋은 부부로 일컬어지고 있는 소스케와 오요네 부부의 실상을 파헤치기 위해 사용된 소설적인 장치로서, 특히 죄의 대가로 아이를 갖지 못한다는 죄의식[12]을 당시의 여성에게 강력하게 요청되던 현모양처주의와 함께 '이에제도'의 이데올로기와 결부시킴으로써 오요네의 고뇌를 극대화하고 공감을 불러일으키는 자연스러운 것으로 만들었다고 하겠다.

『행인』에서의 중심인물은 이치로一郎・오나오お直부부지만 이들에게는 외동딸 요시에芳江가 있으므로 후술後述하기로 하고, 여기에서는 아이가

9 小森陽一, 『世紀末の予言者・夏目漱石』, 講談社, 1999, p.202.
10 石原千秋, 『漱石の記号学』, 講談社, 1999, p.97.
11 吳 敬, 「漱石文学における〈夫婦関係〉 ―『門』の場合(Ⅱ)―」, 『인문과학연구』제3집, 덕성여자대학교 인문과학연구소, 1996, pp.168-171. 참조.
12 죄 값으로 아이를 가질 수 없다는 죄의식은 『마음』의 〈선생〉에게서도 찾아볼 수 있다.

없는 오카다岡田 · 오카네お兼 부부에 대해 잠시 고찰하도록 하겠다.

지로二郎는 어머니의 부탁으로 자기 집에서 돌보아주고 있는 오사다お貞의 혼담을 매듭짓기 위해 간사이関西 여행길에 오사카大阪에 들러 오카다 집에 묵으면서 그들 부부의 금실이 좋은 것을 여러 번 목격한다. 그래서 오카다에게 "자네와 오카네는 무척 사이가 좋은 것 같던데."(四) 하고 말하지만, 오카다는 그저 웃을 뿐 아무런 대답도 하지 않고, 그렇다고 애써 부정도 하지 않는다. 이러한 오카다의 반응이 무슨 뜻일지는 다음의 예문을 보면 곧 알게 될 것이다.

> 조금 지나자 그는 지금까지의 쾌활한 기분을 갑자기 잃었다. 그리곤 뭔가 비밀이라도 털어놓듯 목소리를 낮추었다. 그러면서도 마치 혼잣말을 할 때처럼 발밑을 응시하면서 "저 사람과 결혼하여 이럭저럭 5, 6년 가까이 되는데 도무지 아이가 생기지 않아서요, 무슨 까닭인지 그게 걱정이라서……."라고 말했다.
>
> (중략)
>
> "결혼하면 아이를 갖고 싶어지는 겐가?" 하고 물어보았다.
>
> "글쎄, 아이가 귀여운지 어떤지는 아직 모르겠습니다만, 어쨌든 <u>아내라는 사람이 아이를 낳지 않고선 꼭 어엿한 어른 자격이 없는 것 같아서……</u>."
>
> (중략)
>
> "더욱이 둘만으로는 적적해서요."라고 또 덧붙였다.
>
> "둘 만이라서 사이가 좋은 거라네."
>
> "아이가 생기면 부부의 사랑은 줄어드는 걸까요?"
>
> (『행인』「친구」四)

오카다와 오카네는 결혼 전에 서로 호감을 갖고 알고 지내던 사이로 5, 6년 전에 지로 부모님의 주선으로 결혼하여 부부 금실은 좋은데 아직 아이가 없다. 오카다는 위의 인용문에서 보듯이 아이를 낳지 못하는 아내를 걱정하고 있다. 그것은 여자가 '아이를 낳지 않으면 어엿한 어른 자격이 없'다고 생각하기 때문인데, 이러한 생각의 기저에서 작용하고 있는 것 역시 '이에제도'의 이데올로기라고 하겠다. 그리고 아이가 없어 적적하다고 느끼는 것도 『문』의 소스케와 동일함을 알 수 있다.

이에 반해 오카네는 아이의 부재를 그다지 고통스러워하지 않는데 그 이유는 무엇일까?

> "아주머니, 아이를 갖고 싶지 않습니까? 이렇게 혼자 집 지키고 있으면 지루하시겠군요."
>
> "그렇지도 않아요. 전 형제가 많은 집에서 태어나 너무 고생하며 자란 탓인지 아이만큼 부모를 괴롭히는 건 없다고 생각하니까요."
>
> "그래도 하나나 둘은 괜찮지요. 오카다 군은 아이가 없으면 적적해서 안 된다고 말하던데요."
>
> 오카네는 아무 대답도 하지 않고 창 밖 쪽을 바라보고 있었다. 얼굴을 원래대로 돌려도 나를 보지 않고 다다미 위에 있는 탄산수 병을 보고 있었다. 나는 아무 것도 눈치 채지 못했다. 그래서 또 "아주머니는 어째서 아이가 생기지 않는 걸까요?" 하고 물었다. 그러자 오카네는 갑자기 얼굴을 붉혔다. (중략) 오카네는 곧 원래의 태도를 회복했다. 그러나 남편에게 책임의 절반을 떠넘길 생각인지 결코 말을 많이 하지 않았다.
>
> (『행인』「친구」六)

오카다가 출타하여 아직 귀가하지 않은 집에서 오카네와 둘이서 이런 저런 이야기를 나누던 지로가 던진 질문에 대한 위와 같은 오카네의 답변은, 아이는 부모에게 있어 성가신 존재이기 때문에 그다지 원하지 않는다는 식으로 해석할 수 있다. 넉넉지 못한 가정에서 많은 아이를 낳아

키우는 일은 부모에게나 먼저 태어나 동생들을 돌봐야 하는 딸들에게는 힘들고 고생스러운 일임에는 틀림없으므로 오카네의 대답이 거짓말은 아닐 것이다. 그러나 지로가 '오카다 군은 아이가 없으면 적적해서 안 된다고 말하'더라고 말하자, 그의 시선을 피하며 거북해하다가 재차 '아주머니는 어째서 아이가 생기지 않는 것이냐'고 묻자 '갑자기 얼굴을 붉힌' 일이라든지, 그녀를 난처하게 만든 것을 알아챈 지로가 화제를 바꾸자 곧 원래의 태도를 되찾지만 '남편에게 책임의 절반을 떠넘길 생각인지 결코 말을 많이 하지 않'는 것으로 보아, 오카네는 아이를 원하지 않아서 낳지 않는 것이 아니라는 것을 알 수 있다.

오카네는 오카다가 걱정하듯이 결혼하여 5, 6년이 되어도 아이를 낳지 못하는 자신의 처지를 크게 비관하거나 걱정하기보다는 아이의 존재가 부모에게는 짐이 되니 없어도 괜찮다는 식으로 긍정적으로 생각하고, 또 아이가 생기지 않는 것이 자신의 탓만은 아니라 남편에게도 책임이 있다고, 당시로서는 상당히 진보적인 사고를 하고 있다고 하겠다. 오늘날에는 불임의 원인이 부부에게 모두 있을 수 있으므로 똑같이 의학적인 검사를 받고 그 원인을 찾아내지만, 과거에는 아이를 낳지 못하는 것을 여성의 책임이라고만 생각했음을 상기할 때 오카네는 소위 신여성의 사고방식의 소유자라고 하겠다.

반면, 오카다는 오카네가 아이를 낳지 못하는 원인이 자신에게도 있을 수 있다는 의식은 전혀 없이 마치 오카네에게만 있는 것처럼 행동한다. 그리고 텍스트에는 그가 아이를 원하는 것이 "단지 내 마누라를 남들과 똑같게 하기 위해서"(「친구」六)라고 서술되어 있는데, 이는 '이에 제도' 하에서 '이에'를 계승할 아이를 낳지 못한 여성은 멸시를 받기 때문에[13] 오카네가 이러한 일을 당하지 않게 하기 위해서라고 해석할 수 있다. 이와 같은 사고방식과 행동으로 미루어 볼 때, 오카다는 오카네에

비해 당시의 보편적이고 전근대적인 사고의 범주를 탈피하지 못한 남성이지만 아내를 배려하고 위해주는 남편이라고 하겠다.

아이가 없는 오카다 · 오카네부부는 작품에 잠깐 등장하는 주변인물이지만, 작품의 중심인물로서 처자식, 부모형제와 동거하며 사회적으로나 가정적으로 부러움을 사기에 충분한 조건의 엘리트 교수 이치로와 그 아내 오나오 부부와는 대조적으로 조형되어, 이들 부부관계를 한층 더 불행한 것으로 부각시키는 역할을 하고 있다.

『마음』[14]의 ‹선생›과 시즈靜 부부가 보여주는 아이의 부재에 대한 인식은, 똑같이 금실 좋은 부부로 일컬어지고 있는 『문』의 소스케 · 오요네 부부와는 정반대로 나타난다.

『문』에서는 소스케가 아이가 없어 적적하다고 느끼는 데 반해 『마음』에서는 시즈 쪽이 그렇다.

> "오늘 밤은 어때요?"
> "오늘 밤은 기분이 좋군."
> "이제부터 매일 밤 조금씩 마시면 좋을 거예요."
> "그렇게는 못하지."
> "꼭 드세요. 그러는 편이 <u>적적하지 않아서 좋으니까</u>."
> (중략)
> "<u>아이라도 있으면 좋겠지만요</u>."라고 사모님은 내 쪽을 보고 말했다.
> (『마음』上 八)[15]

13 제2장 『그 후』의 주14 참조.
14 『마음(こゝろ)』; 1914년 4월 20일부터 8월 11일까지 110회에 걸쳐 東京 · 大阪의 兩「아사히신문(朝日新聞)」에 연재, 1914년 9월에 岩波書店에서 소세키 자신의 장정(裝丁)으로 간행. 소세키의 후기(後期) 3부작(三部作)중 마지막 작품.
15 夏目漱石, 『漱石全集』第12卷, 岩波書店, 1956.

이것은 ‹선생› 댁을 방문한 ‹나私›와 함께 ‹선생› 부부가 술을 마시면서 나눈 대화로, 시즈가 ‹선생›에게 "당신은 아주 유쾌한 것 같군요. 술을 좀 마시면." 하고 말하자, "때에 따라서는 아주 유쾌해지지. 그러나 언제나 그렇지는 않아."라고 대답하는 ‹선생›에게 오늘 밤의 기분을 물은 후 자신의 생각을 피력하는 장면이다. 여기서 주목할 것은 시즈가 ‹선생›에게 매일 밤 술을 마시라고 권하는 이유가 집안의 적적함을 달래기 위해서라는 점이다. ‹선생›과 단둘이서 하녀와 함께 살고 있는 집안에서는 큰 웃음소리가 들리는 예가 전혀 없이 적막하기 이를 데 없는데, 시즈는 이러한 집안의 분위기에서 탈피하기를 바라고 있다. 이러한 원망願望은 '아이라도 있으면 좋겠지만요.'라는 말에 단적으로 드러나 있다고 하겠다.

집안에 아이들이 있으면 집안이 시끌벅적하며 활기차기 마련이다. 『나는 고양이로소이다』의 구샤미苦沙弥선생의 집안, 『문』의 사카이坂井 집안, 『노방초』의 겐조健三의 집안이 그 좋은 예들이다. 그러나 이러한 시즈의 바램을 들은 ‹선생›은 "양자를 한 명 들일까?"라고 제안하고, 자신의 아이를 갖기를 원하는 시즈가 이를 내키지 않아 하자 ‹선생›은 "아이는 언제까지고 생기지 않는다." "천벌이기 때문에."(이상 下 八)라고 말하고 크게 웃는다. 『문』의 오요네가 야스이를 배신한 죄 값으로 아이를 낳아 키울 수 없다는 죄의식을 갖고 있듯이 ‹선생›은 "하늘과 내 마음만"(下 四十七)이 알고 있는 일, 즉 K를 배신한 일로 천벌을 받아 아이를 낳을 수 없다고 믿고 있는 것이다.

오요네와 ‹선생›은 자신의 죄 값으로 아이를 낳을 수 없다고 생각하기에 집안에 아이가 없는 것을 숙명으로 받아들이는 반면, 배우자의 이런 생각과 비밀을 알지 못하는 소스케와 시즈는 아이가 없어 집안이 적적하다고 느끼며 아이 낳기를 갈망하는 것이다. 소스케 · 오요네, ‹선생›

과 시즈는 배우자의 생각과 마음을 공유하지 못한 불행한 부부라고 말해도 좋을 것이다.

오요네와 시즈는 아이를 낳지 못한다는 점에서 똑같이 불행한 아내라고 말할 수 있다. 아이를 낳지 못하는 이유가 자신의 신체적 원인과 더불어 소스케와 함께 범한 배신의 죄 때문인 오요네는 그 이유를 남편과 공유하고 있고 자신이 납득하고 있다. 그러나 '아이는 언제까지고 생기지 않는' 이유로 '천벌이기 때문'이라는 ‹선생›의 공허한 말만 듣는 시즈는 오요네보다 한층 더 불행한 아내라고 하겠다. "아내가 내 과거에 대해서 갖는 기억을 될 수 있는 대로 순백한 것으로 보존해두고 싶다."(下五十六)고 희망하는 ‹선생›이 아내에게 천벌의 내용, 즉 K를 배신한 일을 설명할 리 없으므로 시즈는 혼자서 의미의 부재와 싸울 수밖에 없기 때문이다.

『명암』[16]의 세키関와 기요코清子 부부는 『행인』의 오카다 · 오카네 부부의 경우와 마찬가지로 작품에서의 중심인물이 아니기 때문에 이들 부부에게 있어서의 아이 문제는 거의 언급된 것이 없고, 기요코가 아이를 유산한 후 몸의 회복을 위해 요양 차 온천장에 가 있는 것만 서술되어 있다. 기요코의 유산은, 요시카와吉川부인으로부터 기요코에 관한 얘기를 전해들은 쓰다津田가 그녀를 만나기 위해 온천장으로 찾아가서 재회하는 계기를 만들기 위한 장치라고 하겠다.

쓰다가 기요코를 만나려는 것은 "헤어진 후 1년 가까이 지난 지금까지도 아직 그녀의 기억을 잊은 적이 없었"(百七十二)기 때문에, 기요코가 자신을 버리고 세키와 결혼한 이유를 묻고 확인하기 위해서다. 그런

16 『명암(明暗)』; 1916년 5월 26일부터 12월 14일까지 東京 · 大阪의 兩 「아사히신문(朝日新聞)」에 연재(단, 「大阪朝日」는 도중 휴재(休載)가 있어 12월 27일까지), 작가의 사망으로 188회로 중절(中絶), 미완으로 끝남. 1917년 1월에 岩波書店에서 간행.

만큼 이 재회는 주인공 쓰다와 오노부お延 부부를 둘러싼 앞으로의 『명암』스토리 전개에 중요한 요인으로 작용할 것이 확실하지만, 유감스럽게도 소세키의 죽음으로 중단되어 그 전망을 확인할 길이 없다.

Ⅱ 아이상像

소세키의 주요작품 중에서 주인공의 집안에 아이가 등장하는 것은 『나는 고양이로소이다』, 『행인』, 『노방초』이다.

『나는 고양이로소이다』의 주인공 구샤미선생의 집안에는 세 딸이 있는데, 이들에 대한 언급은 고양이가 제일 좋아한다는 잠자리 때문에 벌어지는 소동에서부터 시작된다.

> 이 아이들이란 다섯 살과 세 살짜리로 밤이 되면 둘이 한 이부자리에서 함께 잔다. 나는 언제나 그들 중간에 내가 끼어들 만한 자리를 찾아내어 어떻게든 파고 들어가는데, 재수 없게 한 명이 잠을 깨면 끝내 큰 난리가 난다. 아이는 — 특히 작은 쪽이 성질이 고약하다— "고양이가 왔어 왔어." 하며 한 밤중에도 큰 소리로 울어대는 것이다. 그러면 예의 신경성 위장병의 주인은 반드시 잠이 깨어 옆방에서 달려 나온다. 실제로 요전엔 잣대로 엉덩이를 세게 얻어맞았다. (『나는 고양이로소이다』一)

어린 계집아이들끼리 잠을 자다가 고양이가 자신들 사이에서 자고 있는 것을 발견하고 놀라 울어대는 것은 지극히 자연스런 행동이다. 특히 나이가 어린 쪽이 더 심할 것은 당연한데, 이러한 사실을 알 리 없는 고양이로서는 '성질이 고약하'기 때문이라고 생각할 수 있을 것이다. 아이들의 자연스런 행동과 이런 소동에 대한 고양이 입장에서의 해석이 재미있다. 고양이의 눈을 통해 묘사되고 있는 아이들의 모습은 "저 좋을 때는 남을 거꾸로 치켜들기도 하고, 머리에 자루를 씌우기도 하고, 내팽개치거나 부뚜막 속에 밀어 넣는"(一) 등 고양이를 못살게 구는 장난꾸러기들이다. 이처럼 고양이를 둘러싸고 일어나는 일들에 대한 장난꾸러기 아이들의 반응은 천진난만하지만, 이를 통해 구샤미 가족의 일상과 태도까지도 알 수 있다.

일례로, 고양이가 주인이 먹다 남긴 떡국을 먹다가 떡이 이에 달라붙어 떨어지지 않아 괴로워하며 그것을 떼어내려고 발버둥 치는 것을 본 아이가 "고양이가 떡을 먹으면서 춤추고 있다."며 큰 소리로 재미있다고 말하는 소리를 듣고 달려 나온 가족들도 "모두 약속한 것처럼 깔깔 웃"으며 고양이가 "눈을 히번덕거리는 추태를 연출할 때까지" 구경하다가 "죽어가는 것을 못 본체 하는 것도 가엾다"고 생각했는지 주인이 그때서야 하녀에게 "떡을 떼 주라"고 한다. 이러한 구샤미 가족의 행동을 본 고양이는 "인간의 동정심이 결핍된 행동도 제법 보고 들었지만, 이 때만큼 원망스럽게 느낀 적은 없었다."(이상 二)고 말한다. 구샤미 가족의 행동은 고양이 편에서는 냉혹한 인간의 몰인정한 처사로 비춰지는데, 이러한 대목에서 자신의 가족을 포함한 인간의 냉혹함에 대한 소세키의 비판적인 생각을 읽을 수 있다.

때로는 자매끼리 경쟁하는 모습도 볼 수 있다.

> 큰 아이가 이윽고 단지 속에서 설탕을 한 술 퍼내어 자신의 접시 위에 담았다. 그러자 작은 아이가 언니가 한 대로 같은 분량의 설탕을 같은 방법으로 자신의 접시 위에 담았다. <u>잠시 둘은 서로 노려보고 있다가 큰 아이가 다시 스푼을 들어 듬뿍 자기 접시에 더 담았다. 작은 아이도 즉시 스푼을 들어 자기 분량을 언니와 동일하게 만들었다. 그러자 언니가 또</u>

가득 퍼냈다. 동생도 지지 않고 한 스푼 가득 퍼냈다. 언니가 또 단지에 손을 대자 동생이 또 스푼을 든다. (『나는 고양이로소이다』二)

부모가 없는 자리에서 언니와 동생이 빵에 뿌려 먹기 위한 설탕을 경쟁적으로 퍼내어 자신의 접시 위에 갖다놓는 위와 같은 모습을 통해 인간의 욕심과 경쟁심은 형제자매 사이에서도 예외 없이 발현된다는 것을 보여준다. 가족관계 중에서 경쟁적으로 되기 쉬운 것은 형제자매 사이인데, 이는 부모와 자식과는 상하관계인데 반해 형제자매는 수평관계이기 때문이다. 즉, 한 부모에 대해 여러 명의 자녀가 모두 제각각 동등한 관계를 유지하므로 부모의 사랑이나 재산을 다른 형제자매보다 더 많이 획득하기 위해서 서로 경쟁적으로 된다고 하겠다. 유산을 둘러싼 형제 간의 갈등이나 분쟁이 빈발하는 이유다.

『나는 고양이로소이다』의 경우는 딸들이기 때문에 유산을 둘러싼 갈등이나 분쟁이 발생할 확률은 그다지 높지 않다. 그러나 유산 상속과는 거리가 먼 어린 자매끼리도 그들 나름대로 할 수 있는 일을 놓고 서로 경쟁하고 있는 모습에서 형제자매 간의 갈등의 원형을 발견함과 동시에, 이들의 장래에도 이러한 크고 작은 경쟁과 갈등이 언제나 일어날 것임을 예견할 수 있다.[17]

또한 세 살짜리 아이가 식사 때에 벌이는 고집스런 행동, 즉 "엄마가 알아서 식사 때는 세 살에 맞는 작은 젓가락과 밥공기를 나누어주지만, 아가는 결코 말을 듣지 않고" "반드시 언니의 밥공기를 빼앗고 언니의 젓가락을 잡아채어 쥐기도 힘든 것을 억지로 쥐고 먹는" 모습을 통해 인간의 경쟁심리, 또는 자신의 능력 밖의 것을 추구하는 분수에 맞지 않는 욕심이 어린 시절부터 싹터 있어, 그것은 "결코 교육이나 훈도로 고

17 제1장 『나는 고양이로소이다』, p.29. 참조.

칠 수 있는 것이 아니"(이상 十)기 때문에 일찌감치 포기하는 게 좋다는, 인간본성에 대한 소세키의 생각을 대변하기도 한다.[18]

『행인』의 이치로와 오나오의 외동딸 요시에는 "검은 눈동자에 숱이 많은 머리, 그리고 엄마 피를 이어 받아 유난히 뺨이 창백한 소녀"로, 온순한 아이이지만 아버지 곁에는 가지 않고 엄마만 따르고 있다. 이를 불만스럽게 생각한 오시게お重가 그 이유를 물으니 "왜냐면 무서워서."라고 작은 목소리로 대답한다. 이치로가 아무리 마음속으로 딸을 끔찍이 사랑한다 해도 그 "사랑의 대가인 친밀감의 정도는 극히 희박"(이상 「돌아와서」三)해서 불만인데, 그것은 이치로가 "아이를 달래는 법을 모르기 때문"(「돌아와서」五)이다.

천진난만한 요시에의 이치로에 대한 태도는, 가족들에게 자기중심적이고 독선적으로 대하여 집안에서도 외톨이가 된 이치로의 고독한 모습을 보여주기 위한 한 예라고 볼 수 있다. 즉 인간다운 마음을 인간답게 만족시킬 것을 갈망하면서도 그것을 위해 자신은 아무 것도 하지 않고, 상대방이 만족시켜주지 않는다고 가족을 원망하는 이치로의 삶의 결과물의 하나라고 하겠다.

『노방초』의 겐조와 오스미 부부에게는 갓 태어난 딸을 포함해서 세 딸이 있다. 요시에가 이치로를 무서워하며 따르지 않듯이 장녀와 차녀도 겐조를 따르지 않고 엄마 곁에만 간다. 아이들은 좀처럼 서재에 들어오지 않는데, 어쩌다 들어오면 꼭 뭔가 장난을 쳐서 겐조에게 야단맞는다. 겐조는 부아가 나면 "아이들이 엄마를 졸라 산 화분을 아무 뜻 없이 툇마루에서 아래로 걷어 차"내어 "아무 것도 모르는 아이들의 즐거워하는 아름다운 취미를 무자비하게 파괴"(이상 五十七)[19]한다. 강진强震이

18 제1장 『나는 고양이로소이다』, p.30. 참조.
19 夏目漱石, 『漱石全集』第13卷, 岩波書店, 1956.

있었을 때는 “아이들의 안위를 자기보다 먼저 생각하지 않”고 순간적으로 혼자서 “툇마루에서 마당으로 뛰어내”려 아내로부터 “몰인정”(이상 九十三)한 아버지라고 지탄받는다. 그리고 셋째 딸이 태어나 며칠이 지나도 갓난아기를 안아볼 마음이 생기지 않는 그는, 아내가 “왜 그 애를 안아주지 않”느냐고 묻자, “왠지 안으면 위험할 것 같아서야. 목이라도 부러지면 큰일이니까.”라고 얼버무린다. 이것이 거짓말임을 간파한 오스미는 “당신한테는 마누라나 아이에 대한 사랑이 없”(이상 八十三)어서 그렇다며, 그 증거로 예전에 큰 딸에게 수두가 생겼을 때 겐조의 태도가 갑자기 돌변했던 일을 예로 든다. 이렇듯 겐조는 아이들에 대한 사랑이나 보호심이 없는데다 아이들에게는 야단만 치면서도 “자기 곁에 오지 않는 아이들에게 역시 일종의 불만을 품고 있다.”(九) 겐조도 이치로와 똑같이 아이들을 다룰 줄 모르는 아버지이면서 자신을 따르지 않는 아이들에게 섭섭한 마음을 느끼고 있다.

아이들의 용모에 대해서는, “시골에서 태어난 장녀는 피부 결이 고운 예쁜 아이”였는데 외국에 가서 “오랫동안 보지 못한 사이에 밉게 변해 있었다.” 차녀는 “일 년 내내 부스럼투성이의 머리를 하고 있었다. 바람이 잘 통하지 않아서 그럴 거라는 이유로 결국 머리카락을 싹둑싹둑 잘라버렸다. 턱이 짧고 눈이 큰 이 애는 괴물 같은 모습으로 주변을 어슬렁어슬렁 돌아다녔다.”(이상 八十一) 새로 태어난 딸에 대해서는, “한 마리의 괴물”, “이상한 아이가 생겼다.”(九十三)고 묘사하면서 “세 번째 아이만이 예쁘게 자라리라고는 부모로서도 생각할 수 없었다.”(八十一)고 술회하고 있다. 딸들에 대한 의무감과 자신의 능력과의 괴리 때문에 비관적으로 생각하는 겐조의 눈을 통해 묘사된 때문인지,

“돈코とん子의 얼굴은 쇠칼의 날밑과 같은 윤곽을 갖고 있다. 순코すん子

도 동생인 만큼 약간 언니의 모습을 갖고 있어 류큐칠琉球塗을 한 붉은 쟁반정도의 자격은 있다. 다만 아가만은 홀로 이채를 발하여 얼굴이 길쭉하게 생겼다. 그러나 세로로 길쭉하다면 세상에 그 예가 적지 않지만 이 아이의 얼굴은 가로로 길다는 말이다. 아무리 유행이 변하기 쉽다 해도 가로로 길쭉한 얼굴이 유행할 일은 없을 것이다."

(『나는 고양이로소이다』十)

라고, 고양이의 눈을 통해 재미있게 묘사된 『나는 고양이로소이다』의 구샤미선생의 딸들에 비해 혹평이라고 하겠다. 그러나 구샤미선생과 겐조의 딸들이 일상생활에서 보여주는 행동은 모두 천진난만하고 자연스럽다.

구샤미선생의 딸들은, 걸레로 세수를 하는 아가가 이를 만류하는 큰언니와 실랑이를 벌이다가 옷을 적시고 울고불고 하는 곁에서 둘째는 저쪽을 향한 채 가루분 병을 열어 열심히 화장을 한 후, 셋이 식탁에서 엉망진창이 되어 요란하게 밥을 먹는다. 또 자주 언어 착각으로 의미가 통하지 않는 말을 하거나, 엄마와 사촌언니 유키에雪江가 이야기 하는데 끼어들어 엉뚱한 질문으로 어른들을 곤란하게 만들고 웃음을 자아내기도 한다.(이상 十참조)

집에 찾아온 다타라多々良를 보고선 "초밥 갖고 왔느냐?"고 일전의 약속을 기억하고 재촉하거나, 집에 도둑이 "어떤 얼굴을 하고 들어 왔느냐?"는 기발한 질문으로 엄마를 당황케 하기도 한다. "어마, 다타라 아저씨 머리는 엄마 머리처럼 반짝거려요." "엄마, 어젯밤에 들어온 도둑놈 머리도 반짝거렸어?"(이상 五)라고 자매가 성가시게 질문하는 통에 얘기고 뭐고 아무 것도 할 수 없게 만드는 등, 이들 때문에 집안이 항상 시끌벅적하다.

겐조의 딸들은 새로 동생이 태어나자 "살아있는 인형이라도 얻은 것처럼 기뻐하여 틈만 있으면 갓 태어난 동생 곁으로 가고 싶어 한다. 그 동생의 눈 깜빡임 하나조차 경탄거리가 되는 그들에게는 재채기든 하품이든 뭐든지 신기한 현상으로 보였"기 때문이다. 겐조가 오스미를 못살게 굴어 눈물을 흘리자 이를 본 아이들은 "금방 울음을 터뜨릴 것 같"(이상 八十三)이 된다. 그리고 한 해가 저물어가는 세밑에 아버지의 근심을 알 리 없는 아이들은 다가올 새해의 희망으로 가득 차서 "하루에도 몇 번씩 '이제 몇 밤 자면 설날'이라는 노래"를 부르거나, "또 '주인이 싫어하는 섣달그믐'이라는 공놀이 노래"(九十四)를 부르며 설날이 오기를 기다리고 있다.

이처럼 구샤미선생의 딸들과 겐조의 딸들의 일상생활은 유사한 점이 많은데, 이는 구샤미선생은 소세키 자신이 투영된 인물이고, 겐조는 『나는 고양이로소이다』를 쓰고 있던 무렵을 다룬 소세키의 유일한 자전적인 작품의 주인공인 만큼, 두 작품의 소재가 동일하기 때문이라고 하겠다. 그러나 두 작품에서의 아이의 역할은 다르다.

이미 언급한 바와 같이 고양이의 눈을 통해 보이는 아이들의 모습을 재미있게 묘사하고 있는 『나는 고양이로소이다』의 경우는, 구샤미선생이 "갓난아기에게 무즙을 먹"인다든지, 서너 살짜리 계집애를 "옷장 위에 올려놓고 그 위에서 뛰어내려 보라."(三)고 하는 등, 아이를 잘 다루지 못하고, 딸들이 언어착각으로 말실수를 해도 웃기만 하는 등, "딸들의 교육에 관해서 절대적인 방임주의를 취하"(十)고 있어 아내의 불만을 사기는 하지만, 부부 사이에 불화나 큰 갈등은 없기 때문에 장난꾸러기 아이들의 일상이 집안에 활기를 불어넣는 역할을 하고 있다.

반면 『노방초』의 겐조와 오스미 부부의 관계는 원만하지 못하여 자주 충돌을 하는데, 아이들을 둘러싸고도 늘 대립한다. 예를 들면, 자기 곁에는 오지 않는 아이들이 아내와 한방에 모여 있는 것을 보고 불만을 느낀 겐조가, "여자는 아이를 독차지해버린다", "여자는 책략을 좋아해서 못써."(이상 八十三)라며 아직 산욕에서 벗어나지 못한 오스미를 못살게 굴어 눈물을 흘리게 한다거나, 헌신적으로 갓난아이를 돌보고 있는 아내를 냉정하게 바라보며,

> 이제 그 애가 크면 틀림없이 당신한테서 벗어날 때가 올 거야. 당신은 나와 멀어져도 아이하고만 화합하여 하나가 되면 그걸로 충분하다고 생각하고 있는 것 같은데, 그건 틀린 생각이야. 두고 봐.
>
> (『노방초』八十三)

라며 아이만을 사랑하는 오스미를 비판한다. 아이는 처자식과의 관계가 소원하여 외톨이가 된 고독한 겐조가 아내에게 투정을 부리게 하는 빌미를 제공한 셈이다.

이상, 소세키문학에서 아이가 어떤 의미를 갖고 있는지를 규명하기 위해 부부 사이에 아이가 없는 경우와 아이가 등장하는 경우로 나누어서 고찰해보았다.

먼저 작품에서 아이의 부재가 의도하는 목적을 보면, 『그 후』에서는 히라오카의 방탕, 사직, 상경으로 연결되어 미치요와 다이스케를 재회토록 하기 위한 것이었고, 『문』에서는 금실 좋은 부부로 일컬어지고 있는 소스케와 오요네 부부의 실상을 파헤치기 위해 사용된 소설적인 장치로서, 특히 죄 값으로 아이를 갖지 못한다는 죄의식을 현모양처주의와 함께 '이에제도'의 이데올로기와도 결부시킴으로써 오요네의 고뇌를 극대화하고 공감을 불러일으키게 했다.

작품의 주변인물로서 아이가 없는 『행인』의 오카다 · 오카네부부는

작품의 중심인물인 이치로·오나오 부부와는 대조적으로 조형되어, 이들 부부관계를 한층 더 불행한 것으로 부각시키는 역할을 하고 있다.

『마음』의 경우는 K를 배신한 일로 천벌을 받아 아이를 낳을 수 없다고 믿고 있는 〈선생〉과, 이 비밀을 알지 못한 채 불행한 아내로 살고 있는 시즈의 결혼생활의 진상을 보여주고 있고, 『명암』에서의 기요코의 유산은, 쓰다가 그녀를 만나기 위해 온천장으로 찾아가서 재회하는 계기를 만들기 위한 장치였다고 하겠다.

요컨대 소세키 작품에서의 아이의 부재는, 『그 후』와 『명암』에서는 스토리 전개에서 중요한 역할을 하고 있는 주인공과 헤어진 과거의 여성과의 재회의 계기를 창출하고 있다. 그리고 『문』, 『마음』에서는 금실 좋은 부부로 일컬어지고 있는 주인공 부부의 실상을 파헤치기 위한 수단으로 이용되고 있음을 알 수 있다.

주인공 부부에게 아이가 등장하는 작품에는 『나는 고양이로소이다』, 『행인』, 『노방초』가 있는데, 이들은 모두 부부관계가 원만하지 못하다.[20] 『행인』에서는 가족 가운데서 고립되어 있는 이치로의 고독한 모습을 묘사하기 위한 한 예로 딸이 등장하고 있다. 『나는 고양이로소이다』와 『노방초』에서는 딸들의 용모에 대한 묘사라든지 그들이 일상생활에서 일으키는 일 등이 매우 유사한 데, 이는 소세키 자신의 딸들을 소재로 했기 때문이라고 생각된다.

이들 작품의 주인공들은 권위적, 독선적, 자기본위로 행동하고 아이를 다룰 줄 모르기 때문에 아이들은 아버지를 따르지 않고 엄마 곁에만 가, 주인공들은 사이가 좋지 않은 아내뿐만 아니라 아이들과의 관계도 소원해져 가정에서 고립되어 있다. 이들에게서는 애정이 넘치는 부성父

20 『나는 고양이로소이다』의 경우는 부부관계가 크게 나쁘지는 않지만, 그렇다고 아주 좋다고도 말할 수 없다.

性을 거의 느낄 수가 없는데, 그 이유 역시 유년 시절의 원체험으로 각인된 소세키의 두 아버지에 대한 부정적인 관념이 작품 속에 무의식적으로 투영되었기 때문일 것이다.[21]

소세키문학에서의 아이 문제는, 이상에서 본 것처럼 당시의 '이에제도'의 이데올로기에 입각한 사고, 가치관, 죄의식, 현모양처주의, 소세키의 원체험 등과 뒤얽혀 주인공부부의 삶에 영향을 미치고 있고, 이러한 특징은 가족의 다른 구성원들의 관계에서도 산견된다.[22]

결국, 소세키는 이러한 가족관계를 통하여 근대적 자아에 눈뜬 근대인이 자기본위적인 삶을 영위하려고 할 때, 인간관계의 기초단위인 가족관계 속에서도 절대고독을 피할 수 없다는 인간관계의 불모성을 되풀이하여 상징적으로 묘사하고 있는 것이라고 하겠다.

21 이상의 작품 외에 단편적으로 아이가 등장하는 작품들, 예를 들면 『夢十夜』 第3夜에서 자신의 과거와 미래를 모두 알고 있는 눈 먼 자신의 아이가 등에 업힌 채 자신에게 명령하여 빨리 내다버리고 싶다든지, 『永日小品』의 「화로(火鉢)」에서 두 살짜리 아이가 추워서 매일 울어대는 것을 기분 나쁘다거나 얄밉다고 생각하는 아버지, 『琴のそら音』의 주인공이 우연히 목격하는, 심야에 남의 눈을 피하듯이 행해지는 장례행렬, 『피안 지날 때까지(彼岸過迄)』의 「비 오는 날(雨の降る日)」에서 마쓰모토 쓰네조(松本恒三)의 다섯 째 딸 요이코(宵子)의 갑작스런 죽음으로 생긴 이상한 습관 등처럼 아이들과 관련된 묘사는 한결같게 어둡고 음산한 이미지로 묘사되어 있는데, 이러한 것도 소세키의 원체험과 분리해서 생각하기는 어려울 것이다.
단, 『마음』에서 논문을 다 쓴 ‹내›가 ‹선생›과 산보에 갔다가 우연히 목격하는, 식물원의 열 살 쯤 되는 아이가 아름다운 정원에서 개와 즐겁게 뛰어놀고, 소녀가 툇마루에서 엄마와 함께 "실패에 실을 감고 있는"(上 二十九) 장면이나, 『문』의 사카이의 아이들이 "벼랑 위에 올라와 소란을 피우기도"(七) 하고 "피아노를 치기도"(二) 하고 "장난을 치는" 등 시끌벅적하게 지내지만, 사카이는 "입으로는 아이들이 성가시다고 하면서도 그것을 힘들어 하는 모습은 얼굴에도 태도에도 조금도 보이지 않는"(이상 九) 극히 예외적인 묘사도 있다. 이는 예전에 향수(享受)하지 못했던 어린 시절의 소세키가 희구했던 부모자식관계의 이상(理想)으로서 묘사한 것이라고 보아도 좋을 것이다.
22 吳 敬, 『가족관계로 읽는 소세키(漱石) 문학』, 보고사, 2003. 참조.

제2부

춘원春園과 소세키漱石 문학의 가족관계

소세키漱石문학과 춘원春園문학에서의 가족관계

제1장

춘원春園과 소세키漱石

일본의 '국민작가'로 일컬어지고 있는 나쓰메 소세키의 인기는 사후 100년이 가까운 지금까지도 식을 줄을 모르고 있는데[1], 한국 현대문학자 중에서 소세키에 필적할 수 있는 작가라고 한다면 춘원 이광수를 들 수 있을 것이다. 두 작가는 그 생애와 문필활동, 근현대문학사에서의 위치 등이 유사한 데다, 실제로 이광수가 동경유학 시절에 소세키의 작품을 애독하여 그 영향을 직간접적으로 받았을 개연성이 많기 때문이다. 따라서 비교문학적인 시각에서의 두 작가와 작품에 관한 연구는 관심 있는 연구자들에 의해 지속적으로 행하여져 지금까지 많은 성과[2]를 거두

1 나쓰메 소세키는 "살아생전부터 오늘날에 이르기까지 독자의 관심이 한 번도 저하된 적이 없고, 오히려 계속 확대와 심화일로(深化一路)에 있다."(江藤淳 編, 『朝日小事典夏目漱石』, 朝日新聞社, 1977, p.216)는 평가대로 2000년, 일본에서 실시한 '지난 1000년간의 일본 문학자'에 대한 독자 인기투표에서 1위를 차지하였다.(「朝日新聞」, 2000. 6. 29)

2 예를 들면, 孫順玉, 「韓日比較文学の一考察－『無情』と『虞美人草』を中心に－」, 韓国外国語大学大学院 碩士論文, 1976. 柳相熙, 「漱石の『吾輩は猫である』と春園の『千眼記』との比較」, 『龍鳳論集』第12輯, 全南大学人文科学研究所, 1982. 呉 敬, 「韓日の近代文学における死生観の比較研究－夏目漱石の『虞美人草』·『こゝろ』と李光洙の『無情』·『再生』を中心に－」, 『韓日比較文化研究』第1輯, 1985. 崔明姫, 「漱石『虞美人草』と春園『無情』の比較研究」, 『人間文化研究年報』第10号, お茶の水女子大学大学院 人間文化研究科, 1987. 崔 姸, 「韓·日の近代小説에 나타난 主人公의 自我意識에 관한 考察－夏目漱石의 『三四郎』와 李光洙의 『無情』을 中心으로－」, 『日語日文学研究』第14輯, 韓国日語日文学会, 1989. 柳相熙, 「『傲慢과 偏見』과 『虞美人草』와 『無情』」, 『人文論叢』第22輯, 全北大学人文科学研究所, 1992. 張南瑚, 「『坊つちやん』と『無情』の比較的考察」(「夏目漱石研究」大東文化大学 博士論文), 1997. 李智淑, 「夏目漱石と李光洙」(「夏目漱石研究」大東文化大学 博士論文), 2000. 尹惠映, 「李光洙と漱石(上)－『無情』

었다.

본장本章에서는 춘원문학과 소세키문학에서의 가족관계를 비교 고찰하기에 앞서 두 작가의 생애, 춘원과 소세키문학과의 만남, 한일韓日 양국의 근현대문학사에서의 위치 등에 대하여 간단히 살펴보도록 하겠다.

Ⅰ 생애와 문학

1. 춘원

춘원春園 이광수는 1892년 2월 2일에 평안북도 정주군 갈산면 익성리에서 이종원李種元(42세)과 충주김씨(23세) 사이에서 전주이씨 문중 5대 장손으로 태어났다. 5세 때 한글과 천자문을 깨치고 8세 때에는 마을의 서당에서 한학을 공부하였다. 1902년 8월에 콜레라로 부모를 여의어 고아가 되지만 1905년 8월, 일진회一進会의 유학생으로 선발되어 일본으로 건너가게 된다. 그 후 1906년 3월에 대성중학교大城中学校에 입학, 이듬해 메이지학원 보통부明治学院普通部 중학 3학년에 편입학하여 1910년에 졸업한다. 귀국 후 그는 오산학교五山學校의 교사가 되었고 이때부터 본격적으로 단편소설과 시를 발표하기 시작했다. 그 해 7월에는 백혜순白惠順과 중매결혼 한다.

1913년, 세계여행을 위해 오산학교를 사직하고 만주, 중국, 시베리아 등을 전전하던 중 1914년 제1차 세계대전이 발발하여 여행을 단념하고

と『虞美人草』とを中心に－」, 『現代社会文化研究』第18号, 新潟大学大学院 現代社会文化研究科, 2000. 尹惠映, 「李光洙と漱石(下)－『無情』と『虞美人草』とを中心に－」, 『現代社会文化研究』第22号, 新潟大学大学院 現代社会文化研究科, 2001. 朴順伊, 「夏目漱石『虞美人草』と李光洙『無情』－主に女性像を中心に－」, 『久留米大学大学院 比較文化研究論集』11, 2002. 등이 있다.

귀국하여 다시 오산학교의 교원이 된다. 김성수金性洙의 후원으로 재차 도일하여 1915년, 와세다대학早稲田大学 고등예과에 편입학하여 1916년 7월에 수료, 9월에 문학부 철학과에 입학한 후 1917년 1월 1일부터 장편소설 『무정無情』을 「매일신보」[3]에 연재한다. 유학생회에서 허영숙許英肅과 사귄다. 1918년에는 『신생활론新生活論』, 『자녀중심론子女中心論』 등 계몽적인 논설을 발표해서 문명文名을 떨치게 되지만 동시에 봉건적인 계층으로부터 큰 비난을 받기도 하였다. 첫 번째 부인인 백혜순과 이혼하고 허영숙과 북경北京으로 애정도피를 한다.

1919년, 일본에서 「조선청년독립단선언서」(2.8독립선언서)를 기초起草하여 본국으로 전한다. 이를 영역英譯하여 해외요로海外要路에 배포하는 책임을 맡고 상해上海로 탈출. 한국 임시정부의 기관지인 「독립신문」의 사장 겸 편집국장에 취임한다. 1921년에 귀국해 허영숙과 재혼하고 2년 후 「동아일보」의 객원이 된 후부터는 이 신문에 『재생再生』 등 작품을 연재하게 되었고 1926년에는 편집국장이 된다. 1933년에는 「조선일보」의 부사장으로 취임하고 『유정有情』, 『그 여자의 일생』 등 많은 작품을 이 신문에 연재한다.

1939년에 친일 문학단체인 「조선문인협회朝鮮文人協会」의 회장이 되는 등 일본의 정책에 동조했기 때문에, 친일행위로 1949년에 반민특위법反民特委法에 의해 구속되지만 병보석으로 출감. 1950년 6월 25일에 발발한 한국전쟁 중에 병상에 누워있던 춘원은 7월 12일, 북한 인민군에 의해 납치되어 10월 25일 북한에서 병사한다.[4]

3 「每日申報」; 일본 제국시대에 발간된 한글 신문. 1905년에 창간된 「大韓每日申報」의 후신으로, 1910년 8월부터 조선총독부의 기관지가 되었다.

4 춘원의 사망일에 대해서는 여러 설이 있으나, 1991년에 미국에 살고 있던 춘원의 3남 이영근(李永根)이 평양을 방문하여 북한 측이 소개한 춘원의 묘비에 씌어진 1950년 10월 25일 사망일 확인으로, 현재 학계에서는 이를 그대로 받아들이고 있다. 尹弘老, 『李光洙 文學과 삶』, 韓國硏究院, 1992, pp.64-73. 참조.

이처럼 청일전쟁이 발발하기 2년 전(1892년)에 태어난 춘원은, 일본 식민지시대(1910~1945年)를 거쳐 해방(1945年)과 한국전쟁(1950年)을 경험하는 동안 굴욕과 고통을 맛보았고 한국전쟁 중에 북한에 납치되어 병사하는 등, 한국의 불행한 역사를 몸소 체험한 지식인이었다고 말할 수 있겠다. 그러나 젊은 나이에 일본유학의 기회를 얻은 그는 그 곳에서 일본문학과 서양문학을 접하고 작가, 사상가로서의 기반을 쌓아, 1910년의 단편소설 『어린 희생幼い犠牲』에서 1950년에 미완으로 끝난 『서울』에 이르기까지 문단생활 40년에 걸쳐 300여 편의 논설, 50여 편의 문학비평, 28편의 단편과 35편의 장편소설 외에 수많은 시와 수필을 남겼다.

2. 소세키

나쓰메 소세키夏目漱石는 1867(게이오慶応3)년 2월 9일, 현재의 도쿄도 신주쿠구東京都新宿区 우시코메키쿠이초牛込喜久井町에서 아버지 나쓰메 고헤에 나오카쓰夏目小兵衛直克(50세)와 어머니 지에千枝(41세)의 5남 3녀 중 막내아들로 태어났다. 호적명은 나쓰메 긴노스케金之助. 나쓰메가夏目家는 대대로 마을 일대를 지배하는 나누시名主[5]였으나 당시 가운家運이 기운데다 어머니 지에가 노산으로 모유가 나오지 않아, 생후 곧바로 요쓰야四ッ谷의 고물상(청과상이라고도 일컬어짐.)에 수양아들로 보내졌다가 얼마 안 되어 생가로 되돌아왔다. 다음 해, 자녀가 없는 신주쿠의 나누시 시오바라 마사노스케塩原昌之助와 야스やす 부부에게 양자로 보내져 시오바라 성을 갖게 된다. 그러나 9세 때에 양부모가 이혼함으로써 다시 생가로 돌아오지만 나쓰메가의 환영을 받지는 못한다. 이렇게 어려서부터 양쪽 집을 오가며 육친이나 양부모의 따뜻한 사랑을 받을 수 없었던 소

5 나누시(名主); 에도(江戸)시대에 농민, 상인 중에서 뽑힌 촌장.

세키는 타인의 애정에 민감한 내성적인 성격으로 자라게 되는데, 이러한 경험들과 성격이 훗날 사랑과 에고이즘을 근간으로 하는 소세키의 문학작품에 영향을 끼치게 된다.

14세 때에 생모 지에가 사망한 후, 동경부립제일중학교東京府立第一中学校를 중퇴하고 사립니쇼학사私立二松学舎에서 한학漢學을 배우지만 세리쓰학사成立学舎를 거쳐 대학예비문大学予備門(현재의 도쿄대학 교양학부)에 진학하면서 영문학 연구자의 길을 걷고자 1890년 23세 때에 도쿄제국대학東京帝国大学 문과대학 영문과에 입학, 문부성의 대여장학생이 된다. 그 사이에 아르바이트로 강동의숙江東義塾의 교사가 되어 처음으로 교사생활을 체험하기도 하고, 가인歌人 마사오카 시키正岡子規와 친교를 맺어 문학상의 영향을 받기도 했다.

1889년 5월, 마사오카 시키의 『나나쿠사슈七艸集』의 비평을 쓰고 처음으로 '소세키漱石'라는 필명을 사용하게 된다. 전년(1888) 1월에 시오바라가塩原家에서 나쓰메가夏目家로 복적復籍하여 나쓰메 긴노스케가 된다.

1893년에 도쿄제국대학 문과대학 영문과를 제2회로 졸업하고 계속해서 도쿄제국대학 대학원에 진학하는 한편, 도쿄고등사범학교東京高等師範学校에서 영어교사로서 활동하다가 2년 후인 1895년에 에히메켄愛媛県의 마쓰야마松山중학교에 영어교사로 부임했는데, 이곳에서의 체험이 후년의 『도련님坊っちゃん』(1906)의 소재가 된다.

한편, 20세 때를 전후하여 복막염, 급성 결막염에 걸려 고생하기도 하고 27세 때에는 폐결핵과 신경쇠약 등으로 염세주의에 빠지기도 했다. 그 후에도 위장병과 우울증이 반복적으로 재발하여 그를 괴롭히게 되는데, 이러한 병과의 싸움은 문학가로서 걸어온 그의 인생의 흔적 자체가 그대로 투병기가 될 정도였다.

33세 이후 소세키는 그의 문학과 사상에 있어 커다란 전환기를 맞게 된다. 1900년 문부성으로부터 영어연구를 위한 영국유학을 명령받고 만 2년간의 유학생활을 하게 된다. 지식인으로서의 우월감과 동양인으로서의 콤플렉스를 동시에 느끼면서 런던생활에 적응하지 못하던 소세키는 이듬해 7월부터는 외부와의 교제를 차단한 채 하숙집에 틀어박혀 귀국할 때까지 『문학론文学論』의 집필에 몰두하게 된다. 이러한 고독한 생활의 연속으로 불안, 불면, 우울증 등, 결국 극도의 신경쇠약에 시달리게 되자 일본에까지 소세키가 발광했다는 소문이 전해진다.

이 무렵 소세키는 영문학에 관한 서적들을 독파하면서 일본은 서양과 역사, 문화, 습관들이 달라 아무리 서양 문학자들의 흉내를 내려고 해도 자신의 몸으로 느낄 수 없음을 깨닫게 된다. 문학과 근대화의 의미를 찾아 괴로워한 끝에 서양에 대한 환상을 버리고 진정한 자기본위自己本位가 되자는 의식이 소세키의 유학생활의 도착점이었던 것이다. 불쾌하고 힘들었던 만 2간년의 유학생활을 보낸 런던에서 아이러니하게도 소세키의 문학적인 감성이 다듬어졌다고 볼 수 있다.

1903년, 영국에서 귀국한 소세키는 도쿄제국대학東京帝国大学 등에 영어강사로 취임하나 이후 교사생활에 혐오감을 느끼게 되고 부인과의 불화, 양부모와의 금전적인 문제 등으로 신경쇠약에 빠지게 된다. 이러한 암울한 심정을 해소하기 위해 쓴 것이 그의 첫 작품 『나는 고양이로소이다吾輩は猫である』이다. 이 소설은 1905년 당초 1회분의 단편으로 끝낼 예정이었으나 의외로 호평을 받아 다음 해 8월까지 11회분의 장편으로 하이쿠俳句잡지 『호토토기스ホトトギス』에 연재된다. 이를 기점으로 활발한 창작활동을 보이며 교사를 그만두고 직업작가로서 살아갈 것을 희망하게 된다.

이윽고 1907년 4월, 제일고등학교와 도쿄제국대학의 강사를 사직하고 아사히신문사朝日新聞社에 입사하여 전속 직업작가의 길을 걷게 되는

데, 입사 후 처음으로 쓴 작품이 일본의 근대사회에 숨겨져 있는 모순과 갈등을 직시한 『우미인초虞美人草』이다. 그 후 소세키는 『산시로三四郎』(1908), 『그 후それから』(1909), 『문門』(1910)의 3부작을 발표하여 사랑을 둘러싼 인간심리의 명암과 일본근대사회의 문제점을 날카롭게 파헤친다.

1911년, 『현대일본의 개화現代日本の開化』에서 서양 열강의 압력에 의한 성급한 근대화의 '외발성外発性'을 신랄하게 비판하는 등, 소세키문학의 원점이기도한 동시대의 문명에 대한 회의와 지식인의 운명에 대한 통찰을 주제로 한 주옥같은 작품을 계속해서 발표한다.

소세키는 이 무렵 이러한 정열적인 창작활동을 하는 한편, 거듭되는 위장병의 재발과 악화, 그리고 신경쇠약의 고통을 겪다가 결국 인간이라는 존재 속에 숨겨져 있는 어두운 부분을 직시하는 장편소설 『명암明暗』(1916)을 미완으로 남긴 채 향년 49세로 생을 마감하게 된다.

소설뿐만이 아니라 한시漢詩, 하이쿠俳句, 수필, 평론 등 여러 장르에 걸쳐 수준 높은 작품을 남긴 소세키는 모리 오가이森鷗外와 더불어 메이지시대의 대문호로 일컬어지면서 일본의 근현대작가들에게 큰 영향을 미쳤다.

Ⅱ 춘원과 소세키문학과의 만남

춘원의 문학에 관한 교양은 일본 유학시대에 길러진 것이라고 하겠다. 그는 8년간의 유학기간[6]에 일본문학 및 서양문학을 접함으로써 종교관, 인생관, 예술관, 사회주의를 비롯해 당시 동경東京을 풍미하고 있던 자연

6 춘원의 일본유학은 1905년부터 1910년까지, 1915년부터 1919년까지로 2번에 걸쳐 행해졌다.

주의 등의 사상도 배웠다.

춘원과 소세키문학과의 만남에 관해서는 그의 회고록 「다난多難한 반생半生의 도정途程」에 나쓰메 소세키의 작품을 접하게 된 계기와 애독한 작품, 당시의 일본문단 상황, 자신의 문학적인 취향 등이 명기되어 있다. 이에 의하면 춘원은 같은 학년의 친구인 홍명희洪命熹의 권유[7]로 소세키의 작품을 접하게 되어 『나는 고양이로소이다我輩は猫である』, 『도련님坊つちやん』, 『우미인초虞美人草』, 『산시로三四郎』, 『문학론』[8]을 읽었다고 한다. 당시는 자연주의가 성행하고 악마주의적인 사조가 만연한 시대로, 홍명희도 이러한 흐름에 물들어 있었지만 춘원은 그러한 사상과는 선을 긋고 있었다는 사실을 다음 문장에서 알 수 있다.

> 洪君은 나와 문학적성미性味가 다른 것을 그때에도 나는 의식하였습니다. 洪君이 좋아하고 추장推奬하는 나가이 가후永井荷風의 ‹후란스物語› ‹亞米利加物語› 같은 것은 내 비위에는 맞지 아니하였고 도리어 톨스토이 작품 같이 이상주의적인 것이 마음에 맞았습니다. 洪君은 당시 성盛히 발매금지를 당하던 자연주의작품을 책사冊肆를 두루 찾아서 비싼 값으로 사 가지고 와서 나를 보고 자랑하였습니다.[9]

홍명희가 추천하여 권한 작품이 춘원의 취향에 맞지 않았던 이유는 홍명희가 인생이나 문학의 본질 파악이라는 점에서 춘원보다 훨씬 앞서 있었기 때문[10]이기도 하겠지만, 춘원의 특수한 심리상태와도 무관하지

7 15세의 춘원은 문학적인 식견에 있어서도 독서량에 있어서도 자신보다 한 발 앞서 있던 네 살 연장자인 홍명희의 추천으로 나쓰메 소세키와 바이런, 체홉, 아르체이, 바셉 등, 러시아 작가들의 작품을 접하게 되었다고 한다. 李光洙, 「多難한 半生의 途程」(1936. 4-6, 『朝光』所載), 『李光洙全集』第14巻, 三中堂, 1964, p.391. 참조.

8 앞의 책, p.400.

9 앞의 책, p.392.

10 “가인(홍명희의 호; 인용자 주)은 시에, 소설에 가치를 두었다. 그러나 그가 내세우는 문학

않다고 말할 수 있겠다. 11세에 고아가 되어 자신을 지탱해 줄 주체성이 아직 형성되지 않았고 사상적인 지주나 정신적인 거점이 없는, 마음이 텅 비어 있었던 당시의 춘원은 보는 것, 읽는 것, 듣는 것 모두를 여과 없이 있는 그대로 받아들였기 때문에 일본에서 접한 새로운 사상과 문학작품에서 받은 영향은 심대했을 것이다.[11] 메이지학원 보통부 중학에 편입한 1907년부터 기독교 사상에 감화되기 시작한 춘원은 예수의 가르침을 실천하기가 어려운 일이라는 것을 알고, 기독교 사상에 뿌리를 내린 톨스토이주의, 즉 박애주의・비폭력주의・무저항주의를 평생 동안 지닐 사상의 하나로 삼은 것이다. 문학을 수단으로 하여 자신의 고뇌를 해소할 길과, 이를 통해 민족에 도움이 되는 길을 동시에 전개할 수 있는[12] 가능성을 깨달은 그로서는 자연주의 작품보다는 이상주의적이고 계몽적인 작품이 취향에 맞았을 것이다. 일본유학 중에 성립된 보호조약[13]에 의해서 동경의 한국공사관이 없어지는 등, 사실상 국권을 상실한

은 기독교사상이라든가 톨스토이주의와는 정반대의 것이었다. 두 가지 의미에서 그것은 본질적이었다. 하나는 그것이 당시의 가장 참신한 시류적 감각이었다는 점이다. 가인이 내세운 돈환적인 악마주의는 그가 당시 일본 문단의 자연주의를 보다 깊이 파악한 소치이다. 그것은 단순한 현실폭로의 비애에 멈추지 않고 새로운 미학, 미적 생활로 나아가는 영혼의 고통을 일깨우는 심각한 문학의 길이었다는 점을 뜻한다. (중략) 다른 말로 하면 가인은 기독교적인 것이나 그와 연장선상에 있는 톨스토이적인 문학을 일단 그 나름으로 습득한 바탕에서 더욱 나아가, 바이런적인 악마주의에 심취한 것이다." 金允植, 『李光洙와 그의 時代』(1), 한길사, 1986, pp.209-210.

11 다음의 문장들은 그 영향의 정도를 잘 대변해 주고 있다. "바이론의 『카인』 『해적』 『마제바』 『돈판』 등은 우리 두 사람(춘원과 홍명희; 인용자 주)의 정신을 뒤흔들어 놓은 듯합니다"(주7의 책, p.392. 참조), "나는 이 책(『나의 종교(私が宗教)』라고 일본어로 번역한 톨스토이 책; 인용자 주)을 읽고 이것이야말로 진리다. 인류가 이 모양으로 살아야만 평화의 세계를 이룰 것이다. 나는 일생 이 주의로 살아가겠다. 톨스토이는 과연 큰 선생님이시다. 이렇게 감격하였습니다.", "그리고는 나도 톨스토이를 숭배하여- 톨스토이를 통한 예수를 숭배하는 것이지마는- 마태복음 5, 6, 7장과 누가복음 12장을 고대로 실행해보려고 하였습니다. 그러면서 톨스토이의 문학적작품과 사상적논문을 탐독 하였습니다." 李光洙, 「杜翁과 나」(「조선일보」 1935. 11. 20), 『李光洙全集』第16卷, 三中堂, 1964, pp.412-413.

12 주10의 책, p.215. 참조.

13 보호조약; 구한말 광무(光武)9년, 한국을 대표하는 외무대신 박제순(朴齊純)과 일본의 특명전권공사 하야시 곤스케(林權助) 사이에서 체결된 조약. 한국 외교권을 박탈한 5조문으로 구성되어 있다. 제2차 한일협약.

조국을 위해 "문장과 교육으로 동포를 깨우치자"[14]고 마음먹은 그는 자연주의적 · 방관적이고 퇴폐적인 문학이 아니라 사회성이 강한 신문소설, 특히 그 대표적인 작가였던 나쓰메 소세키를 주목하게 된 것이라고 생각된다. 춘원은 "나쓰메 소세키夏目漱石에게 내가 배운 것이 무엇인지는 알 수 없"[15]다고 말하고 있으나, 소세키의 『문학론』을 중시했던 점[16]은 주목할 만하다.

소세키는 주로 "심리학 사회학 방면에서 근본적으로 문학의 활동력을 논하는"[17] 것을 목적으로 쓴 『문학론』에서 인간의 의식의 흐름은 끊임없이 물결모양波形을 이루어 진행하는 것이라고 생각하고 자신의 모든 논의의 기초를 자기 자신의 심리적 사실의 해부 위에 놓았다. 춘원은 이 인간 의식의 흐름을 주목하고 창작에 있어서의 심리학의 중요성을 느끼고 있었음에 틀림없다. "내 역량이 미치는 한에서는 리얼리즘으로 하느라고 하였고, 또 심리 묘사에도 힘을 써 보느라고 하였다."[18]라는 그의 회고대로 춘원은 실제로 『무정』에서 등장인물의 심리변화에 대한 묘사에 힘을 쏟았다.

14 주7의 책, p.399.
15 앞의 책, p.400.
16 춘원은 소세키의 『문학론』을 "일본인의 저(著)로는 가장 유명하여 거의 고전적권위가 있는 것이나 좀 고상하고 영문(英文)의 인례(引例)가 많아 영문학의 소양이 없이는 좀 어려운 책"이라고 설명했다. 李光洙, 「文學에 뜻을 두는 이에게」(1922. 3, 『개벽』제21호 所載), 『李光洙全集』第16卷, 三中堂, 1964, p.47.
17 小宮豊隆, 「『文学論』 解説」, 『漱石全集』第9巻, 岩波書店, 1956. 참조.
18 주14와 같음.

Ⅲ 한일韓日 근현대문학사에서의 위치

1. 춘원

"우리 현대작가 중에서 거대한 작가다운 면모를 가진 유일한 작가"[19]라는 평가를 받고 있는 춘원의 문학은 그의 최초의 현대 장편소설인 『무정』을 거론하지 않고는 논할 수 없다. 춘원은 『무정』으로 한국 소설에 새로운 전기轉機를 가져왔고 신문학의 개척자로서의 역할을 하였다. 그는 계속해서 『소년의 비애』, 『개척자』, 『어린 벗에게』를 잡지 『청춘』[20]에 발표하고, 초창기 신문학의 실질적인 개척자로서 최남선崔南善[21]과 함께 언문일치의 현대적인 신新문장 운동을 벌이는 등, 일련의 신문학新文學 운동을 전개해 갔다.

작품에 있어서는 톨스토이의 영향을 받아 계몽적이고 인도주의적인 작품을 많이 남겼다.[22] 춘원의 계몽주의적인 태도는 사회 개선과 인습 비판으로 이어졌으며 특히 유교적인 전통이 가져 온 한국인의 사상과 관습의 불합리를 비판하고 그것을 개선하려고 했다. 이러한 작가의식은 그의 문학의 부정적인 요소로 지적되기도 하지만 한국 신문학사新文學史에 남긴 그의 공적은 거의 대부분의 평론가들이 인정하고 있다. 즉, 춘원은 한국 현대문학사에서 대단히 중요한 위치를 차지하고 있고 그의 작품은 아직까지도 많은 독자에게 읽혀지고 있으며 "근대한국의 거의

19 李秉岐 · 白鐵, 『国文学全史』, 新丘文化社, 1960, p.272.

20 『청춘』; 1914년10월, 최남선(崔南善)에 의해서 창간된 청년종합계몽잡지.

21 崔南善 ; 자유시 제창, '시조(時調)'(한국고유의 정형시)의 형식과 내용, 사상의 현대화와 수필체의 문장을 처음으로 시도함으로써 한국현대문학에 선구적인 공적을 남겼다.

22 백철은, 춘원이 일종의 계몽주의 작가로 불리게 된 것은, "그가 이 개화기 문학자의 계몽주의적 시대와 그 사회를 배경하여 등장하고 활동한"(白鉄, 「春園의 文学과 그 背景」, 『自由文学』, 自由文学社, 1959. 11, p.22.) 때문이고, 그의 문학이 일반적으로 도덕주의적인 표현으로 되어있는 것은 "유교, 불교, 기독교 등에 대한 종교적인 학문적인 교양이 그 배경으로 된 때문이다."(앞의 책, p.24.)라고 설명하고 있다.

유일한 문호文豪"[23]로서 군림하고 있다고 말할 수 있다.

2. 소세키

자연주의自然主義의 문학이 활발하게 전개되던 메이지明治 40년대(1907~1912년)에는 그들과 문학적인 성향을 달리하며 독자적인 문학을 지향하던 작가들이 있었다. 나쓰메 소세키는 그 대표적인 작가로 허구와 상상력을 바탕으로 하는 본격적인 객관소설 방법을 끝까지 지키면서 동시에 강건한 사상성과 시대성, 윤리성을 반영하는 작품들을 창작함으로써 동시대의 자연주의 문학과는 명확한 선을 긋고 있었다. 그는 동양과 서양의 균열, 사랑과 이기심, 지식인의 고독과 불안 등 다양한 주제를 생생하게 표출해 갔는데, 이것들은 당시 사람들의 삶과 사회에도 관련이 있는 중요한 문제로서 많은 독자층을 만들게 되었다.

그의 문학작품들은 동시대의 문명에 대한 회의를 근저에 두고 있었으며 지식계급의 운명에 동정하는 작가의 시대적인 인식이 반영된 것이라고 할 수 있다. 즉, 그는 일본의 근대문명의 피상적인 외발성外発性[24]을 통렬하게 비판하고 일본인의 운명을 한탄하였다. 또한 그는 "자유와 독립과 자기 자신으로 가득 찬 현대自由と独立と己れとに充ちた現代"[25]를 살아가는 지식인의 고독한 내면세계를 통찰하고 인간의 마음 속 깊은 곳에 자리 잡고 있는 이기심과 상호불신을 여러 작품을 통해 집요하게 파헤쳐 갔다.

소세키는 자신의 문학 활동뿐만 아니라 많은 문하생들을 키워낸 것으로도 유명하다. 스즈키 미에키치鈴木三重吉, 데라다 도라히코寺田寅彦, 아베

23 趙演鉉, 『한국현대문학사』, 成文閣, 1993, p.167.
24 외발성(外発性); 외부로부터의 비주체적인 개화
25 夏目漱石, 『漱石全集』第12巻, 岩波書店, 1956, p.33.

지로阿部次郎, 아쿠타가와 류노스케芥川龍之介, 구메 마사오久米正雄, 기쿠치 칸菊池寛, 무샤노코지 사네아쓰武者小路実篤, 아리시마 다케오有島武郎 등, 메이지明治에서 다이쇼大正에 걸쳐서 문단과 사상계를 주도하던 인맥을 형용하여 '소세키산맥漱石山脈'이라 일컫는다. 이들 '소세키산맥'은 다이쇼기의 사상과 문학, 문화를 이끌어간 주역이기도 하였는데 특히 이들 중 '다이쇼기 교양파' 라고 불리던 사람들은 반反자연주의계의 문예비평가로서 메이지 40년대에 문단에 올라 이윽고 학자, 사상가로서 자립한 인물들이다. 이들은 소세키의 치밀한 학자적인 성향과 문명비평가적 측면을 계승하여 '다이쇼 휴머니즘'이라는 사상의 선구자로서 활약하게 된다. 소세키는 현대에 이르러서도 근대적인 지식인의 고뇌를 충실하게 추구한 작가로서 공감을 얻어 많은 독자층을 확보하여 '일본의 국민작가'로 불리는 대문호大文豪로, 일본 근대문학사에서의 그의 지위는 독보적이라고 말할 수 있을 것이다.

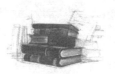

소세키漱石문학과 춘원春園문학에서의 가족관계

제2장

『무정無情』과 『우미인초虞美人草』

춘원의 『무정』은 1917년 1월 1일부터 6월 14일까지 126회에 걸쳐 「매일신보」에 연재된 장편소설이다. 유학생의 신분으로 학업과 집필을 병행하기 위해 무리를 한 춘원은 격심한 과로로 폐결핵에 걸려, 후에 재혼하게 되는 동경여의전東京女医專의 유학생 허영숙의 간호를 받는다. 『무정』은 이러한 점에서도 춘원에게 의미 깊은 작품인 동시에 최초의 현대장편소설이라는 점에서 한국 현대문학사에서도 기념비적인 작품이다. 발표 당시의 반응은, 아사히朝日신문사에 입사한 소세키의 첫 번째 작품으로 세간에 비상한 관심을 불러일으킨 『우미인초虞美人草』와 마찬가지로 대단했던 것 같다.[1]

소세키가 사망한 이듬해인 1917년에 일본유학 중인 춘원이 동경에 있는 기숙사에서 집필한 『무정』은, 그 스스로가 "『무정』을 쓸 때에는 夏目漱石의 작품을 애독한 때"[2]라고 회상하고 있고, 애독서로서 열거한 작

1 그 일례를 들면, 춘원은 사리원(沙里院)의 미지(未知)의 독자로부터 『無情』이 번역이냐 창작이냐를 두고 서로 내기를 걸었으니 바로 회답하여 달라는 질문편지를 받았고, 기생을 소재로 썼기 때문에 "기생집에 다녔다는 말을 들었고, 또 영채니 형식이니 하는 작중의 인물의 모델이 누구냐"는 등의 질문을 많이 받았고, 어떤 친구는 "소설은 무엇하러 쓰느냐. 그런 것도 조선에 도움이 되느냐."는 책망을 했고, 심지어는 "웬 연애 이야기를 써서 청년들을 부패케 하느냐." 하고 톡톡한 질문의 투서까지 받았다고 한다. 李光洙, 「多難한 半生의 途程」(1936. 4-6, 『朝光』所載), 『李光洙全集』第14巻, 三中堂, 1964, p.400.참조.

2 앞의 책, p.400.

품 중에도 『우미인초』가 들어있는 점에서 그 영향을 받았을 것으로 추측된다. 또한 작품의 발표 당시 『무정』이 번역이냐 창작이냐를 묻는 편지를 작가에게 보내 그 회답을 요구하는 독자가 있었을 정도로[3] 두 작품의 등장인물의 유형성類型性, 사건의 전개, 문장표현과 문체 등도 매우 흡사하다.[4]

그런데, 두 작품의 비교연구는 등장인물의 성격이나 스토리의 구조, 인물관계의 유사점, 사건 전개, 여성상女性像, 사생관死生觀 등과 같은 것들을 다룬 것[5]이 대부분이고, 가족관계에 관한 연구는 거의 찾아 볼 수가 없다. 이는 두 작품이 아직 결혼하지 않은 젊은이들의 이야기여서, 가족관계의 핵심이라고 말할 수 있는 부부관계를 주요인물의 관계에서 찾아볼 수 없는 점과, 부모자식관계나 형제관계에 있어서도 그다지 특필할 만한 점이 없기 때문일 것이다. 그러나 두 작품에서의 가족관계는 등장인물의 성격 형성과 작품의 구도, 사건 전개, 작가 의도의 구현 등에 상당히 큰 영향을 미치고 있다.

그러므로 여기에서는 두 작품의 등장인물들의 가족관계를 구성원별로 나누어 그 양상을 파악한 후, 그들이 작품의 구도와 등장인물의 조형造型, 사건 전개, 작가 의도 등에 어떻게 기능하고 있는가를 규명하고 비교 검토함으로써 두 작품에 대한 이해를 심화시키는데 일익을 담당코자 한다.

3 앞의 책, p.400. 참조.
4 李智淑, 「夏目漱石と李光洙」(「夏目漱石研究」, 大東文化大学 博士論文, 2000) pp.263-270. 참조.
5 제1장 주2의 논문 참조.

Ⅰ 부모자식관계

1. 양상

1) 『무정』

『무정』의 주요 등장인물은 이형식李亨植, 박영채朴英采, 김선형金善馨, 김병욱金炳郁, 신우선申友善 등이지만, 결혼한 신우선의 부모에 대해서는 언급되어 있지 않으므로 고찰 대상에서 제외하였다.

남자 주인공인 이형식은 어렸을 때 부모를 잃은 고아이기 때문에 부모에 관한 정보는 아무것도 없다. 따라서 이형식의 경우는 부모자식관계가 아니라 그를 고아로 설정한 작가의 의도에 대해서 다음 절에서 고찰하도록 하겠다.

여자 주인공인 박영채도 현재는 이형식과 마찬가지로 부모가 안계시지만 7년 전까지는 아버지가 생존했고, 그 아버지 박 진사[6]에 대해서는 비교적 상세히 묘사되어 있다.

> 십 오륙년 전에 청국 지방으로 유람을 갔다가 상해서 출판된 신 서적을 수십 종 사 가지고 돌아왔다. 이에 서양의 사정과 일본의 형편을 짐작하고 조선도 이대로 가지 못할 줄 알고 새로운 문명 운동을 시작하려 하였다.
>
> 우선 자기 사랑에 젊은 사람을 모아, 데리고 상해서 사온 책을 읽히며 틈틈이 새로운 사상을 강설하였다.
>
> (중략)
>
> 박 진사는 즉시 머리를 깎고 검은 옷을 입고 아들 둘도 그렇게 시켰다. 머리 깎고 검은 옷 입는 것이 그때 치고는 대대적 대용단이다. 이는 사천

6 진사(進士); 과거(科擧)에서 소과(小科)의 초장(初場)에 급제한 사람.

여 년 내려오던 굳은 습관을 다 깨뜨려버리고, 온전히 새 것을 취하여 나아간다는 표다.

인해 집 곁에 학교를 짓고 서울에 가서 교사를 연빙하며 학교 소용 제구를 구하였다. 일변 동네 사람들을 권유하며, 일변 아이들과 청년들을 달래어 학교에 와 배우도록 하였다. (『무정』五)[7]

일찍이 중국에 유람 갔다가 사온 신서적을 통하여 당시의 세계정세를 파악하고 그에 신속하게 대응하기 위하여 신문명운동의 필요성을 느낀 박 진사는 젊은이들의 교육에 자신의 모든 것을 바친 인물이다. 그는 자신의 뜻을 펼치기 위해 자신은 물론, 두 아들에게까지 '머리를 깎고 검은 옷을 입'히는 등, 솔선해서 대 용단을 내렸다. 그런데 딸 영채에게는 다른 사람처럼 행동했다.

박 진사는 남이 웃는 것도 생각지 아니하고 영채를 학교에 보내며 학교에서 돌아온 뒤에는 소학, 열녀전같은 것을 가르치고 열 두 살 되던 여름에는 시전[8]도 가르쳤다. (『무정』五)

당시로서는 매우 혁신적인 교육자, 선각자라고 할 수 있는 박 진사는 사재私財로 학교를 지어 마을 청년들과 자신의 아들들을 가르치며 신문명 운동에 적극적으로 참여시키면서도 딸에게만은 학교 교육 이외에 전통적(유교적) 윤리의 본보기로 『소학小學』, 『열녀전烈女傳』같은 것을 특별히 가르쳤던 것이다. 이것은, '새로운 문명 운동'을 펼치는 선구적인 그가 아직 전통적인 윤리관을 완전히 버리지 못하고 당시의 일반적인 사

7 李光洙, 『李光洙全集』第1卷, 三中堂, 1964. 인용문 끝의 한자(漢字)숫자는 장(章)을 나타낸 것이며 밑줄은 인용자에 의함.
8 시전(詩傳); 시경(詩経)의 주해서.

고방식을 따르고 있음을 보여주는 것임에 다름 아니다. 다시 말하면 그의 사상에 아직 통일성이 없다는 것을 의미하는 것이라고 하겠다.

외형적인 변화에는 재빨리 반응하면서도 내면적인 사고방식은 조금도 변하지 않은 박 진사의 모순된 사상은 다음과 같은 행동, 즉 영채가 감옥에 투옥된 그를 찾아와서 아버지와 오빠들을 구하기 위해 기생이 되었다는 이야기를 하자 "이년아! 우리 빛난 가문을 더럽히는 년아! 어린 계집이 뉘 꾀임에 들어 벌써 몸을 더럽혔느냐!"(十五)라고 와락 성을 내고, 결국 곡기를 끊어 자살한 것에서도 찾아볼 수 있다. 가문을 소중히 생각하는 박 진사는, 자신과 두 아들이 투옥되어 가문을 계승할 가망이 없는데다 딸이 가문을 더럽혀 완전히 몰락했다고 생각했기 때문에 자살을 택했던 것이다.

이처럼 박 진사는 혁신적인 교육자, 선각자로 변화를 위한 신문명 운동을 적극적으로 실천하면서도 전통적인 가문家門, 정조情操, 효孝를 소중하게 생각하는 사람이었기 때문에 영채에게도 전통적인 윤리를 지킬 것을 요구했던 것이고, 어렸을 때부터 이러한 것들을 배워 온 영채는 아버지의 가르침을 충실히 따르며 살아가고 있는 것이다. 그 예를 들어보도록 하겠다.

영채는 아버지와 오빠들의 석방에 필요한 돈을 마련하기 위해 기생이 되려고 한다. 이 때, 그녀를 결심하게 한 판단의 근거는 다름 아닌 예전의 아버지의 가르침이었다.

> 영채는 옛말을 생각하였다. 그 때 아버지께서 제 몸을 팔아 그 돈으로 그 아버지의 죄를 속한 옛날 처녀의 말을 들을 제, 아직 열 살이 넘지 못하였던 영채는 눈물을 흘리며 나도 그리하였으면 한 일이 있음을 생각하였다.

영채는 그 사람이 돈만 있으면 음식도 드릴 수 있고 혹 옥에서 나오시게 할 수가 있다는 말을 듣고, 나도 그렇게 할까 하였다. 그 사람이 다시, 그러나 돈이 있어야 하지, 하고 영채의 얼굴을 보며 웃을 때에 영채는 생각하기를, 옳지, 이 어른도 내가 옛날 처녀의 하던 일을 하라고 권하는 뜻이라 하였다.

내가 이제 옛날 처녀의 본을 받아 내 몸을 팔아 돈만 얻으면 아버지와 오라버니는 옥에서 나오시렷다. 옥에서 나오시면 나를 칭찬하시렷다. 세상 사람이 나를 효녀라고 칭찬하고 옛날 처녀 모양으로 책에 기록하여 여러 처녀들이 읽고 나와 같이 울며 칭찬하렷다. 그러나 내가 내 몸을 팔아 부모와 형제를 구원하지 아니하면 이 어른과 세상 사람이 다 나를 불효한 계집이라고 비웃으렷다.

(중략)

그래서 영채는 결심하였다. 그리고 그 사람에게,

"저는 결심하였습니다. 저도 기생이 되렵니다. 저도 글을 좀 배웠습니다. 그래서 그 돈으로 아버지를 구원하려 합니다."

하고, 영채는 알 수 없는 기쁨과 일종의 자랑을 감각하였다.

(『무정』十五)

영채가 기생이 되려는 것은 물론 아버지와 오빠들을 석방시키기 위해서다. 그러나 영채의 의식 속에는 어릴 때부터 아버지에게 배운 "열녀전과 내칙內則과 소학"(三十) 등의 가르침에 있는 대로, 옛날 처녀를 본받은 행동을 실천함으로써 부모와 세상 사람들에게 칭찬받고 싶다고 하는 원망願望이 내재되어 있다. 여자에게 있어 생명보다 소중한 정조를 스스로 버리고 기생이 되기로 결심한 영채가 부끄럽게 생각하기는커녕 오히려 '알 수 없는 기쁨과 일종의 자랑을 감각'한 것은, 옛날 책에 나오는 처녀들처럼 자신도 칭찬받을 수 있다는 확신이 있었기 때문일 것이다. 박 진사와 영채의 부모자식관계를 한 마디로 말하면, 유교적인 윤리에 따라 부모에게 절대적으로 복종하는 전통적인 부모자식관계라고 하겠다.

영채와 어머니와의 관계는, 어머니가 영채를 출산한지 2개월도 안되어 사망했기 때문에 논외論外로 하겠지만, 이처럼 빨리 사별한 어머니도 영채의 일생에 영향을 미치고 있다. 이 점에 관해서도 다음 절에서 살펴보도록 하겠다.

개화된 김 장로金光鉉와 선형과의 부모자식관계는 어떠한가?

재산가인 김 장로는 딸을 위해 영어교사인 이형식을 가정교사로 고용한다. 여기에는 미국으로 유학가기로 되어 있는 선형에게 영어를 공부시키는 것 외에 또 하나의 목적이 있었다. 그것은 선형에게 이형식과 교제할 기회를 주어 두 사람을 결혼시키려는 것이었다. 김 장로는 딸의 배우자를 결정할 때, "서로 잠깐 교제를 해"(七十六) 볼 기회를 주는가 하면, 아내와 당사자의 의견을 묻기도 한다. 이는 얼핏 보면 김 장로가 근대적인 사고방식의 소유자이기 때문이라고 할 수 있겠으나 실제로는 처자妻子의 의견을 존중하고 있는 것이 아니다. 왜냐하면 김 장로는 딸의 배우자를 이미 자기 혼자서 결정한 후에 "여보, 내가 형식씨에게 약혼을 청하였더니 형식씨가 승낙을 하였소. 마누라 생각에는 어떻시오?" 하고, 형식적으로 아내의 의견을 묻고 있고, 선형에게는 만난 지 얼마 되지도 않은 그와 결혼할 생각이 있는지 없는지를 물으며 그 대답을 강요하고 있기 때문이다. 그러므로 아내는 "아까 둘이 서로 의논한 것을 새삼스럽게 또 묻는 것이 우습다"(이상 八十二)며 의아하게 생각하고, 선형은 이형식이 "자기의 이상의 지아비"와는 거리가 먼데다 교제할 시간도 충분히 갖지 못해 "그를 정답다고 생각한 일도 없고 하물며 사랑스럽다고 생각한 일도 없"(이상 九十六)어, 부친의 질문에 선뜻 대답을 할 수 없는 것이다. 선형이 생각하는 '이상의 지아비'는 미국에 유학중인 멋진 남성으로,

> 첫째, 얼굴 모양이 둥그스름하고 살빛이 희되 불그레한 빛이 돌고, 그러고 말긋말긋하고 말소리가 유창하고 또 쾌활하고, 뒤로 보나 앞으로 보나 미끈하고 날씬하고, 손이 희고 부드럽고 재주가 있고 대학교를 졸업하고…… 이러한 사람이었다. (『무정』九十六)

그러나 아버지가 약혼을 청한 이형식은 어떠한가?

> 형식은 자기보다 여러 층 떨어지는 딴 계급에 속한 사람이어니 하였다.
>
> 첫째, 형식의 얼굴은 자기의 이상에 맞지 아니하였다. 얼굴이 기름하고 광대뼈가 나오고 볼이 좀 들어가고 눈꼬리가 처지고, 게다가 이마에는 오랜 동안 빈궁하게 지낸 자취로 서너 줄 주름이 깔렸다.
>
> 그리고 손이 너무 크고 손가락이 모양이 없고…… 아주 못생긴 사람은 아니나 자기의 이상에 그리던 남자와는 어림이 없이 틀린다.
>
> 형식의 태도에는 숨길 수 없이 빈궁한 빛이 보이고 마음을 쑥 펴지 못하는 듯한 침울한 기색이 드러난다. 게다가 그의 이력과 경성 학교 교사라는 그의 지위는 선형의 마음에는 너무 초라하게 생각되었다.
>
> (『무정』九十六)

이처럼 선형은 형식의 외모와 지위가 '자기의 이상에 그리던 남자'와는 너무나 다르기 때문에 그가 자기가 아니라 순애와 배필이 되었으면 하고 생각하였다. 그러다가 자기가 형식과 약혼을 하게 된다는 말을 들은 선형은,

> (전략) 형식 같은 사람으로 자기의 배필을 삼으려 하는 부친이 원망스럽기도 하고 불쾌하게도 생각이 되었다.
>
> 자기의 이상이 온통 깨어지고 자기의 지위가 갑자기 떨어지는 듯하였다. (『무정』九十六)

고 실망하면서도 "부모의 말을 거역하지 못"하고 "부친의 말 한마디에 자기의 일생은 결정되거니"(이상 九十六) 생각하고 체념한 채, 그대로 약혼을 하게 된다.

한마디로 김 장로는 선형에게 교제의 기회를 주고 나서 결정하겠다고 하면서도 실제로는 자기의 생각대로 약혼시키고, 자식의 배우자를 신식으로 결정했다고 하는 자기만족에 빠져있는 아버지다. 신교육을 받은 선형 또한 이형식과의 결혼을 조금도 바라지 않으면서도 "부모의 명령과 세상의 도덕에 눌려"(百十四) 약혼을 받아들이고 있어 내면적으로는 구舊여성의 사고방식과 조금도 다를 바 없는, "공명심과 허영심이 많"(百九)은 외양뿐인 신여성이다. 요컨대 김 장로와 선형과의 부모자식관계는 외형은 근대적인 것처럼 보이지만 내용은 전근대적인 윤리관에 따라 이루어져 있다.

어머니와 선형과의 관계는 특필할 만 한 점이 없다. 단지 가장인 남편의 권위에 복종하며 협력하는 어머니는 선형에게 있어서는 마음의 고민을 털어 놓고 상담할 수도 없는 미덥지 못한 존재다.

유학생 김병욱의 아버지는 박 진사나 김 장로보다도 더 전통적이고 완고한 사고방식의 소유자로, 특히 아들(김병국)과 뜻이 맞지 않아 자주 충돌하는데 그 예를 찾아보자.

> 아들은 동경에 가서 경제학을 배워 왔으므로 자기가 중심이 되어 자본을 내어 무슨 회사 같은 것을 조직하려 하나, 부친은 위태한 일이라 하여 극력 반대한다.
>
> 또 딸을 동경에 유학시키는 데 대하여서도 아들은 찬성하되 부친은 계집애가 그렇게 공부는 해서 무엇 하느냐, 어서 시집이나 가는 것이 좋다 하여 반대한다. 방학하고 집에 올 때마다 부친은 반드시 한두 번 반대하

> 지마는 마침내 아들에게 진다.
>
> 작년 여름에는 반대가 유심하여 동경 갈 노비를 아니 준다 하므로 딸은 이틀이나 울고, 아들과 어머니는 부친 모르게 돈을 변통하여 노비를 당하였다. 그래서 딸은 부친께는 간다는 하직도 못하고 동경으로 떠났다.
>
> 그 후에 며칠 동안 부친은 성을 내어 식구들과 말도 잘 하지 아니하였으나 얼마 아니하여,
>
> "얘, 이달 학비는 보냈니? 옷 값이나 주어라."
>
> 하게 되었다. 이번에도 부친은 기어이 딸을 시집보내어야 한다 하고, 아들은 졸업하기를 기다려야 한다 하여 두어 번 부자끼리 다투었다.
>
> (『무정』九十三)

이처럼 부자간에 만사에 별로 의견이 일치하는 일이 없는 아버지는, 딸인 병욱에 대해서는 더욱 완고하게 가장의 권력을 행사하여 딸이 하고 싶어 하는 일에 항상 반대하고 결혼을 강요하지만, 결국은 딸의 의지에 지고 만다. 위의 예문에서 보듯이 병욱이 아버지의 강력한 반대에도 불구하고 동경으로 유학을 가서 미혼인 채 공부할 수 있었던 것은, 역시 동경 유학을 한 오빠가 아버지의 반대를 물리쳐 주고 어머니가 든든한 지원군이 되어 주었기 때문인데, 이러한 오빠의 이해와 어머니의 지원이 가능했던 것은 아버지와 아들이 무슨 일이나 서로 반대하면서도 어딘지 모르게 서로 일치하는 점이 있는 부자父子이기 때문이다. 즉, 아버지는 아들이 "고집쟁이요, 철이 없고 부모의 말을 아니 듣는다"고 생각하고, 아들은 부친을 "완고하고 무식하고 세상이 어떻게 변천하였는지를 모른다"고 생각하면서도, 부친은 그 아들의 "진실함과 친구간에 존경받는 줄을 알고", 아들은 그 부친의 "진실함과 부드러운 애정이 있는 줄을"(이상 九十三) 알기 때문이다.

정이 많고 현명하며 얌전한 병욱의 어머니는 잘 이해가 되지 않아도

딸의 이야기에 귀를 기우리는 다정한 인품의 인물이다. 남편과 아들 사이에서 의견이 대립될 때, 자기 나름의 특별한 의견을 갖고 있지는 못해도 대부분의 경우 아들 의견에 찬성하기 때문에, 아버지가 어머니를 흘겨보면 어머니도 아버지를 흘겨보며 물러서지 않는다. 언제나 완고한 아버지에 맞서 딸의 편을 들어주는 이 어머니는 병욱에게는 상냥한 아군이자 마음 든든한 지원자였다. 이와 같이 아버지를 제외한 가족 모두의 이해와 협력이 있었기 때문에 병욱은 신여성으로서 살아 갈 수 있었다고 하겠다.

2) 『우미인초』

남자 주인공 오노 세이조小野清三는 『무정』의 이형식과 마찬가지로 고아다. 오노의 과거에 대하여 묘사되어 있는 4장에는 "어두운 곳에서 태어나", "사생아"라는 소문도 있지만 "아버지는 돌아가셔"서 "집이 없어"졌기 때문에 "어쩔 수 없이 남의 신세"를 지게 되었고, "교토京都에서는 고도孤堂선생의 신세를 졌다."고, 그 출생이나 어린 시절에 관한 정보가 나와 있다. 그러나 부모에 관한 정보가 없기 때문에 그의 부모자식관계에 대해서는 알 방법이 없다. 다만 그가 "소맷자락 없이 통짜로 된 옷을 입고 학교에 다닐 때부터 친구들에게 괴롭힘을 당"했고 "가는 곳에서는 개가 짖었"고 "밖에서 험한 꼴을 당한 것"은 부모를 잘못 만난 때문이라고 생각되므로, 부모에 대한 감정은 그다지 좋다고는 말하기 어려울 것으로 추측할 뿐이다. 주인공인 오노를 고아로 설정한 작가의 의도에 대하여는 다음 절에서 고찰하도록 하겠다.

여자 주인공인 고노 후지오甲野藤尾는 어머니와 이복 오빠와 함께 살고 있다. 외교관이었던 아버지는 4개월 전에 외국에서 타계한 것으로 설정되어 있어, 스토리가 진행되고 있는 시점에서는 존재하지 않으며 아버지에 관한 과거의 정보도 별로 없다. 그러나 후지오와 아버지와의 관계는 아버지의 유물인 금시계에 관한, 그녀의 오빠 긴고欽吾와 무네치카宗近와의 대화에서 어느 정도 추출할 수 있다.

> "예의 그 시계는 어떻게 되었나?"
>
> "아아. 런던에서 산 자랑거리 시계 말인가? (중략) 어릴 때부터 후지오의 장난감이었던 시계지. 그걸 갖고 있으면 좀처럼 내려놓으려고 하지 않았어. 그 체인에 붙어 있는 석류석이 마음에 들어서 말이야."
>
> "생각해 보면 오래된 시계야."
>
> "그렇지. 아버지가 처음으로 서양에 가셨을 때 산 거니까."
>
> "그거 숙부의 유품으로 내게 주게."
>
> "나도 그러려고 생각하고 있었어."
>
> "숙부가 이번 서양에 갈 때 말이야, 돌아오면 졸업축하로 이걸 너에게 주마고 약속하고 가셨거든."
>
> "나도 기억하고 있어. ── 어쩌면 지금쯤 후지오가 또 장난감으로 갖고 놀고 있을지도 모르겠지만……." (『우미인초』三)[9]

이 대화를 보면, 아버지는 자신이 소중하게 여기던 금시계를 후지오가 장난감으로 삼아 노는 것을 허락할 정도로 딸을 귀여워하고 있었다는 것을 알 수 있다. 그러므로 후지오와 인연이 깊은 금시계를 자신이 마음속으로 정한 장래의 사위인 무네치카에게 줄 것을 약속한 것이라고 추찰할 수 있다. 그러나 "자아가 강한"(十二) 후지오는 아버지가 일방적으로 정한 결혼상대인 무네치카를 싫어해 자신이 좋아하는 오노와 결혼하려고 어머니와 함께 책략을 세운다. 아버지의 입장에서 보면 자신의

9 夏目漱石, 『漱石全集』第5卷, 岩波書店, 1956.

사랑과 유지遺志를 저버리고 제멋대로 결혼하려는 후지오는 불효녀지만, 후지오로서는 자신이 좋아하는 사람과 결혼하는 것은 당연하다고 생각하고 있다.

후지오는 아버지보다는 어머니와 친밀한 관계를 맺고 있다. 아버지는 생전에도 "한창 때에 서너 번이나 외국으로 파견돼"(十五) 가족과 헤어져 있었기 때문에 후지오와 함께 지낸 시간도 많지 않았다. 후지오는 자연히 어머니와 친밀해졌고, 아버지가 돌아가신 뒤에는 어머니와 함께 결혼과 재산을 둘러싸고 이복 오빠와 암투를 벌이게 된다. '자아가 강한' 후지오는 "사랑을 하기 위해 고집이 없는 오노 씨를 선택한"(十二) 것이다. 어머니도 "장래성이 없는"(八) 무네치카에게 딸을 시집보내고 "자신이 낳지도 않은 자식"(十二)에게 신세지는 것은 싫다고 생각하고 있고, "정중하고 친절하며 학문도 잘하는 훌륭한 사람"(十五)인 오노를 데릴사위로 맞아 노후의 자신을 의탁하기를 바라고 있다. 그렇기 때문에 후지오와 오노의 관계가 순조롭게 진전되도록 조언과 지원을 아끼지 않는 것이다.

한편, 긴고에 대한 어머니의 태도는 후지오에 대한 태도와는 상당히 다르다. 아버지가 돌아가신 후 가독家督을 상속하게 된 긴고는 재산을 후지오에게 양보하고 자신은 집을 나가겠다고 말하면서도 실제로는 아무것도 하지 않기 때문에, 어머니는 "대代를 이을 아들로서는 부적절하다고 생각하는"(十二) 긴고에게 빨리 결혼해서 집안을 이어가기를 재촉한다. 그러나 이 어머니의 언동言動을 '책략'이라고 간파한 긴고는 좀처럼 받아들이지 않는다. 긴고의 얼굴을 볼 때마다 울화통이 터지는 어머니와, 어머니의 표리부동한 말을 위선이라고 받아들이는 아들과의 관계는 작품의 결말부에서 적나라하게 파헤쳐진다.

"친자식이 아니라든지 친자식이라든지 구별하지 않으면 됩니다. 모나지 않게 평범하게 대해 주시면 되는 거예요. 격의 없이 대해주시면 됩니다. 아무것도 아닌 것을 어렵게 생각하지 않으시면 돼요.

(중략)

"어머니는 후지오에게 집도 재산도 주고 싶었던 거죠? 그래서 주겠다고 내가 말했는데도 언제까지나 저를 의심해 믿으려고 하지 않는 것이 잘못된 겁니다. 어머니는 제가 집에 있는 것을 달갑게 생각하지 않으셨죠? 그래서 제가 집을 나가겠다고 말했는데도 일부러 그러는 거다 뭐다 해서 나쁘게 생각하시는 것이 잘못된 거예요. 어머니는 오노 씨를 후지오의 남편으로 삼아 데릴사위로 들이고 싶으셨던 거죠? 제가 허락하지 않을 거라고 생각해서 저를 교토로 여행을 보내고, 제가 없을 때 오노와 후지오와의 관계를 매일 매일 깊어지게 만들었던 거지요. 그런 책략이 잘못된 겁니다. 저를 교토에 여행 보낼 때도 제 병을 고치기 위해 보냈다고 제게도 사람들에게도 말씀하셨죠. 그런 거짓말이 나쁜 거예요. — 그런 점만 고쳐 주신다면 특별히 집을 나갈 필요는 없죠. 언제까지나 돌봐드려도 괜찮아요. (『우미인초』十九)

어머니에 대한 긴고의 이러한 비판[10]은 어머니에게만 문제가 있다고 지적하고 있는데, 어머니의 입장에서 본다면 긴고에게도 문제점이 없다고는 말할 수 없다. 계모로서는 전처의 아들에게 격의 없이 대하기는 그리 쉽지 않았을 것이고, 의붓아들이나 며느리보다는 친딸이 자신의 노후를 돌봐주기를 바라는 것은 당연한 일이기 때문이다. 긴고는 이러한

10 『우미인초』를, 오빠의 '도의(道義)'가 계모・여동생을 '책략' '고집(我)'으로 심판함으로써 고노집안(甲野家)의 질서가 회복된다는 "권선징악의 이야기"라고 지적한 기다 사치에(北田幸恵)는, 모친이 "격의 없이 대해주시면 됩니다."라는 긴고의 말대로 행동했다고 하더라도 "오빠는 오빠. 나는 나예요."라고 자신이 생각하는 대로 행동하는 여동생을 긴고가 "경박한 말괄량이"로 혐오하고 있는 이상, 모자(母子)의 관계에 변화가 있었을 거라고는 생각되지 않는다고 해석하고 있다. 北田幸恵, 「男の法、女の法『虞美人草における相続と恋愛』」, 『漱石研究』第16号, 翰林書房, 2003, pp.65-72. 참조.

어머니의 속마음을 간파하고, 병약한 자신은 어머니를 돌볼 수 없기 때문에 집도 재산도 후지오에게 양보하고 집을 나가겠다고 마음에도 없는 소리를 하고 있는 것이다. 긴고의 비난을 받은 어머니는 스스로를 반성하고 용서를 빌지만, 이 사죄는 반성이라기보다는 의지하고 지내던 후지오가 죽어버렸기 때문에 싫든 좋든 긴고에게 기댈 수밖에 없게 된 계모의 입장을 보여주고 있다.

긴고와 아버지와의 관계는 아버지의 초상화[11]를 통해서 추찰할 수 있다. 그는 아버지와의 대화를 통해 인생의 교훈을 얻고 싶었지만 아버지가 자주 외국에서 생활한 탓에 그렇게 하지 못했다. 긴고는 아버지가 돌아가신 후 아버지 대신 아버지의 초상화에 그려져 있는 "살아 있는 눈"(十五)을 매일 바라보던 중, 아버지와의 교감이 가능하게 되었던 것이다. 즉, 이 세상과 저 세상 사이에서 '영혼'으로 서로 통하는 부모자식관계이다.[12] 긴고는 아버지가 살아 계실 때 아버지와의 관계가 소원疎遠했기 때문인지 아버지의 사후, 집안의 가독을 상속받은 장남이면서도 그 권리와 책임을 포기하고 은둔하려고 했다. 긴고도 아버지 입장에서 보면 집안의 존립을 위태롭게 하는 불효자식이라고 말할 수 있겠다.

이노우에 사요코井上小夜子의 아버지 고도孤堂는, 어머니가 없는 외동딸을 위해 마음을 쓰며 애정을 쏟아 붓는 다정한 아버지다. 또한 사요코도 "시대에 뒤떨어진" 아버지가 오노와 자신을 위해, 조용하고 살기 편한 교토에서 "일부러 먼지투성인 도쿄로 이사"온 것을 알고, 세상 물정에

11 세토 요시후사(瀬藤芳房)에 의하면, 긴고에게 있어 초상화는 아버지의 유일한 정신적 유산으로 '여자'의 개재(介在)를 거부하는 "남성적 의지(意志)", 아버지로부터 자식에게 계승되어야 할 엄숙하고도 그리운 '부성(父性)'으로 되어 있다고 한다. 瀬藤芳房, 「『虞美人草』における父の「肖像画」」, 『新編 夏目漱石研究叢書』1, 近代文芸社, 1993. 4, p.498.

12 고노 긴고의 부성(父性)에 대한 갈망이 죽은 아버지의 초상화를 통해서 추구되었던 것은 자신에게 진정한 부성을 보인 적이 없는 부친(생부 및 양부)에 대한 소세키의 부정적인 관념이 소설세계 속에서의 부성의 표현을 거부했기 때문일 것이다. 오경, 『가족관계로 읽는 소세키(漱石)문학』, 보고사, 2003, p.74. 참조.

어두운 아버지를 "연민하는 효심"을 갖고 있는 딸이다. 그런데 오래된 전통적인 가치관을 고수하고 있는 아버지의 교육을 받아 그에 순종하며 살아온 사요코는 5년 만에 만난 오노가 너무 많이 변한 것을 보고, 자기는 그를 쫓아갈 수 없을 정도로 뒤쳐져있다는 것을 깨닫게 되어, 그녀의 "조그만 마음"은 한층 더 움츠러들고 만다. 이러한 사요코의 심정을 알 리 없는 고도는 자신이 집에 없을 때 방문한 오노를 금방 돌려보낸 사요코에게 "도대체 오노가 왔다더니 무얼 하고 있었던 게냐? 아무리 여자라 하더라도 조금은 말 상대를 해주지 않으면 안 돼."라며 야단을 친다. 그러나 "말 상대를 못하도록 키워 놓고 왜 말을 못 하느냐."는 고도의 말은, 자신의 "시대에 뒤떨어진" 교육이 새로운 시대를 살아가는 사요코에게는 도움이 안 된다는 것을 대변해 주고 있다. 결국 오노는 아사이浅井를 개입시켜 "과거의 여자"(이상 九) 사요코를 버리려고 한다. 고도는, 사람의 "호의好意" "덕의德義" "인정人情"을 무시하고, 자신의 신념을 분쇄하고, 그 신념에 따라 키워온 소중한 딸의 일생을 망쳤다며 오노에 대하여 격노한다. 아버지의 가르침대로 살아온 사요코는 "특별한 이유도 없는데"(이상 十八) 불행해진 것이다.

무네치카 하지메宗近一·이토코糸子 남매와 무네치카 노인은 비교적 바람직한 부모자식관계를 유지하고 있다고 말할 수 있다. 무네치카 하지메는 외교관 시험에 낙방해도 태연하고, 후지오가 자신을 싫어한다는 것을 알면서도 "외교관 부인은 그런 하이칼라가 아니면 앞으로 곤란하다."고 생각하여 외교관 시험에 합격한 후, 후지오의 돌아가신 아버지와의 약속을 믿고 그녀와의 결혼을 추진하는 등, 자신의 생각대로 행동할 수 있는 사람이다.

"우선 고노에게 결혼 건을 설득해서 중이 되지 않도록 하고, 그리고나서 후지오를 줄 건지 말 건지 확실히 담판 짓고 올 생각이어요."

"너 혼자서 할 생각이냐?"

"예, 혼자서도 충분해요. 졸업하고 나서 아무 것도 하지 않았으니 하다 못해 이런 일이라도 하지 않으면 심심해서 안 되죠."

"응, 자신의 일을 스스로 해결하는 것은 멋진 일이야. 한 번 해 보는 게 좋겠다."

"그리고요, 만약 고노가 아내를 얻겠다고 말하면 이토를 줄 생각인데 괜찮죠?"

"그건 좋아. 상관없어."

"우선 본인의 생각을 물어보고……."

"묻지 않아도 될 거야."

"하지만 그건 물어보지 않으면 안 되죠. 다른 일도 아니고."

"그렇다면 물어보는 게 좋겠다. 이리로 부를까?" (『우미인초』十六)

평소, 아들과 자주 대화를 하는 아버지는 무네치카가 혼자서 고노에게 후지오를 자신의 아내로 달라고 담판 짓고 오겠다고 하자, '자신의 일을 스스로 해결하는 것은 멋진 일'이라며 아들을 믿고 용기를 불어넣어주고, 이토코의 결혼에 대해서도 자신의 의견을 제시하자 동의해준다. 이런 아버지가 있었기 때문에 무네치카 하지메는 자기들 남매의 결혼문제는 물론, 오노를 설득해서 사요코와의 결혼문제도 해결하는 등, 대활약을 할 수 있었다고 생각한다.

한편, 어머니가 안 계신[13] 집에서 어머니 역할을 하고 있는 "가정적인 여자"(八) 이토코는 "학문이 없어도 성실함에서 오는 자신감이 있"(十

13 어머니의 부재에 관해서는 직접 언급되어 있지 않지만, 후지오를 방문한 이토코가 "아버지 혼자 계셔서 바쁘기 때문에 그만 찾아뵙지도 못하고……"(六)라고 말한 점이나, "오이토(御系)가 시집가면 아저씨도 곤란하겠군", "곤란해도 어쩔 수 없지, 어차피 언젠가는 곤란하게 될 걸 뭐."(三)라는, 고노와 무네치카와의 대화, 이토코가 결혼하라는 오빠에게 "언제까지나 이렇게 아버지와 오빠 곁에 있는 게 좋다고 생각해요."(十六)라고 말하고 있는 점 등을 통해서 추측컨대 어머니가 안 계신 것으로 보인다.

六)고, 자신의 의견을 가진 심지가 강한 여자다. 고노와의 결혼을 둘러싸고 후지오와 이해利害관계에 있어도 자신의 신념을 굽히지 않고 행동해, 결국 바라는 대로 고노와 결혼한다. 이와 같은 이토코의 '정도正道' '성심誠心'에 입각한 삶의 태도는 아버지와 오빠의 사랑과 신뢰에 기인하는 바가 크다고 생각된다.

2. 기능

1) 『무정』

박 진사는, 어려서 부모를 여의고 친척도 의지할 곳도 없었던 이형식을 집으로 데려와 4, 5년간 돌봐주었다. 박 진사는 영리하면서도 정직하며 재능이 있는 그를 귀여워했고, 영채에게 "너 형식이 아내 되련?"(八) 하고 농담 반으로 말하기도 했다. 이 작품의 구성에 있어서 중요한 요소인 삼각관계를 형성하게 될 박영채와의 이 암묵의 약혼은, 형식이 박 진사의 집에서 살게 됨으로써 성립된 것이고, 그것은 바로 형식이 고아였기 때문에 가능한 것이었다.

또한 이것은 형식의 나약한 성격 형성에도 영향을 주고 있다. 어렸을 때부터 남의 집에서 신세를 지는 처지였던 형식은 주위 사람들의 눈치를 살피지 않을 수 없었기 때문에 자연히 자신의 생각이나 태도를 명확하게 표명할 수 없는 성격이 되었을 것이다. 그 조심스럽고 소극적인 태도가 그의 성격을 나약하고 우유부단하게 만들었다고 말할 수 있겠다.

형식은 도락가이면서도 쾌활하고 호방한 성격의 지인 신우선을 부러워했고, 뭔가 중요한 일을 결정할 때는 언제나 그를 의지하고 있다. 예를 들면, 선형과의 약혼을 신청 받고 "어떻게 대답하여야 좋을 줄을 모"르던 그는 "누가 곁에서 자기를 대신하여 대답해 주는 이가 있었으면 좋겠다."(七十六)고 생각하여 우선에게 의견을 묻고 그의 지시대로 한다. 이렇게 형식은 자신의 생각이 아니라 우선이 정해주는 대로 행동하는 게 편했던 것이다. 마치 부모의 허락 없이는 아무것도 할 수 없는 아이와도 같다. 어려서 부모를 여의고 사상적인 지주支柱나 정신적인 거점을 갖지 못한, 즉 규범으로 삼을 만한 사람이 없었던 형식은 자신보다 한두 살 연상인 우선을 아버지 혹은 형처럼 의지하고 있어, 우선은 이른바 형식의 부친·형 대신이었다고 말해도 좋을 것이다.

이처럼 결단력이 부족하고 우유부단한 성격의 형식은 영채와 선형 사이에서, 즉 은사에 대한 의리와 입신출세에 대한 야망 사이에서 망설이고 있었지만 결국 선형과 약혼하여 함께 미국 유학길에 오르게 된다. 그러나 미국으로 향하는 열차에서 자살했을 거라고 믿고 있었던 영채와 조우하여, 그녀가 "죽으려 한 것도 자기를 위하여, 살아 있으면서 살아 있는 줄을 알리지 아니하는 것도 자기를 위하여 한 것임"을 알게 되자 "자기의 영채에게 대한 태도가 너무 무정함이 후회"(이상 百十三)되는 형식은, 우선에게 다음과 같이 자기의 생각을 피력한다.

> "나는 미국 가기를 중지할라네."
> "응?"
> 하고 우선도 놀라며,
> "어째?"
> "미국 가기를 중지할 테여…… 그것이 옳은 일이지…… 응, 그러할라네."
> 하면서 우선의 손을 놓고 차실로 들어가려 한다. 우선은 손을 잡아 형식을 끌어당기며,
> "자네 미쳤단 말인가. 이리 좀 오게."
> (중략)

"아니! 저편은 나를 위해서 목숨까지 버리려고 하는데 나는 이게 무슨 일인가. 나는 선형씨한테 이 뜻을 말하고 약혼을 파하겠네……그것이 옳은 일이지."

"그러면 영채하고 혼인한단 말이지?"

"응, 그렇지. 그것이 옳지."

"영채는 자네와 혼인을 한다던가."

"그런 말은 없어."

"만일 영채가 자네와 혼인하기를 싫다 하면 어쩔 텐가."

형식은 한참을 생각하더니,

"그러면 일생 혼인 말고 지내지……절에 가서 중이 되든지."

우선은 마침내 껄껄 웃으며,

"지금 자네가 좀 상기했네. 참 자네는 어린아일세. 세상이 무엇인지를 모르네그려. 행여 꿈에라도 그런 생각 내지 말고 어서 미국이나 가게."

(『무정』百十四)

'세상이 무엇인지 모르는 어린아이'와 같은 형식의 이 "어림없는 미친소리"(百十四)를 들은 우선은, 또다시 그를 설득하여 그와 영채가 각자의 길을 가도록 조언한다. 이와 같이 형식은 자신의 의지로 주체적으로는 아무것도 할 수 없는 "무위·무기력無爲·無氣力한 인물"[14]이었던 것이다.

춘원은 "흔히 내 작품중에 나오는 인물들의 무위·무기력함을 조소하는 비평을 들었"지만, 『무정』의 이형식과 같은 인물은 "당시 제라고 하던 지식계급 조선청년들의 모형模型으로그린 것이요, 결코 작자의 이상理想하는 인물로 그린 것이 아니"[15]라고 명언하고 있다.

14 李光洙, 「余의 作家的態度」(1931. 1. 4, 『東光』所載), 『李光洙全集』第16卷, 三中堂, 1964, p.193.

15 앞의 책, pp.193-194.

이 작가의 의도는 이형식의 "성격의 불통일不統一"[16]과 관련지어 생각해보면 보다 이해하기 쉽다. '무위 · 무기력'한 형식이 홍수로 피해를 당한 사람들을 도와주고 있는 동안 사람이 달라진다는 부분이다. 홍수의 참상을 목격한 형식은 민중을 구하기 위해서는 무지한 그들에게 지식을 주어 "생활의 근거를 완전하게 하여 주어야"(百二十三)할 필요가 있다고 느껴, 이 일이야말로 자신들이 해야 할 일이라고 주장하고 3명의 여성을 이끌어 간다. 그 전까지와는 완전히 다른 모습으로 자신의 행동에 신념을 갖고 적극적으로 주위의 사람들을 이끌어 가는 지도자가 된 것이다. 형식의 이 일관성 없는 성격은 많은 평자評者들에 의해 지적되어 『무정』에 대한 부정적인 평가[17]의 근거가 되기도 하였다. 그러나 처음에는 우유분단하고 '무위 · 무기력'했던 형식을, 신념에 불타 민족을 위해 학문을 하고 일할 것을 역설하며 3명의 여성에게도 사명감을 일깨워 주는 인물로 변모시킨 것은, 독자에게 주는 감동을 한층 더 극적으로 만들기 위함이었다고 생각한다. "나는 이상적인물을 주출鑄出하여 독자의 규범이 되게 하는 것이 소설가의 의도가 될 수 있는 것도 용인하지마는 나 자신은 아직 그것을 의도해 본 일은 없다."[18]는 춘원의 말은, 이형식이라는 인물이 작가의 치밀한 의도에 의해서 조형된 것임을 입증하고

16 金東仁, 「春園硏究」, 『東仁全集』第8卷, 弘字出版社, 1968, p.504.

17 예를 들면, "작자는 어찌하여 이형식에게 있어서는 성격의 통일이라는 점을 유의하지 않았는지? 이런 때는 이렇듯 굳센 성격의 주인이 되고, 어떤 때는 어린애나 일반으로 좌우되는 성격의 주인인 이형식은 우리의 소설 상식으로는 상상치 못할 인물이다."(주16과 같음), "이광수는 소세키가 아직 ‹자기본위(自己本位)›를 확립하지 못한 인물(예를 들면 오노(小野)나 산시로(三四郎))에게 부여한 성격의 한 패턴인 ‹무성격(無性格)›을, 그대로 받아들여 자신의 창작에 참고했을 가능성이 높다. 그렇다고는 하지만 이광수는 그가 의도했던 계몽적인 주제를 갖게 한 작품에 이러한 인물을 등장시키는 것은 주인공으로서 부적절하다고 생각한 것일까, 『무정』의 119章에 와서 형식은 갑자기 민족구제에 공헌하는 구세주와 같은 지위로 승격되어 있다."(주4의 논문, p.255)는 지적처럼, 일관성이 없는 이형식의 성격은 작가의 능력 부족에서 비롯된 것이라는 견해가 많다.

18 주14의 책, p.194.

있다. 즉, 이형식이 고아로서 설정되어 있는 것은 작가의 의도를 한층 더 효과적으로 구현하기 위한 장치였고, 고아인 것이 그의 성격 형성에 있어서 중요한 기능을 수행했다고 볼 수 있다.

'열녀전, 내칙, 소학'의 가르침대로 살아가는 박영채의 불행한 일생이 아버지의 교육에서 비롯되었다는 점은 이미 부모자식관계의 양상에서 언급한 바 있다. 이와 함께 어머니와 일찍 사별한 것도 영채의 일생을 한층 불행하게 만들었다고 말할 수 있다. 만약 어머니가 살아 있었다면 아무리 아버지와 오빠들이 투옥되었다 하더라도 13세의 영채가 기생이 되는 일은 절대로 없었을 것이고, 정조를 빼앗겨 자살을 시도하는 일도 없었을 것이다. 즉, 아버지의 가르침과 어린 시절 어머니와의 사별이 영채의 인생에 마이너스負의 요인으로 작용하고 있었던 것이다.

오래된 유교적인 윤리관을 갖고 효도, 부모에 대한 복종, 정조를 중시하며 살아온 영채는 필사의 노력에도 불구하고 불행해져 결국에는 목숨마저 버리려고 한다. 그러한 생각이 얼마나 어리석은가를 제시함으로써 시대에 뒤처진 보수적이고 전통적인 가족윤리와 제도를 비판하고 개혁의 필요성을 강조하고 있는 것이다. 영채는 신新여성인 김병욱을 만나 "효와 정절이라는 일 도덕률을 인생인 여자의 생명life의 전체"(五十三)라고 믿고 있었던 자기의 가치관은 "다만 그릇된 낡은 사상의 속박"이고 "지금까지 꿈을 꾸고"(이상 八十九) 있었다는 것을 깨닫고 그 꿈에서 깨어나야 한다고 생각하게 된다. 그 결과 영채는 자살을 단념하고 경멸의 대상인 기생을 예술가로서 재인식하고 음악과 무용, 즉 예술을 통해 사회에 참여하려는 신여성으로 변모하게 된다.

작가 춘원은 신여성인 병욱에 의해 유교적인 윤리에 속박당한 구舊여성인 영채를 자아를 가진 여성으로 각성시켜 예술의 길을 통해 사회에 참여시킴으로써 민족주의사상을 표현하려 한 것이라고 하겠다.[19]

작가의 이 의도를 구현시키는 인물인 김병욱은 서양의 새로운 문명을 적극적으로 받아들여 그것을 실천하고 있는 신여성이다. 부모가 지어준 병옥炳玉이라는 여성스러운 이름을 스스로 병욱炳郁이라고 개명해 사용하고 있는 점이나, 아버지가 강력하게 추천하는 돈 많은 사람의 후처자리를 거절하고 가난한 서자庶子인 남성을 사랑하고 있는 점 등으로 보아, 그녀가 여권女權과 자유연애의 신봉자임을 알 수 있다. 바로 그러한 확고한 신념을 가진 사람이었기 때문에 구도덕旧道德에 묶여 있던 영채에게 심대한 영향을 주어, 그녀를 새로운 인생관을 갖고 자주적, 적극적으로 살아가는 신여성으로 변모시킬 수 있었던 것이리라. 이렇게 병욱이 신여성으로서 살 수 있었던 배경에는, 완고한 성격이지만 딸의 의지에 결국 지고 마는 아버지와 병욱에게 이해심을 보이며 협조적이었던 오빠와 어머니의 존재가 있었기 때문이라는 점도 이미 앞에서 밝힌 대로다.

신교육을 받은 김선형과 개화했다고 자임하는 김 장로의 경우는, 피상적으로 서양을 흉내 내고 있는 것에 지나지 않고, 서양의 문명, 즉 신문명의 내용이 무엇인지를 이해하지 못하는 사이비 문명인이다. 그 때문에 이 부녀의 삶의 방식은 여전히 구태를 벗어나지 못한 채 형식形式만은 신사상의 실천자인 것처럼 행동하고 있어 어딘지 모르게 어설프다. 이형식과의 약혼에 불만을 느끼면서도 아버지의 명령에 따라 약혼한 선형이 무리하게 그를 사랑하려고 노력하거나 혹은 사랑하고 있는 척하는 것이 그 일례이다. 그렇게 해서 약혼한 이형식과 김선형이지만, 이형식이 인생의 목적은 입신출세가 아니라 불쌍한 민중을 교육에 의해 구제하는 일에 있음을 깨닫고, 이 일을 하기 위해 각자 유학을 가서 학

19 춘원은 "내가 『무정』을 쓸 때 의도로 한 것은 그 시대의 조선청년의 이상과 고민을 그리고 아울러 조선청년의 진로에 한 암시를 주자는 것이었다. 이를테면 일종의 민족주의 · 자유주의의 이데올로기를 가지고 쓴 것이다."(주1의 책, p.399.)라고 언급하고 있다.

문에 힘쓰자고 서로 맹세하고 있는 점 등에서 추찰할 때, 그들의 결말이 그다지 나쁘게는 되지 않으리라고 생각된다. 김선형의 부모자식관계는 작품의 결말부에서 그려지는 이형식의 역할을 한층 감동적 · 극적인 것으로 만드는 기능을 하고 있다.

2) 『우미인초』

남자 주인공인 오노를 고아로 설정한 작가의 의도는, 오노와 후지오가 서로에게 마음이 끌리는 이유를 보면 알 수 있다. 수재인 오노가 후지오와 결혼하기를 원했던 이유는, 자기 자신의 사회적인 신분을 끌어올리기 위해 필요한 재산이 그녀에게 있었기 때문이다. '자아가 강한' 후지오는 오노가 '고집이 없는' '시인'이었기 때문에 그를 선택한 것이다. 후지오가, 아버지가 정한 결혼상대인 무네치카를 싫어하는 이유 중의 하나는 그가 "정취가 없는 사람"(八)이기 때문으로, 이런 점으로 유추類推할 때 그녀가 시취詩趣를 얼마나 중요하게 생각하고 있는가를 알 수 있다.

후지오의 어머니는 데릴사위를 맞이해 친딸과 살고 싶어 했는데, 무네치카 하지메는 무네치카 집안의 대를 이을 사람으로 무네치카 노인을 모시지 않으면 안 된다. 그렇기 때문에 고아인 오노야 말로 데릴사위로서 최적격자였던 것이다. 오노가 고아가 아니면 안 되는 이유가 여기에 있다.

또한 오노가 고아였기 때문에 고도선생이 그를 떠맡았고, 그는 청춘기를 교토에서 살면서 "기온祇園의 벚꽃을 빙글빙글 둘러보는 정취를 알게 되었다."(四) 즉 시의 정취를 이해할 수 있게 된 것이다. 오노는, 교토에 "처음 왔을 때는 상당히 창백한 얼굴을 하고", "왠지 시종 주뼛주뼛하고 있었다."는 이노우에 부녀의 회고담에서 유추해보면 "천성적"으로 마음이 여린 그의 성격이 고아라는 처지 때문에 더욱 여려져 "너무 지나치게 유화柔和"(이상 七)하고, "매사에 거스르지 않는 성질이 느긋한 남자"(十二), "마음이 약한"(十四) "온후한 군자君子"(十五)라고 불리게 된 것이라고 생각된다. 이 처럼 '고집이 없는' 우유부단한 오노는 사요코와의 약혼파기도 스스로는 실행하지 못하고, 아사이浅井를 통해 간접적으로 처리하려고 하는 등, 주체성이나 결단력이 부족한 인물로 묘사되어 있다. 이 오노의 성격은 결말부에서 무네치카의 설득으로 그가 곧바로 마음을 바꾼다는 전개를 자연스럽게 만들고 있다.

후지오, 사요코의 부모자식관계는 『우미인초』의 스토리의 전개에 있어서 중요한 역할을 하고 있다. 어렸을 때 아버지의 금시계를 장난감으로 가지고 놀던 후지오는 '그걸 갖고 있으면 좀처럼 내려놓으려고 하지 않았다'는 긴고의 회상으로 미루어볼 때, 어릴 때부터 자기가 좋아하는 것에 대해 강하게 집착하는 성격이었던 것을 알 수 있다. 이러한 성격이 후지오를 귀여워하는 아버지에 의해 더욱 조장되어 '자아가 강한 여자'로 성장해 간 것이리라.

후지오의 돌아가신 아버지에 대한 반역은, 금시계의 소유권을 둘러싼 발언에서 잘 드러난다. 아버지는 생전에 이 금시계를 무네치카에게 주겠다고 모두의 앞에서 약속했지만, 후지오는 "그 시계는 내가 갖겠어요."라고, 자신을 상징하는 금시계의 소유권을 주장한다. 이것은 자신을 무네치카에게 시집보내겠다고 한 아버지의 유지遺志를 따르지 않고, 자신의 결혼에 대한 권한은 자신이 갖겠다는 것을 의미한다. "그렇게 갖고 싶으냐? 그렇지만 너는 가질 수 없는 게 아니냐?"라는 어머니의 말은, 당시의 일반적인 사고방식으로 본다면 딸이 제멋대로 결혼하는 것은 불가능하다는 의미일 것이다. 그렇지만 후지오는 "괜찮으니까 주세요."(이상 八)라며 자신의 뜻대로 행동하겠다는 결의를 보인다. 시계를 오노에게 주기로 마음먹은 후지오는 아버지의 뒤를 이어 가장이된 긴고에게 "내가, 네 내가, 내가 누군가에게 줄 거예요."(十二)라고 '내가'를 세 번이나 반복해서 강조함으로써 자신의 결혼상대는 스스로 선택하겠다는 강한 의지를 표명하고, 근대적인 신여성으로 살아갈 것을 선언한다.

그러나, "숙부가 살아계셨더라면 좋았을 텐데", "아니, 아버지가 살아계셨더라면 오히려 번거로웠을 지도 몰라."(三)라는 무네치카와 긴고와의 대화로부터, 만약에 아버지가 살아계셨더라면 후지오도 자신의 뜻을 쉽게 관철시키지는 못했을 것이라고 유추할 수 있다.

한편, 사요코의 부모자식관계는 후지오를 죽음에 이르게 하는 기능을 하고 있다. 구식 교육을 받은 사요코는 결혼할 것으로 믿고 있던 오노로부터 "그렇게 굳은 약속은 없었으니까"(十七)라며 파혼을 당해도 단지 울고 있을 뿐이다. "5년 전부터 남편이 될 거라고 믿고 있던 사람에게서 특별한 이유도 없이 갑자기 거절당했는데 아무렇지도 않게 곧바로 다른 집으로 시집갈 수 있는 여자"가 아닌 딸이 파혼당한 일로 사요코의 아버지는 격노한다. 그 얘기를 들은 무네치카가 오노에게 "성실한 사람이 되도"록 설득하고, 그 결과 오노는 "성실한 조치", 즉 "될 수 있는 대로 빨리 사요코와 결혼할"(이상 十八) 것을 결심한다. 이 오노의 변심과 무네치카가 금시계를 부셔버린 일로 모욕을 당했다고 생각한 후지오는 죽을 수밖에 없었던 것이다.

사요코와 이노우에 고도의 부모자식관계는 『무정』의 박영채와 박 진사와의 관계를 방불케 하는데, 그 역할에는 다소 차이점이 보인다. 사요코와 박영채는 동일하게 부친의 의지에 따라 부친이 정한 오노・형식을 미래의 남편으로 5년간・7년간이나 생각해온 끝에, 재회하자마자 위기에 빠진다. 그러나 사요코의 아버지는 딸을 위해 격노함으로써 오노의 마음을 돌려 결국 두 사람은 맺어지지만, 아버지가 없는 영채는 고립무원孤立無援의 상태에서 마침내 자살을 결심한다. 두 사람이 불행하게 된 근본적인 원인은 부친의 삶의 방식과 그 가르침에 있다고 말할 수 있다. 그러나 결과적으로 사요코는 아버지의 보호와 도움을 받지만, 아버지가 없는 박영채는 자살하려고 했을 때 우연히 만난 신여성 김병욱에 의해 변신한다.

긴고의 부모자식관계에 있어서 부친의 부재는, 계모가 데릴사위를 맞이해 친딸과 살고 싶다는 욕망을 갖기 위해, 후지오가 부친이 정한 무네치카가 아니라 스스로 선택한 오노와의 결혼을 누구한테도 방해받지 않고 기도企圖하기 위해 필요한 조건이었다. 또한 긴고와 계모와의 모자母子관계는 아버지 사후의 재산문제를 둘러싼 갈등의 원인이 되어 스토리 전개에 있어서 중요한 요소가 되어있다.

무네치카 하지메의 경우는 평소에 아버지와 자주 대화를 나누고 있고, 부자父子가 서로를 이해하며 아버지는 아들을 믿고 용기를 불어 넣어주었다. 그 덕택에 그는 자신의 신념대로 행동할 수 있는 사람이 되어 작품의 결말부에서는 오노를 설득시켜 사요코와의 결혼문제를 해결시켰다. 즉, 인생에 있어 가장 중요한 "도의道義"[20]를 지키게 하려는 작가의 의도[21]를 구현시키는 역할을 하고 있다.

이상, 젊은이들이 엮어가는 애정이야기를 통해 작가의 의도가 구현되어 있는 작품 『무정』·『우미인초』의 주요 인물들의 부모자식관계가 스토리의 배후에서 등장인물의 성격형성과 작품의 구도, 사건의 전개 등에 영향을 미치고 있음을 살펴보았다.

이형식·오노 세이조를 고아로 설정하고 있는 것은, 은사의 딸인 박

20 소세키가 추구하는 인생에서 가장 중요한 '도의(道義)'의 구체적인 내용이 무엇인지에 대해서는 다양한 견해가 있지만, 본서의 주제와는 직접적인 관련이 없어 논외로 한다.

21 소세키는 고미야 도요타카(小宮豊隆)에게 보내는 편지(明治40年 7月 19日)에서 "하나의 이론을 설명하기 위해 전편을 쓰고 있다."고 『우미인초』를 쓰는 이유에 대해 설명하고 있다.

영채·사요코와의 약혼과, 결말부에서의 개심改心을 자연스러운 것으로 만들기 위함이요, 각각의 성격형성, 사회적 신분상승에 대해 강렬한 야망을 품게 하는 요인으로 기능하고 있다. 그들이 미모에 재산가의 딸인 선형·후지오를 선택함으로써 스토리는 긴장감을 갖고 전개되지만, 결말부에서의 개심을 통해 작가의 의도가 훌륭하게 구현되고 있다.

구시대를 대표하는 박영채·사요코의 삶은, 아버지의 전통적인 가르침에 따라 아버지가 정한 이형식·오노를 장래의 남편으로 여기며 살다가 7년·5년 만에 재회하여 버림을 받는다는 점에서는 상당히 유사하지만 그들이 맞이하는 결말은 상이하다. 두 사람이 위기에 빠지게 된 것은 모두 시대에 뒤쳐진 아버지들의 교육에 따른 사고방식·삶의 방식에 원인이 있다고 말할 수 있겠으나, 아버지가 안 계신 박영채는 자살하러 가는 기차 안에서 우연히 만난 신여성 김병욱에 의해 새로운 사람이 되고, 사요코는 아버시의 격노로 오노가 개심함으로써 위기에서 벗어난다. 이러한 차이는 두 작가의 의도가 다름에서 비롯된 것이라 하겠다. 요컨대 박영채의 부친 부재는 구여성인 박영채가 신여성으로 다시 태어나 그 이후의 인생을 살아가기 위해 설정된 것이라 하겠다.

재산가의 딸로서 신식교육을 받으며 영어 개인수업도 받고 있던 김선형·고노 후지오는 처해진 환경은 비슷하나 그들의 의식구조는 상당히 다르며 그들의 운명도 완전히 다른 것으로 되어 있다. 이것도 두 작가가 지향하는 의도의 차이에서 온 결과라고 말할 수 있다. 외형만의 신여성으로 내면적으로는 낡은 전통적인 사고방식에서 벗어나지 못하고 있던 김선형은 약혼자인 이형식에 의해서, 살아가는 목적은 개인의 애정에 있는 것이 아니라 민족을 위해 헌신하는 것에 있다는 것을 깨우치게 된다. 한편, 후지오는 자아를 관철하여 자신의 의지대로 결혼하려고 하다가 작가에 의해 죽음을 맞이하게 된다. 춘원은 자살하려고 했던 구여성 박영채를 그녀의 사고방식, 삶의 방식을 바꿔 신여성으로서 다시 태어나게 했다. 그럼으로써 과거의 보수적·전통적인 윤리관과 여성관, 결혼제도를 비판하고 근대적인 결혼관과 여성관, 자유연애를 제시함과 동시에, 더욱이 거기에 민족주의이념도 집어넣으려고 했던 것이다. 이에 비해 소세키는, 죽음이라는 비극에 의해 사람은 자기의 출발점, 즉 인생에 있어 가장 중요한 '도의道義'로 비로소 향할 수 있다고 생각해, 그것을 설명하기 위해 후지오를 죽음에 이르게 한 것이다.[22]

김병욱·무네치카 하지메는 비교적 부모·형제와 좋은 관계를 유지하면서 가족의 이해와 지원, 신뢰와 격려를 받으며 자기의 신념에 따라 살아가고 있으며, 작품의 결말부에서 박영채를 신여성으로 변신시키고 오노를 개심시킨다. 이 두 사람은 각각 작가의 주장을 직접 담당하고 있는 인물이라고 해도 좋을 것이다.

이처럼 『무정』과 『우미인초』의 주요인물의 부모자식관계는 그 양상뿐만 아니라 기능까지도 매우 흡사하다. 다만 『무정』의 박영채와 『우미인초』의 후지오는 작가의 '이론을 설명하기' 위해서 전자前者는 자살을 단념하고 자아에 눈을 뜨는 것으로, 후자後者는 자아를 관철시키려다가 자살하는 것으로 그 역할을 다하고 있다. 이처럼 두 작품이 결말에 있어서 크게 다른 것은, 당시의 한국과 일본이 놓여 있는 상황, 두 작가의 연령과 사회에 대한 인식의 차이점 등이 복잡하게 서로 뒤얽혀 창출된

22 소세키는 작가의 의도를 구현하기 위해 후지오를 죽음에 이르게 하였다. 그러나 왜 후지오를 죽음에 이르게 해야만 했는지 의문이다. 후지오에게 죄가 있다면, 아버지의 유지(遺志)를 거역하고 자신이 사랑하는 사람과 결혼하려고 했던 점이고, 오노를 사랑하기 때문에 증오하고 질투했던 것이다. 오노에게 사요코가 있다는 것을 알지 못했던 후지오는 오히려 오노에게 속은 피해자라고 할 수 있다. 진짜 죄는 사요코의 존재를 숨긴 채 사회적 신분상승에 대한 야망 때문에 은사에 대한 의리와 인정을 저버리고 자기의 이익만을 추구하려고 했던 오노에게 있다고 말하지 않을 수 없다. 따라서 "하나의 이론을 설명하기" 위해서라면 후지오가 아니라 "타인에게 가장 도움이 되고 자기에게 가장 불이익이 되는" "도의(道義)의 실천"(十九)을 방기(放棄)했던 오노를 죽음에 이르게 하는 것이 타당하지 않을까?

각각의 창작의도의 차이에서 유래한다고 말할 수 있겠다.

Ⅱ 부부관계

1. 양상

1) 『무정』

『무정』에 등장하는 주요인물은 이형식, 박영채, 김선형, 김병욱, 신우선 등이다. 이들 중 결혼한 사람은 신우선 뿐이고 그는 주인공도 아니기 때문에 『무정』에서의 부부관계는 그리 중요하지 않은 것처럼 보인다. 그러나 부부관계는 『무정』을 이해하기 위한 중요한 체크 포인트의 하나로서 간과할 수 없는 사항이라고 하겠다. 그 이유를 알아보기 위해 신우선의 부부관계를 중심으로 고찰하면서 주변인물인 김병욱의 오빠 김병국金炳國 부부와 김선형, 김병욱의 부모들에게서 찾아볼 수 있는 부부관계도 잠견暫見하여, 그들이 어떤 양상을 보이고 있는지 추출해보도록 하겠다.

먼저 신우선의 부부관계를 보여주는 대목을 110장에서 인용해보자.

> 우선은 벌써 아들을 형제나 넘어 낳고 삼십이 다 된 자기의 아내가 행주치마를 두르고 어린애의 기저귀를 빠는 모양을 생각해 본다. 그는 아무것도 모른다. 밥 짓고, 옷 짓고, 아이 낳을 줄밖에 모른다. 자기는 그와 혼인한지 십여 년 간에 일찍 한자리에 앉아서 정답게 이야기를 하여본 일도 없고 물론 자기의 뜻을 말하여 본 적도 없다. 잘 때에만 내외는 한 자리에 있었다. 마치 아내는 자기를 위하여서만 있는 것 같았다. 홀아비가 육욕을 참지 못하여 갈보 집에 가는 셈치고 아내의 방에 들어갔다.
>
> 이러하는 동안에 아들도 낳고 지아비라 부르고 아내라 불렀다. 십년

> 동안을 사귀어 오면서도 서로 저편의 속을 모르고 알아보려고도 아니하는 사람의 관계는 실로 신기하다 하겠다.
>
> 그러나 우선은, 이는 면할 수 없는 천명으로 알 뿐이요, 일찍이 관계를 벗어나려고도 하여본 적이 없었다.
>
> 그는 아내라는 것은 대체 이러한 것이니 집에다 먹여두어 아이나 낳게 하고 이따금 가 보아 주기나 하면 그만이라 한다. (『무정』百十)

이 인용문에서 알 수 있는 것은, 10여 년간 결혼생활을 하고 있는 신우선부부가 사랑은 차치하고 대화나 서로에 대한 관심조차 없이 타인처럼 살면서 가끔씩 육욕을 해소하기 위해 잠자리를 함께 한 결과 태어난 자식을 키우며 동물적인 삶을 영위하고 있다는 점이다. '아내는 자기를 위하여만 있는' 부속물이라고 생각하는 신우선은, 아내를 타자(독립적인 인격체)로 인정하거나 인정하려는 노력은 아예 하지 않기 때문에 아내와의 사이에는 독립적인 인격체와의 교류에 의해 얻을 수 있는 즐거움은 존재하지 않고 육체적인 쾌락만 있을 뿐이다. 이러한 부부관계에 대하여 회의를 느끼거나 개선하려는 의도가 없는 그는 이를 '면할 수 없는 천명'으로 받아들이고, "아내에게서 못 얻는 재미는 기생에서 얻으면 그만"이다, "세상에 기생이라는 제도가 있는 것이 실로 이 때문"이라고 생각한다. 신우선은 남존여비 사상에 따라 스스로가 비하시켜 멸시하는 아내에게서 인격적인 교류에 의한 즐거움을 찾을 수 없는 남성들이 뭔가 채워지지 않는 공허감을 메우기 위해 기생제도를 만들고, 기생에게서 '재미'를 얻으려 했던 전근대적인 남성의 전형이라고 하겠다. 따라서 신우선은 "첩을 얻든지 기생 오입을 하는 것은 결코 남자의 잘못하는 일이 아니라"(이상 百十)며 방탕한 생활을 자기합리화 하지만, 이형식이 아름다운 김선형과 약혼하여 함께 미국유학을 가는 모습을 목격하고 부러워한다.

(전략) 자기도 사랑하는 아내와 함께 기차를 타고 여행도 하고 싶고 외국에 유람도 하고 싶었다.

기생을 데리고 노는 것도 좋지마는 기생에는 무엇인지 모르되, 부족한 것이 있는 것 같다. 아무리 기생이 자기에게 친절한 모양을 보이고 또 그 기생이 비록 자기의 마음에 든다 하더라도 그래도 어느 구석에 조금 부족한 점이 있었다. 그 부족한 점은 결코 작은 점이 아니요, 큰 점이었다.

그것은 아마 첫째, 정신상으로 서로 합하고 엉키는 맛이 없는 것과 또 사랑의 제일 힘있는 요소인 '내 것'이라는 자신이 없는 까닭이다.

(『무정』百十)

위의 인용문은, 신우선이 기생에게서 얻는 '재미'에 결코 만족하지 못하고 무언지 모를 부족함을 느끼고 있음을 보어주고 있는데, 이 부족함은 '정신상으로 서로 합하고 엉키는 맛' 즉 정신적인 결합의 부재에서 비롯된 것으로, 독립된 인격체로서의 여성과 대등한 관계에서 교류하지 않으면 채워질 수 없는 것이다. 방탕한 생활을 하고는 있지만 "원래 서울의 똑똑한 집 자손"으로 "당시 서슬이 푸른 대신문의 기자"이며 "시인의 아량이 있고 신사의 풍채가 있고 의리가 있"(三十七)는 호남자 신우선이, 결혼 후 10여 년이 지난 시점에서 이형식과 김선형의 모습을 보고 비로소 '정신적 융합'에 의한 사랑을 희구希求하기에 이른 것인데, 이는 지식인이라 할 수 있는 '대신문의 기자'조차도 당시의 결혼제도[23]에 따라 결혼하는 것을 피할 수 없는 '천명'으로 받아들여 불행한 결혼생활을

23 조혼제도(早婚制度)를 의미한다. 현재 신우선은 "이십 오륙세"(三十七)인데, 아내는 "삼십이 다 된"(百十) 것으로 보아 아내가 4, 5세 연상이며, 결혼하여 10년이 지났으므로 신우선이 15, 6세에 20세 정도의 아내를 맞이한 것이라 하겠다. 이로써 신우선이 조혼했음을 알 수 있다.

유지해 왔다는 것을 대변하는 것이라고 하겠다.

작가는, 신우선과 같은 희생자가 발생한 것은 “조선의 흉악한 혼인제도”[24]가 “수 백년래 사랑의 가슴 속에 하늘에서 받아가지고 온 사랑의 씨를 다 말려 죽이고 말았”(百十)기 때문이라고 비판하고 있다. 그리고 바람직한 남녀(부부)의 사랑에 대한 주장을 다음과 같이 피력한다.

> 외모의 사랑은 얕다. 그러므로 얼른 식는다. 정신적 사랑은 깊다. 그러므로 오래 간다.
>
> 그러나 외모만 사랑하는 사랑은 동물의 사랑이요, 정신만 사랑하는 사랑은 귀신의 사랑이다. 육체와 정신이 한 데 합한 사랑이라야 마치 우주와 같이 넓고, 바다와 같이 깊고, 봄날과 같이 조화가 무궁한 사랑이 된다.
>
> 세상 사람들이 입으로 말은 아니하지마는 속으로 밤낮 구하는 것은 이러한 사랑이다. 그러나 이러한 사랑은 마치 금과 같고 옥과 같아서 천에 한 사람, 십년 백년에 한 사람도 있을 듯 말 듯하다. (『무정』百十)

육체와 정신이 결합된 사랑만이 조화롭고 무궁한 사랑이 되기 때문에 모두의 마음속에서 이러한 사랑을 추구하지만 현실적으로는 이러한 사랑이 거의 존재하지 않는데, 그 이유가 ‘흉악한 혼인제도’에 있다는 것이다. 텍스트에는 결혼제도의 어떠한 면이 이상적인 남녀의 사랑을 불가능케 했는지 직접적으로 언급하지 않았지만, 그것이 무엇인지는 김병국 부부에 대한 김병욱과 박영채의 다음과 같은 대화에서 추출해낼 수 있을 것이다.

24 구체적으로는 조혼제도를 가리킨다. 춘원은 「조혼의 악습」에서 “조선에 급히 또는 엄하게 개량하여야 할 대폐단이 유(有)하다 하면 조혼문제는 실로 其 最요, 其 首될 자”라며, 조혼의 폐해를 생리학적, 윤리적, 경제적 세 방면으로 논하고 있다. 李光洙, 「早婚의 惡習」(1916. 11. 23-11. 26, 「每日申報」 所載), 『李光洙全集』第1卷, 三中堂, 1964, pp.499-503. 참조.

"무엇이 부족해서 그러나요?"

"모르지요. 부족할 것이 없을 듯하건마는 애정이 아니 가는 게지요. 내가 오빠한테 물어 보니까, 나도 모르겠다, 왜 그런지 모르지마는 그저 보기가 싫구나 합데다. 아마 형님이 오빠보다 나이 많아서 그런지? 참 걱정이야요."

하고 고개를 흔든다.

영채는 놀라며,

"형님께서 나이가 많으셔요?"

(중략)

"오입(오년; 인용자)장이랍니다."

하고 웃으며,

"형님이 처음 시집올 때에는 우리 오빠는 겨우 열 두살이더라지요…… 형님은 열 일곱 살이고. 그러니 무슨 정이 있었겠어요. 말하자면 형님이 오빠를 길러냈지요. 한 것이 다 자라나서는 도리어……."

하고 호호 웃는다.

"오빠도 퍽 다정하고 마음씨 고운 사람이언마는, 애정이란 마음대로 안 되나봐요."

하고, 두 처녀는 두 내외에게 무한한 동정을 준다. (『무정』九十三)

한국의 전통적인 가족제도는 가정에서의 절대 권력자인 가장(호주)에 의해 모든 것이 결정되고 그 외의 구성원(처, 자식)의 의견은 존중되지 않았다. 따라서 자녀의 결혼에 대한 결정권도 가장에게 있었음으로 자녀는 자신의 의사와는 상관없이 가장의 결정에 따를 수밖에 없었다. 그리고 가사 · 농사를 위한 노동력 확보와 가문의 대를 이을 후손을 일찍 두기 위해, 남녀의 사랑을 미처 알지도 못하는 소년을 연상의 처녀와 결혼시켰기 때문에 부부 사이에 애정이 성립하기 어려웠다. 결혼 후 교육을 받으며 성인으로 성장한 남편은 나이 많은 무교육의 아내와 정신적인 교류가 이루어지지 않게 되어 부부관계는 더욱 소원해지기 마련이었다. 신우선부부와 김병국부부의 경우가 그 예라 하겠다.

이러한 조혼제도 외에도 남존여비 사상으로 여성을 멸시하고 천대하는 인습은 부부관계에서도 그대로 적용되어 아내는 독립된 인격체로 인정받지 못했고, 이러한 계급적이고 억압적인 부부관계는 여성에게 강요한 삼종지도三從之道[25], 칠거지악七去之惡[26] 등의 규범으로 유지되었다. 여성에게는 희생만을 요구했을 뿐 자아 각성을 위한 교육은 없었던 것이다.

요컨대, 당시의 가족제도, 조혼제도, 남존여비 사상, 여성에 대한 교육 부재 등이 복합적으로 작용하여 '하늘에서 받아가지고 온 사랑의 씨를 다 말려 죽'였다고 하겠다. 한낱 남성의 부속품에 지나지 않았던 여성은 신우선이나 김병국의 아내[27]처럼 애정 없는 남편과의 결혼생활을, 어릴 때부터 주입된 부모의 가르침, 즉 가족을 위한 희생과 봉사만이 여성의 미덕이요 의무라고 생각하며 영위할 수밖에 없었던 것이다.

간혹 남편의 억압적이고 일방적인 태도에 불만을 느끼는 아내라 할지라도 크게 반발하거나 저항하지 못하고 이를 수용하면서 살아갔는데, 그 예를 다음과 같은 김병욱, 김선형의 어머니의 모습에서 찾아볼 수 있다.

김병욱의 어머니는 "다정하고 현숙한 부인"(九十一)으로서 "특별한

25 예전에 여자가 따라야 할 세 가지의 도리를 이르던 말. 시집가기 전에는 아버지를, 시집가서는 남편을, 남편이 죽은 뒤에는 아들을 좇는 것을 이른다. 고려대학교 민족문화연구원, 『고려대 한국어대사전 ㅂ~ㅇ』, 창작마을, 2009, p.3237.

26 조선시대, 아내를 내쫓을 수 있는 이유가 되는 일곱 가지의 허물. 곧 시부모에게 순종하지 아니 하는 것(不純舅姑), 자식을 낳지 못하는 것(無子), 행실이 음탕한 것(淫), 질투하는 것(妬), 나쁜 병이 있는 것(惡症), 말이 많은 것(多言), 도둑질을 하는 것(盜) 따위를 말한다. 고려대학교 민족문화연구원, 『고려대 한국어대사전 ㅈ~ㅎ』, 창작마을, 2009, p.6317.

27 "영채가 이 집에 온지가 십여 일이 되도록 그 내외간에 서로 이야기하는 것을 보지 못하였다. 지나가는 사람 모양으로 서로 슬쩍 보고는 고개를 돌리든지 나가든지 한다. 그래도 아내는 밤낮 남편의 옷을 빨고 다리고 한다. 영채가 여기 온 후로는 밤마다 며느리와 딸과 자기가 한 방에서 잤다. 그리고 아들은 사랑에서 혼자 자는 모양이었다."(九十三)라는 설명으로 볼 때, 김병국 부부는 sexless부부로서 그의 아내는 신우선의 아내보다 더 불행한 결혼생활을 영위하고 있다고 하겠다.

의견은 없으되 흔히 아들에게 찬성한다."고 묘사되어 있다. 즉 병욱의 아버지와 오빠 병국 사이는 "만사에 별로 의견이 일치하는 일이 없"어 부자끼리 다투는 일이 많은데, 아버지는 아들을 "고집장이요, 철이 없고 부모의 말을 아니 듣는다"고 불만이고, 아들은 아버지를 "완고하고 무식하고 세상이 어떻게 변천하는지를 모른다"(이상 九十三)고 비판한다. 이러한 두 사람 사이에서 어머니는 언제나 아들에게 찬성하여 아버지의 미움을 산다. 그리하여 남편이 자신을 흘겨보면 그녀도 똑같이 남편을 한번 흘겨본다. 이러한 어머니의 태도로부터 남편을 가장으로 인정하기는 하지만 완고하고 억압적인 태도에는 간접적으로나마 불만을 표출하며 참고 살아가고 있음을 알 수 있다.

김선형의 어머니는, 소실로 있다가 본부인이 별세한 후 정실로 승차한 부인으로 "사십이 넘어서 눈꼬리에 가는 주름이 약간 보이건마는, 옛날 장부의 간장을 녹이던 아리땁고 얌전한 모습을 지금도 볼 수 있다."(三)고 묘사되어 있어, 남편에게 순종적인 이미지의 아내로 보인다. 선형의 아버지는 "조선에 있어서는 가장 진보한 문명 인사로 자임"(七十九)하는 사람으로, 딸의 약혼을 정할 때도 아내의 의견을 묻는 것이 신식이라 생각하여 그렇게 행동하지만, 실제로 아내의 의견을 존중하고 있는 것은 아니다. 왜냐하면, 먼저 혼자서 딸과 이형식과의 약혼을 결정한 후 "여보, 내가 형식씨에게 약혼을 청하였더니 형식씨가 승낙을 하셨소. 부인의 생각에는 어떻시오?"라고 형식적으로 아내의 의견을 묻고 있기 때문이다. 그러자 아내는 "아까 둘이 서로 의논한 것을 새삼스럽게 또 묻는 것이 우습다 하면서도 무엇이나 신식은 다 이러하거니"(이상 八十二)라고 생각하여 동의한다. 자신의 의견을 묻는 진정한 의미가 무엇인지 잘 모르는 선형의 어머니는 남편이 우스운 행동, 즉 혼자서 다 결정해놓고 자신의 의견을 형식적으로 묻더라도 그 점을 지적하여 따지거나 반발하지 않고 가장의 결정을 그대로 따르고 있다. 이처럼 김병욱, 김선형의 어머니는, 남편의 태도가 불만스럽고 그 행동에 이해할 수 없는 점이 있음을 느끼면서도 가장의 권위를 인정하고 수용하는 당시의 보편적인 아내의 삶을 살고 있는 여성들이라고 하겠다.

그렇다면 이러한 아내와 함께 삶을 영위하고 있는 남편은 행복할까? 이 질문에 대해서는, 전통적인 가치관을 견지하며 살고 있는 박영채의 삶[28]에 대하여 "흥, 그 삼종지도라는 것이 여러 천년 간, 여러 천만 여자를 죽이고 또 여러 천만 남자를 불행하게 하였어요. 그 원수의 글자 몇 자가, 흥."(『무정』九十) 하며 분개하는 김병욱의 언설에 그 답이 분명하게 제시되어 있다. 불행한 아내와 함께 사는 남편이 행복할 수 없다는 것은, 일찍이 『행인行人』의 이치로一郞가 불행한 결혼생활을 하고 있는 아내 오나오お直에게서 행복을 구하지 못해 고뇌하는 모습에서도 찾아볼 수 있었다.[29] 따라서 『무정』과 『행인』에서의 남편과 아내의 모습을 비교 고찰해보면 그 답이 더욱 선명해질 것이다.

방탕한 신우선은, 위에서 말한 대로 미국유학을 가는 이형식과 김선형을 보고 육체와 정신이 결합된 사랑만이 진정한 사랑이라는 것을 깨닫게 되어 자신도 아내와 함께 그런 사랑을 하고 싶다고 소망하는 정도에 머물지만, 김병욱의 오빠 김병국은 신우선보다 훨씬 심각한 내면의 갈등을 겪고 있다. 기독교적 결혼관을 갖고 있는 김병국은 아내와의 부부관계로 고뇌하며 지인知人 이형식에게 보낸 편지에서 다음과 같이 자신의 심경을 토로하고 있다.

28 박영채는 미혼이지만, 어릴 때 부친이 정해준 장래의 남편감인 이형식과 집안 사정으로 헤어진 채 다시 만날 날을 기다리며 지켜온 순결을 김현수와 배명식에게 유린당하고, 자살하러 가는 평양행 기차 안에서 우연히 만난 동경유학생 김병욱과의 대화 중에 자신이 죽으려는 이유를 설명하는데, 그 삶의 가치관과 태도가 철저하게 삼종지도 등을 비롯한 전통적인 유교관에 의거하고 있다.

29 제1부 제3장 『행인(行人)』의 부부관계 참조.

> 내가 내외간에 애정이 없는 것도 형도 아는 일이어니와 근래에 와서 더욱 심하게 되었다. 내 아내에게 결점이 있는 것도 아니요, 내 마음이 방탕해서 그런 것도 아니다. 나는 근래에 극렬한 적막의 비애를 느끼게 되었고, 이 비애는 결코 내 아내의 능히 위로하여 줄 바가 아니다.
>
> 나는 무엇을 구한다. 무엇을 구한다는 것보다 어떤 사람을 구한다. 그리고 그 사람은 이성異性인 것 같다. 나는 그 사람을 못 구하면 죽을 것같이 적막하다. 그래서 억지로 내 아내를 사랑하려 한다. 그러나 힘쓰면 힘쓸수록 더욱 멀어져 간다.
>
> (중략)
>
> 내가 구하던 것은 오직 정신적인 위안뿐인 줄 알았더니 이제 와서 비로소 그렇지 아니 한 줄을 깨달았다.
>
> 곧 나의 요구하는 것은 정신적이라든가 육적肉的이라든가 하는 부분적 사랑이 아니요, 영육靈肉을 합한 전 인격全人格의 사랑인 줄을 깨달았다.
>
> (『무정』九十七)

김병국은 12세 때에 부모의 명령에 따라 17세의 아내를 맞이한 후 일본유학을 다녀왔다. 김병욱은 박영채에게, 현재 오빠 부부사이에 애정이 없는데 "이전에는 아니 그러더니 일본 갔다 와서부터 차차 멀어"(九十三)져갔다고 설명하고 있다. 동경에 가서 경제학을 배워온 엘리트 김병국과 나이가 다섯 살이나 많은 무교육의 아내와의 사이에 정신적인 교류가 이루어질 리 없음은 자명한 일이라 하겠다. 유학 시절 "유학생 중에도 극히 도덕적 인물"로서 술과 여자를 멀리하였고 "부부의 관계에 대하여는 극히 굳건한 사상을 가졌"던 김병국은, "한번 부부가 된 이상에는 죽을 때까지 서로 사랑할 의무가 있다"는 "예수교적耶蘇教的 혼인관"을 가졌던 "유력한 부부 신성론자"(이상 九十八)였지만, 지금은 아내와의 사이에서 '극렬한 적막의 비애'를 느끼며 고뇌하고 있다. 이러한 김병국의 모습은 아내 오나오의 '스피리트'를 붙잡지 못해서 고뇌하는 『행인』

의 이치로를 방불케 한다.

김병국과 이치로가 아내와의 관계에서 느끼는 자신의 고통스러운 심경을 친구(이형식 · H)에게 고백하는 형식과, 그들이 희구하는 부부관계의 내용이 거의 일치하고 있음을 알 수 있다.[30] 그러나 두 사람의 고뇌의 근본 원인은 다르다고 하겠다.

'다정하고 마음씨 고운' 김병국이 '극렬한 적막의 비애를 느끼'는 것은, '아내에게 결점이 있는 것도 아니요' 자신의 마음이 '방탕해서 그런 것도 아니'라는 것을 알고 있다. 그래서 억지로 '아내를 사랑하려'고 노력한다. 그러나 '힘쓰면 힘쓸수록 더욱 멀어져'가기 때문에 고통스러운 것이다.

반면, 이치로는 "어딘지 방자한 데"(「형」六)가 있고 "성질이 까다로운"(「형」七) 학자, 견식가로, "갑이라도 을이라도 괜찮다고 하는 둔한 곳이 없"어 "반드시 갑이거나 을이거나 어느 쪽이 아니어서는 납득할 수 없"고, 자신이 "생각하는 것에 딱 들어맞지 않으면 받아들일 수 없는"(「번뇌」三十八) 예민하고 섬세하며 고집스러운 사람이다. 한마디로 김병국의 경우는 개인의 성격 때문이라기보다 조혼의 결과로 파생된 문제 때문이고, 이치로의 경우는 자기본위적인 그 자신의 성격 때문이라고 하겠다.

두 작품의 상이점은, 아내들의 인식과 반응에서도 찾아볼 수 있다. 김병국의 아내는, 남편의 '극렬한 적막의 비애'가 어디에서 비롯되었는지 모르기 때문에 그 비애를 위로해 줄 방법을 알 수도 없고 위로해줄 수도 없다. 다만 애정이 없는 남편의 냉담한 태도에 시누이(김병욱)를 보고 울기만 할 뿐이다. 가부장제 사회의 결혼제도의 모럴로 여성(아내)의 삶을 규정해버린 행동규범[31]에 따라 남편과 부모에게 복종해야만 한다는

30 이러한 점에서 유추할 때, 『무정』(1917)이 『우미인초』(1907) 이외에도 『행인』(1912. 12. 6 ~1913. 11. 15)의 영향을 받았을 개연성이 있다.

일념으로, 자신의 감정을 솔직하게 나타내지도 못한 채 인종忍從의 삶을 살고 있는 것이다.

오나오도 김병국의 아내처럼 부모가 정해준 곳에 시집가서 자기에게 주어진 운명에 따라 일생을 인내하며 살아야 하는 여성의 삶을 살고 있다. 그러나 오나오는, 자신을 못마땅해 하는 남편에 대해 직접 불만을 표출하지는 않지만, 시동생 지로二郎에게 "난 정말 멍청이에요. 특히 요즘은 넋이 나가버려서"라고 자조自嘲하거나, "나 같은 멍청이는 얼마나 형님의 마음에 들지 않겠어요. (중략) 지금까지 형님에 대해서 어떤 불만도 아무한테 말한 적은 없어요.", "제가 그렇게 형님에게 불친절해 보여요? 이래도 할 수 있는 일은 형님에게 해드리고 있다고 생각해요."(이상 「형」三十一)라며, 남편이 냉대해도 자신은 아내로서 최선을 다 하고 있음을 울면서 토로하며 이치로를 간접적으로 비난하고 있다. 또한,

> "남자는 싫어지기만 하면 도련님처럼 어디에라도 뛰쳐나갈 수 있지만 여자는 그렇게 할 수 없기 때문에. 나 같은 건 마치 부모 손으로 심겨진 화분의 나무 같아서 한 번 심겨지면 나중에 누군가가 와서 옮겨주지 않는 이상, 도저히 움직일 수 없어요. 잠자코 있을 뿐이죠. 고사枯死할 때까지 가만히 있는 것 외에 어쩔 수가 없어요." (『행인』「번뇌」四)

라고, 자신의 힘으로는 도저히 어쩔 수 없는 여성의 처지에 대한 확실한 인식과 함께 그러한 현실에 대해 한탄하고 절망하면서 살고 있다. 오나오는 현실을 적확하게 인식하고 있고 자아도 상당히 각성되어 있어서 김

31 '삼종지도' '칠거지악'으로 대표되는 규범, 즉 여자란 자기의 있는 그대로의 감정을 솔직하게 나타내서 행동해서는 안 된다. 결혼하기 전까지는 부모의 말을 따르지 않으면 안 되고, 결혼해서는 남편의 명령을 거역하거나 다투거나 험담 등을 입 밖에 내서는 안 된다는 식으로, 여성의 자아를 인정하지 않는 규범.

병국의 아내보다는 한층 더 불행한 아내로 살고 있다고 말할 수 있겠다.

2) 『우미인초』

『우미인초』 역시 『무정』과 마찬가지로 청춘남녀의 삼각관계를 축으로 하여 스토리가 전개되는 작품이다. 『무정』에서는 주요등장인물 중에 결혼생활을 하고 있는 신우선이 있고, 주변인물로 김병국부부, 김병욱·김선형의 부모 등이 등장하기 때문에 나름대로 부부관계의 양상을 고찰할 수 있었다. 이에 반해 『우미인초』에서는 주요등장인물인 오노 세이조小野清三, 고노 긴고甲野欽吾·후지오藤尾 남매, 이노우에 사요코井上小夜子, 무네치카 하지메宗近一·이토코糸子 남매가 모두 미혼인 데다, 이들의 부모가 모두 생존해 있는 경우도 없어 부부관계의 양상을 명확하게 추출해 낼 수는 없다. 그러나 생존 당시의 부모들에 대한 회상이나 묘사가 약간 언급되어 있어, 이를 통하여 그 관계를 유추해보도록 하겠다.

먼저 남자 주인공이라 할 수 있는 오노와 그의 부모에 대한 설명을 보자.

> 오노는 어두운 곳에서 태어났다. 어떤 사람은 사생아라고까지 말한다. 소맷자락 없이 통짜로 된 옷을 입고 학교에 다닐 때부터 친구들에게 괴롭힘을 당했다. 가는 곳에서는 개가 짖었다. 아버지는 죽었다. 밖에서 험한 꼴을 당한 오노는 돌아갈 집이 없었다. 할 수 없이 남의 신세를 졌다.
> (『우미인초』四)

이 인용문에서 알 수 있는 것은, 오노는 '사생아'로 태어난 데다 아버지도 사망하여 그를 돌보아줄 사람이 없는 고아라는 점과, 어머니에 대한 언급이 전혀 없는 것으로 보아 그의 어머니는 그를 낳아 아버지에게 주고 떠나갔거나 사망한 것으로 보인다. 따라서 오노의 부모에게서는 부부관계를 찾아볼 수 있는 단서가 아무 것도 없다고 하겠다.

다음은, 여자 주인공의 하나인 후지오와 그 오빠 긴고의 부모에 대한 정보를 추찰할 수 있는 대목이다.

"넌 거기에 갈 마음이 있는 거냐?"

"무네치카에게요?" 하고 되묻는다. 재확인하는 것은 활시위를 힘껏 당기어 날리기 위한 준비로 보인다.

"응." 하고 어머니는 가볍게 대답했다.

"싫어요."

"싫으냐?"

"싫으냐니요,……그런 멋없는 사람" 하고 후지오는 말을 뚝 끊었다.

(중략)

어머니는 맞장구를 친다.

"그런 가망 없는 사람은 나도 싫다."

(중략)

"차라리, 이쯤해서 확실하게 거절하자."

"거절하자니요, 약속이라도 했나요?"

"약속? 약속은 하지 않았지. 하지만 아버지가 그 금시계를 하지메에게 주겠다고 말씀하셨다."

"그게 어쨌다는 거예요?"

"네가 그 시계를 장난감 삼아 빨간 구슬만 갖고 놀았기 때문에……."

"그래서요?"

"그래서인데 — 이 시계는 후지오와 인연이 깊은 시계지만 이걸 네게 주마. 그러나 지금은 주지 않고 졸업하면 주겠다. 그런데 후지오가 갖고 싶어서 달라붙어 갈지도 모르는데 그래도 좋으냐고, 반 농담으로 여러 사람 앞에서 하지메에게 말씀하셨단다."

"그걸 지금도(결혼 약속의; 인용자) 암시라고 생각하는 거예요?"

"무네치카 아버지의 말눈치로는 아무래도 그런 것 같다."

"어이가 없네."

후지오는 날카로운 한마디를 장방형의 화로 모서리에 내던졌다. 반향은 즉시 일어난다.

"어이가 없지."

"그 시계는 제가 갖겠어요."

"아직 네 방에 있니?"

"문갑 안에 잘 보관해 두었어요."

"그래. 그렇게 갖고 싶으냐? 그렇지만 너는 가질 수 없잖니?"

"괜찮으니까 주세요." (『우미인초』八)

긴고·후지오 남매의 아버지는 외국에서 사망하여 스토리가 진행되고 있는 현재에는 등장하지 않으므로, 위의 후지오 모녀의 대화가 이들 부모의 관계를 유추할 수 있는 유일한 단서다.

여기에서 주목하고 싶은 것은 후지오 어머니의 태도다. 그녀는 남편이 생전에, 어릴 적 후지오가 장난감으로 갖고 놀던 금시계를 무네치카 하지메가 대학을 졸업하면 주겠다, 즉 후지오를 그에게 아내로 주겠다고 넌지시 여러 사람 앞에서 말한 것을 기억하고 있다. 그래서 후지오가 무네치카와 결혼하기 싫다고 말하고 있고, 자신도 외교관 시험에 낙방한 장래성 없는 그를 달갑지 않게 생각하면서도, 남편의 뜻을 무시하기 어려워 후지오에게 아버지의 유지遺志를 알려준다. 그러나 후지오는 아버지의 유지를 따르기는커녕 그 시계를 자신이 갖겠다고 주장한다. 이는 후지오가 아버지의 유물인, 자신을 상징하는 금시계의 소유권을 주장한 것으로, 환언하면 자신을 무네치카에게 시집보내겠다는 아버지의 뜻을 묵살하고 자신의 결혼에 대한 권한은 자신이 갖겠다는 것을 의미하는 것이라 하겠다.

그러자 어머니는 '그렇게 갖고 싶으냐? 그렇지만 너는 가질 수 없잖니?' 하고 그 부당성을 일깨워주는데, 이는 당시의 일반적인 사고방식으로는 부모의 뜻을 거스르고 딸이 제멋대로 결혼할 수는 없다는 것을 의미하는 것이리라. 이처럼 후지오의 어머니는, 무네치카에 대하여 "이 사람이야말로 딸의 신랑감이라고 진즉부터 인정하고 있던"(十八) 남편의 뜻과, 가장이 자녀의 배필을 정하는 당시의 사고방식을 무시할 수 없다고 생각하면서도, 오노를 좋아하는 후지오가 "그 시계는 오노 씨에게 줘도 되죠?"(八)라고 허락을 구하자, 결국 그 요구를 받아들여 오노를 데릴 사위로 맞아들이는 일을 함께 도모한다.

따라서 후지오의 어머니는, 남편의 생전에는 당시의 보편적인 사고방식에 따라 가장으로서의 남편의 권한을 인정하는 아내였다고 유추할 수 있지만, 남편의 사후인 지금은 자신의 노후를 전처의 아들인 고노에게 맡기고 눈치를 살피며 살기보다는 자신이 낳은 후지오를 오노와 결혼시켜 함께 마음 편히 살기를 희망하는 아내, 즉 자신의 욕망을 우선시하여 남편의 유지를 저버리는 타산적이고 현실적인 아내라고 하겠다.

요컨대, 후지오 부모의 부부관계는, 당시의 가치관을 따르고 있지만 때에 따라서는 그것을 버릴 수도 있는 현실 순응적이고 가변적인 것이라 하겠다.

스토리의 삼각관계의 또 하나의 축을 이루고 있는 여자주인공인 사요코는, 5년 전에 어머니를 여의고 현재 아버지와 둘이서 생활하고 있다. 따라서 사요코 부모의 관계를 알 수 있는 방법도 과거에 대한 회상 밖에 없다.

"네가 교토京都에 온 게 몇 살 때였더라."

"학교를 그만 두고 나서 금방이었으니까, 꼭 열여섯 살 되는 봄이었지요."

"그럼 올해로 어떻게 되지?"

"오 년째에요."

"그래 오 년이 되는구나. 빠르기도 하다. 바로 얼마 전이라고 생각하고 있었는데." 하고 또 수염을 잡아당겼다.

"왔을 때 아라시야마嵐山에 데려가 주셨지요. 어머니와 함께."

"그래그래, 그 때는 꽃이 피기에는 아직 너무 일렀어. 그 때를 생각하면 아라시야마도 많이 변했지. 명물인 경단団子도 아직 없었을 때고."

"아니에요. 경단은 있었어요. 그 산겐찻집三軒茶屋 옆에서 먹었잖아요."

"그러냐, 잘 기억이 나지 않는구나."

"왜, 오노 씨가 파란 것만 먹는다고 웃으셨잖아요."

"그렇군, 그 때는 오노가 있었지. 네 어머니도 건강했는데. 그렇게 빨리 세상을 뜨리라고는 생각 못했지. 인간만큼 알 수 없는 것은 없구나. 오노도 그 후 상당히 변했겠지. 어쨌든 오 년이나 만나지 못했으니까……."

(『우미인초』七)

위의 인용문은, 사요코와 아버지 고도孤堂 부녀가 도쿄에서 살기 위해 상경하는 기차 안에서 그동안 정들었던 교토 생활을 회고하는 중에 잠간 나온 어머니에 대한 언급이다. 그러나 이것으로 알 수 있는 것은, 사요코가 교토에 왔을 때 어머니는 건강하여 온 가족이 함께 아라시야마에 놀러 갔는데, 그 후 건강이 나빠져 일찍 사망했다는 것뿐이다. 이러한 정보만으로 고도선생의 부부관계가 어떠한지를 파악하기란 거의 불가능하다. 따라서 고도 부부의 관계는, 그가 딸에 대하여 "시대에 뒤떨어진"(九) 교육을 시키고, 사람의 "호의好意", "덕의德義", "인정人情"(이상 十八) 등의 전통적인 가치관을 중시하는 "매우 보수적"(四)인 인물인 점에서 미루어볼 때, 가부장제에 입각한 전통적이고 보수적인 부부관계였을 것으로 추정할 수 있겠다.

마지막으로, 작가의 대변자라 할 수 있는 인물 무네치카 하지메와 그 여동생 이토코의 부모의 경우는 어떠한가? 무네치카 남매의 경우는, 오노나 후지오 남매, 사요코의 경우처럼 부모의 죽음에 관해서 직접 언급되어 있지는 않지만, "오이토御系가 시집가면 아저씨도 곤란하겠군", "곤란해도 어쩔 수 없지, 어차피 언젠가는 곤란하게 될 걸 뭐."(三)라는, 고노와 무네치카와의 대화를 통해서 어머니가 안 계신 것으로 추정할 수 있다.[32] 어머니가 안 계신 집에서 "바느질을 잘 하"(七)고 "가정적인 여자"(六)인 이토코가 어머니 대신 주부의 역할을 잘하며 아버지, 오빠와 함께 생활하고 있는데, 이런 이토코가 시집을 가게 된다면 아버지가 곤란할 것이기 때문이다. 이처럼 어머니를 대신하는 이토코의 활약 때문인지, 집안에 안 계신 어머니에 대한 회고나 언급은 아무 것도 없다.

이상으로 『우미인초』의 주요 등장인물의 부모들의 부부관계를 살펴보았는데, 스토리가 진행되고 있는 현재, 오노는 천애고아이고, 긴고・후지오는 아버지 부재, 사요코는 어머니 부재, 무네치카 남매도 어머니 부재로 조형되어 있을 뿐만 아니라, 생존 당시의 부모들에 대한 회상이나 묘사도 극히 부분적이고 미미하여, 이들을 가지고 부부관계의 양상이 어떠하다고 말하기는 어렵다. 따라서 이러한 인물 조형에는 특별한 이유가 있으리라고 생각된다. 그 이유가 어디에 있는지를 후술할 부부관계의 기능에서 고찰하도록 하겠다.

32 이 외에도, 이토코가 결혼하라는 오빠에게 "언제까지나 이렇게 아버지와 오빠 곁에 있는 게 좋다고 생각해요."(十六)라고 말하고 있는 점이라든지, 후지오를 방문했을 때 "아버지 혼자 계셔서 바쁘기 때문에 그만 찾아뵙지도 못하고……."(六)라고 말한 점 등에서 어머니가 안 계신 것으로 추측할 수 있다.

2. 기능

1) 『무정』

『무정』에서의 부부관계의 양상, 즉 신우선 · 김병국부부, 김병욱 · 김선형의 부모들이 보여주고 있는 모습은, 한마디로 전근대적인 결혼제도와 사고방식에 의해 불행하거나 불만스런 결혼생활을 영위하고 있는 부부들이라고 말할 수 있겠다. 이들의 양상이 작품에서 어떻게 기능하고 있는지를 고찰해보자.

잘 아는 바와 같이 『무정』은 미혼인 이형식, 박영채, 김선형 3인의 삼각관계를 그린 작품이므로, 이들의 부부관계에 대해서는 묘사할 수도 없고 묘사할 필요도 없다. 그럼에도 불구하고 『무정』에서는 주인공들 대신 주변 인물들의 부부관계를 그리고 있는데 그것은 어째서일까? 그 이유를 작가는 다음과 같은 대목에서 분명히 밝히고 있다. 즉, 김병욱이 박영채에게 오빠 병국의 부부관계가 좋지 않다는 얘기를 들려줄 때 영채가 "그러면 어쩌면 좋아요. 늘 그래서야 어떻게 사나요."라고 걱정하자, 김병욱이 "요새 젊은 부부는 대개 다 그렇대요. 큰 문제지요. 어서 그 문제를 해결해야 할 터인데……."(이상 九十三)라며, 조혼으로 대부분의 젊은 부부 사이에 문제가 많기 때문에 이것이 해결해야 할 과제임을 적시하는 대목이다.

이미 여러 번 밝혔듯이 춘원은 회고문 「다난한 반생의 도정」에서 "내가 ‹무정›을 쓸 때에 의도로 한 것은 그 시대의 조선청년의 이상과 고민을 그리고 아울러 진로에 한 암시를 주자는 것이었다."[33]고 말하고 있는데, 조선청년의 '진로에 한 암시를 주자는 것'에는 종래의 결혼제도(조혼)와 남존여비 사상에 대한 비판과 함께 여권을 존중하여 자유연애를

33 주19 참조.

고취하려는 의도도 포함되어 있다고 볼 수 있다. 이러한 작가 의도에 의해, 젊은이들이 결혼을 어떻게 해야 할지를 계몽하가 위해서 전술한 부부들의 불행한 모습을 예시하고 그 문제점을 지적하며 비판하고 있는 것이라 하겠다.

상술詳述하면, 이미 결혼한 주변 인물들의 불행한 결혼생활을 보여주는 한편, 주요등장인물 중에서 가장 철저하게 전통적인 윤리관에 따라 살고 있는 박영채가, 어릴 적에 아버지가 정해준 장래의 남편인 이형식을 위해 지켜온 정조를 김현수와 배명식에게 유린당한 후 자살하러 가는 길에 만난 김병욱의 입을 빌려, 다음과 같이 구 도덕, 즉 삼종지도를 공격한다.

> "흥, 그 삼종지도라는 것이 여러 천년 간, 여러 천만 여자를 죽이고, 또 여러 천만 남자를 불행하게 하였어요. 그 원수의 글자 몇 자가, 흥."
>
> 영채는 놀라며,
>
> "그러면 삼종지도가 그르단 말씀이야요."
>
> "부모의 말에 순종하는 것이 자식의 도리겠지요. 지아비의 말에 순종하는 것이 아내의 도리겠지요. <u>그러나 부모의 말보다도 자식의 일생이, 지아비의 말보다도 아내의 일생이 더 중하지 아니할까요?</u> 다른 사람의 뜻을 위하여 제 일생을 결정하는 것은 저를 죽임이외다. 그야말로 인도人道의 죄라 합니다. 더구나 <u>부사종자夫死從子라는 말은 참 남자의 포학暴虐</u>을 표함이외다. <u>여자의 인격을 무시하는 말</u>이외다. 어머니는 아들을 가르치고 지배함이 마땅하외다. 어버이가 자식에게 복종하는 그런 비리非理가 어디 있어요."
>
> (『무정』九十)

작가의 대변자라 할 수 있는 김병욱은, 여성을 억압하는 삼종지도의 윤리관, 가치관이 여성의 인격을 무시한 남성의 '포학'이요 '비리'라고 비판하고 있다. 그리고 여성도 남성과 똑같이 인격을 갖고 있는 사람임을 주장한다. 즉 "고래로 우리 나라에서는 남의 아내되는 것만으로 여자의 직분을 삼았고, 남의 아내가 되는 것도 남의 뜻대로, 남의 말대로 되어 왔"기 때문에 지금까지 "여자는 남자의 한 부속품, 한 소유물"에 지나지 않았다. 그러나 "여자도 사람"인 이상 "인제부터는 제 뜻대로"(이상 九十) 살아가야 한다고 역설하고 있다. 그리하여 전통적(유교적)인 윤리관에 사로잡혀 자살하려던 구여성 박영채의 사고방식과 인생관을 바꾸어, 자주적이고 적극적으로 자신의 삶을 개척해가는 신여성으로 변모시킨다. 뿐만 아니라 결혼도 과거와는 달리 자유연애를 통하여 해야 한다고 피력한다.

춘원은 「혼인婚姻에 대對한 관견管見」이라는 논문에서, 혼인의 조건으로 건강, 정신력, 충분한 발육, 경제적 능력, 당자 상호간의 연애, 합리合理[34]를 들고 있는데, 그 중에서도 "이 연애야말로 혼인의 근본조건"인데 "종래로 조선의 혼인은 전혀 이 근본조건을 무시하였"기 때문에 "무수한 비극과 막대한 민족적손실을 근根한 것"[35]이라고 비판하고 있다. 실제로 그 자신도 인습에 얽매여 어쩔 수 없이 하게 된 결혼생활을 통하여, 「혼인론婚姻論」에서 지적하고 있는 "사랑 없는 생활, 즉 불쾌하고 불화하는 고통된 생활"[36]을 경험했기에, 사랑 없는 결혼의 폐해의 심각성을 누구보다도 잘 알고 있었다. 「혼인에 대한 관견」이 『학지광學之光』에 게재된 시기가 『무정』이 한창 집필되고 있던 1917년 4월임을 감안할 때, 작품 속에 이러한 작가의 생각이 반영되었을 것임은 의심의 여지가 없다. 여

34 춘원은 합리(合理)가 합법(合法)・합윤리(合倫理)・합사정(合事情) 등의 뜻을 포함한다고 설명하고 있다. 李光洙, 「婚姻에 對한 管見」(1917. 4, 『學之光』第12號 所載), 『李光洙全集』第17卷, 三中堂, 1964, pp.54-57. 참조.

35 앞의 책, p.55.

36 李光洙, 「婚姻論」(1917. 11. 21-30, 「每日申報」 所載), 앞의 책, p.143.

권과 자유연애의 신봉자인 김병욱은, 아버지가 강권하는 부자富者의 후처 자리를 거절하고 자신이 사랑하고 있는 가난한 서자庶子 청년과 결혼하려고 한다. 이러한 김병욱의 행동은 구여성인 박영채나 겉모습만 신여성인 김선형[37]에게서는 찾아볼 수 없는 모습이다. 이처럼 자신의 신념에 따라 살아가는 김병욱은 구여성 박영채를 변모시킴은 물론, 신여성으로서의 자신의 삶의 모습도 제시함으로써 작가의 의도를 구체적으로 구현시키는 인물이라고 하겠다.

2) 『우미인초』

전술한대로 『우미인초』에서는 주요인물은 물론, 주변 인물들 중에도 부부가 등장하지 않아 구체적인 부부관계의 양상을 찾아볼 수가 없는데, 그 이유는 소세키의 의도가 어디에 있는지를 확인하면 곧 알 수 있을 것이다.

소세키가 『우미인초』에서 다루려고 했던 문제는, 잘 알려진 대로 고미야 도요타카小宮豊隆에게 써 보낸 1907년 7월 19일자의 편지, 즉 "마지막에 철학을 적는다. 이 철학은 하나의 이론theory이다. 나는 이 이론을 설명하기 위해 전편全篇을 쓰고 있다."[38]는 글에서 찾을 수 있다.

소세키가 『우미인초』에서 쓰려고 했던 '철학'(이론)은 말할 것도 없이 작품의 맨 마지막에 고노의 일기 형태로 적어놓은 '비극론'이다. 만인은 죽음이라는 비극에 의해 자신의 출발점, 즉 인생의 제1의第一義로서의 도의道義에 비로소 향하게 된다고 하는 것이 그 주지이다. 소세키는 이와

37 신교육을 받은 김선형은, 만난 지 얼마 되지도 않은데다 자신의 이상형과 거리가 먼 이형식과 약혼하라는 아버지의 말에 불만과 불안을 느끼면서도 아버지의 명령을 거역할 수 없어 부모의 뜻에 따른다. 사고방식은 여전히 구태를 벗어나지 못한 겉모습만의 신여성이라 하겠다.

38 夏目漱石, 『漱石全集』第28巻, 岩波書店, 1956, p.209.

같은 '철학'을 설명하기 위해 제1의의 생활을 할 수 있는 인간군과 그런 생활을 할 수 없는 희극적 인간군을 대조시켜, 이 두 무리가 여러 관계를 갖고 뒤얽힌 것을 묘사한 후, 마지막에 도의를 희생시킨 후지오를 죽인다.[39]

조금 더 상술하면 오노, 사요코, 후지오의 결혼문제를 둘러싸고 일어난 일련의 사건에 고노, 무네치카, 이토코가 얽혀 일이 더욱 복잡하게 되는데 결국 무네치카가, 자신의 야망을 위해 사람의 '호의', '덕의', '인정'을 저버리고 후지오를 택하려는 오노를 설득하여 옛 은사의 딸 사요코와 결혼케 함으로써, 남의 약혼자를 빼으려했던 "아집의 여자"(十二) 후지오를 죽음에 이르게 한다.

이처럼 소세키의 의도는, 미혼의 주요등장인물들이 결혼에 이르기까지의 과정에서 보여주는 삶의 모습을 통해 "인생의 제1의는 도의에 있다는 명제命題를 뇌리에 수립"(十九)케 하는 데에 있었기 때문에, 결혼생활의 내용과는 무관하다고 하겠다. 자연히 『우미인초』에서는 부부관계를 구체적으로 심도 있게 다룰 필요가 없었던 것이고, 따라서 작품에서의 기능도 없다고 하겠다.

이상의 고찰을 통하여 『무정』의 스토리가 이형식과 박영채, 김선형과의 삼각관계로 전개되는 가운데, 주변 인물인 신우선과 김병국부부, 김병욱과 김선형의 부모들의 불행한 부부관계의 양상을 통하여 과거의 보수적이고 전통적인 윤리관과 여성관, 조혼제도의 폐해가 얼마나 심각한지를 보여줌과 동시에, 작가의 의도를 구체적으로 구현시키는 인물로 조형된 김병욱이, 자살하려던 구여성 박영채를 신여성으로 변모시킴은

39 吳 敬, 「韓日の近代文学における死生観の比較研究－夏目漱石の『虞美人草』·『こゝろ』と李光洙の『無情』·『再生』を中心に－」, 『韓日比較文化研究』1, 德成女大 韓日比較文化研究所, 1985, p.77. 참조.

물론, 자기 스스로도 여권과 자유연애를 신봉하여 그 신념에 따라 살아가는 신여성으로서의 삶의 모습을 보여줌으로써, 근대적인 결혼관과 여성관, 자유연애를 제시하고 있음을 알 수 있었다. 그러므로 『무정』에서의 부부관계는, 주인공들의 삼각관계로 이루어진 사건이 자연스럽게 전개되어 작가 의도가 충실히 구현되도록 기능하는 중요한 요소라고 하겠다.

이에 반해 『우미인초』에서의 작가 의도는 '이론theory' 즉, '인생의 제1의는 도의에 있다는 명제를 뇌리에 수립'케 하는 것이라고 하겠다. 소세키는, 이를 구현하기 위해 오노, 사요코, 후지오의 결혼문제를 둘러싸고 거기에 고노, 무네치카, 이토코가 얽혀서 전개되는 일련의 사건을 그리고 있는데, 이미 언급했듯이 작가 의도는 미혼의 주요등장인물들이 결혼에 이르기까지의 과정에서 보여주는 삶의 모습을 통해 '이론'을 설명하는 데에 있으므로, 결혼생활의 내용과는 무관하다. 따라서 작품의 주제와 무관한 부부관계는 구체적으로 다룰 필요가 없어 자세히 묘사되지 않았으므로 그 직접적인 기능은 없다고 하겠다.

이처럼 『우미인초』의 경우는 『무정』과는 달리 부부관계의 양상과 기능이 미미하고 없지만, 이들의 비교 고찰을 통해 각각의 작가 의도가 작품 속에서 어떻게 구현되고 있는지 명확하게 드러나기 때문에, 부부관계는 두 작품의 주요인물의 가족관계를 비교 고찰하는 과정에서 간과할 수 없는 사항이라 하겠다.

요컨대, 『무정』에서의 김병욱과 동일하게 작가의 주장을 직접 담당하는 역할을 하는 무네치카가 『우미인초』의 결말부에서, 자신의 야망을 위해 은사의 딸 사요코를 버리고 후지오와 결혼하려는 오노를 설득하여 사요코와의 결혼문제를 해결시킨 점에서 알 수 있듯이, 『우미인초』의 주안점은 결혼 자체의 문제점이 아니라, 결혼문제를 소재로 하여 그 과

정에서 발생한 인간군의 '도의' 문제에 있다고 하겠다.

앞서 고찰한 『무정』과 『우미인초』의 부모자식관계는, 그 양상뿐만 아니라 기능까지도 매우 유사하여 스토리의 배후에서 등장인물의 성격 형성과 작품의 구도, 사건 전개 등에 영향을 크게 미치고 있었다. 다만 한 가지 다른 것은, 『무정』의 박영채는 자살을 단념하고 자아에 눈을 뜨는데, 『우미인초』의 후지오는 아집을 관철시켜 자살하는 것으로 작품이 끝난다는 점이다. 이는 작가 의도가 다르기 때문인데, 이 작가 의도의 차이를 구체적으로 명확하게 보여주고 있는 것이 부부관계의 양상과 기능이라고 말할 수 있겠다.

Ⅲ 형제관계

1. 양상

1) 『무정』

『무정』에 등장하는 주요인물 중, 이형식은 천애고아이고 김선형은 부유한 김 장로의 외동딸이며, 이형식의 지인인 신우선은 처자가 있는 것으로만 묘사되어 있어 형제의 유무는 확실하게 알 수가 없다. 따라서 주요 등장인물 중에서 형제가 있는 사람은 박영채와 김병욱 두 사람 뿐이다.

먼저 박영채의 형제관계를 파악하기 위해 그녀의 형제에 대한 정보를 찾아보도록 하겠다.

> 박 진사는 즉시 머리를 깎고 검은 옷을 입고 아들 둘도 그렇게 시켰다. 머리 깎고 검은 옷 입는 것이 그때 치고는 대대적 대용단이다. 이는 사천

여 년 내려오던 굳은 습관을 다 깨뜨려버리고, 온전히 새 것을 취하여 나아간다는 표다.

(중략)

(전략) 그때 박 진사의 아들 형제는 다 형식보다 사오세 위로되 학력은 형식에게 밀리고 더구나 산술과 일어는 형식에게 배우는 처지였다. (하략)

(중략)

"이 사람, 왜 이러한 일을 하였는가. 부지런히 일하는 자에게 하늘이 먹고 입을 것을 주나니……아아, 왜 이러한 일을 하였는가."

하고 돈을 도로 가지고 가서 즉시 사죄를 하고 오라 하였더니, 중도에서 포박을 당하고 강도, 살인, 교사 급 공범 혐의로 박 진사의 삼 부자는 그 날 아침으로 포박을 당하였다.

박 진사의 집에 남은 것은 두 며느리와 영채와 형식뿐, 영채의 모친은 영채를 낳고 두 달이 못 되어 별세하였었다.

(중략)

두어 달 후에 홍모와 박 진사는 징역 종신, 박 진사의 아들 형제는 징역 십 오년, 기타는 칠년 혹은 오년 징역의 선고를 받고 평양 감옥에 들어갔다. (『무정』五)

"돌아가시다니, 선생께서 돌아가셨어요?"

"네, 옥에 가신지 이태만에 아버님께서 돌아가시고, 아버지 돌아가신지 보름만에 오라버니 두 분도 함께 돌아가셨습니다."

"어떻게……그렇게?"

"자세한 말은 알 수 없으나 옥에서는 병에 죽었다 하고 어떤 간수의 말에는, 처음에 아버님께서 굶어 돌아가시고 그 다음에 맏오라버님께서 또 굶어 돌아가시고, 맏오라버님 돌아가신 날 작은오라버님은 목을 매어 돌아가셨다고 합데다."

하고 말 끝에 울음이 북받쳐 나온다. (『무정』六)

이상의 정보를 통하여 박영채에게는 두 명의 오빠가 있는데, 나이는 "그 때 열여섯 살"이던 이형식보다 '사오세 위'니까 20세 내지 21세의 청년들로 이미 결혼을 하였고, 열 살이던 영채와는 상당히 나이 차이가 있음을 알 수 있다. 아직 어린 소녀인 영채가 10세 이상 연령차가 나며 기혼인 오빠들과 서로 친밀한 관계를 유지하기는 쉽지 않았을 것으로 추정된다. 또한 당시로서는 혁신적인 교육가였던 아버지 박 진사가, 두 아들에게는 학교 교육은 물론 '사천여 년 내려오던 굳은 습관을 다 깨뜨려 버리고, 온전히 새것을 취하여 나아간다는 표'로 '머리를 깎고 검은 옷을 입'히는 등, 신문명운동에 적극적으로 동참시키는 반면, 영채에게는 학교에서 돌아오면 전통적(유교적)인 윤리지침서인 "소학, 열녀전 같은 것을 가르치고 열두 살 되던 여름에는 시전도 가르"치는 등, 자녀교육을 남녀에 따라 이원적二元的으로 행하고 있어, 여성에 대해서는 여전히 전통적인 윤리관과 가치관의 소유자임을 보여주고 있다. 따라서 이러한 가치관과 사상을 가진 아버지 밑에서 성장한 두 오빠와 영채는 그 가르침을 받들어 그대로 사고思考하고 행동하는 형제(남매)가 될 수밖에 없었다. 실제로 이들 남매들의 삶의 모습이 어떠한지 확인해보자.

두 오빠는, 나이가 '형식보다 사오세 위로되 학력은 형식에게 밀리고 더구나 산술과 일어는 형식에게 배우는 처지였다.'는 설명으로 보아, 이미 성인이지만 지식이나 식견이 부족한 탓에, "세상을 위하여 재산을 바치고 집을 바치고 몸과 마음을 다 바치고 목숨까지라도 바치려"고 하는 아버지에게 어떤 조언이나 제안도 하지 않은 채 아버지가 하는 대로 묵묵히 따르고 있다. 그 결과 드디어 집안이 위기에 처하게 되지만, 아무 능력이 없는 그들은 이를 극복하기 위한 해결책을 찾지 못한 채 수수방관만 하고 있을 뿐이다. 마침내 "박진사의 곤고함을 보다 못"(이상 五)한 홍모라 하는 제자가 스승을 돕기 위해 강도사건을 일으켰다가 체포되자, 그들도 '강도, 살인, 교사 급 공범 혐의'로 '징역 종신'형을 받은 아버지와 함께 '징역 십오 년'의 선고를 받고 투옥된다. 그 후 아버지가 감옥에서 굶어죽자 맏아들인 큰 오빠가 아버지를 따라 굶어죽고, 같은 날 작은 오빠는 목을 매어 자살한다.

이러한 삶의 모습으로 볼 때 박영채의 오빠들은, 자신들의 확고한 신념이나 사상을 확립하지도 소유하지도 못한 채, 아버지의 뜻에 절대 복종하는 것이 효도하는 자식의 도리라 생각하며 그 슬하에서 수동적으로 무능력하게 살아가는 전통적인 사고방식의 소유자들이라고 하겠다. 특히 아버지와 오빠들의 자살 이유가 무엇인지를 살펴본다면 이들 삼부자三父子의 사고방식이 어떤 것이었는가가 극명하게 드러날 것이다.

> (전략) 또 영채가 그 부친을 구하려고 제 몸을 팔아 기생이 되었단 말을 듣고 그 아버지가 절식 자살을 하였건마는.
>
> 그러나 영채가 기생이 된 것은 제가 되고 싶어 된 것이 아니라, 온전히 늙으신 부친과 형제를 구원하려고 하였음이라.
>
> (중략)
>
> 내가 기생이 된 지 이삼삭 후에 감옥에 아버지를 찾았더니, 아버지께서 내가 기생이 되었다는 말을 듣고 와락 성을 내어,
>
> "이년아! 우리 빛난 가문을 더럽히는 년아! 어린 계집이 뉘 꾀임에 들어 벌써 몸을 더럽혔느냐!"
>
> 하고, 내가 행실이 부정하여 기생이 된 줄로 아시고 마침내 자살까지 하셨거든. 부모조차 이러하거든 하물며 형식이야 어찌 내 말을 신용하랴.
>
> (『무정』十五)

영채의 아버지가 '절식 자살'을 한 까닭은, 영채가 아버지를 구하기 위해 기생이 되었다는 말을 듣고 '행실이 부정하여 기생이 된 줄로 알고

자신의 '빛난 가문을 더럽'혔다고 생각했기 때문이다. 딸이 기생이 되었다고 아버지가 '절식 자살'이라는 극단적인 행동을 하는 것은 지나친 처신이라고 볼 수도 있겠다. 그러나 유교적인 가치관에 따라 가문家門을 소중하게 생각하는 아버지 박 진사로서는, 자신은 물론 두 아들까지 함께 투옥되어 가문을 이어갈 희망이 없는 데다,[40] 딸이 기생이 되어 가명家名마저 더럽혀 가문을 완전히 몰락시켰다고 생각하여 절망적인 상태에서 자살을 결행했고, 두 아들도 아버지의 뒤를 따른 것이라고 하겠다. 이러한 박 진사의 자살을 통해, 그가 외형적인 변화에는 민첩하게 반응하면서도 내면적인 사고방식은 조금도 변하지 않은 채 여전히 전통적인 가치관에 사로잡혀 살았던 인물이고, 이런 아버지의 가르침을 받은 아들들도 동일한 가치관을 갖고 살았던 전통적인 인물의 전형들이었음을 확인할 수 있다.

영채 또한, 감옥에 있는 아버지와 오빠를 구하기 위해 기생이 되는데, 그녀가 기꺼이 기생이 되기로 결심하는 판단의 근거는, 아버지에게서 배운 가르침에 있었다.

> (전략) 영채는 옛말을 생각하였다. 그 때 아버지께서 제 몸을 팔아 그 돈으로 그 아버지의 죄를 속한 옛날 처녀의 말을 들을 제, 아직 열 살이 넘지 못하였던 영채는 눈물을 흘리며 나도 그리하였으면 한 일이 있음을 생각하였다.
>
> (중략)
>
> 내가 이제 옛날 처녀의 본을 받아 내 몸을 팔아 돈만 얻으면 아버지와 오라버니는 옥에서 나오시렷다. 옥에서 나오시면 나를 칭찬하시렷다. 세

40 박 진사와 두 아들이 포박을 당하여 끌려간 후 "박 진사의 집에 남은 것은 두 며느리와 영채와 형식뿐, 영채의 모친은 영채를 낳고 두 달이 못하여 별세하였었다."(五)라는 묘사에서 유추할 때, 두 아들이 결혼은 하였으나 아직 대를 이을 후사가 없는 것으로 추정된다.

> 상 사람이 나를 효녀라고 칭찬하고 옛날 처녀 모양으로 책에 기록하여 여러 처녀들이 읽고 나와 같이 울며 칭찬하렷다. (『무정』十五)

영채는 어린 시절 아버지로부터 배운 "소학과 열녀전과 시경"(十三) 등의 가르침대로 '옛날 처녀의 본을 받아' 자신의 몸을 팔아 아버지와 오빠를 구하는 일이 효도하는 길로서, 아버지는 물론 세상 사람들로부터 칭찬받을 일이라고 믿었기 때문에 기생이 되기로 결심하였던 것이다. 정조가 여자에게는 목숨처럼 소중한 것이라 배운 영채가, 스스로 기생이 되려고 결심하면서도 부끄러워하지 않고 오히려 "알 수 없는 기쁨과 일종의 자랑을 감각"(十五)한 것은, '옛날 처녀 모양으로 책에 기록하여 여러 처녀들이 읽고 나와 같이 울며 칭찬'하리라는 확신이 있었기 때문이라고 하겠다. 그리고 기생으로 지내면서도 생전의 아버지가 정해준 장래의 남편인 이형식을 위해 7년 동안이나 지켜온 정조를 김현수와 배명식에게 유린당하자 자살하려고 하는데, 이는 "정조가 여자의 생명이니 정조가 깨어지면 몸을 죽이는 것이 마땅하다", 즉 "효孝와 정절貞節이라는 일 도덕률을 인생인 여자의 생명life의 전체"(이상 五十三)라고 생각했기 때문이다. 이러한 박영채의 생각과 행동도 모두 어릴 적부터 받은 아버지의 가르침에 의해 형성된 사고방식과 가치관에서 기인한다.

이처럼 박영채와 두 오빠는, 당시로서는 진보적인 사상을 갖고 젊은이들을 가르치는 교육사업으로 신문명운동을 실행하면서도 내면적인 사고방식은 아직도 유교적인 가치관에서 탈피하지 못한 아버지의 가르침을 받아, 아버지와 똑같이 사고하고 행동하는 남매들로서 그 관계 또한 전통적인 가치관의 범주를 벗어나지 못하였을 것으로 추찰할 수 있다.

텍스트에는 박영채와 두 오빠가 대화를 나누는 장면도 없고 서로를 어떻게 생각하고 있는지 그 관계를 알 수 있는 묘사도 없다. 이는 앞에서 언급했듯이 영채는 어리고 나이 차가 많은 두 오빠는 결혼한 성인이어서 서로 대화의 상대가 되지 못했기 때문이기도 하겠지만, 그보다는 전통적인 윤리관의 소유자인 아버지의 슬하에서 유교적인 사상에 따라, 여자아이는 아버지나 연장자인 오빠의 말을 무조건 따르고 묻는 말에 대답만 하도록 교육받았고, 또 남녀가 유별하여 남매간이라 하더라도 한자리에 앉아 대화를 나눌 기회를 만들지 않았기 때문이라 하겠다. 따라서 박영채와 두 오빠가 친밀한 남매관계를 유지하기는 거의 불가능했으리라고 생각된다.

한마디로 박영채와 오빠들과의 남매관계는, 연령차가 많아 대화의 상대가 되지 못했고, 전통적인 가치관을 가진 아버지의 슬하에서 서로 친밀해질 수 있는 기회를 갖지 못하고 성장하여 소원疎遠해질 수밖에 없었다고 하겠다.

다음으로, 김병욱의 형제관계에 대하여 살펴보도록 하겠다.

동경유학생인 김병욱에게는 "삼사세 위"의 오빠가 한 명 있는데, 그는 방학이 되어 귀향한 병욱을 웃으며 맞을 뿐만 아니라 누이의 어깨를 만지며, "왜 오는 날을 알리지 아니했니?"(이상 九十一)라며 동경東京에 관한 이야기를 묻는 등, 매우 다정하게 대하고 있다. 병욱의 가족(부모, 조모, 오빠부부, 남동생[41]은, 전통적이고 완고한 사고방식의 소유자인 아버지만 제외하고 모두 그녀를 이해해주고, 그중에서도 특히 "동경에 가서 경제학을 배워"(九十三)온 오빠는, 병욱의 편에 서서 누이가 하고 싶어 하는 것을 할 수 있도록 최대한 도와주는 든든한 지원군이다. 자연히

41 남동생(소년)에 대해서는, 김병욱이 귀향하는 기차 안에서 박영채에게 동생이라고 소개한 이후, 황주의 고향집에서 생활하는 동안에는 한 번도 등장하지 않아, 그 관계나 존재는 무시해도 좋을 것 같다.

아버지와 오빠는 병욱에 대한 일로 자주 대립하고 충돌하는데 그 예를 들어보면,

> 또 딸을 동경에 유학시키는 데 대하여서도 아들은 찬성하되 부친은 계집애가 그렇게 공부는 해서 무엇 하느냐, 어서 시집이나 가는 것이 좋다 하여 반대한다. 방학하고 집에 올 때마다 부친은 반드시 한두 번 반대하지마는 마침내 아들에게 진다.
>
> 작년 여름에는 반대가 우심하여 동경 갈 노비를 아니 준다 하므로 딸은 이틀이나 울고, 아들과 어머니는 부친 모르게 돈을 변통하여 노비를 당하였다. 그래서 딸은 부친께는 간다는 하직도 못하고 동경으로 떠났다.
>
> 그 후에 며칠 동안 부친은 성을 내어 식구들과 말도 잘 하지 아니하였으나 얼마 아니하여,
>
> "얘, 이달 학비는 보냈니? 옷 값이나 주어라."
>
> 하게 되었다. 이번에도 부친은 기어이 딸을 시집보내어야 한다 하고, 아들은 졸업하기를 기다려야 한다 하여 두어 번 부자끼리 다투었다.
>
> (『무정』九十三)

병욱의 동경유학은, 누이의 유학을 찬성하는 오빠가 아버지의 반대를 무릎 쓰고 밀어주었기 때문에 가능했던 것으로, 아들에게 떠밀려 억지로 딸을 유학시키게 된 아버지는 병욱이 방학에 집에 올 때마다 여전히 반대하며 여비를 주지 않는다거나 기어이 시집을 보내려고 한다. 애초 음악을 공부하겠다는 병욱에게 "그것은 배워서 광대 노릇을 하겠니?" 하며 학비도 주지 않겠다는 것을 병욱이 울고불고 떼를 써서 마지못해 배우게는 했으나, 딸이 "난봉 났다"고 좋지 않게 생각하기 때문에, 병욱은 "한참 재미롭게 사현금을 타다가도 밖에서 부친의 기침 소리가 나면 얼른 어리광하는 듯이 진저리를 치며 웃"(이상 九十二)는 등, 집에서는 마

음 놓고 바이올린 연주도 하지 못한다. 이처럼 아버지의 반대로 병욱이 공부하는 일에 어려움은 있지만, 그녀를 이해해주는 오빠와 어머니가 곁에서 아버지의 반대를 막아주며 지원해주는 덕에 하고 싶은 공부는 물론, 자신의 소신대로 부친이 지어준 '병옥炳玉'이라는 이름이 "너무 부드럽고 너무 여성적"이어서, 다시 말해 "여자는 그저 얌전하고 부드러워야 한다는 것"(九十一)이 싫어서 '병욱炳郁'으로 개명改名하여 사용하고 있다. 뿐만 아니라 아버지가 강권하는 혼처를 거절하고 집에서 크게 반대해도 자신이 사랑하는 가난한 서자庶子 남성과 결혼하려고 한다. 서양의 새로운 사상과 문명을 적극적으로 받아들여 여권女權과 자유연애를 신봉하는 김병욱에게 있어서 자신보다 먼저 동경유학을 하여 신문명의 세례를 받은 오빠는, 신여성新女性으로 살아가는 자신을 이해하고 응원해주는 가장 든든한 정신적 동지이다. 이러한 두 사람의 관계를 알 수 있는 구체적인 장면을 인용해보겠다.

> 내 누이가 돌아왔다. 누이를 대하면 매우 유쾌하다. 또 누이도 내 마음을 알아주어서 여러 가지로 위로도 하여 준다.
>
> 그래서 나는 아내에게 못 얻는 정신적 위안을 누이에게서 얻으려 하였다. 그래서 과연 얻었다. (『무정』九十七)

이것은 내외간에 애정이 없는 병욱의 오빠 김병국金炳國이, 자신의 고민을 지인인 이형식에게 써 보낸 편지의 일부인데, 평소 나이가 다섯 살 위로 무학無學인 아내와 소통이 되지 않으며 애정도 없어 '극렬한 적막의 비애를 느끼게'된 그가 '아내에게 못 얻는 정신적인 위안'을 정신적인 교류가 가능한 누이에게서 얻으려 하였고 실제로 얻었음을 밝히고 있다. 나이 차도 많지 않아 생각하는 것도 비슷할 뿐만 아니라, 두 사람 모두 신문명을 수용하여 세상이 어떻게 변천했는지를 이해하고 있어 정신적인 교류가 가능하기 때문에, 병국은 아내 대신 누이에게서 '정신적인 위안'을 얻고 있다. 병국의 병욱에게 대한 태도가 당시의 일반적인 남매간에서는 보기 힘들게 다정하고 은근했던 데에는 이러한 사정이 적지 않게 작용했던 것으로 추정된다. 오빠 내외의 부부관계를 잘 알고 있는 병욱도 병국이 무엇 때문에 고민하고 있는지 정확하게 알고 있다.

> "손님은 어디 가셨니?"
> 병국은 영채를 손님이라고 부른다. 병욱은 고개를 번쩍 들고 웃으면서,
> "손님 어디 오셨어요? 어디서 왔나요?"
> 병국은 누이가 자기를 조롱하는 줄을 알면서도 정직하게,
> "아, 그이 말이다."
> "아, 그이가 누구야요?"
> 병욱은 병국이가 영채를 위하여 괴로워하는 줄을 알므로 이렇게 말하는 것이다.
>
> (중략)
>
> 병욱은 깔깔 웃으며,
> "글쎄 여쭐 말씀이 있으니 여기 좀 앉으셔요."
> 하는 말에 병국은 또 앉았다.
> 병욱은 손으로 병국의 등에 붙은 파리를 날리며,
> "오빠, 무슨 근심이 있어요."
> 하고 웃기를 그치고 병국의 얼굴을 모으로 본다.
> 병국은 놀라는 듯이 고개를 돌려 병욱을 보며,
> "아니, 왜? 무슨 근심빛이 보이니?"
> "네, 어째 무슨 근심이 있는 것 같애요."
> 하고 나는 그 근심을 알지 하는 듯이 쌩긋 웃는다.
>
> (중략)
>
> "오빠, 나 영채 데리고 동경 가요. 좋지요?"

"네 마음대로 하려무나."

(중략)

병욱은 오라비의 눈을 이윽히 보더니 힘없는 목소리로,

"어서 가야 해요. 그렇지 않아요?"

그렇지 않아요? 하는 말에 병국은 가슴이 뜨끔하였다. 과연 그렇다. 영채가 오래 가까이 있으면 있을수록 자기는 괴로울 것이요, 또 미상불 위험도 없지 않을 것이라. 자기도 그러한 생각이 있기는 있었다.

(중략)

"옳다. 네 말이 옳다. 어서 가야 한다."

하고는 휘 한숨을 쉰다.

병욱은 병국의 어깨를 만지며,

"영채도 오빠를 사랑하니 동생으로 알고 늘 사랑해 주시오. 저도 제 동생으로 알고 늘 같이 지내겠습니다.

(중략)

병국은 고개를 숙인 대로 누이의 말을 듣더니 손으로 무릎을 치고 몸을 쭉 펴면서,

"잘 생각하였다. 네게야 무엇을 숨기겠니……미상불 그 동안 퍽 괴로왔다."

하고 또 잠깐 생각하다가 한 번 더 결심한 듯이,

"그러면 언제 떠나겠니?" (『무정』百)

위의 인용문에서 보듯이 오빠와의 사이가 친밀한 병욱은, 때로는 오빠를 놀려주기도 하지만 오빠 내면의 깊은 고뇌를 알아채고 그 해결책을 제시하여 오빠를 위기에서 벗어나도록 도와준다. 상술하면, 병욱이 귀향하는 기차 안에서 자살하러 가는 박영채를 우연히 만나 그녀를 설득하여 자신의 집에 데리고 와서 함께 생활하는 동안, 아내에게 애정이 없는 오빠가 영채에게 끌리게 되어 괴로워하고 있는 것을 알아챈 것이

다. 영채 또한 병국을 마음속으로 좋아하고 있어, 두 사람이 한 집에서 '오래 가까이 있으면 있을수록' 오빠가 '괴로울 것이요, 또 미상불 위험도 없지 않을 것'이기 때문에, 병욱은 아직 방학이 끝나지 않았는데도 영채를 데리고 동경에 가겠다고 제안함으로써, "자기가 어디로 여행을 가든지 영채를 어디로 보내든지 하는 것이 좋"겠다고 생각하면서도 "한편으로 끄는 힘이 있어서 실행을 못하"(이상 百)고 있는 오빠가 결단하여 고뇌에서 벗어나도록 유도한다. 즉, 오빠는 아내가 있는 몸이니 영채를 이성異性으로서가 아니라 '동생으로 알고 늘 사랑해 주'라고, 이성적理性的인 판단과 당부로 병국이 제자리로 돌아가도록 도와준다.

요컨대, 김병욱과 김병국 남매는, 서로 "어린애 싸움같이 농담을 하"(百三)거나 놀려주기도 하지만, 오빠는 누이가 신여성으로 살아가도록 도와주는 한편, 그런 누이에게서 정신적 위안을 얻기도 하고, 누이는 오빠의 고민을 알아채고 그 해결책을 제시하여 위기를 넘기게 하는 등, 그 관계의 친밀함이 연인이나 부부사이를 방불케 한다. 이는, 나이 차가 많지 않아 세대차가 없는데다, 두 사람 모두 신문명을 수용하여 세상이 어떻게 변천했는지를 이해하고 있어 정신적인 교류가 가능하며, 부부관계가 좋지 않은 병국이 아내에게서 찾을 수 없는 '정신적인 위안'을 누이에게서 찾으려한 때문이라고 말할 수 있겠다.

2) 『우미인초』

『우미인초』에서는, 고노 긴고 · 후지오 남매, 무네치카 하지메 · 이토코 남매가 고찰의 대상이므로 먼저, 스토리의 중요한 한 축을 이루고 있는 후지오와 그 오빠 긴고와의 관계부터 살펴보도록 하겠다.

후지오와 긴고는, 어머니가 긴고에게 부탁하는 다음과 같은 말 즉,

“저 애도 저렇게 기가 센 아이여서 틀림없이 네 기분을 건드리는 일도 있을 텐데, 뭐 좀 봐주고 친 동생이라 생각하고 돌보아 주렴”, “혹시 좋지 않은 일이 있으면 내가 찬찬히 말해 타이를 테니, 기탄없이 뭐라도 말하려무나. 서로 서먹서먹한 일이 있으면 안 좋으니까.”(이상 十五)라는 말에서도 쉽게 유추할 수 있듯이 사이가 그다지 좋지 못한 이복 남매이다. 이들의 관계는 아버지가 4개월 전에 외국에서 갑자기 사망함으로써 가독家督 상속 문제를 둘러싸고 더욱 복잡 미묘해진다.

> “후지오, 이 집과 내가 아버지에게서 물려받은 재산은 모두 너에게 주마.”
> “언제?”
> “오늘부터 주마. — 그 대신, 어머니를 모시는 일은 네가 해야만 해.”
> “고마워요.”라고 말하면서 또 어머니 쪽을 본다. 역시 웃고 있다.
> “너 무네치카에게 갈 생각은 없니?”
> “그래요.”
> “없어? 아무리해도 싫으냐?”
> “싫어요.”
> “그러냐. — 그리도 오노가 좋은 거냐?”
> 후지오는 굳어진다.
> “그걸 물어서 뭘 하려고요.”라며 의자 위에 등을 펴며 말한다.
> “아무 것도 하지 않아. 날 위해서는 아무 도움이 안 되지. 그저 널 위해서 말해주는 거다.”
> “날 위해서?”라고 말꼬리를 올려놓고,
> “그렇군요.”라고 아주 경멸하듯이 낮춘다. 어머니는 비로소 입을 연다.
> “오빠 생각으로는 오노 씨보다 하지메 쪽이 좋겠다는 얘기인데.”
> “오빠는 오빠, 나는 나예요.” (『우미인초』 十五)

메이지민법明治民法으로 성립된 가부장제에서의 가독 상속은 장남에서 장남으로 이어지기 때문에, 고노가甲野家의 장남인 긴고는 법률상의 상속인이다. 그런데, 상속받은 유산을 잘 관리운영 · 유지해서 다음 대의 가장에게 양도할 책임과 가족을 부양할 의무가 있는[42] 긴고는, '집과 아버지에게서 물려받은 재산'을 모두 누이동생 후지오에게 줄 테니 '어머니를 모시는 일'을 하라며, 가장으로서의 권한을 포기하고 책임과 의무도 지지 않겠다고 선언한다. 일반적으로 형제간에 유산을 서로 차지하겠다고 대립하고 분쟁하는 일은 종종 발생하지만, 자신이 상속한 유산을 상속권이 없는 누이동생에게 모두 주겠다는 것은, "자네, 미쳤나?"(十七)라고 무네치카가 말하고 있듯이 쉽게 납득하기 어려운 일이 아닐 수 없다. 병약해서 결혼하여 어머니를 모실 수가 없기 때문에 출가出家하려고 생각하고 있는 긴고는, 자신은 "아무 것도 필요 없"으니 집도 재산도 후지오에게 주겠다는 말을 누이보다 어머니에게 먼저 했다. 그러자 어머니는, "그럼 우리들(후지오 모녀; 인용자)이 곤란할 뿐이야", "내가 돌아가신 아버지에게 미안하지 않느냐"(이상 十五)며 집안을 이어가라고 만류한다. 그러나 긴고는, "어머니가 집을 나가지 말라고 말하는 것은 나가라는 의미"이고, "재산을 가지라고 말하는 것은 넘기라는 의미"이며, 자기에게 "보살펴 달라고 말하는 것은, 신세지는 것이 싫다는 의미"라고 이해하고 있다. 즉, 어머니가 마음속으로는 전실 자식인 자신과 함께 살기보다는 데릴사위를 얻어서 친딸인 후지오와 함께 살기를 바라고 있음을 간파한 긴고는, 자신이 집에 "있으면 양쪽이 타락"하므로, 다시 말해 "내게 필요 없는 돈 때문에 의리 있는 어머니와 여동생을 타락시키는 것이 공적功績도 되지 않"으니 "표면상 어머니의 뜻을 거스려, 실제는 어

42 메이지민법 제747조에 "호주는 그 가족에 대하여 부양의 의무를 진다."고 정해져 있다. 中川善之介 外 5人 編, 『家族問題と家族法Ⅴ 扶養』, 坂井書店, 1958, p.136.

머니의 희망대로 해주는 것"(이상 十七)이라고 말하고 있다.

이러한 긴고의 뜻을 알 리 없는 후지오는, 기다렸다는 듯이 재산을 '언제' 주겠느냐고 묻고, '오늘부터' 주겠다는 긴고의 대답에 '고맙다'며 어머니 쪽을 보고 웃고 있다. 후지오의 이러한 반응은, 자신의 생모와 함께 마음속으로 간절히 바라고 있던 긴고의 재산을 드디어 차지하게 된 데에 대한 기쁨을 어머니와 함께 교감하는 것이라 하겠다.

긴고는, 아버지가 생전에 사촌인 무네치카를 사윗감으로 생각[43]했기 때문에 후지오가 무네치카와 결혼하기를 바라고 있다. 그러나 무네치카보다 오노를 좋아하는 후지오는 아버지의 유지遺志를 저버릴 뿐만 아니라, 현재의 가장인 오빠의 의견을 '아주 경멸'하며 '오빠는 오빠, 나는 나'라고 무시해버린다.

"오빠"

"왜?" 하고 또 내려다본다.

"그 금시계는, 오빠에게는 주지 않겠어요."

"내게 주지 않으면 누구에게 줄 거냐."

"당분간 내가 보관해 두겠어요."

"당분간 네가 보관한다고? 그것도 괜찮겠지. 허나 그건 무네치카에게 준다고 약속했기 때문에……."

"무네치카 씨에게 줄 때는 내가 주겠어요."

"네가?" 하고 오빠는 조금 얼굴을 낮추어 누이 쪽으로 눈을 가까이 갖다 댔다.

"내가— 예 내가— 내가 누군가에게 주겠어요." (『우미인초』十二)

43 어린 시절의 후지오는, 아버지가 런던에서 사가지고 와 자랑하던 금시계를 좋아해서 장난감으로 갖고 놀았기 때문에 금시계와 인연이 깊다. 아버지는, 이러한 금시계를 무네치카에게 주겠다고 여러 사람 앞에서 약속함으로써 그에게 후지오를 주겠다, 즉 시집보내겠다는 뜻을 넌지시 내비쳤다.

아버지가 생전에 애지중지하던 금시계는, 아버지의 유물인 만큼 법률상의 상속인인 긴고가 가져야 하고, 아버지의 유지를 받들어 무네치카에게 준다 하더라도 긴고가 주는 것이 옳다. 그러나 후지오는, 시계를 오빠에게 주지 않고 자신이 갖고 있다가 누군가에게 줄 때도 자신이 주겠다, 즉 시계의 소유권을 자신이 갖겠다고 주장하고 있다. 이는 시계에 대한 오빠의 상속권을 인정하지 않음은 물론, 무네치카에게 시집보내겠다는 아버지의 뜻도 묵살하고 자신의 결혼에 대한 권한을 자신이 갖겠다는 것을 의미하는 것이라 하겠다.[44] 이처럼 후지오는, 아버지의 유지마저 쉽게 저버리고 자신의 뜻대로 행동하는 고집 센 여자인데다 유산문제로 긴고와 대립하는 사이이기 때문에, 그를 오빠로 인정하여 대우하기는커녕 "얄밉다"거나 "상당히 남자답지 못한 성격"(이상 八)이라고 경멸하며 무시하고, 때로는 강하게 반발하기도 한다. 긴고 역시 이런 후지오를 항상 무시하고 깔보며 따뜻하게 대해주지 않는다. 텍스트에는 긴고가 후지오와 대화할 때의 모습을 다음과 같이 묘사하고 있다.

> "후지오"
>
> (전략) 후지오는 잠자코 있다.
>
> "또 꿈이냐." 하고 긴고는 일어선 채, 감은 곧은 머리를 내려다보고 있다.
>
> "뭐예요?" 하고 말하자마자 여자는 얼굴을 다시 돌렸다. (후략)
>
> 남자는 눈조차 움직이지 않는다. 창백한 얼굴로 내려다보고 있다. 다시 돌린 여자의 이마를 잠자코 내려다보고 있다.
>
> "어젯밤은 재미있었니?"
>
> 여자는 대답하기 전에 뜨거운 경단을 꿀꺽 삼켰다.
>
> "예." 하고 극히 냉담한 대답을 한다.

44 本書, p.177. 참조.

(중략)

"놀라는 동안에는 낙樂이 있겠죠?"

여자는 반대로 되물었다. 남자는 동요하는 모습도 없이 여전히 위에서 내려다보고 있다. 의미가 통한 기색조차 보이지 않는다.

(중략)

"오빠처럼 학자가 되면 놀라고 싶어도 놀랄 수 없으니까 낙이 없는 거겠죠."

"낙?" 하고 물었다. 낙의 의미를 알고 있느냐고 묻는 듯한 대답이라고 후지오는 생각한다. 오빠는 곧 말한다.

"낙은 그리 없어. 그 대신 안심이다."

"어째서?"

"낙이 없는 사람은 자살할 염려가 없지."

후지오는 오빠가 말하는 것을 전혀 알 수가 없다. 창백한 얼굴은 여전히 내려다보고 있다. 왜냐고 묻는 것은 견식이 없는 것이어서 잠자코 있다.

"너처럼 낙이 많은 사람은 위험해."

후지오는 엉겁결에 검은 머리에 파도를 치게 했다. 언뜻 올려다본 위에서 오빠는 알겠느냐고 역시 내려다보고 있다. (『우미인초』十二)

철학을 전공한 긴고는, 후지오가 알 수 없는 이야기를 하면서 네가 무얼 알기나 하느냐는 식으로 위에서 '내려다보고 있다' 즉 깔보고 있는 것이다. 24세의 자존심 강한 후지오 또한 세 살 위의 오빠에게 '냉담한 대답'을 하는 등 서로 멸시하는 그들 사이에는 긴장감과 반발심이 떠나지 않는다. 이런 남매관계는, 유산을 은밀히 후지오에게 독점시키려는 어머니가 그 딸과 함께 끊임없이 긴고를 비난하고 있어 악화일로惡化一路에 있다. 관계 개선의 여지는 전무하다고 하겠다.

다음으로, 또 하나의 축을 이루고 있는 무네치카 하지메와 이토코의 경우는 어떠한지 남매의 대화를 살펴보도록 하겠다.

"(전략) 너 오늘은 매우 훌륭한 것을 바느질하고 있구나. 뭐냐 그건?"

"이거? 이건 이세자키伊勢崎[45]예요."

"유난히 빛나는구나. 오빠 거니?"

"아버지 거예요."

"아버지 것만 짓고 오빠한테는 조금도 지어주지 않는구나. 소매 없는 여우 털의 하오리羽織 이후는 볼 수 없으니."

"너무해요. 거짓말만 하니. 지금 입고 있는 것도 지어 줬는데."

"이거? 이건 이제 못 입어. 봐라 이러니."

(중략)

"아버지는 노인인데도 새것만 입고 나이가 젊은 내게는 헌 것만 입히려는 건 좀 이상해. 이런 식으로 가면 나중에는 저는 파나마모자를 쓰고 내게는 창고에 있는 삿갓을 쓰라고 할지도 모르겠다."

"호호호호 오빠는 굉장히 말을 잘 해요."

"잘하는 건 말 뿐이냐. 가엽게도."

"아직, 있어요."

(중략)

"하하하하 실은 여우 털 하오리를 만들어준 답례로, 근간 꽃구경에라도 데리고 갈까 생각하고 있던 참이다."

(중략)

"그렇지 않으면, 박람회에 가서 대만관臺灣館에서 차를 마시고, 일루미네이션을 보고 전차로 돌아온다.— 어느 쪽이 좋으냐?"

"나, 박람회가 보고 싶어. 이걸 다 만들고 나면 가요. 네?"

"응. 그러니까 오빠를 소중히 하지 않으면 안 돼. 이렇게 친절한 오빠는 일본 중에 흔치 않아." (『우미인초』十)

무네치카는, 어머니가 안 계신 집에서 아버지와 자신의 옷을 지어 주는 등 집안일을 도맡아 하고 있는 "가정적인 여자"(六)인 이토코를 마음

45 이세자키(伊勢崎); 군마현(群馬県) 이세자키(伊勢崎) 지방에서 생산하는 직물.

속으로 아끼며 보살펴주고 있다. 뿐만 아니라, 대학을 졸업하고 외교관을 지망하고 있는 무네치카와 "학문은 없어도 진실에서 나오는 자신감이 있"(十六)으며 확실한 자기 의견을 가진 이토코는, 서로의 생각을 나누는 좋은 대화 상대이기도 하다.

> "오빠는 후지오 씨 같은 분을 좋아하죠?"
> "너 같은 사람도 좋아해."
> "나는 별도로 하고── 네, 그렇죠?"
> "싫지도 않아."
> "어머 숨기고 있네. 이상한데?"
>
> (중략)
>
> "후지오 씨는 안 돼요."
> "안 돼? 안 된다는 건?"
> "왜냐면 시집올 생각이 없는 걸요."
> "네가 묻고 온 거니?
> "그런 일을 실례되게 물을 수 있는 거예요?"
> "묻지 않아도 아는 거냐? 마치 무당 같네.── 네가 그렇게 턱을 괴고 반짇고리에 기대고 있는 모습은 천하의 절경이다. 누이지만 훌륭한 모습이야. 하하하하."
> "실컷 놀리세요. 남이 일부러 친절하게 말해주는 데." (『우미인초』十)

이토코는, "자아가 강한" 후지오가 "외교관 시험에 낙제하고도 조금도 부끄러워하지 않"고 "멋없는"(八) 무네치카를 싫어하기 때문에 자신의 오빠에게 시집 올 생각이 전혀 없다는 것을 알아채고 이를 귀띔해주고 있다. 그러나 숙부가 생전에 자신에게 금시계를 주겠다던 약속을 굳게 믿고 있는 무네치카는 이토코의 조언을 농담으로 받아넘기고, 얼마 지나지 않아 "후지오 씨를 아내로 얻으려고 생각한다."고 속마음을 털어놓는다. 그러자 이토코는 "하지만 후지오씨는 그만 두세요. 후지오 씨가 시집오고 싶어 하지 않으니까.", "오기 싫어하는 사람을 얻지 않아도 되잖아요? 다른 여자가 얼마든지 있는데."라며 만류한다.

드디어 외교관시험에 합격하여 곧 양행洋行하게 된 무네치카가, 떠나기 전에 결혼하라는 아버지의 재촉을 받고 "어차피 결혼해야 한다면 후지오 씨와 하겠어요. 외교관의 아내로는 그런 멋쟁이가 아니면 장차 곤란하니까."라고 말했다고 전하자 이토코는, "그 정도로 마음에 든다면 후지오 씨로 하세요.—여자를 보는 건 역시 여자 쪽이 잘하죠."라고 정색을 하며 핀잔을 준다. 그러나 무네치카가 후지오의 확답을 듣기 위해 담판을 짓고 오겠다고 하자 "물으려면 긴고 씨에게 물어보세요. 창피를 당하면 안 되니까."(이상 十六)라며 오빠의 자존심과 명예가 상처입지 않도록 마음을 쓰며 조언해준다.

한편, 무네치카도 누이동생 이토코의 가장 큰 고민을 해결해준다.

> "(전략) 이토야, 다시 묻는데 고노가 집을 나가든 말든, 재산을 주든 말든 너 고노에게 시집갈 생각은 있니?"
>
> (중략)
>
> "어때, 싫으냐?"
>
> "싫으냐니……." 라고 말하고 이토코는 갑자기 고개를 숙였다. 잠시 한에리半襟[46]의 무늬를 지켜보고 있는 듯 보였다. 얼마 안 되어 깜박거리는 눈썹에 달라붙어 한 방울의 눈물이 '뚝'하고 무릎 위에 떨어졌다.
>
> "이토야, 왜 그러니? 오늘은 날씨가 급변하는 것처럼 오빠를 당황하게만 만드는구나."
>
> 대답이 없는 입가가 다물어진 채 가운데가 움패어, 보고 있는 동안에 또 두 방울 떨어졌다. 무네치카는 부모에게서 물려받은 양복 주머니에서

46 한에리(半襟); 일본 옷 밑에 받쳐 입는 속옷의 깃 위에 걸치는 장식용 깃.

엉망진창인 손수건을 쑥 꺼냈다.

"자, 닦아."라고 말하며 이토코의 가슴 앞에 내민다. 여동생은 붙박이 인형처럼 가만히 움직이지 않는다. 무네치카는 오른 손으로 손수건을 내민 채, 조금 엉거주춤한 자세가 되어 아래에서 여동생의 얼굴을 들여다본다.

"이토야, 싫은 거니?"

이토코는 무언인 채 고개를 흔들었다.

"그럼 갈 생각이구나."

이번에는 고개가 움직이지 않는다.

(중략)

"저는 시집은 안 가요." 하고 말한다.

"시집은 안 가?" 하고 거의 무의미하게 되풀이한 무네치카는 갑자기 힘을 주어,

"농담하면 안 돼. 지금 싫지 않다고 말했잖아?"

"하지만 긴고 씨는 아내를 얻지 않을 거예요."

"그거야 물어보지 않으면……. 그래서 오빠가 물어보러 가는 거야."

"묻지 말아 줘요."

"왜?"

"왜든 그러지 말아요."

(중략)

"(전략) 묻는 건 싫다 치고, 만일 고노가 얻겠다고 말만 하면 가도 되겠지? — 뭐 돈이나 집은 어찌되든 상관없다. 무일푼의 고노에게 간다고 한다면 오히려 너의 명예다. 그거야말로 이토지. 오빠도 아버지도 이의를 말하지 않아……."

(중략)

"(전략) 그래서, 아까 얘기인데 오빠가 떠맡으면 되지?"

"무얼?"

"고노에게 묻는 것은 싫다고 말하고, 고노 쪽에서 너를 얻으러 오는 것은 언제가 될지 모른다고……."

"언제까지 기다린들 그런 일이 있겠어요? 나는 긴고 씨의 마음을 잘 알

고 있어요."

"그러니까 오빠가 떠맡는 거다. 반드시 고노에게 '응'이라고 말하게 할게." (『우미인초』十六)

즉, 무네치카는 이토코가 마음속으로 좋아하고 있는 긴고가 여자는 "결혼하면 변하"므로 이토코가 "결혼하는 것은 아깝다."(十三)며 결혼할 생각을 하지 않기 때문에 가슴앓이를 하고 있는 누이의 속마음을 헤아려, 자신이 책임을 지고 꼭 긴고가 이토코와 결혼하겠다고 말하게 만들어주겠다고 자청함으로써 결혼문제를 매듭짓는 것이다.

이처럼 무네치카와 이토코 남매는, 긴고 · 후지오 남매와는 달리 서로 농담도 주고받으며 놀려주기도 하고, 또 서로의 대화의 상대가 되어 속마음을 털어놓고 충고와 배려도 아끼지 않으며 친밀한 관계를 유지하고 있다. 이는 두 사람이 친 남매이면서도 어머니가 안 계신 탓에 이토코가 어머니의 역할을 하면서 아버지와 오빠의 뒷바라지를 하고 있어 더욱 끈끈한 가족애가 작용한 때문이라고 볼 수 있겠다.

2. 기능

1) 『무정』

『무정』에서 보이는 남매관계는 앞에서 살펴본 바와 같이 박영채와 김병욱의 경우가 대조적으로 나타나고 있는데, 이들 상반된 양상의 남매관계가 작품에서 어떻게 기능하고 있는지를 고찰해보도록 하자.

스토리가 진행되고 있는 현재, 박영채는 기생으로 지내면서도 마음속으로 그리워하며 만날 날을 기다리던 이형식과 7년 만에 재회하지만, 그 다음 날 그를 위해 지켜온 정조를 김현수와 배명식에게 유린당하여 삶의 목적을 잃게 된다.

부친과 두 형을 여읜 후, 이 몸이 세상에 믿을 이가 누구오리이까. 선생께서도 아시려니와, 이 몸이 의지할 곳이 어디오리이까. 아아, 하늘뿐이로소이다. 땅이 있을뿐이로소이다. 그리하고 세상에 있어서는 선생뿐이로소이다.

이 몸은 그로부터 선생을 위하여 살았나이다. 행여나 부평같이 사방으로 표류하는 동안에 그리고 그리던 선생을 만날 수나 있을까 하고 그것을 바라고 이슬 같은 목숨이 오늘까지 이어 왔나이다.

이 몸은 옛날 성인과 선친의 가르침을 지키어 선친께서 세상에 계실 때에 이 몸을 허하신 바 선생을 위하여 구태여 이 몸의 정절을 지키어 왔나이다. (하략)

그러나, 이 몸은 이미 더러웠나이다. 아아, 선생이시여, 이 몸은 이미 더러웠나이다. 약하고 외로운 몸이 애써 지켜 오던 정절은 작야에 수포水泡에 돌아가고 말았나이다. 이제는 이 몸은 천지가 허하지 못하고 신명이 허하지 못할 극흉 극악한 죄인이로소이다. 이 몸이 자식이 되어는 어버이를 해하고, 자매가 되어는 형제를 해하고, 아내가 되어는 정절을 깨트린 대죄인이로소이다. (후략) (『무정』五十)

위의 인용문은, 정조를 잃은 영채가 대동강에 몸을 던져 죽으려고 평양으로 가면서 이형식에게 써놓은 유서의 일부이다. 이를 보면, 지금까지 영채가 기생으로 온갖 고생을 하며 살아온 것이 생전의 아버지가 정해준 남편감인 이형식을 만나 결혼하기 위함임을 알 수 있다. 그런데 그를 위해 지켜온 정조를 더럽힌 영채는 '천지가 허하지 못하고 신명이 허하지 못할 극흉 극악한 죄인', '아내가 되어는 정절을 깨트린 대죄인'이 되었다고 생각하고, '성인과 선친의 가르침'대로 "어떤 사람에게 마음을 허하였다가 그 사람에게 몸을 바치기 전에 몸을 더럽혔으니 죽어 버리는 것이 의리"(九十)라는 신념하에 앞뒤 생각할 겨를도 없이 자살을 결심하고 평양행 기차에 몸을 싣는다. 비록 영채가 '성인과 선친의 가르침' 대로 생각하고 행동하는 "순결 열렬純潔熱烈한 구식 여자"(五十三)라고 하더라도, 만약 곁에서 지켜주는 가족이 있었다면 자살까지 할 생각은 하지 않았을 것이고, 또 자살하도록 내버려두지도 않았을 것이다. 그러나 태어나 두 달이 못되어 돌아가신 어머니는 물론, 아버지와 두 오빠도 자살로 세상을 떠나 가족이 아무도 없는 영채는 누구의 도움도 받지 못한 채 혼자서 괴로워하다가 자살을 택할 수밖에 없었고, 이를 실행하기 위해 평양행 기차를 타게 된다.

여기에서 주목해야 할 점은, 스토리의 진행상 영채가 반드시 평양행 기차를 타야 한다는 것이다. 그래야만 구여성 박영채와 방학을 맞아 귀향하는 신여성 김병욱과의 조우遭遇가 가능해지고, 기차 안에서 김병욱의 설득으로 영채가 자살을 단념하고 구여성에서 신여성으로 변모하는 일도 가능해지기 때문이다. 그러므로 절체절명絶體絶命의 위기를 맞은 영채의 곁에 가족이 아무도 없게 조형하여 고립무원孤立無援 상태에서 자살을 택하게 한 것은, 작가의 주도면밀한 계획에 의한 것임을 알 수 있다.

따라서 박영채와 오빠들과의 관계가 현재의 그녀에게는 아무런 영향도 미치지 못하는 과거 어린 시절에 형성된 것이고, 그것도 연령차가 많아 서로 대화의 상대가 되지 못할뿐더러, 전통적인 가치관을 가진 아버지에 의해 양육되면서 친밀하게 지낼 기회를 갖지 못해 소원할 수밖에 없었다는 것은, 영채가 어떤 가정환경에서 어떻게 성장하여 어떤 사고방식과 가치관을 가진 여성인가를 설명하기 위한 일환이라고 말할 수 있겠다. 어린 시절에 이루어진 박영채의 남매관계는 물론, 아버지와의 관계도 철저하게 유교적 윤리를 따르는 전통적인 것으로 되지 않을 수 없었던 이유가 여기에 있다고 하겠다.

반면, 김병욱과 병국 남매의 경우는 연인이나 부부사이를 방불케 할 정도로 친밀한데, 이는 그다지 나이 차가 없는데다, 가족 중에서 두 사람만이 신문명을 수용하여 세상이 어떻게 변천했는지를 이해하고 있어 정신적인 교류가 가능하며, 또 부부관계가 좋지 않은 병국이 아내 대신 누이에게서 '정신적인 위안'을 찾으려했기 때문임은 앞에서 이미 서술했다.

그렇다면 동시대를 살고 있는 두 여성의 남매관계가 이토록 상반되게 나타나는 것은 무엇 때문일까? 더구나 19세[47]인 박영채가 김병욱을 형님이라 부르고 있는 것으로 보아 병욱이 영채보다 연상임을 알 수 있는데, 병욱보다 어린 영채의 남매관계가 병욱의 경우와는 달리 구시대적인 관계를 보이는 것은 어째서일까?

이에 대한 답은, 작가가 밝히고 있는 『무정』의 집필 의도를 보면 쉽게 추출해낼 수 있을 것이다. 춘원은, 앞에서 이미 밝힌 바대로 회고문 「多難한 半生의 途程」에서 "내가 ‹무정›을 쓸 때에 의도로 한 것은 그 시대의 조선청년의 이상과 고민을 그리고 아울러 진로에 한 암시를 주자는 것이었다."[48]고 말하고 있다. 조선청년의 '고민'이 전통적인 가치관과 사고방식, 종래의 조혼早婚제도와 남존여비 사상에서 비롯되고 있어 이에서 탈피해야함은 물론, 여성도 낡은 사상의 속박에서 벗어나 자주적이고 적극적으로 자신의 삶을 개척해가고, 나아가 여권女權을 존중하여 자유연애를 통한 결혼을 고취하여 '진로에 한 암시를 주'려고 한 것이라고 하겠다.

따라서 이러한 작가 의도를 구현시키는 역할을 담당하도록 조형된 김병욱은, 작가가 이상理想으로 생각하고 있는 삶을 살아가는 신여성이어

47 박영채는 이형식에게 남긴 유서에서 "이 몸은 가나이다. 십 구년의 짧은 인생을 슬픈 눈물과, 더러운 죄로 지나다가 이 몸은 가나이다."(五十)라고 쓰고 있다.
48 주19 참조.

야 하는데, 이를 위해서는 그녀의 생각과 삶의 방식을 이해하여 그런 삶을 살 수 있도록 도와주는 가족이 필요했던 것이다. 그러므로 신문명의 세례를 받은 같은 세대의 오빠와 친밀한 관계를 유지하게 하여, 구시대의 완고한 아버지의 반대를 물리쳐줌으로써 병욱이 신여성으로서의 삶을 영위할 수 있도록 도와주고 있는 것이다. 미혼인 병욱이 새로운 사상과 문명을 적극적으로 수용하여 그 신념에 따라 살아가려고 해도, 구시대를 대표하는 아버지의 반대를 피할 수는 없었을 테고,[49] 이런 아버지를 상대로 싸워서 이길 수 있는 사람은 가족 중에서 장남 밖에는 없었던 것이 당시의 보편적인 상황이었기 때문이다.

남존여비 사상이 지배하는 가부장제하에서 어머니는 아들보다도 영향력을 행사할 수 없는 존재였지만, 김병욱의 어머니는 "다정하고 현숙한 부인"(九十一)으로서 "특별한 의견은 없으되 흔히 아들에게 찬성"하여, "완고하고 무식하고 세상이 어떻게 변천하는지를 모"(이상 九十三)르는 아버지로부터 미움을 사면서도 병욱의 든든한 후원자가 되어주었다. 이러한 조력자들(오빠와 어머니)이 있었기에 여권과 자유연애를 신봉하는 김병욱이 자신의 신념대로 신여성의 삶을 살아감은 물론, 전통적인 윤리관에 사로잡혀 자살하려던 구여성 박영채의 사고방식과 인생관을 바꾸어, 자주적이고 적극적으로 자신의 삶을 개척해가는 신여성으로 변모시키는 일을 할 수 있었던 것이라 하겠다.

49 가부장제하에서 가장(호주)은 가족에 대하여 부양의 의무를 지는 대신, 가족에 대한 모든 권한을 갖고 있었고, 특히 여성에게는 '삼종지도(三從之道)'를 지키도록 강요했으므로, 미혼인 병욱이 전통적인 사고방식의 소유자인 아버지의 뜻에 반(反)하여 신여성으로 살아가려 한다면 반대와 간섭을 받지 않을 수 없는 것이다.

2) 『우미인초』

『우미인초』에서 보이는 두 남매관계도 『무정』에서처럼 상반된 양상을 보이고 있는데, 이들의 경우는 어떻게 기능하고 있는지 살펴보도록 하겠다.

고노 긴고와 후지오는 이복 남매이기 때문에 근본적으로 관계가 좋을 수 없는 사이인데다, 결혼 적령기의 남매를 남겨두고 아버지가 갑자기 사망함으로써 유산상속에 결혼문제가 결부되어 이들의 관계는 스토리의 진행에서 중요하게 기능하고 있다.

즉, 후지오는 아버지가 갑작스럽게 사망하지 않았다면 아버지의 뜻에 따라 무네치카와 결혼했을 것이고, 훗날 아버지의 사후에 출가외인인 그녀가 유산을 넘보는 일은 없었을 것이다. 물론 스토리가 진행되고 있는 현재도 법률상으로는 장남인 긴고가 고노가의 유일한 상속자이기 때문에 후지오가 아직 결혼하지 않았어도 유산을 받을 자격은 없다. 그러나, 미망인이 된 어머니는 남편이 없는 노후를 까다로운 전실 자식인 긴고에게 의탁하기보다는, 유산을 친딸인 후지오에게 주고 데릴사위를 얻어 그들과 함께 마음 편히 지내기를 원하고 있다. 그래서 결혼할 의사가 없는 긴고에게 빨리 결혼하여 집안을 이어가라고 재촉함으로써 그로 하여금 재산을 포기하도록 유도한다. 결국, 긴고는 자신은 병약해서 결혼하여 어머니를 모실 수가 없으므로 재산을 후지오에게 넘겨줄 테니 어머니를 모시라고 선언하는데, 이러한 결론에 이르기까지 긴고는 후지오 모녀와 재산을 둘러싼 심리전을 펼칠 수밖에 없다. 표면적으로는 타인에게 비난받지 않도록 체면을 지키는 말을 하면서 모녀끼리는 끊임없이 긴고를 비난하며 은밀히 유산을 후지오에게 독점시키려는 계모의 책략을 간파한 긴고는, "내 쪽이 어머니보다 높다. 현명하다. 이치를 알고 있지. 그리고 내 쪽이 어머니보다 선인善人"이라며 "있으면 있을수록 골칫거리"인 재산을 후지오에게 모두 넘겨주고 "본래의 무일푼에서 다시 시작"(이상 十七)하려고 한다.

이러한 남매관계가 스토리에서 중요하게 기능하는 것은, 후지오·오노·어머니의 이해관계가 서로 부합하기 때문에 이들의 목적을 이루기 위해 반드시 필요한 재산을 둘러싸고 긴고와 후지오·어머니는 필연적으로 대립하게 되어, 소설의 구조를 복잡하게 만들면서 스토리에 리얼리티를 부여해주기 때문이다. 즉, 시詩를 이해하는 후지오는, 아버지가 사윗감으로 정해놓은 무네치카가 외교관시험에 떨어지고도 분발하지 않으며, "멋없는 사람"(八)이어서 싫어한다. 그리고 그를 "길들이는 것은 후지오라 하더라도 곤란하"기 때문에, "자아가 강한" 그녀는 "사랑을 하기 위해"(이상 十二) "고상한 시인"이며 "온후한 군자"이고 "정중하고 친절하고 공부 잘하는 훌륭한 사람"(이상 十五)인 오노를 선택했다. 그런데 오빠 긴고는, 이러한 자신의 뜻에 반反하여 아버지의 유지대로 무네치카와 결혼하기를 권하므로 그에게 더욱 반감을 갖고 무시하는 한편, 어머니와 합심하여 오빠의 재산을 차지하기 위한 암투를 벌이게 되는 것이다.

천애고아지만 수재로 목하 박사논문을 집필하고 있는 오노는, 미모에 재산가의 딸인 후지오에게 끌려 그녀와 맺어지기를 희망한다. 후지오와의 결혼이야말로 자신의 사회적인 신분상승의 첩경이기 때문이다. 후지오가 오노에게 결혼을 약속한 사요코가 있음에도 불구하고 결혼하려는 것은, 그녀의 사랑은 "고집이 없"는 "오노씨가 아니면 안 되기"(이상 十二) 때문이고, 오노가 지난 날 자신을 돌보아준 은사의 딸인 사요코와의 결혼약속을 파기하고 후지오와 결혼하려는 것은, 자신의 야망을 이루기 위해서다. 이처럼 두 사람은 자신들의 공리功利를 추구하기 위해 서로 필요한 존재인 것이다.

여기에 전형적인 공리의 여자인 어머니가 가세하여 두 사람의 결혼을 위한 배려와 노력을 아끼지 않는다. 즉, 후처인 어머니는 전술한 바와 같이 노후를 친딸인 후지오에게 의탁하여 마음 편히 지내려는 욕심으로, 남편의 유지를 거스르면서까지 후지오와 오노를 맺어주려고 부심하는 것이다. 남편이 사윗감으로 생각했던 무네치카는, "학문도 아무 것도 잘하지 못하는 주제에 큰 소리만 치"는(八) 장래성이 없는 청년인 데다, "무네치카가를 이어가야 할"(十) 장남이어서 데릴사위로 데려올 수가 없다. 그에 반해, 후지오가 좋아하는 오노는, 고아이므로 데릴사위로 데려오는 데에 아무런 문제가 없을 뿐만 아니라, 장래가 촉망되는 청년이어서 사윗감으로 최적이라 생각했기 때문이다.

이처럼 후지오와 오노와의 결혼은, 세 사람의 원망願望을 이루는 길이기 때문에 이를 성취하기 위해 후지오는 아버지의 뜻을 거역하고 오노를 선택하여 사요코에게서 그를 빼앗으려 하고, 오노는 은사의 '호의好意' '덕의德義' '인정人情'을 저버리고 사요코와의 결혼약속을 파기하려 하고, 어머니는 긴고의 재산을 후지오에게 주어 오노와 결혼시키려고 각자 나름대로 분투奮鬪한다.

『우미인초』의 스토리는, 마지막에 오노가 무네치카의 설득으로 마음을 바꿔 사요코를 선택하고, 무네치카에게도 청혼을 거절당하여 자존심을 유린당한 "아집의 여자"(十二) 후지오가 격노하여 분사憤死함으로써 작가의 철학, 즉 "하나의 이론セオリ"[50]을 설명[51]하도록 구성되어 있는데,

50 소세키는, 고미야 도요타카(小宮豊隆)에게 써 보낸 편지(1907년 7월 19일자)에 "마지막에 철학을 적는다. 이 철학은 하나의 이론(theory)이다. 나는 이 이론을 쓰기 위해 전편(全篇)을 쓰고 있다."고 적고 있다.(『漱石全集』 第28卷, 岩波書店, 1956, p.209.) 단, 『우미인초』에서의 작가의 철학, 즉 '하나의 이론'의 내용에 대해서 구체적으로 언급하는 일은 작품 전체와 관련지어 설명해야 하는 문제로, 독립된 한 편의 논문으로 다루어야할 주제이기 때문에, 가족관계의 양상과 기능을 고찰하는 것을 목적으로 하는 본서에서는 그 내용을 구체적

긴고와 후지오의 남매관계는, 이러한 구성에 의한 사건 전개를 가능케 하고 복잡하게 만드는 요소로서 스토리가 리얼리티를 갖도록 기능하고 있다고 말할 수 있겠다.

한편, 무네치카 하지메와 이토코는 농담도 주고받으며 놀려주기도 하고 또 서로의 대화의 상대가 되어 속마음을 털어놓고 충고도 아끼지 않는 등, 그 친밀한 관계가 『무정』에서의 김병국·병욱 남매의 경우와 매우 유사하다. 일례一例로 이토코가, 후지오와 결혼하고 싶어 하는 오빠에게 그와 결혼할 마음이 없는 그녀와의 결혼을 만류하는 것은, 김병욱이, 박영채를 연모하여 괴로워하는 오빠에게 그녀를 이성이 아닌 '동생으로 알고 늘 사랑해 주'라고 당부하며 동경으로 데려감으로써 그가 고뇌에서 벗어나도록 도와주던 것을 연상케 한다. 뿐만 아니라, 이들 남매관계가 작품에서 수행하는 기능까지도 닮았다.

『무정』에서 작가 의도를 직접적으로 구현하는 인물은 김병욱이다. 김병욱이 여권과 자유연애를 신봉하여 자신의 신념대로 신여성의 삶을 살아감은 물론, 전통적인 윤리관에 사로잡혀 자살하려던 구여성 박영채의 사고방식과 인생관을 바꾸어, 자주적이고 적극적으로 자신의 삶을 개척해가는 신여성으로 변모시키는 일, 즉 작가 의도를 구현시킬 수 있었던 것은, 그녀를 이해하는 오빠가 아버지의 반대를 막아주며 강력하게 도와주는 데다 어머니도 힘을 보태주었기 때문에 가능했다는 것은 전술한 대로다. 이에 반해 『우미인초』에서는 무네치카 하지메가 김병욱과 같은 역할을 하고 있다.

무네치카는, 이토코와 서로의 속마음을 털어놓고 상의할 뿐만 아니라

으로 다루는 일은 유보하였음.

51 소세키는, 작가의 의도를 구현하기 위해 후지오를 "안 좋은 여자", 시적(詩的)이긴 하지만 덕의심(德義心)이 결핍된 여자"(주50의 책, pp.208-209)로 조형하여 결국 죽음에 이르게 했다.

서로를 아끼며 배려해주는 사이좋은 남매이자, 평소 아버지와도 자주 대화하면서 부자가 서로 이해하고 있어 가족 모두와의 관계가 원만하다. 그래서 그가 아버지에게 자신이 결혼하기를 원하는 후지오를 아내로 줄 건지 말건지 혼자서 고노와 확실하게 담판하고 오겠다고 말하자 아버지는, "응, 자신의 일을 자신이 해결하는 것은 멋진 일이다. 한 번 해보는 게 좋아."라며, 아들을 믿고 용기를 준다. 무네치카가 외교관시험에 떨어져도 태연하고, 후지오가 자기를 싫어하는 줄 알면서도 "외교관의 아내는 그런 하이칼라가 아니면 앞으로 곤란하다."(이상 十六)는 생각을 관철시키기 위해, 외교관시험에 합격하자 후지오의 망부亡父와의 약속에 의거하여 그녀의 결혼 의사를 확인하는 등, 자신의 생각대로 행동하는 것은 자신을 신뢰하여 이해해주고 배려해주고 격려해주는 누이와 아버지가 있기 때문이다. 『무정』에서의 김병욱에게 오빠와 어머니가 있었던 것과 동일하다.

결국, 무네치카는 자신의 신념에 따라 자기 남매의 결혼문제를 해결함은 물론, "인간은 일 년에 한 번 정도 진지하게 되지 않으면 안 되는 경우가 있다."(十八)며 오노에게 진지해져라 즉, 도의를 알라고 설득하여, 자신의 잘못을 깨닫고 뉘우친 오노가 사요코와 결혼하기로 결심하고 이 사실을 후지오 앞에서 밝힘으로써 도의를 무시한 후지오를 죽음에 이르게 하여 '하나의 이론'을 설명하려는 작가 의도를 구현하도록 기능하고 있다.

지금까지의 고찰을 통해 두 작품에서의 두 형제(남매)관계는 각각 서로 상반된 양상을 보이고 있고, 이러한 관계가 작가 의도를 자연스럽게 구현시키고 소설의 사건 전개를 보다 복잡하게 하며 스토리에 리얼리티를 부여하도록 기능하고 있음을 알 수 있는데, 이를 요약 정리하면 다음과 같다.

『무정』에서 작가의 집필 의도를 구현시키는 역할을 하는 김병욱은, 춘원이 이상으로 생각하고 있는 삶을 살아가는 신여성이어야만 한다. 그러나 여성에 대한 인식과 대우가 열악했던 시대에 미혼 여성이 독자적으로 신여성의 삶을 영위하기는 매우 어려웠기 때문에, 신여성의 생각과 삶의 방식을 이해하여 그러한 삶을 살 수 있도록 도와주는 조력자가 필요했다. 김병욱에게 신문명의 세례를 받은 같은 세대의 오빠가 있어 친밀한 관계를 유지하며 구시대의 완고한 아버지의 반대를 물리쳐주는 이유가 여기에 있었던 것이다.

반면, 박영채와 오빠들과의 관계가 현재의 그녀에게는 아무런 영향도 미치지 못하는 과거 어린 시절에 형성된 것이고, 그것도 연령차가 많아 서로 대화 상대가 되지 못할뿐더러, 전통적인 가치관을 가진 아버지에 의해 양육되면서 친밀하게 지낼 기회를 갖지 못해 소원할 수밖에 없었던 것은, 그녀는 김병욱에 의해 신여성으로 바뀌어야할 대상이었기 때문이다. 따라서 여권과 자유연애를 신봉하는 김병욱은 자신의 신념대로 신여성의 삶을 살아감은 물론, 전통적인 윤리관에 사로잡혀 자살하려던 구여성 박영채의 사고방식과 인생관을 바꾸어, 자주적이고 적극적으로 자신의 삶을 개척해가는 신여성으로 변모시킴으로써 작가 의도를 구현시키고 있다.

요컨대, '그 시대의 조선청년의 (중략) 진로에 한 암시를 주자'는 『무정』의 집필 의도는, Ⅰ절에서 고찰한 박영채와 아버지와의 전통적인 '부모자식관계'와, 전통적인 윤리관과 여성관, 조혼제도의 폐해의 심각성을 부각시킨 Ⅱ절의 '부부관계'와 함께, 구여성 박영채가 신여성으로 변모하는 모습을 자연스럽게 만들어주기 위한 상반된 '형제관계'를 통해, 근대적인 결혼관과 여성관, 자유연애를 고취시키는 일로 구현되고 있다.

이복 남매로 근본적으로 관계가 좋을 수 없는 고노 긴고와 후지오의

남매관계는, 스토리의 진행에서 매우 중요하게 기능하고 있다. 상술하면, 이해관계가 서로 부합하는 후지오·오노·어머니에게 반드시 필요한 재산을 둘러싸고, 긴고는 그의 재산을 후지오에게 주어 오노와 결혼시키려고 부심하는 어머니와는 물론 후지오와도 필연적으로 대립하게 되고, 후지오는 아버지의 뜻을 거역하고 오노와 결혼하려 하고, 오노는 야망을 위해 사요코와의 결혼약속을 파기한다. 그러나 마지막에 오노가 무네치카의 설득으로 마음을 바꿔 사요코를 선택하고, 무네치카에게도 청혼을 거절당하여 모욕을 당한 후지오가 분사憤死한다. 소세키는, 자신들의 공리를 추구하기 위해 인생의 제1의第一義인 도의道義를 저버리는 일을 마다하지 않는 무리의 대표로 후지오를 설정, 그녀를 죽임으로써 작가의 철학, 즉 '하나의 이론セオリ'을 설명하고 있다. 긴고와 후지오의 남매관계는, Ⅰ절에서 고찰한 '부모자식관계'와 더불어 이러한 구성에 의한 사건 전개를 가능케 하고 복잡하게 만드는 요소로서 스토리가 리얼리티를 갖도록 기능하고 있다고 말할 수 있겠다.

한편, 무네치카 하지메와 이토코의 친밀한 관계는 『무정』에서의 김병국·병욱 남매의 경우와 매우 유사할 뿐만 아니라, 이들이 작품에서 수행하는 기능까지도 닮았다. 전술한 바와 같이 『무정』에서 작가 의도를 직접적으로 구현시키는 인물은 김병욱인데, 『우미인초』에서는 무네치카가 이러한 역할을 하고 있다. 그가 자신의 생각대로 행동하는 사람이 될 수 있었던 것은, 어머니가 안 계신 집에서 자신의 뒷바라지를 해주는 이토코와 사이가 좋을 뿐만 아니라, 평소 아버지와도 자주 대화를 나누며 서로 이해하고 신뢰하고 있기 때문이다. 즉, 김병욱에게 오빠와 어머니가 조력자로 있었던 것처럼 그를 신뢰하여 이해해주고 배려해주고 격려해주는 누이와 아버지가 있었기에 가능했던 것이다. 따라서 그 역시 김병욱처럼 자신의 신념에 따라 행동함은 물론, 도의를 저버리고 야망을 이루려는 오노를 설득하여 결국 후지오를 죽음에 이르게 함으로써 '하나의 이론' 즉 "인생의 제1의는 도의에 있다는 명제命題를 뇌리에 수립"(十九)하려는 작가 의도를 구현시키고 있다.

일반적으로 형제관계는 장남과 차남으로서의 관계를 묻는 경우가 많다.[52] 그것은 가부장제하에서 가장의 역할을 하는 장남은, 가독 상속권자로서 어릴 때부터 특별대우를 받으며 자라기 때문에 다른 형제들은 상대적으로 피해의식을 갖게 되고, 특히 유산상속 문제에서는 형제간의 대립과 충돌을 피하기 어렵기 때문이다. 그런데, 『무정』과 『우미인초』에는 형제관계가 아닌 남매관계만이 등장한다. 이는 두 작품의 작가 의도와 밀접한 관계가 있다고 하겠다. 두 작품 모두 결혼을 앞둔 청춘남녀의 얽히고설킨 사랑 이야기를 통해서 춘원은 '그 시대의 조선청년의 이상과 고민을 그리고 아울러 진로에 한 암시를 주자' 했고, 소세키는 '하나의 이론'올 설명하러 했기 때문이다. 사랑과 결혼, 그리고 이와 관련된 '도의'문제를 다루는 데는 형제관계보다는 남매관계가 더 적합하기 때문이다.

52 『도련님(坊つちやん)』의 ‹나(おれ)›와 형, 『그 후』의 다이스케(代助)와 형 세이고(誠吾), 『문』의 소스케(宗助)와 동생 고로쿠(小六), 『행인』의 이치로(一郞)와 동생 지로(二郞), 『노방초』의 겐조(健三)와 형 조타로(長太郞) 등의 경우가 그 예이다.

제3장

『재생再生』과 『그 후それから』

『재생』[1]은 「동아일보」(1924. 11. 9～1925. 7. 28)에 218회에 걸쳐 연재된 춘원의 네 번째로 완결된 장편소설[2]로, 발표 당시에는 독자에게 크게 환영 받았지만[3] 작품의 통속성[4] 때문인지 곧 잊혀지게 되어 다른 장편소설에 비해 논자들의 관심은 많이 끌지 못했다.[5] 그러나 이 작품은 춘원

1 『재생』과 『그 후』는 작품 간에 사실적 영향 관계가 있는 것은 아니지만, 작품의 구도가 사랑하는 사람을 두고 다른 남성과 결혼한 여자 주인공이 남편과의 불행한 부부관계 속에서 옛날에 사랑하던 사람(남자 주인공)을 그리워하거나, 재회하여 전개하는 삶의 양상을 한 축(軸)으로 하여 작가 의도를 구현하도록 되어 있다는 점에서 유사성을 갖고 있다. 그러므로 두 작품의 비교 연구는, 원칙적으로는 "작가나 작품간의 직접적인 관계가 없는 문학 현상을 대상으로 그 유사성을 대비하는 일반 문학적 방법"(金澤東, 『比較文學論』, 새문社, 1984, p.53)에 의한 것이라고 하겠으나, 춘원이 회고록(李光洙, 「多難한 半生의 途程」, 『李光洙全集』第14卷, 三中堂, 1964, p.400)에서 그 스스로 일본 유학중 많은 소세키의 작품을 애독하였다고 밝히고 있어, 소세키의 영향을 직간접적으로 받았을 개연성이 많다는 것은 널리 알려진 사실이다.

2 춘원은 첫 번째 장편인 『무정(無情)』에 이어 『개척자(開拓者)』, 『선도자(先導者)』, 『허생전(許生傳)』, 『금십자가(金十字家)』를 발표했는데, 『선도자』의 하편은 총독부의 검열로, 『금십자가』는 춘원의 개인 사정으로 중단된 후에 쓴 것이 『재생』이다.

3 김동인(金東仁)은, "이 『재생』이 「동아일보」상에 연재될 때에 얼마나 많은 학생(그 중에서도 여학생)이 신문 배달부를 마치 정인(情人)이나 기다리듯 기다렸으며, 서로 소설의 전개를 토론하며 슬퍼하고 기뻐하였던가? 그만치 전 조선의 청년 남녀에게 공전(空前)의 환영을 받은" 작품이라고 말하고 있다. 金東仁, 『春園研究』, 春潮社, 1956, p.68.

4 김동인은 "플럿트를 꾸미는 데 있어서 너무도 흥미 일방으로 만든 것과 취급된 문제가 너무도 『금색야차(金色夜叉)』식이기 때문에 통속소설의 비방은 면치 못"(주3의 책, p.78)한다고 말했고, 사에구사 토시카쓰(三枝寿勝)는 "한갓 흥미 본위의 통속소설로 간주할 수밖에 없는 작품"(三枝寿勝, 「『再生』의 뜻은 무엇인가」, 연세대학교 국학연구원 편, 『춘원 이광수 문학연구』, 국학자료원, 1994, p.215)이라고 말하고 있다.

5 춘원문학에서 집중적으로 논의된 장편은 『無情』, 『흙』, 『사랑』 등이다.

이 『무정』 이후에 처음으로 쓴 본격적인 장편소설로, "『무정』에서 『재생』과 『흙』과 『사랑』으로 이어지는 춘원문학의 4대 작품 중의 하나에 해당되는 중요한 작품이다."[6]

『재생』에 대한 연구는, 김동인이 "이 소설은 소설 속의 몇 개의 인물의 행장기行狀記이지 그것이 합쳐서 한 개 인생을 보여 주지 못하였다."[7]고 혹평한 것 외에, 한국에서 기독교적 생활 관념을 처음으로 가장 잘 보여준 작품[8], 민족의 타락상에 대한 고발이며 그것을 통한 경각심을 촉구한 소설[9], 인간의 가치를 정신적이고 민족주의적인 봉사로 향상시키려는 종교적인 차원의 소설[10], 춘원의 기독교적 인생관을 대변한 작품[11]이라는 등, 다양한 해석이 있으나 가족관계에 대하여 논의된 것은 눈에 뜨이지 않는다.

『그 후それから』는, 메이지明治 42(1909)년 6월 27일부터 10월 14일까지 110회에 걸쳐 동서東西의 「아사히朝日신문」에 연재된 작품으로, 소세키의 전기 3부작의 두 번째 작품으로 알려져 있다.

『그 후』에 대한 연구는, 주로 연애(사랑)를 코드로 하여 나가이 다이스케長井代助의 감정이나 미치요三千代와의 만남의 상황 등에 초점을 맞춘 것[12]이 주류를 이루고 있고, 간혹 가족관계에 착목하여 종래와는 다른 시각에서의 연구 성과를 거둔 것[13]도 보인다. 그러나 가족구성원 전반에

6 金允植, 『李光洙와 그의 時代』3, 한길사, 1986, p.81.
7 주3의 책, p.98.
8 田大雄, 「春園의 作品과 宗教的 意義」, 『東西文化』1, 啓明大學校 東西文化硏究所, 1967, p.32. 참조.
9 李炯基, 「再生」·「麻衣太子」, 『李光洙全集』第2卷, 三中堂, 1974, pp.646-650. 참조.
10 尹弘老, 『韓國近代小說硏究』, 一潮閣, 1980, pp.81-94. 참조.
11 趙演鉉, 『韓國現代文學史』, 成文閣, 1993, p.175. 참조.
12 猪野謙二, 「『それから』の思想と方法」, 『岩波講座 文学の創造と鑑賞』1, 岩波書店, 1954. 越智治雄, 「『それから』論」, 『日本近代文学』5, 1966. 浜野京子, 「‹自然の愛›の両儀性 –『それから』における‹花›の問題–」, 『玉藻』1, 1983. 大岡昇平, 「姦通の記号学–『それから』『門』をめぐって–」, 『群像』, 1984. 등이 있다.

걸친 연구는 역시 찾아보기 어려운 실정이다.

『재생』과 『그 후』를 비교 연구한 논문으로는 「나쓰메 소세키 『그 후』와 이광수 『재생』－문명개화를 중심으로－夏目漱石『それから』と李光洙『再生』－文明開化を中心として－」[14]가 있는데, 이것은 문명개화를 중심으로 비교한 것이다. 따라서 가족관계에 대한 선행논문은 전무하다고 말할 수 있겠다.

본서에서는 『무정』의 속편[15]이라 평해지는 『재생』과 『그 후』에서 보이는 등장인물의 가족관계를 구성원별(부부 · 부모자식 · 형제관계)로 나누어, 그 관계 양상을 추출한 후 이들이 작품의 구조, 사건 전개, 작가 의도 등에 어떻게 기능하는지를 비교 고찰하여 두 작품에 대한 이해를 확대 심화시키고자 한다.

Ⅰ 부부관계

1. 양상

1) 『재생』

『재생』에 등장하는 부부로는, 백윤희와 첩妾 김순영金淳英, 백윤희와 본처, 명선주와 윤 변호사, 김순기 부부, 김순흥 부부, 김 박사 부부, 김연오 부부 등이 있으나, 김순기, 김 박사, 김연오 부부는 『재생』에서 보이

13 石原千秋, 「反=家族小説としての『それから』」, 『東横国文学』19, 1987. 佐々木充, 「『それから』論－嫂という名の‹母›－」, 『国語と国文学』, 1989. 등.

14 李美正, 「夏目漱石『それから』と李光洙『再生』－文明開化を中心として－」, 『広島大学大学院 教育学研究科紀要』 第2部 (文化教育開発関連領域)第51号, 2002.

15 김윤식은, 춘원이 『재생』을 연재하면서 말한 작가 의도가 "벌거벗은 조선의 강산과 조선의 운명을 맡았다는 젊은 남녀를 그리려 했"던 『무정』의 의도와 조금도 다르지 않다. 두 작품의 차이는 "『무정』은 3 · 1운동을 3년 앞둔 '1917년 전후의 조선 남녀를 그리고자' 하였다면 『재생』에서는 3 · 1운동이 지난 3년 후의 '조선의 남녀를 그리고자' 한 점이다. (중략) 그러기에 『재생』은 어떤 의미로는 『무정』의 속편이다."라고 말하고 있다. 주6의 책, p.817.

는 부부관계의 양상을 파악하는 데 있어서 차지하는 비중이 미미하기 때문에 고찰의 대상에서 제외했다.

우선, 고찰하려는 부부 중에서 가장 중심이 되는 여자주인공 김순영과 그 남편 백윤희가 창출하는 부부관계의 양상을 파악하기 위해 이들이 결혼하게 된 경위부터 살펴보겠다.

20세의 얼굴 예쁘고 피아노도 잘 치는 이화학당의 여학생 순영은, 기미년己未年 만세운동 때 셋째 오빠 순흥과 그 친구 신봉구申鳳求와 함께 독립운동을 하면서 봉구와는 서로 정다움을 느끼는 사이가 된다. 그러다 모두 붙들려가서 두 달 만에 먼저 나온 순영은, 감옥에서 오직 자기만 생각하고 있는 봉구의 존재를 거의 다 잊어버리고 만다. 순영은 40대의 백만장자 백윤희의 유혹에 넘어가 동래 온천에서 순결을 잃고 괴로워하지만, 여름방학에는 원산에 가서 그와 부부생활을 한 후 기숙사에 돌아와 유쾌하게 지내면서 크리스마스 임박해서는 결혼식을 거행하기로 한다. 이즈음 감옥에서 나온 봉구와 재회한 순영은, 함께 석왕사釋王寺로 놀러가서 뜨거운 사랑을 퍼붓는 순진한 봉구에게 적극적인 사랑의 감정을 고백하지만, 한 달도 되지 못하여 학교를 퇴학하고 윤희와 결혼하게 된다. 결혼 전날, 봉구를 찾아가 결혼한다는 말을 하고 뛰쳐나와 그에 대한 미안함과 그가 복수할 것에 대한 두려움으로 잠을 이루지 못한 순영은, 다음 날 윤희와 혼인예식을 올리고 결혼생활을 시작한다.

> (전략) 마침내 백이,
> "어디가 편치 않소?"
> 하고 근심스러운 듯이 순영에게 묻게 되었다.
> "아니요, 좀 피곤해서."
> 하고 말을 흐려 버리고 말았으나 거울에 비치는 자기의 얼굴을 보더라도 <u>십여 일 내에 퍽 수척한 빛이 보인다.</u>

"겨울을 타오? 온천이나 가려오?"

하고 백은 순영의 속도 모르고 친절히 물어 주었으나,

"아니야요, 관계치 않아요."

하고는 두근거리는 가슴이 남편의 눈에 뜨일까봐서 두 겹으로 애를 태웠다. (『再生』上篇:126)[16]

이것은, "동대문 밖 궁궐 같은" 집에서의 단꿈과 같아야 할 신혼 생활이 도리어 바늘방석에 누운 것 같아 노심초사하여 수척해진 순영을 보고 남편이 염려하여 배려해주고 있는 장면인데, 그동안 손에 넣으려고 애썼던 순영을 첩으로 맞아들인 윤희로서는 그녀가 신혼 생활에 행복해 하는 모습은 보이지 않고 도리어 수척해져가는 것을 보고 걱정이 되지 않을 수 없었을 것이다.

반면 순영은, 봉구에 대한 무서움과 근심, 즉

찾아 오면 어찌하나, 백에게나 자기에게 여러 가지 말을 쓴 편지를 하면 어찌하나, 또는 자기를 잃어버린 것을 비관해서 봉구가 유서를 써 놓고 자살이나 하면 어쩌나, 자살한 뒤에 그 유서가 나와서 각 신문에 그와 자기와의 관계가 탄로가 되면 어쩌나, 지금 세상에 그럴 리는 없겠지마는 자살한 봉구의 영혼이 자기 곁을 떠나지 아니하고 못 견디게 굴면 어찌하나. (『再生』上篇:126)

등등의 염려로 밤잠도 제대로 이루지 못하는 데다, 이러한 자신의 비밀을 남편에게 들킬까봐 이중으로 애를 태우고 있다.

이처럼 봉구를 배신하고 윤희와 결혼한 날부터 봉구에 대한 두려움에

16 李光洙, 『李光洙全集』第2卷, 三中堂, 1963. 인용문 끝의 아라비아숫자는 책의 페이지를 나타내고, 밑줄은 인용자에 의함.

서 벗어날 수 없는 순영은, 남편과의 관계에서도 항상 봉구를 의식하여 "남편이 좀 늦게 들어 와서 좀 불쾌한 빛을 보여도, ‹봉구를 만난 것이나 아닌가.›"(下篇:164) 하여 전전긍긍한다. 봉구로 인한 이 떠나지 않는 근심에다 남편의 과도한 건강과 음욕은 순영의 심신을 지치게 하여, 건강하던 그녀를 불과 반년 동안에 병자처럼 만들어 버렸다.

> 만일 몸이 아픈 것을 핑계로 남편을 한번만 거역하면 남편은 반드시 그 이튿날에는 밖에서 잤다. 기생집에도 가 자는 모양이나 간혹 본마누라 집에도 가서 자는 모양이다. 본마누라에게서도 한 달 전에 딸 하나를 낳았기 때문에 순영은 자기 몸이 못 견딜 지경이라도 남편의 요구를 거절하지 못하였다. 백은 순영이에게 성욕의 만족 밖에 구하는 것이 없었다. 그는 아무 때에라도 나갔다가 집에 들어 오기만 하면 순영을 껴안았다. 혹 순영이가 피아노를 치면 그런 것은 듣기 싫으니 그만 두라고 소리를 질렀다. 나반 순영이의 봄뚱이를 끼고만 앉았으면 그만인 듯하였다.
>
> (『再生』下篇:164)

남편 윤희는, 순영을 아내로서 사랑하고 존중하고 인격적으로 대하는 것이 아니라 성욕을 만족시키기 위한 대상으로만 인식하고 취급하고 있기 때문에 이들 사이에 사랑, 배려, 존경, 신뢰 같은 것은 존재하지 않는다.

그뿐만이 아니다. 순영은 으리으리하고 화려한 집에서 안방을 차지하고 살고는 있지만, 남편은 그녀에게 경제권도 주지 않는다.

> 돈! 백에게 돈이 많이 있으면 무엇하랴. 순영은 일찍 오원짜리 지전 한 장을 손에 들어 본 일이 없었다. 더욱 심한 것은 안방에 두는 금고 열쇠는 꼭 백이 자기가 지니고 다니고 순영은 한번 건드려 보지도 못하였다.

> 금고뿐 아니라 장이며 궤며 문갑 서랍 같은 것 중에는 순영이가 열어 보지 못한 것이 퍽 많다.
>
> "저기는 무엇이 있어요?"
>
> "그것은 알아 쓸데 없는 게야!"
>
> 이런 문답이 자주 반복되었다. (『再生』下篇:164-165)

자신을 신뢰하여 모든 것을 맡겨두기는커녕 "도저히 남편의 비밀을 다 알아서는 못 쓰는 사람"으로 취급받는 순영은, 분하기도 하고 슬프기도 하여 봉구를 생각하게 된다. 석왕사에 갔을 때 봉구는 결혼도 하지 않은 자기에게 돈 지갑과 양복 호주머니를 모두 맡겨 버렸고, 또 그의 방에 있는 모든 것을 자기가 하는 대로 맡겨 두었다. 봉구는 순영을 진심으로 사랑하기에 모든 것을 모두 맡겨버린 것이지만, 윤희는 그녀를 사랑해서가 아니라 성욕을 만족시키기 위해 돈을 주고 사온 첩에 불과하다고 생각하기 때문에, 아내로 인정하지 않고 신뢰하지도 않는 것이라 하겠다. 이를 뒤늦게 알게 된 순영은 입술을 물어뜯으며 돈에 대해서는 체념하지만, "일생을 희생해서 따라 온 남편"(이상 下篇:165)만은 다른 여자에게 빼앗기지 않으려고 부단히 노력한다. 순영이 임신하여 배가 점점 불러 갈수록 윤희의 음욕만으로도 순영을 사랑하는 도수가 줄어들었기 때문이다.

> (전략) 그래서 순영은 허리띠 끈으로 배를 꽁꽁 졸라 매어서 아무쪼록 배가 적어 보이도록 하였다. 그렇지마는 칠팔삭이 가까와 오면 아무리 배를 졸라 매더라도 얼굴과 눈부터 달라지는 것이다. (중략) 그래서 점점 어성버성해 가는 백을 끌어 들이려면, <u>배를 조르는 것과 화장을 하는 것과 음란한 모양을 하는 것과 백과 함께 술동무와 화투 동무를 하는 것</u>이었다. (『再生』下篇:165)

이러한 순영의 행위는, 임신한 아내가 남편에게 하는 행동이 아니라 기생이 손님을 상대하여 하는 짓에 다름 아니다. 물론 순영도 이러한 일을 하기를 원하는 바는 아니지만, 남편을 자신에게 붙잡아두기 위해서 자존심을 버리는 일은 물론, 태아에게 좋지 않은 영향을 줄 수 있는 일까지 마다하지 않는 것이다.

요컨대 순영과 윤희는, 부부에게 있어서 가장 중요한 사랑, 신뢰, 배려 같은 것은 배재된 채 육욕을 위해서만 존재 의미가 있는 커플이다. 따라서 순영은, 자신을 사랑하고 배려하고 신뢰하기는커녕 불신하고 무시하고 자존심을 짓밟는 남편의 모습을 볼 때마다 봉구를 그리워하게 되었다. 몸은 남편과 함께 있지만 마음은 다른 사람을 그리워하는 일종의 정신적인 간음이라고 하겠다. 그러나 남편으로부터 사랑받고 인정받고 신뢰받지 못하는 아내가, 의지하고 신뢰하고 존경할 수 없는 남편 대신 다른 사람을 그리워하면서 고통스러운 결혼생활을 견디는 것을 비난할 수만은 없는 것은 아닐까?

이러한 순영이 남편의 자식이 아닌 봉구의 아들을 낳게 되자, 남편에게 고개를 들 수가 없는데다, 아이로 인해 반드시 비밀이 탄로 날 것이기 때문에 더욱 좌불안석한다.

> "어쨌으나, 이대로 오래 갈 수는 없다!"
>
> 이렇게 무엇이 순영의 속에서 소리 지르는 듯하였다. 오래 갈 수는 없다. 언제나 파탄이 온다. 이제나 저제나 나의 운명의 마지막 날이 온다. — 이러한 무거운 무서움이 마치 폭풍이 몰아 오는 검은 구름장 모양으로 순영의 마음속에 빙빙 떠돌았다. (『再生』下篇:167)

반드시 닥쳐올 '운명의 마지막 날' 즉, 비밀이 탄로 나는 날에 겪을 수

치와 고통, 아이의 원망 등을 생각하며 눈물을 흘리고 후회하며 그 날이 닥쳐오기를 기다리며 살아갈 수밖에 없는 순영은, 이 초조함과 괴로움에서 벗어나 산후의 몸을 추스르기 위해 아이를 데리고 남편과 함께 인천으로 여행을 간다. 그러나 현재의 상황을 타개해보려는 순영의 노력은, 오히려 인천 미두취인米豆取引 중매소 주인의 심부름으로 윤희를 호텔로 찾아온 봉구와 맞닥뜨리는 기회를 제공하여 그녀를 더욱 절망케 한다. 패닉상태에서 봉구가 남편을 찾아온 것은 무슨 까닭이 있다고 생각한 순영은 자신에게 이미 비극이 닥친 것이라 상상하고, "본래 인생이란 그리 행복된 것도 아닌 걸…… 멀리서 바라 볼 때에는 천국 같은 생활도 가까이 가 보면 역시 고통뿐일 걸. 제일 오래 살면 별수 있나. 살기 어렵거든 죽어 버리면 고만이지."(下篇:163)라며, 최후 수단인 죽음까지 생각하게 되었다. 화려한 집에서 호화롭게 살면 천국 같을 것 같아 봉구를 버리고 윤희와 결혼했으나, 실제로 살아보니 고통뿐임을 알게 된 순영의 현실인식이라고 하겠다.

뜻밖에 봉구를 만나 반가움과 놀라움과 두려움과 부끄러움과 미안함이 뒤엉킨 감정을 느꼈던 순영은, 곧 중병을 앓고 난 사람처럼 늙어버린 봉구의 얼굴을 떠올리며 자신의 잘못을 뼈저리게 후회한다. 결국, 양심의 가책으로 괴로워하던 순영은 용서를 빌기 위해 여관으로 봉구를 찾아가지만, 그의 반응은 냉랭하고 경멸하는 빛을 띨 뿐이었다. 순영은, 남편에게 모든 것을 고백하리라 결심하고 호텔로 돌아왔으나, 정작 남편 앞에서는 고백하려던 용기를 잃고 침묵하기로 마음을 고쳐먹는다. 아직 남편은 아무 것도 모르고 있으니 자기만 가만히 있으면 감쪽같을 것이라는 판단 때문이다.

이상에서 보는 바와 같이 순영은, 결혼 전 봉구와의 관계가 남편과 결혼한 후 낳은 봉구의 아들로 인해 그 비밀이 오래가지 못할 것임을 예견하고 끊임없이 두려워하는 한편, 아이와 봉구에 대한 미안함으로 후회하고 괴로워하면서도 남편과의 고통스러운 부부생활을 계속하고 있다. 이것은 현상적 유혹에 쉽게 넘어가며 외적 현실에 쉽게 동조하는 단순하고 순진한 순영의 성격 탓도 있겠지만, 남편과 헤어질 경우, 아무 경제력이 없는 그녀가 물질적으로 전혀 부족함 없는 현재의 편안한 생활을 포기하고 자력으로 살아갈 길이 없다는 현실적인 문제가 크게 작용했기 때문이라고 하겠다. 따라서 애초부터 사랑, 신뢰, 배려 같은 것 없이 돈과 육욕의 만족만을 위해 결합된 순영과 남편사이에 시한폭탄과도 같은 비밀을 감춘 채 위태위태하게 유지되고 있는 부부관계가 얼마나 취약한 것인지는, 봉구로 인해 발생한 다음과 같은 사건이 잘 대변해주고 있다.

순영에게 버림받은 봉구는, 돈을 벌어 그녀에게 복수하기 위해 인천 미두취인소米豆取引所에 김영진이라는 가명으로 취직하여 성실히 일함으로써 주인 김연오에게 신임 받는 한편, 그의 딸 김경주로부터 열렬한 구애를 받게 된다. 그런데 김연오의 아들로 조도전早稲田 대학 유학생인 김경훈이 우연히 독립단의 일원이 되어 귀국하여, 소속된 단체에 내놓기로 약속한 거금을 마련해기 위해 자신의 요구를 들어주지 않는 아버지를 살해한다. 사건 직후 숙소로 찾아온 경주와 함께 있던 봉구는 경훈의 거짓 증언으로 살인누명을 쓴 채 사형언도를 받는데, 실은 살인사건이 발생하던 시각에 그는 인천에서 우연히 마주친 순영의 방문을 받고 그녀와 대화중이었다.

봉구의 무죄를 증명하기 위한 알리바이와 증인이 필요함을 알게 된 순영은, 양심과 현실 사이에서 갈등하다가 자청 증인으로 법정에 서서 자신과 봉구와의 관계를 밝히며 그의 무죄를 주장하지만, 그를 구하지 못할 것 같다는 말을 듣고는 자포자기의 심정이 된다. 다행히 명선주·

윤 변호사 부부가 남편의 마음을 풀어 놓은 덕분에 증인 선 일이 그럭저럭 무마되자, 순영은 또다시 생각을 바꾼다.

> '남편이 나를 사랑하지 않는가? 그 남편을 사랑하고 기쁘게 하는 것이 내 의무가 아닌가.'
>
> '어린애는?'
>
> '누가 알길래? 나 밖에 누가 알길래?'
>
> 그렇다. 어린애를 위해서도 자기가 이 집을 떠나지 않는 것이 좋다. 그 어린애가 신 봉구의 아들이 되기는 아마 지극히 어려운 일일 것이다.
>
> (『再生』下篇:206)

다시 현재의 호화롭고 편한 생활을 놓아버리고 싶지 않은 욕망에 사로잡힌 순영은, 공판 후 사흘 만에 불려간 검사국에서 법정에서의 증언을 모두 부인하고 만다. 봉구와 남편 사이에서 갈팡질팡하는 순영의 불안정한 언행은, "돈과 정욕의 만족으로 행복을 사는 것은 아니"(下篇:184)라는 것을 알면서도 현재 누리고 있는 것들을 포기할 수 없는 젊음에다, 미래에 대한 두려움이 더해져서 과감히 결단하지 못하기 때문이라고 하겠다.

언제 파탄이 날지 모르는 불안한 부부관계를 이어가고 있던 순영은, 재판소에서 증인을 선 이후 자신에 대한 태도가 급변한 남편이 어디에서 얻어들었는지 봉구와의 관계와 아이가 누구 자식인지를 바른대로 말하라며 화를 낼 때마다 "오직 우는 것과 비는 것으로 남편의 환심을 사기를 힘"(下篇:236)쓰는 한편, 병이 중한 본처가 죽기를 기다리면서 괴로운 세월을 보내고 있었다. 그것은 본처가 죽으면 첩에서 정실이 되어 이 집의 안주인이 될 수 있기를 희망해서였고, 또 하나는 복중의 아이를 생각해서였다.

그러던 어느 날 순영은, 큰 맘 먹고 본처를 문병하러 간 사이 남편이 17세쯤 되는 여학생을 데려와 안방에서 자기 자리를 깔고 자고 있는 것을 귀가하여 목도하자 이성을 잃고 만다. 윤희에게 처녀를 잃고, 결혼해서는 그에게 육체의 만족을 주느라고 기생이 하는 버릇까지 배우는 동안 매독과 임질까지 걸려 일생을 망친 순영에게 남은 유일한 소원은, 그의 본처가 되어서 돈이나 한번 실컷 써보자는 것이었는데 어린 여학생이 지금 그 품에 있으니 이 꿈도 물거품이 된 것이다. 마지막 희망까지 잃고 분함과 질투심에 휩싸인 순영은, 자신을 아랑곳하지 않고 전혀 미안한 기색도 없는 남편을 향해 분노함憤怒喊을 터트린다.

> 밖에서 기침이 나며 윤희가 들어 왔다. 순영은 눈물에 부은 눈으로 남편을 노려 보며,
> "이자식, 이 짐승 같은 자식!"
> 하고 일생에 처음으로 남편에게 불공한 말을 하였다. 그 동안에 내외 싸움이 없지는 아니하였으나 그런 소리는 할 생각도 못하였던 것이다. ― 질투는 순영을 태워 버리고 만 것이다.
> 윤희는 말없이 빙그레 웃고 섰다.
> "그래 이게 사람의 짓이냐?"
> 하고 순영은 위협하는 듯이 벌떡 일어섰다.
> "글쎄 남부끄럽게 이게 무슨 야단이야."
> 하고 윤희는 순영을 달래려 든다.
> "흥, 남부끄러워! 그래도 아직도 부끄러운 줄은 아나보군― 에끼 개 같은 자식 같으니!"
> 하고 순영은 윤희의 얼굴에 침을 뱉았다. (『再生』下篇:243)

이렇게 시작된 싸움에서 "윤희는 순영의 머리채를 잡아 당기고 때리고 차고 순영은 윤희에게 침을 뱉고 그 팔을 물고 갖은 추태를 다 보였

다."(下篇:243) 그뿐만 아니라 윤희는, "이년의 뱃속에 있는 아이가 어떤 놈의 씨인 줄 아나?" 하고 순영을 부정한 여자로 치부하며, "네년의 행세를 보면 당장에 때려 내어 쫓을 게지만 돈이 먹었어! 돈이 먹었으니까 못 때려 내쫓는 게야."(이상 下篇:235)라며 귀가 먹먹하도록 뺨을 때리고, 마침내 어린애에게까지 발로 차 굴리는 폭력을 행사한다.

서로에게 '이 자식', '이년' 하며 갖은 욕설을 퍼붓고 무차별적으로 폭행하며 상대를 모독한 두 사람은, 더 이상 부부로서의 관계를 유지해갈 수 없는 상태가 된 것이다. 이렇게 2년 만에 파경을 맞이한 순영이 아이를 데리고 순흥의 집으로 도망하자 순기를 시켜 아이를 빼앗아간 윤희는, 새로 얻었던 여학생을 어떤 중학생에게 뺏기고는 순영을 다시 돌아오라고 사람을 보내 청하고, 나중에는 본인이 직접 찾아와 사과하면서 2, 3일 내로 본처가 죽으면 민적에 아내로 올려주겠다느니 조카들을 맡아 기르라는 등, 순영의 환심을 사기 위한 말과 함께 수표를 써주면서 집요하게 그녀를 설득한다. 그러나 참된 사람 구실을 해보려고 작정한 순영은 그와의 관계를 청산하고 부모를 잃은 조카 둘과 새로 태어난 딸을 키우며 살아가는데, 병든 몸으로 아무리 노력해도 세 아이를 양육해 갈 길이 없어 심신이 지쳐버린 그녀는, 결국 소경 딸과 함께 금강산 구룡연에서 자살하고 만다.

진실한 사랑보다 돈과 영화에 취하여 봉구의 사랑을 버리고 재물과 육욕밖에 모르는 남자의 첩이 되어 술 마시고 담배 피며 성병까지 걸린 순영과, 육욕의 만족을 위해 순영을 첩으로 사들여 오로지 육체의 쾌락에만 탐닉하는 윤희가 결혼생활 속에서 노정露呈하는 부부관계는, 처음부터 불행의 씨앗을 배태하고 시작된 것이기에 손쉽게 파탄이 날 수밖에 없었고, 순영의 비극적인 최후도 충분히 예견되었던 것이라고 하겠다.

그렇다면 백윤희와 본처와의 부부관계는 어떠한가?

대정 무역 주식 회사大正貿易株式會社의 사장으로 "천만원 가까운 재산을 가진 큰 부자"에다 건강은 "주색의 생활을 하기에 적당할이만큼 좋았"기 때문에 기생첩을 끊임없이 갈아들이는 생활을 하는 백윤희는, 여학생 장가를 들기 위해 한참 동안 기생첩을 두지 않았는데, "만일 맘에 드는 여학생만 나서면 본처를 이혼하고 그 여학생을 정실로 맞기까지라도 한다고,"(이상 上篇:30) 소문이 났다. 본처가 버젓이 있는데도 이러한 소문이 난 것은 윤희와 본처와의 관계가 바람직하지 못하다는 방증傍證이라 하겠다.

실제로, 윤희가 순영에게 마음이 있어 그녀의 둘째오빠 순기에게 자기 회사 사원을 보내 청혼했을 때 순기가, "내 동생을 남의 첩으로 팔아먹는단 말이오?"(上篇:32) 하고 소리를 질러 돌려보내자, 윤희가 직접 순기를 찾아와 다음과 같이 말한다.

> "어디 첩이라니, 내가 노형의 매씨를 첩으로 달라고 할 리가 있나요? 노형은 내집 사정을 아시는지 모르지마는 <u>내 아내라는 자가 벌써 병으로 누워 있는 지가 삼년째니까 그대로 내버려 두더라도 금년을 넘기가 어려울 것</u>이고, 또 만일 내가 하려고만 하면, 만일 노형 매씨와 혼인만 하게 된다 하면, <u>금시라도 이혼 수속을 할 수가 있는 것</u>이니까—그러니까 말이지, 어디 노형 매씨로 첩이란 말이 당한 말씀인가요…… 부청 민적계에 있는 사람들이 모두 내 사람이나 다름 없고, 또 부윤으로 말하더라도 내 말이라면 거스릴 리가 없으니까, 만일 <u>이혼이 필요하다 하면 그것은 금시라도 될 일</u>이지요…… 그래서 그러는 것이니까 그처럼 노형께서 노여실 것은 아니지요."
>
> (『再生』上篇:32)

윤희의 언설에 따르면, 본처가 3년째 앓고 있어 아내 노릇을 하지 못하고 있음을 알 수 있다. 따라서 천품으로 좋은 건강을 타고난 돈 많은 그가 기생첩을 두는 것까지는 그렇다 하더라도, 남편이 어떻게 병든 아내를 고칠 생각은 조금도 하지 않은 채 빨리 죽기만을 기다리며, 여학생과 결혼하기 위해 이혼을 원한다면 금시라도 하겠다는 말을 서슴없이 할 수 있을까? 이러한 윤희의 언설에서 그가 아내를 어떻게 생각하고 대우하고 있는지 충분히 유추할 수 있다.

윤희는 본처가 병이 들어 아내로서의 역할을 제대로 하지 못하고 있는데다, 가문을 이어갈 아들을 낳지 못하고 딸만 다섯을 낳았기 때문에, 아들을 낳기 위해 기생이 아닌 여학생 장가를 가도 된다고 생각하고 있음에 틀림없다. 가문을 중시하는 우리나라에서는 예부터 칠거지악七去之惡이라는 것으로 아들을 낳지 못한 여성을 쫓아낼 수 있었기 때문에, 아내에게 아무런 죄책감이나 미안함도 없이 그렇게 행동하는 것이라 하겠다.

본처 역시 이러한 자신의 처지 때문에 남편에게 불만이나 불평을 표출하지 못하고 감수하고 있음을 다음과 같은 장면, 즉 윤희와 결혼식을 올린 순영이 시부모에게 폐백을 드리고 본처에게도 절을 하라 하여 "힘들여 절을 하고 나서 잠깐 눈을 떠 보니 본마누라는 며느리 절이나 받는 듯이 앉아 받는 모양이다."(上篇:125)라는 묘사에서 찾아볼 수 있다. 그러나 병으로 뼈만 남은 귀신같은 본처는 순영이가 문병을 오자, 자신의 고통스러운 처지에 대한 화풀이를 엉뚱하게도 순영에게 하고 있음을 볼 수 있다.

> "내가 죽었나 볼 양으로 왔나. 아직 이렇게 눈이 시펄하이."
>
> (중략)
>
> "어서 가! 이건 내 집이야! 내가 죽거든 자연 알 테니 그렇게 보러 올

것이 무엇 있나?"

하고는 병인은 딸들을 보며,

"얘들아, 저 너의 서모 어서 가라고 그래라!"

하고 갑자기 고통이 더하는 듯이 앓는 소리를 한다.

(『再生』下篇:237-238)

본처로서는, 자기는 낳지 못한 아들을 시집오자마자 낳아서 온 집안 사람에게 대접을 받는 순영이가 부러우면서도 미웠을 것이고, 또 머지 않아 자신이 죽고 나면 첩인 순영이가 자신의 자리를 차지할 것임을 잘 알고 있기에 그녀에게 좋은 감정으로 대할 수가 없었을 것이다. 자신의 불행이 순영 때문이 아닌데도 본처는 딸들과 합세하여 그녀를 냉대하고 멸시하는 것으로 편치 않은 심기를 표출하고 있다. 순영은, 본처와 그 딸들, 심지어 하인들에게서까지 수모를 당하고 비참해하지만, 이러한 대접을 받아도 어쩔 수 없는 것이 첩의 신세인 것이다. 법률에는 첩을 보호하는 조문이 없기 때문이다.

요컨대 백윤희와 본처는, 과거의 전통적(유교적)인 이데올로기에 순응하여 살아가는 부부의 전형적인 관계 양상을 보이고 있다고 하겠다.

명선주와 윤 변호사는 순영 · 윤희와 마찬가지로 젊은 첩과 늙은 남편 사이이다. 선주는 제법 알려져 있는 음악가로 외모는 신통치 않지만 자신의 생각을 거침없이 피력하고 소신대로 행동하는 자유분방한 여성이다. 반면, 50대의 윤 변호사는 선주의 이러한 태도를 못마땅하게 생각한다. 그 한 예로, 순영이가 순기를 따라 처음 윤희의 동대문 집에 갔을 때 그곳에 먼저 와 있던 두 사람은, 뒤늦게 나타난 최씨라는 사람 때문에 초면의 여러 사람 앞에서 크게 언쟁한다.

"아이, 오빠두 어쩌면 인제 오세요?"
하고 명 선주가 일어나며 응석 부리듯 '사이상'을 흘겨본다.
"응—어느 새 동부인이여?"
하고 '사이상'은 윤 변호사를 유심히 보며,
"영감도 젊으셨는데—그런데 영감, 좋은 일이 있어요—(중략) 아주 썩 도저한 수술이 발명되었다는데, 그 수술을 받으면 아무리 늙은 사람두 도로 젊어진다는구료—(중략) 어떠시우, 영감 이번 신혼두 허시구 하니 한 번 안 받아 보시려우?"

(중략)

윤 변호사는 자기를 늙은이 대접하는 것이 퍽 불쾌한 듯이 좀 외면하면서,
"그건 그리 젊어서 무엇하오?"
해버린다.

(중략)

"그겐들 누가 아나? 그 사람은 동에 번쩍 서에 번쩍 하니까 만주에 간답시고 일본에나 갔는지 뉘 아나? 그런 일을 곧 잘하지. 아마 일본에 무엇이 있는 게야? 그러기에 가끔 가지."
하고 조롱하는 어조가 보인다.
이렇게 최를 조롱하는 듯하는 말이 나매, 선주는 얼굴에 불쾌한 빛이 나타나며, 그 불룩 나온 듯한 두 눈방울을 디굴디굴 굴리더니,
"아니야요. 우리 오빠는 그러실 양반이 아니야요. 그이가 일 없이 돌아다니는 것 같지마는 무슨 큰일을 경영하시는 것이야요. 그이가 그렇게 가볍게 볼 인 줄 아세요?"
하고 멍멍하니 앉았는 윤 변호사를 한번 흘겨 본다. 윤 변호사도 잠깐 얼굴에 불쾌한 구름이 끼는 듯한, 무슨 말이 나올 듯이 두 볼이 경련하는 모양으로 우물우물하더니,
"여보시오, 인제부터는 그 사람더러 오빠라고 마시오! 오빠는 무슨 오빠란 말이요? 그 사람이 무슨 친척이란 말이요? 나는 그 말이 듣기가 싫소!"

하고 말끝을 맺을 때쯤 해서는 더욱 불쾌한 모양으로 두 볼이 우물우물한다.

(중략)

"아니야요. 아니야요. 왜 그래요? 왜 내가 그이를 오빠라고 못 불러요? 왜 내가 그이를 오빠라고 사랑하지 못해요? 그렇게 내 자유를 꺾으시어요? 나는 싫어요, 싫어요!"

하고 틀어 얹은 머리가 요동을 하도록 굳세게 고개를 두른다. 방안에는 불온한 기운이 도는 듯하였다. 윤 변호사는 아니꼬운 듯이 부모가 자식을 꾸짖는 듯한 눈으로 선주를 물끄러미 보더니,

"오빠도 사랑해요? 사랑이란 말을 아무런 데나 쓰는 것인 줄 아시오? 요새 여자들은 다 그렇소? 남편 따로 사랑하고 오빠 따로 사랑하고……."

하다가 차마 할 말을 다 못한다는 듯이 말을 똑 끊고 만다. 그러나, 그의 붉은 얼굴은 더욱 붉어지고 씰룩거리는 두 볼은 더욱 씰룩거렸다. 선주도 더욱 흥분하였다. (『再生』上篇:43-46)

30이 가까운 선주는, 최씨와 함께 어울려 다니는 사이지만 일정한 직업도 없이 떠돌아다니는 그와 결혼하지 않고, 벼 100석지기를 자기 앞으로 옮겨준다는 윤 변호사의 첩이되기로 하였다. 첫 번 사랑하던 사람에게서 버림받은 후 세상 풍파를 겪으며 남성편력이 많아진 그녀는, "사랑이란 오래 두구 할 것은 못되"고, "아무리 사랑도 좋지마는 사랑두 먹구 나서 사랑"(이상 上篇:62)이라고 생각하기 때문이다. 그러나 선주는 아직 최씨를 좋아하고 있어 그가 윤희의 집에 나타나자 '오빠'라 부르며 응석을 부리듯 행동하고 반긴다. 돈이 없어 선주를 윤 변호사에게 뺏기게 된 최씨는, 늙은 연적戀敵에게 농담 반 진담 반으로 젊어지는 수술을 받아 보라고 권한다. 사람이 못났다 할 만큼 못난 윤 변호사는, 젊고 호탕한 최씨가 자신을 늙은이 취급을 하므로 불쾌감을 느껴 그를 비하하며 조롱하는 말을 한다. 사랑보다 재산 때문에 결혼하기로 한 선주는,

윤 변호사가 자신이 좋아하는 사람을 조롱하는 말을 하자 참지 못하고 그를 위해 변명하며 역성한다. 윤 변호사는, 자신의 비위를 상하게 한 최씨를 선주가 '오빠'라 부르며 옹호하는 모습에서 불쾌감과 함께 질투를 느끼지 않을 수 없었을 것이다. 그래서 최씨를 '오빠'라고 부르지 말라고 선주에게 요구하는 윤 변호사에게 그녀는 강하게 반발하며 여러 사람 앞에서 언쟁을 벌이고 있는 것이다.

세상 풍파를 겪으며 단맛 쓴맛 다 맛본 선주는, "세상 일이 모두가 흥정"(上篇:101)이라고 생각하고 있다. 그래서 타인(순영)에게, 자신이 "그 대가리가 허연 영감장이를 생각해서 그리로 시집을" 간 것이 아니고, 영감도 "돈푼이나 생기니깐 젊은 계집 얻어 가지고 한바탕 호강할 양으로 지랄 발광을 하고"(이상 上篇:99-100) 자신을 얻은 것이라고 거침없이 말한다. "그럼 당신은 영감을 사랑하는 마음은 조금도 없소?"(上篇:101) 하고 순영이 묻자,

> "내 마음에 들 때에는 사랑도 하지. 그렇지마는 깊이 정들이는 것은 좋지 못한 일입니다. 무슨 일이 있어서 헤어질 때 안 되어서……내야, 영감 앞에서 아양을 부리고 내 몸뚱이도 마음대로 내어 맡기지, 그래야 저편도 내게 상당한 값을 들어 주지 않수? 세상 일이 모두가 흥정이니깐…… 그러다가 그 사람 없는 데서는 또 내 마음에 드는 사내허구 마음대로 놀기도 하고 다니기두 하지—그 사람이 내 몸을 안 쓸 때 내 몸을 아무렇게 쓰면 어떠우? 흥, 왜 나는 이런가— 세상에 안 그런 사내는 몇이나 되며 안 그런 계집은 몇이나 되는 줄 아우?" (『再生』上篇:101)

하고 철저하게 이기적이고 계산적인 대답을 한다. 실제로 남편이 일본에 간 틈을 타서 최씨와 함께 석왕사에 놀러와 순영을 만난 선주는, 봉구와 윤희사이에서 번민하는 순영에게 이처럼 자신의 생각을 피력하며

"내나 당신이나 병이 나는 것하고 돈 없어지는 것하고—이 밖에 세상에 큰일이라고 할 것이 하나도 없"(上篇:99)다고 그녀를 세뇌시킨다. 세상이 다 이기주의니까 사랑도 결혼도 마찬가지라며, "돈이나 있구 중간에서 변치나 않구, 내 '와가마마'를 받아 줄 만한 사람을 골라서 시집을 가버리구 말자, 가 보아서 다행히 재미가 나면 좋구, 안 나면 먹을 거나 얻어 먹고 나오면 고만이지—"(上篇:63)라고 생각해서 "돈 밖에 아무것도 볼 것 없는 늙은"(上篇:61) 윤 변호사와 결혼하고도 헤어질 때를 대비해서 '깊이 정들이는 것'도 피하는 선주는, 남편이 다른 여자와 친하게 다니는 것을 알지만 순영이보다 훨씬 이성적으로 냉철하게 받아들인다.

> "또 어디를 갔어!"
> 하고 선주는 짜증을 내었나. 그것은 자기 남편이 근일에 어떤 여자와 친해 다니는 눈치를 아는 까닭이다. 그 여자는 선주의 동무로 자주 선주의 집에 놀러 오던 사람이다. 그것이 자기 남편을 가로채려는 눈치를 보고서는 한바탕 그 여자와 싸웠다. 그때부터 그 여자는 선주를 찾아 오지 아니하였으나 그 대신에 윤 변호사가 가끔 어디를 가서는 늦게 들어 오게 되었다. 그래서 선주는 가끔 바가지를 긁고 내외 싸움을 하였다. 그러나 선주 자기도 '사이상'이라는 최씨와 하는 간이 있으므로 굳세게 대들지도 못하였고 또 그다지 분할 것도 없었다. (『再生』下篇:260-261)

선주가, 자신의 친구와 바람을 피우는 남편에게 '굳세게 대들지도 못하고' 또 '그다지 분할 것도 없'다고 생각하는 것은, 자신도 결혼 전부터 가깝게 지내던 최씨와의 관계를 지속하고 있기 때문이다. 그러므로 이들 부부의 경우는, 부부 사이에서 흔히 발생할 수 있는 사랑, 배신, 질투, 증오 같은 감정에 그다지 구애받지 않고 부부관계를 유지하고 있음을 알 수 있다. 동류同類인 순영 · 윤희 부부보다는 훨씬 담담한 관계양상을 보이고 있다고 하겠다.

순영의 셋째 오빠인 김순흥 부부는 위의 두 부부와는 전혀 다른 양상을 보이고 있는데, 이들의 부부관계를 유추할 수 있는 대목을 살펴보도록 하겠다.

"사람이 천진하고 단순"(下篇:199)한 순흥은 만세운동을 하다 옥살이를 하고 나온 후, 자신이 가장 사랑한 누이동생 순영이 백윤희의 첩이 된 것을 알고 그녀를 증오한다. 그리고 가장 사랑하는 친구 신봉구의 사형판결 확정 소식을 듣고 절망한 그가 집에서 술을 마시고 있을 때 순영이 찾아오자 문전박대한다. 그러자 그 아내가 "왜 그러시우? 시누님도 오래간만에 오셨는데." 하며 남편을 향하여 눈짓을 하고, 순영에게는 "시누님 앉으세요. 오빠가 신 봉구씨 판결 확정했다는 말을 듣고 저렇게 안 먹던 술을 먹고 여태껏 혼자 울고 저럽니다그려."(이상 下篇:264) 하고, 시누이를 위로하는 말을 하며 오빠에 대하여 섭섭해 하지 않도록 애쓴다. 그리고 봉구의 애를 낳았다는 순영의 고백을 듣고 화가 난 순흥이 발로 순영의 어깨를 차 땅바닥에 쓰러지는 소리가 나자, "건넌방에서 뛰어 들어 와서 근심스러운 눈으로 두 사람을 보"다가 "아이들의 통통 따라 나오는 소리를 듣고"는 "다시 건넌방으로 갔다."(下篇:270)는 문맥으로 보아, 그녀는 남매간의 문제에 개입하지는 않지만 걱정스럽게 지켜보다가 아이들이 따라 나오려 하자 다시 자리를 피해주는 등, 상황 판단이 빠르고 적절한 조치를 취할 줄 아는 여성으로 보인다. 나중에 순영이가 순흥의 무정한 말을 야속하게 생각하여 벌떡 일어나서 "오빠 부디 안녕히 계셔요— 나 같은 동생은 다시는 생각도 마세요— 언니, 나 갑니다."(下篇:271) 하고 대문 밖으로 뛰어나가자 대문까지 따라 나가 붙잡아 말리려 하는 등, 남매관계가 악화되지 않도록 최선을 다 하는 모습을 보여준다.

순흥의 아내는 농촌의 옛날 가정에서 자라고 시골 교회 소학교를 졸업했을 뿐이지만, 상술上述한 것처럼 자신의 분수를 잘 알고 빠른 상황판단에 따라 적절한 조치를 취할 줄 아는 여성으로, "남편과 자녀를 위하여 언제나 몸을 바칠 수 있는"(下篇:281) 이른 바 현모양처라 하겠다. 그러나 순흥은 결혼한 지 10년이 넘도록 아내를 사랑해주지 않았다.

> (전략) 학교에 다닙네, 여행을 갑네 하고 일 년에 사오일도 아내를 위로해 본 일이 드물었고 삼년 동안이나 감옥에 있다가 나온 뒤에도 무슨 생각을 합네, 공부를 합네 하고 아내를 안방에다 두고 자기 혼자 건너방에 있었다. (중략) 자기가 혹 방학 때에 잠깐 집에를 다녀 가거나 또는 어디 여행을 떠날 때면 밤을 새워 가며 의복, 음식 범절을 준비하여 주고 나서 마지막 떠날 때에 얼마나 슬퍼하는 빛이 눈에 나타났던가. 그러나 그런 줄은 알면서도 따뜻한 사랑으로서 그의 간절한 요구를 접해 주지 아니하였다.
>
> 그것이 순흥의 가슴을 심히 아프게 한다.
>
> 순흥은 그 아내를 사랑하지 아니하였다. 그의 마음이 착한 줄은 잘 알았건마는 그가 자기를 몸바쳐 사랑하는 줄도 잘 알건마는 그래도 어쩐 일인지 그에게로 애정이 끌리지를 아니하였다. 어딘지 모르지마는 불만이 있었던 것이다. 순흥이가 순영이를 지극히 사랑한 것도 아내에게 대한 불만이 그 중요한 원인 중의 하나인 것이 사실이었다.
>
> (『再生』下篇:278)

위와 같이 착하고 헌신적인 아내에게 '어쩐 일인지 애정이 끌리지 아니하'여 사랑하지 않고, 그 대신 누이동생 '순영이를 지극히 사랑'하는 순흥의 모습은, 『무정』의 김병국이 어떤 "결점이 있는 것도 아"(九十七)닌데 아내를 사랑하지 않고 누이동생 병욱을 사랑하는 모습과 똑같다.

이는 아마도 김병국이 그랬던 것처럼 순흥도 부모의 명령에 따라 시골의 소학교만 졸업한 여성과 일찍 결혼하여 아들딸은 낳았지만, 정신적인 교류가 이루어지지 않아 불만을 느껴 사랑하지 않고, 그 대신 여학교를 다녀 대화가 되는 누이동생을 사랑한 것이라 하겠다.

그러나 한국의 전통적인 가부장제와 조혼제도가 만들어낸 희생양[17]이 되어 평생 말없이 묵묵히 인고의 삶을 살던 아내는, 남편을 대신하여 목숨을 바친다.

> "나는 당신 대신으로 갑니다. 나는 다시 살아 돌아 오지 아니해요. 내가 죽고 당신이 사시는 것이 좋을 줄로 생각합니다. 반닫이 서랍 속에 돈 이백원 싸 둔 것이 있으니 도망해 주세요. 아이들은 동대문밖 누님에게 맡기시었다가 무사히 몸을 피하시거든 찾아다가 길러 주세요. 부디부디 죽지 말고 도망하세요. 하나님의 힘이 나의 사랑하는 남편을 지키시옵소서. 아멘." (『再生』下篇:279)

이것은, 순흥이 동지들과 함께 서대문 감옥, 총독부, 종로 경찰서 등에 폭탄을 투척하려는 것을 눈치 챈 아내가, 자신이 그 일을 대신하려고 순흥이 잠시 잠든 사이 몰래 집을 빠져나가면서 그가 폭탄을 두었던 서랍 속에 남겨놓은 유언서이다. 말은 없지만 상황 판단이 빠르고 남편과 자녀들에게 헌신적인 그녀는, 남편과 아이들을 위해 자신이 죽는 편이 낫다고 판단하고 그들을 위해 사후의 일까지 생각하여 준비해 두는 등, 결단력 있고 용의주도한 면모를 보여주고 있다. 남편과 아들딸에 대한 희생적인 사랑의 힘이라 하겠다. 순흥은 빨리 가서 아내를 붙들기 위해 뒤쫓아 갔지만, 아내는 이미 폭탄을 던지고 눈 속으로 도망하다가 총을

17 제2장 『무정』과 『우미인초』, pp.168-169. 참조.

맞고 쓰러졌다.

아내를 잃고 난 순흥은 그제야 아내에 대한 미안함과 그리움으로 후회하면서, 나라를 사랑한다고 자처한 자신의 사랑이 과연 아내의 사랑처럼 순결하고 열렬하고 자연스러운 것이었나를 의심하게 된다. 조선과 조선 사람이 "자기의 뜻과 같지 않다고 자기의 사랑을 받지 아니한다고 분노하고 원망하고 실망하여 마침내 몸까지 죽여 버리려 하"(下篇:281)던 순흥으로 하여금, 자신의 삶을 되돌아보며 진실로 맑고도 뜨거운 사랑의 의미를 깨달아 그 목숨을 보전하게 한 것은 바로 자신을 조금도 사랑하지 않는 남편을 묵묵히 사랑한 아내였던 것이다.

이상에서 고찰한 바와 같이 순흥 부부는, 이유 없이 남편에게 사랑받지 못하는 아내의 헌신적인 진실한 사랑으로 지금까지의 순흥의 삶이 잘못 되었음을 깨닫게 하여 그 목숨을 구하는 감동적인 모습을 보여주고 있지만, 이 부부관계 역시 여성의 일방적인 희생과 헌신으로 그 관계가 유지되어 왔다는 점에서 전통적인 규범을 벗어나지 못하고 있음을 보여주고 있다.

2) 『그 후』

『그 후』에 등장하는 부부로는, 히라오카平岡・미치요三千代 부부, 다이스케代助의 형 세이고誠吾・우메코梅子 부부가 있다. 이들의 부부관계는, 두 사람의 직접적인 대화나 부부관계에 대한 묘사가 그다지 많지 않아서 타인과 부부와의 대화, 또는 정황 등으로 추찰할 수밖에 없다.

먼저 히라오카와 미치요의 부부관계는, 다이스케에게 목격되는 장면이나 다이스케와의 대화에서 보여주는 부부의 언설 등을 통해서 추출해 낼 수 있다. 3년 전, 다이스케의 주선으로 결혼하여 케이한京阪 지방에서 결혼생활을 시작한 히라오카·미치요 부부는, 히라오카가 직장생활에 실패하여 도쿄로 돌아왔으나 아직 집을 구하지 못해 여관에서 지내고 있다. 다이스케는 이러한 그들을 방문하여 다음과 같은 장면을 목격한다.

> 다이스케 쪽에서 진보초神保町의 여관을 방문한 일이 두 번 있는데 한 번은 외출 중이었다. 한 번은 있기는 있었다. 그러나 양복을 입은 채 방문지방 위에 서서 뭔가 험한 말투로 아내를 몰아세우고 있었다.— 안내 없이 복도를 따라 히라오카의 방 옆에 온 다이스케에게는 갑작스러웠지만 분명히 그렇게 들렸다. 그 때 히라오카는 흘깃 뒤돌아보고 야아 자넨가 하고 말했다. 그 얼굴과 모습에는 조금도 기분 좋은 듯한 기색은 보이지 않았다. 방 안쪽에서 얼굴을 내민 부인은 다이스케를 보고 창백한 얼굴을 붉혔다. 다이스케는 왠지 자리에 앉기가 거북스러웠다. 들어오라고 형식적으로 말하는 것을 흘려듣고는 아니 특별한 용무는 아니야. 어떻게 지내고 있는가 해서 잠간 와본 것뿐이야. 외출하려면 함께 나가지라고 이쪽에서 권하듯이 하여 밖으로 나와 버렸다. (『그 후』四)

히라오카가 미치요를 '험한 말투로 몰아세우고 있'는 것으로 미루어볼 때, 미치요가 그의 뜻을 거스렸거나 무언가 잘못하여 화가 많이 났기 때문일 것이다. 그래서 그는 찾아온 다이스케를 보고도 '그 얼굴과 모습에는 조금도 기분 좋은 듯한 기색'을 보이지 않았던 것이리라. 반면, 미치요는 '다이스케를 보고 창백한 얼굴을 붉'히는데, 이는 남편에게 야단맞고 있는 모습을 다이스케에게 목격당해 수치심을 느꼈기 때문이리라. 험악한 분위기의 부부 사이에 끼어들기가 거북한 다이스케가 히라오카를 권하듯이 밖으로 데리고 나와 부부싸움은 일단락되지만, 이를 통하여 두 사람의 부부관계가 원만치 못하다는 것을 쉽게 알아챌 수 있을 것이다. 따라서 이들의 관계 양상을 올바로 파악하기 위해서는 두 사람의 관계가 악화된 이유가 무엇인지, 즉 그 근본 원인이 어디에 있는지를 밝혀야 하는데, 그 해답은 다음의 인용문에서 쉽게 찾아볼 수 있다.

> 다이스케는 지금 히라오카가 시달리고 있는 것도 그 발단은 질이 나쁜 돈을 빌리기 시작한 것이 전전하여 탈이 된 것이라고 들었다. 히라오카는 그곳에서 처음에는 대단한 근면가로 통했지만, 미치요가 출산 후 심장이 나빠져 휘청거리기 시작하자 놀기 시작한 것이다. 그것도 처음에는 그리 심하지 않았기 때문에 미치요는 그저 사교상 어쩔 수 없겠지 하고 체념하고 있었지만, 마지막에는 그것이 점점 심해져 끝이 없기 때문에 미치요도 걱정했다. 걱정하면 몸이 나빠진다. 그렇게 되면 방탕이 더욱 심해진다. 불친절한 게 아니에요. 내가 나쁘지요라며 미치요는 일부러 변명했다.
>
> (중략)
>
> 다이스케는 경제문제의 이면에 숨어있는 부부의 관계를 대강 짐작할 수 있을 것 같았기 때문에 이쪽에서 너무 많이 묻는 것을 삼갔다.
>
> (『그 후』八)

이를 보면, 히라오카와 미치요의 당면 문제는 경제 문제인데, 그 발단은 히라오카의 방탕에 기인하고 있음을 알 수 있다. 미치요가 출산 후 심장병이 악화되어 아내로서의 역할을 제대로 하지 못하게 되자 시작된 히라오카의 방탕은, 미치요의 건강을 더 악화시키는 요인이 되었고, 그러면 그의 방탕이 더욱 심해지는 식으로 악순환이 계속된 것이다. 그 결과 히라오카는 세 건의 빚을 지게 되었는데, 그 중의 한 건은 도쿄에 도착하면 일주일 안으로 꼭 갚겠다고 약속한데다 조금 사정이 있어서 다른 것처럼 방치할 수 없는 것이었다. 히라오카는 백방으로 노력했지만 돈을 변통하지 못하자 결국 미치요에게 "부끄러운 일", 즉 빚 갚을 돈을 다이스케에게서 빌려오라고 시킨다.

"그런데 왜 그렇게 빚을 졌습니까?"

"그러니 저도 생각하면 싫어져요. 저도 병을 앓았기 때문에 나쁘기는 하지만요."

"병났을 때의 비용입니까?"

"그렇지 않아요. 약값 같은 건 별 것 아니었어요."

미치요는 그 이상을 말하지 않았다. (『그 후』四)

미치요가 돈을 빌리러 다이스케를 방문했을 때 나눈 위의 대화에서도 그 빚이 히라오카의 방탕과 관련된 것임을 유추할 수 있다. 이처럼 지금의 경제적인 파탄의 원인과 그 책임이 가장인 자신에게 있음에도 불구하고 이를 인식하지 못하는 히라오카는, 아내에 대한 미안함이나 배려 같은 것은 전혀 없다. 그는 회사원으로서의 자신의 실패로 어쩔 수 없이 상경하여 경제난에 시달리며 새로 살림을 차리느라 심신이 지쳐있는 병약한 미치요에 대하여 무관심하다 못해 방치하고 있다고 생각될 정도로 냉정하다. 따뜻한 위로나 친절한 배려를 찾아볼 수 없는 남편이지만 미치요는, "남편이 늘 밖에 나가 있어서 단조로운 집안에서의 시간이 따분해서 애먹"고 있다. 그러나 히라오카는 아내의 처지는 아랑곳하지 않고, "집에 돌아가도 재미가 없으니 어쩔 수 없지 않느냐."(이상 十三)며 차분히 집에 있는 날이 없거나 아예 귀가하지 않는 날도 있다.

미치요가 다이스케에게 "옛날과 달리 거칠어져 힘들다."고 호소하고 있는 히라오카는, 행동뿐만 아니라 그 의식도 아내로부터 멀리 떨어져 타인처럼 생각하고 있다. 그래서 히라오카는, 미치요에게 부탁받은 돈을 변통해준 다이스케를 찾아와 "실은 나도 고맙다는 인사를 하러온 것이지만 곧 본인이 찾아와서 정식으로 인사할 테니까."(이상 八)라며 미치요와 자신을 별개인 것처럼 말하고 있는 것이라 하겠다. 그리고 다이스케에게 "사람은 아무래도 자네처럼 독신이 아니면 일을 할 수가 없어. 나도 혼자라면 만주나 아메리카에라도 갈 텐데."(十一)라고 아내가 있는 것에 불만을 토로하거나, "가정 말인가. 가정도 시시한 거야. 가정을 중시하는 것은 자네처럼 독신자에게 한하는 모양이야."(十三)라고 말하는 등, 결혼을 후회하고 있는 모습을 보여주고 있다.

남편에 대한 마음의 벽은 미치요에게서도 찾아볼 수 있다.

> "일전의 일을 히라오카에게 말했나요."
> 미치요는 낮은 목소리로
> "아니요."라고 대답했다.
> "그럼 아직 모르고 있나요?" 하고 되물었다.
> 그 때 미치요의 설명으로는, 말하려고 생각했었지만 그 무렵 히라오카는 한 번도 차분히 집에 있는 날이 없어서 그만 말할 기회를 놓쳐서 아직 알리지 못하고 있다는 것이었다. 다이스케는 물론 미치요의 설명을 거짓이라고는 생각하지 않았다. 그러나 5분의 짬만 있으면 남편에게 말할 수 있는 일을 오늘까지 그런 식으로 하고 있는 것은 미치요의 마음속에 뭔가 말하기 거북한 어떤 응어리가 있기 때문이라고 생각하지 않을 수 없었다. 자신은 미치요를 히라오카에 대하여 그만큼 죄 있는 사람으로 만들어버렸다고 다이스케는 생각했다.
> 그러나 그것은 그다지 다이스케의 양심을 찌르지는 않았다. 법률의 제재는 여하튼 자연의 제재로서 히라오카도 이 결과에 대하여 확실히 책임을 나누지 않으면 안 된다고 생각했기 때문이다. (『그 후』十三)

미치요는, 일전에 다이스케가 생활비를 주고 간 것을 '5분의 짬만 있으면 남편에게 말할 수 있는' 데도 말하지 않았고, 앞서 생활비로 쓰기 위해 저당 잡힌, 예전에 다이스케가 결혼선물로 준 반지를 그 돈으로 되찾아 와서 그에게 보여주며 자신의 감정을 전한다. 미치요가 남편보다 다이스케와의 관계를 더 소중하게 생각하게 된 데에는 히라오카에게 그 '책임'이 있다고 하겠다. 미치요가 남편에 대하여 '마음속에 뭔가 말하기 거북한 어떤 응어리'를 갖고 있는 것은, 남편의 의식과 행동이 자신으로부터 멀리 떨어져 있는 것을 인지하고 있기 때문이 아니겠는가?

히라오카의 아내를 대하는 태도가 결혼 당시와는 달라진 것을 부부가 도쿄에 돌아왔을 때 이미 간파한 다이스케는, "그것이 날로 좋지 않은 쪽으로 속도를 더하여 진행되고 있는 것은 거의 틀림없는 사실로 보였"기 때문에 "남편의 사랑을 잃어가고 있는" 미치요를 가엽게 생각하면서 "이 부부관계는 제자리로 돌이킬 수 없겠구나." 하고 생각했다.

다이스케가 이들 부부가 봉착하게 된 결과[18]의 '일부분을 아이의 죽음으로 돌'린 것처럼 그 관계가 소원하게 된 데에는 아이가 없다는 점도 한 요인이라고 할 수 있다. 미치요는 결혼하여 1년째에 아이를 낳았으나 태어난 아이가 곧 죽고, 그 후 심장이 나빠진 듯 몸 상태가 좋지 않아 다시 아이를 낳지 못했다. "외로워서 견디기 어려우니 또 와 줘요."(이상 十三)라고 다이스케에게 부탁할 정도로 남편의 무관심과 냉대로 외로운 미치요는, "하다못해 아이라도 살아있었더라면 얼마나 좋았을까 하고 절실히 생각"(八)하지 않을 수 없다. 의지할 데 없는 "황량한 마음"(十三)을 아이에게라도 쏟으며 위로받고 싶었기 때문일 것이다. 그러기에 아이가 죽은 지 2년이 지났는데도 미치요는 "만든 채 아직 풀지도 않았던" 아기 옷을 고리짝에서 꺼내와 "무릎 위에 놓은 채" "한참을 고개를 숙이

18 다이스케는 히라오카와·미치요 부부가 현재와 같이 소원한 관계로 변한 이유를 다음과 같이 풀이하고 있다. "결과의 일부분을 미치요의 병으로 돌렸다. 그리고 육체상의 관계가 남편의 정신에 반향을 준 것이라고 단정했다. 또 그 일부분을 아이의 죽음으로 돌렸다. 그리고 다른 일부분을 히라오카의 방탕으로 돌렸다. 또 다른 일부분을 회사원으로서의 히라오카의 실패로 돌렸다. 마지막으로 나머지 일부분을 히라오카의 방탕이 빚은 경제 사정으로 돌렸다. 모든 것을 개괄한 위에 히라오카는 얻지 말아야 할 사람을 얻었고, 미치요는 시집가지 말아야 할 사람에게 시집간 것이라고 풀이했다."(十三)

고 바라보고" 있는 것이 아닐까? 이를 본 히라오카는 "아직도 그런 것을 간직하고 있었나? 빨리 뜯어서 걸레라도 해."(이상 六)라며 아내를 나무란다. 이런 히라오카의 반응은 다음과 같은 다이스케와의 대화에서 유추해볼 때, 건강이 좋지 않아서 아이를 낳을 가망이 없는 미치요에 대한 불만의 표시라고도 볼 수 있겠다.

"어린아이 일은 애석하게 되었네."

"응. 가엾게 되었지. 그 때는 정중히 위로해줘 고마웠네. 어차피 죽을 거라면 태어나지 않는 편이 좋았어."

"그 후는 어떤가? 아직 둘째는 생기지 않았나?"

"응. 아직이고 뭐고 이제 틀린 것 같아. 몸이 그다지 좋지 않아서."

(『그 후』二)

아이는 부부관계를 원만하게 해주는 매개체임이 분명하다. 그러나 이들에게는 현재 아이가 없을 뿐만 아니라 미치요가 병약하여 앞으로 아이를 낳을 희망도 없다. 그래서 그녀는 히라오카가 방탕하고 냉대해도 불만을 토로하지 못하고, 빚을 지게 된 데에는 자신의 탓도 있다고 인정하여 히라오카를 변호하고 있다. 히라오카나 미치요는 자신들의 불행의 원인이 미치요에게 있는 것으로 생각하고 있음이 틀림없다.

부부의 이와 같은 사고방식의 배후에도 역시 당시의 '이에제도'의 이데올로기가 작용하고 있음을 간과해서는 안 될 것이다. 잘 알고 있는 바와 같이 아이는 '이에제도' 하에서는 없어서는 안 될 절대적인 존재였다. 특히 '이에'를 이어 갈 상속인으로서의 아들은 더욱 중시되었고, 칠거지악이라는 것이 있어 아내가 자식(아들)을 낳지 못하면 쫓겨날 수 있었기 때문에 여성은 아이를 낳음으로써 비로소 아내의 지위가 확보되고 보증

받게 되었다. 이러한 사회적인 통념 외에도 “두 사람의 피를 나눈 애정의 결정체”로서 “눈에 보이지 않는 사랑의 정에 일종의 확증이 될 만한 형체”(『門』十三)를 주는 아이가 없다는 것은, 부부에게 기대할 만한 미래가 없다는 것도 의미하는 것이라고 하겠다. 미치요의 인상이, 똑같이 아이가 없는 『문』의 오요네お米나 『마음』의 시즈静처럼 “어딘지 모르게 쓸쓸한 느낌이 드는” 것도, 다이스케가 “창백한 미치요의 얼굴을 바라보며 그 속에서 막연한 미래의 불안”(이상 四)을 느끼는 것도 이러한 요인들과 무관하지 않을 것이다.

아들과 딸 하나씩을 둔 다이스케의 형 세이고와 우메코 부부의 경우는 그 관계가 크게 나쁘다고 지적할만한 것은 보이지 않는다. 나가이長井가의 장남으로 아버지 회사의 중요한 위치에서 바쁘게 활동하고 있는 세이고는 집안일이나 자녀 교육 등에는 거의 관여하지 않고 아내에게 맡기고 있다. 쾌활하고 적극적이며 “친절한 마음을 가진 여자”로, “직접 생활의 난관에 부딪치지 않”(十)는 우메코는 시어머니가 없는 가정의 맏며느리로서 모든 집안일을 총괄하며 매사를 시아버지와 남편의 지시에 따라 움직이고 있다.

> “형님이 어떠시냐구요.”라고 다시 물었다. 다이스케가 아까의 질문을 되풀이했을 때, 형수는 그럴듯하게 무관심한 어조로
> “어떠냐구요? 예전과 같아요.”라고 대답했다.
> “여전히 자주 집을 비웁니까?”
> “네, 아침에도 저녁에도 좀처럼 집에 있는 적은 없어요.”
> “형수님은 그래서 쓸쓸하지 않으세요?”
> “새삼스럽게 그런 걸 물으셔도 소용없잖아요.” 하고 우메코는 웃기 시작했다. (중략) 형수도 또한 다이스케가 눈치 챌 정도로 뭔가 부족한 것 같은 기색은 보이지 않았다. (『그 후』十四)

우메코는, 남편이 '좀처럼 집에 있는 적이 없어'도 이러한 일에 익숙해져 있고, 또 어쩔 수 없는 일로 받아들여 남편에 대하여 '뭔가 부족한 것 같은 기색은 보이지 않'고 있다. 그것은, 남편이 장차 물려받을 회사 일로 바쁜 것이므로 회사를 차지하기 위해서는 많은 시간을 남편과 함께 지내지 못하는 희생쯤은 감수해야 한다고 생각하고 있기 때문이라 하겠다.

이들은 당시의 이상적인 부부상이라고 보아도 좋을 것이다. 즉 공적公的영역과 사적私的영역을 명확히 분리하고 역할을 분담하여, 바쁘게 사회활동을 해야 하는 남편이 공적인 활동에만 전념하도록 아내는 사적영역인 집안일과 자녀교육을 책임지고 맡아 행함으로써 당시의 근대사회가 지향하는 이상적인 가장과 현모양처가 될 수 있었던 것이다. 우메코의 희생으로 얻는 세이고의 경제력은, 가사노동에 종사해야 할 우메코의 노동의 수고를 덜어 여가를 즐기게 해주어 남편에 대한 불만을 해소시킴으로써 가장을 가장답게 하는 권위로 작용했기 때문에 그는 아내 위에 군림할 수 있었던 것이라고 하겠다.

그러므로 우메코는 미치요와 마찬가지로 남편이 자신과 함께 있는 시간이 많지 않아도 아이들을 교육하고 여가를 즐기면서 큰 불만 없이 남편을 내조하며 시아버지를 모시고 있다. 뿐만 아니라 위기의 조짐을 보이는 회사의 경제력 강화를 위해서 "인연이 있다"(三)는 것을 구실로, 다이스케를 사가와佐川의 딸과 정략결혼을 시키려는 시아버지의 계획에 따라 이를 성사시키기 위해 남편과 합력하여 적극적으로 노력한다.

> 응접실을 지나 형의 방 쪽으로 왔더니 사람이 있는 것 같았다.
> "어머, 그래도 그건 너무해요."라고 말하는 형수의 목소리가 들렸다.

> 다이스케는 안으로 들어갔다. 안에는 형과 형수와 누이코縫子가 있었다. 형은 (중략) 이쪽을 향해 서 있었다. 다이스케의 모습을 보고,
>
> "그 봐 왔잖아. 그러니까 함께 데리고 가달라고 해."라고 우메코에게 말했다. (중략)
>
> 형은 일이 있다고 말하고 곧 나갔다. 4시쯤 일이 끝나면 연극 쪽에 들른다는 약속이란다. 그때까지 자기와 누이코 둘이서만 보고 있으면 좋을 것 같은데, 우메코는 그것이 싫다고 했다. 그러면 나오키直木를 데리고 가라고 형이 주의를 주었을 때, 나오키는 곤가스리紺絣[19]를 입고 하카마를 입고 못마땅하게 앉아있어서 안된다고 대답했다. 그래서 할 수 없이 다이스케를 데리러 보냈던 것이라고, 이것은 형이 나가면서 한 설명이었다. 다이스케는 좀 이치에 맞지 않는다고 생각했지만, 다만 그렇습니까?라고 대답했다. (『그 후』十一)

이것은 다이스케가 형수와 형이 공모하여 계획한 책략에 걸려든 대목이다. 평소 바쁘게 지내며 "연극에 대해서는 전혀 흥미가 없는 것 같은" 형이 가부키를 구경하러 간다는 것도 이상할뿐더러, 형이 일을 끝내고 나중에 극장에 들르기로 했다면 그동안 딸(누이코)과 함께 연극을 구경하고 있으면 될 텐데 그것이 싫다고 형수가 일부러 자기를 극장에 데리고 온 것은, 그의 생각처럼 '좀 이치에 맞지 않는' 일로, 이는 가부키극장에서 그와 사가와의 딸을 자연스럽게 인사시키기 위한 구실이었던 것이다. "집안에서 형수가 가장 이런 계획에 흥미를 가지고 있기 때문"(이상 十一)에, 앞으로 형수가 이 사건을 어떻게 발전시킬까 생각하고 조금 난처한 다이스케는, 여행을 떠나는 것으로 형수가 육박해오는 것을 피하려 한다. 미치요에게 끌리는 그는 사가와의 딸과 결혼할 마음이 없기 때문이다. 그러나 다이스케의 아버지는 다카기高木와 사가와의 딸을 불러

19 곤가스리(紺絣); 감색 천에 흰색으로 중간 중간에 가볍게 스친 듯한 무늬를 넣은 옷.

오찬을 대접할 테니 다이스케도 참석하라고 명령하고, 세이타로誠太郎에게서 다이스케가 여행을 떠난다는 얘기를 들은 형수는, "걱정하며 다이스케가 떠나기 전에 만나서 여행을 연기시키겠다."고 한다. 형은 이를 말렸지만, 다음 날 아침 형수는 "아버님께서 걱정하신다고 아침에 일어나자마자" 형을 졸라 다이스케에게 아버지의 명령을 전하라고 시킨다. 형수의 "육박의 수행"을 위해 "거의 다이스케의 집에 온 적이 없는"(이상 十二) 형은 다이스케의 집을 방문하여 아버지의 명령을 전하고 다음과 같이 설득한다.

> "도대체 어쩌자는 거냐. 그 여자를 얻을 생각은 없는 거냐. 좋지 않겠니 맞아 들여도. 그렇게 좋아하는 것만을 고를 정도로 마누라를 중시하면 웬지 겐로쿠元禄[20]시대의 미남자 같아서 우습다. 그 시대의 모든 사람은 남녀 상관없이 대단히 복잡한 사랑을 한 모양이지만, 그렇지도 않았나? —뭐 아무래도 좋으니까 되도록 노인네를 화나게 하지 않게 해 주렴."
>
> (『그 후』十二)

다이스케를 사가와 딸과 결혼시키는 일에 형수가 이렇게 적극적인 것은, 머지않아 시아버지가 은퇴하면 회사는 장남인 남편이 차지하게 될 것이고, 차남인 다이스케가 결혼하여 독립하면 그를 부양하지 않아도 되기 때문이다. 우메코는 남편이 가부장제의 이데올로기에 의해 가독을 상속하여 가장으로서의 권력을 부여받을 장남으로서 가족을 부양해야 할 의무도 있다는 것을 잘 알고 있는 것이다.

형 또한 장남으로서의 자신의 위치를 뚜렷이 자각하고 있어 될 수 있는 대로 아버지의 뜻을 거스르지 않도록 노력하며 묵묵히 아버지를 따

20 겐로쿠(元禄); 에도 중기(江戸中期), 히가시야마천황조(東山天皇朝)의 연호(年号).

르고 있는데, 이는 가독 상속인으로서의 권리를 유지하기 위해서이다. 그리고, 실업계에 곤란과 위험이 발생할 때 대지주인 사가와처럼 지방에 튼튼한 기초를 갖고 있는 "친척이 한 집 정도 있는 것은 대단히 편리하고, 또한 이제 굉장히 필요하다."(十五)고 생각하고 있기 때문이다.

요컨대 세이고와 우메코 부부는 당시의 사회가 지향하는 이상적인 부부라고 말할 수 있지만, 이들 부부가 보여주는 관계의 배후에도 '이에제도'와 가부장제의 이데올로기가 작용하고 있다고 하겠다.

2. 기능

1) 『재생』

앞에서, 나라와 민족을 위해 헌신하려는 고귀한 이상理想을 품고 노력하는 순수하고 진실한 여학생 순영이 차차 변하여, 영혼이 있는 봉구를 버리고 돈 많은 윤희와 결혼하여 노정하는 부부관계의 양상을 통하여 그녀의 불행한 삶의 모습을 확인하였다. 따라서 순영의 불행은, 어디까지나 그녀 자신의 선택에 따른 결과로서 시사하는 바가 크지만, 그녀가 그러한 선택을 하게 된 이유를 규명해보면 그녀에게만 책임을 묻고 비난할 수만은 없다는 것을 알게 된다. 이유 규명의 단서가 될 당시의 시대상이 텍스트에는 다음과 같이 묘사되어 있다.

> (전략) 삼일 운동 당시의 시대 정신의 영향으로 그들은 거의 다 애국자였었다. 만세통에는 숨어 다니며 태극기도 만들고 비밀 통신도 하고 비밀 출판도 하다가 혹 경찰서 유치장에도 가고 그 중에 몇 사람은 징역까지 치르고 나왔다. (중략) 그러나 만세 열이 식어 가는 바람에 하나씩 둘씩 모두 작심삼일이 되어 버려서 점점 제 몸의 안락만을 찾게 되었다. (후략)
>
> '연애와 돈' 이것이 그들의 정신을 지배하는 종교다. 그러나 이것은 여

> 자뿐이 아니다. 그들의 오라비들도 그들과 다름없이 되었다. 해가 가고 달이 갈수록 그들의 오라비들의 마음이 풀어져서 모두 이기적 개인주의자가 되고 말았다. 오라비들이 미두를 하고 술을 먹고 기생집에서 밤을 새우니 그들의 누이들은 돈 있는 남편을 따라 헤매지 아니할 수가 없었다. 이리하여 조선의 아들과 딸들은 나날이 조선을 잊어버리고 오직 돈과 쾌락만 구하는 자들이 되었다. 교단에서 분필을 드는 교사도 신문 잡지에 글을 쓰는 사람도 모두 돈과 쾌락만 따르는 이기적 개인주의자가 되고 말았다. (『再生』下篇:259-260)

일제에게 빼앗긴 국권을 회복하기 위해 온 국민이 합심하여 독립운동을 할 때는 자신보다 나라가 우선이었다. 그래서 모두가 나라나 백성을 위하여 일생을 바친다는 생각으로 어떤 고난이라도 감수했는데 순영도 그 중의 한 사람이었다. 그러나 3·1운동이 일제의 탄압으로 실패로 끝나자 모든 것이 변하였다. 실의에 빠진 젊은이와 지식인들은 자신의 안락만을 추구하게 되어 '모두 돈과 쾌락만 따르는 이기적 개인주의자'가 되어버렸고, 학교에는 더 이상 "학생들이 제 몸을 희생하여 조국을 위하려 힘쓰려는 자극을 받을"(上篇:68)만한 선생들이 없었다. 더욱이 순영에게는 가장 감화하는 힘이 많은 셋째 오빠 순흥이 투옥되어 그의 감화를 받을 길이 없어져버렸다. 지금까지 자신을 올바르게 인도해주던 안내자들을 잃고 갈 바를 찾지 못한 순영은, 변화된 사회 분위기에 편승하여 세상 풍조를 그대로 따르는 사람이 되고 말았다. 특별히 자신만의 투철한 사상이나 확고한 신념을 갖고 있지 못한 그녀로서는 이러한 선택이 어쩌면 자연스러운 것이었는지도 모르겠다.

그러므로 순영의 잘못된 선택에 대한 원인遠因은, 한국인들을 국권 회복에 대한 희망대신 절망감과 허무감에 빠뜨려 타락하고 부패한 사회로 변질케 한 3·1운동의 실패에 있다고 하겠으나 근인近因은, 현상적 유혹에 쉽게 넘어가며 외적 현실에 쉽게 동조하는 순진하고 단순한 성격의 순영을 타락의 길로 이끌어간 둘째 오빠 순기와 지인知人 명선주에게 있다고 하겠다.

사업 실패로 자금이 필요한 순기는, 순영을 중년의 부자 백윤희에게 첩으로 주고 사업자금을 받아내려는 속셈으로 그녀를 속여 윤희의 집에 데리고 가 선을 보인 후 결혼을 강권한다. 이 책략을 알아챈 순영은, 오빠를 미워하면서도 한편으로는 윤희의 모습과 화려한 저택에 마음을 빼앗겨 봉구와 윤희 사이에서 갈등하게 된다. 즉 양수집병兩手執餠의 그녀에게 돈 많은 윤 변호사의 첩 선주는, "그러면 두 손의 떡을 다 먹구려. 이 떡 한 입 먹고 저 떡 한 입 먹고 그러면 안 좋은가. 하나만 먹으면 물리지 않우? 지금 세상에 누구는 안 그런답디까. (중략) 그렇게 망설일 게 무엇이오?"(上篇:99)라고 확신 있는 어조로 말하여, 순영에게는 대단히 지혜롭고 경험이 많아 존경할 만한 사람으로 받아들여진다. 순영은, "돈이 제일이지……사랑하는 남자는 남편 몰래는 좀 못 보오? 그것이 더 재미가 있다우!"(下篇:244) 하던 선주의 말을 그 자리에서는 비웃었지만, 그 말은 결국 그녀의 일생을 지배하여 봉구보다는 윤희를 선택하도록 만들어 전술前述한 바와 같은 삶을 살게 했다.

"소설을 '모시대某時代의 모방면某方面의 충실한 기록'으로 보는 경향이 많은" 춘원은 『재생』을 "만세운동이후 1925년경의 조선의 기록"이라면서 자신의 "의도가 그것들의 충실한 묘사에 있었다는 것만은 사실이다."[21] 라고 술회하고 있고, 「『재생再生』 작자作者의 말」에서는 그의 눈에 비친 '만세운동 이후 1925년경의 조선'의 시대상을 다음과 같이 표현하고 있다.

21 李光洙, 「余의 作家的 態度」, 『李光洙全集』第16卷, 三中堂, 1964, p.193.

지금 내 눈앞에는 벌거벗은 조선의 강산이 보이고, 그 속에서 울고 웃는 조선 사람들이 보이고, 그중에 조선의 운명을 맡았다는 젊은 남녀가 보인다. 그들은 혹은 사랑의, 혹은 황금의, 혹은 명예의, 혹은 이상의 불길 속에서 웃고 눈물을 흘리고 통곡하고 미워하고 시기하고 죽이고 죽고 한다. 이러한 속에서 새 조선의 새 생명이 아프게, 쓰리게, 그러나 쉬임 없이 돋아 오른다.—이런 것이 지금 내 눈앞에 보인다.[22]

그리고 이와 같은 시대상을 여실히 묘사하려는 자신의 동기를,

1. 그 시대의 지도정신과 환경과 인물의 특색과 및 시대의 약점등을 폭로・설명하자는 역사학적・사회학적歷史學的・社會學的 흥미.
2. 전시대前時代의 해부로 인하여 차시대次時代의 진로를 암시하려는 미충微衷.
3. 재현再現, 묘사描寫 자신의 예술적흥미藝術的興味 등이다.[23]

라고 언급하고 있다. 이러한 작가 의도는 그의 최초의 장편소설 『무정』에서부터 찾아볼 수 있는데[24], 『재생』에서도 동일하게 드러나고 있어 『재생』을 『무정』의 속편[25]으로 읽는 근거가 되고 있다.

요컨대, 춘원은 독립운동의 실패 후 절망감과 허무감에 빠져 '모두 돈과 쾌락만 따르는 이기적 개인주의자'가 된 사회 분위기에 편승하여 모두가 가는 길을 선택한 순영의 삶, 다시 말해 그 시대의 희생자라고도 할 수 있는 순영의 불행한 삶의 모습을 '충실히 묘사'함으로써, 실의에 빠진 민족의 현실을 '폭로・설명'하고 그 지향指向을 피력하고자 했다. 즉, 젊은이들에게 경각심을 불어넣어 '그 시대의 조선청년의 진로에 한

22 李光洙, 「『再生』 作者의 말」, 앞의 책, p.270.
23 주21의 책, p.194.
24 제2장 주19 참조.
25 주15 참조.

암시를 주'고자 했다고 하겠다.

작품의 배경이 된 1925년경의 시대상은 김순영, 신봉구, 백윤희, 명선주, 윤 변호사, 김순기, 김경훈, 최씨 등, 여러 등장인물들의 삶의 모습에서 그 편린들을 찾아볼 수 있으나, 그중에서도 순영·윤희의 부부관계는 위와 같은 작가 의도의 구현을 위해 가장 중요하게 기능하고 있다고 하겠다.

윤 변호사의 첩 선주는, 3·1운동의 실패로 주위에 자극과 감화를 받을 사람이 전무한 상태에서 방황하는 순영의 생각과 선택에 지대한 영향을 주는 인물이다. 그러나 순영을 부추겨 자신과 똑같은 길로 유도해 가는 선주 또한 당시의 사회가 만들어낸 희생자라는 것을 간과해서는 안 될 것이다.

> "(전략) 지금이니 말이오마는 처음 나를 버려 준 사내가 누군데? 우리 학교 선생이라우. 내가 재주가 있고 장래성이 있다구 퍽 귀애해 줍디다그려. 그래서 나도 따랐지. 내 나이보다 아마 이십년은 위야. 어쨌으나 그 친구의 딸하고 나하고 한 반이니깐. 해서 그 후에 알아 본즉 그 작자는 내 장래를 위하여 나를 귀여워해 준 것이 아니라 내 낯바닥이 빤빤하니깐 그랬던 거야. 나를 일본으로 유학 보내 줍네 하고 끌고 가다가 버려 놓고는 시치미 뚝 떼고 여전히 그 학교의 선생이시라누……아주 얌전한 학감 선생이시라누, 세상이 다 그런 거야. (중략) 이기주의라나, 제 몸만 이롭게 하려는 주의 말이야. 세상이 다 그거야요. 사랑도 그렇구……."
>
> (『再生』上篇:101-102)

선주가 지금과 같이 타락한 삶을 살게 된 것이 자신을 속이고 버려놓은 학교 선생 때문이라는 고백은 당시의 사회가 얼마나 타락했는가를 잘 대변해주고 있다. 학생들을 올바로 지도하고 이끌어주는 대신 어린 여학생을 유인하여 자신의 쾌락만을 추구한 자가 '시치미 뚝 떼고 여전히 그 학교의 선생'으로 남아 있다는 것은 그만큼 사회가 크게 타락했다는 반증이 아니겠는가? 이러한 사회의 희생자가 된 선주는, 자포자기의 상태에서 자신도 타락한 그들과 똑같이 '이기주의자'가 되어 사랑도 결혼도 '흥정'이라며 철저하게 계산적인 삶을 살고 있다. 타락한 세상을 살아가기 위해 나름대로 터득한 처세술로 단단히 무장한 선주는, 자신의 선택에 확신을 갖지 못하고 끊임없이 망설이며 괴로워하는 순영에게 "자기의 어려운 문제를 해결해 줄 지혜를 가진 사람"(上篇:98)으로 받아들여져 영향력을 발휘하고 있고, 그 남편 윤 변호사는 윤희 집 소송 사건은 다 맡는 등 윤희와 오랜 친구 사이로, 젊은 첩을 두었다는 점에서 순영·윤희와 동류同類의 부부이다. 이들 사이의 오랜 친분과 동류의식은 순영·윤희와의 결혼과 그 생활을 유지해 가는 데에 크게 작용하고 있다.

> "용하셔요—과연 용하시단 말씀이야요. 아주 사실같이 말씀하시는데, 어쨌으나 검사가 땀을 빼었어요. 이번에 부인께서 그렇게 증인을 서 주셨기 때문에 혹 일심에는 그것이 큰 효력을 못 내더라도 복심 법원이나 고등 법원에서는 반드시 큰 문제가 될 것이지요."
>
> 윤 변호사는 연해 칭찬을 한다.
>
> "글쎄 어쩌면 그렇게 능청스러워? 모르는 사람 같으면 꼭 참으로 알 테야!"
>
> 선주는 이렇게 말하면서 순영의 어깨를 툭 쳤다. 순영은 모든 것을 깨달았다.
>
> 그러나 <u>윤 변호사 내외가 자기를 구원해 주려는 호의</u>가 고마운 것보다 더 그 능청스러움이 미웠다. 하기는 윤 변호사는 멋도 모르는지 모른다.
>
> (중략)

"누구는 안하나? 사내들은 더한 걸!"

순영이가 와서 백과 사이에 아무 풍파가 없는 것을 보고 윤 변호사 내외는 만족한 듯이 돌아 갔다. 이러한 말을 남기고.

(중략)

"사내들이란 밝은 체하지만 잘 속아요. 우리가 다 좋게 말했으니 암말 두 마우— 그리고 몸이 곤하다구, 그러구 자 버리구려."

하고 등을 두어 번 툭툭 치고 갔다. (『再生』下篇:204-205)

순영은, 사형 선고를 받은 봉구를 구하기 위해 법정에서 자청 증인으로 나서 그와의 관계를 모두 밝힌 후 백씨 집 대문을 쫓겨 날 것을 각오하고 귀가했다. 그러나 이미 내방하여 윤희의 마음을 풀어 놓은 윤씨 부부의 활약으로 남편 사이에 '아무 풍파가 없'이 넘어가 결혼생활을 그대로 유지할 수 있게 된다. 순영의 비밀을 모두 알고 있는데다 "순영보다 더 그 방면으로는 능란하고 씻"(上篇:98)긴 선주는, '누구는 안 하나? 사내들은 더한걸!' 하며 걱정하는 순영을 위로하면서 대처하는 방법도 일일이 알려 주는 등, 보호자처럼 행동한다.

처음부터 순영 · 윤희의 약혼식에 증인으로 참석하여 두 사람의 결혼과 그 유지에 깊숙이 개입한 명선주 · 윤 변호사 부부는, 순영 · 윤희 부부를 중심으로 전개되는 타락한 사회상의 폭로와 고발을 위해 당시의 타락한 삶의 유형을 대표적으로 보여주는 부부로 등장하여, 순영을 타락으로 이끄는 유력한 조력자로 기능하고 있다고 하겠다.

백윤희 · 본처, 김순흥 부부의 경우는, 과거의 전통적인 이데올로기에 순응하여 살아가는 부부의 전형적인 관계 양상을 보이고 있다. 여기에서 주목하고 싶은 것은, 아내들이 부당한 대우를 받더라도 일방적으로 감수할 수밖에 없도록 정해 놓은 악습으로 남편의 횡포가 조장되어 수많은 여성들이 불행한 삶을 강요받았다는 사실이다. 그 대표적인 예가,

병 든 몸으로 딸 다섯을 낳았어도 아들을 낳지 못했기 때문에 남편이 여학생 첩을 얻어도, 이혼을 당한다 해도 불만을 표출하지 못하고 받아들여야 하는 윤희의 본처이고, 자신의 분수를 잘 알고 빠른 상황 판단에 따라 적절한 조치를 취할 줄 알며, 남편과 아들딸에게 헌신적인 사랑을 쏟는 데도 남편에게 사랑받지 못한 채 평생 말없이 인고의 삶을 살아가는 순흥의 아내이다. 이들은 모두 한국의 전통적인 가부장제와 조혼제도가 만들어낸 희생양이라고 하겠다.

또한 윤희 본처의 경우는, 그녀 자신만의 불행으로 끝나지 않고 그 여파가 순영에게까지 미치고 있음을 간과해서는 안 될 것이다. 전통적인 이데올로기에 의해 정해진 구습에 따라 돈 많은 윤희는, 본처가 병이 든 것과 아들을 낳지 못한 것을 빌미로 아무 죄책감도 없이 기생첩을 들이다가 여학생 장가를 가기 위해 본처와의 이혼도 불사하겠다며 순영을 유혹하여 첩으로 맞아들이게 되고, 이는 결국 순영의 불행으로 이어지기 때문이다.

순흥의 아내는, 이유 없이 남편에게 사랑받지 못해도 자신의 불만이나 바람 등을 한 마디도 말하지 못하고 묵묵히 인고의 삶을 살다가 남편을 대신하여 목숨을 바친다. 순흥은, 아내의 헌신적인 진실한 사랑에 의해 지금까지의 자신의 삶의 태도를 반성하고 새로운 삶을 살기로 결심한다. 이러한 순흥 부부의 관계는, 전통적인 이데올로기에 매몰된 남성의 사고방식이 여성의 일방적인 희생과 헌신 없이는 절대로 변하지 않을 정도로 강고함을 보여주고 있다. 따라서 윤희·본처, 순흥 부부의 관계는 작품에 등장하는 여성은 모두다 시대의 희생자가 될 수밖에 없음을 잘 보여주고 있다고 하겠다.

2) 『그 후』

『그 후』에서도 원만치 못한 부부관계를 보여주는 히라오카 · 미치요 부부는 물론, 당시의 사회가 지향하는 이상적이고 전형적인 부부라고 말할 수 있는 세이고와 우메코가 보여주는 관계의 배후에 '이에제도'와 가부장제의 이데올로기가 작용하고 있음을 볼 수 있었다. 그렇다면 이들의 경우는 작품의 구조, 사건 전개, 작가 의도 등에 어떻게 기능하고 있을까?

결론부터 말하자면 히라오카와 미치요의 소원한 부부관계는, 다이스케의 삶을 통해 작품의 주제를 말하고자 한 작가의 의도를 구현하기 위한 한 축으로 기능하고 있다고 하겠다. 『그 후』의 주제는, 작가가 예고문[26]에서 밝히고 있듯이 '마지막에 묘한 운명에 떨어'지는 주인공의 삶 속에서 찾아야 하는데, 작품의 구조는 주인공 다이스케의 삶을 결정하는 데에 있어서 미치요, 히라오카와의 관계가 필요 불가결한 조건으로 되어 있어, 이들 부부의 관계 양상은 주제를 도출하기 위한 중요한 요인으로 작용하기 때문이다.

소세키는, 주로 메이지사회의 사회상이나 문명비판에 경도되어 있던 관심이 인간 내부의 문제에 보다 더 기울기 시작한 작품 『그 후』[27]에서, 근대적 자아[28]에 눈뜬 인간이 복잡한 근대사회에서 그 삶을 어떻게 영

26 "여러 의미에서 『그 후』다. 『산시로』에는 대학생의 일을 그렸지만, 이 소설에는 그 다음의 일을 썼기 때문에 '그 후'다. 『산시로』의 주인공은 그처럼 단순하지만, 이 주인공은 그 후의 남자이기 때문에 이점에서도 '그 후'다. 이 주인공은 마지막에 묘한 운명에 떨어진다. 그 다음에 어떻게 될지는 쓰지 않았다. 이 의미에 있어서도 또한 '그 후'다." 1909. 6. 21, 「東京朝日新聞」, 『漱石全集』第21巻, 岩波書店, 1956, p.186.

27 가타오카 요시카즈(片岡良一)는, 『그 후』가 문제의 탐구를 외부 사회에서 인간의 내부로 전환한 점에서 문학사상 중요한 전환의 시초라고 지적했다. 片岡良一, 『夏目漱石の作品』, 厚文社, 1955, 참조.

28 '근대적 자아'에 대해서는 논자들에 따라 해석이 다양하여서 한마디로 간단히 설명하기가 쉽지 않기 때문에, 여기에서는 소세키가 "영문학 연구를 통해서의 유렵 정신과의 대면에 의해 근대적 자아의 확립을 꾀"(高橋和己, 「夏目漱石における近代」, 『文芸読本 夏目漱

위해야 할 것인가를 실험적으로 추구하기 위해 다이스케, 미치요, 히라오카가 벌이는 삼각관계를 통해 그 진상을 규명코자 했다[29]. 그러므로 미치요 · 히라오카가 창출하는 부부관계, 즉 그들의 삶의 양상은 다이스케의 삶의 향방을 결정하는 한 축軸이 되어 작품의 주제에까지 영향을 미치는데, 이를 상술詳述하면 다음과 같다.

주인공 다이스케는 메이지 사회의 근대화 정책, 이른바 문명개화에 의해 배양된 근대적 자아에 눈 뜬 "전형적인 근대인"[30]으로서 자기본위의 신념을 마음껏 실천하고 있는 인물이다. 대학을 졸업하고 나서 지금까지 직업을 가진 적이 없는 독신자로, 독립하여 가사를 돌보는 할멈과 서생까지 두고 아무 부족함 없는 생활을 하고 있다. 그는 아침에 눈을 뜨면 심장에 손을 대고 "심장의 고동을 확인"하는 버릇이 있고, 세수하면서 자신의 "치열이 고른 것을 항상 기쁘게 생각"하고 "피부에는 섬세한 일종의 광택"이 있는 것에 만족하고, "필요하면 분까지 바를지 모를 정도로 육체에 긍지를 갖는 사람"(이상 一)이다. 거울에 비친 자신의 모습에 반하는 등, 자신에게만 관심을 갖는 다이스케는 자기 자신을 사랑하는 사람으로, 그만큼 자아의식이 강한 사람이라고 할 수 있다. 다이스케의 자아의식은 육체만이 아니라 정신세계에도 작용하여 그를 특수한 이론가로 만들었다.

石』, 河出書房新社, 1980, p.52.)하려 한 과정에서 획득한 자기본위, 즉 "자기가 주인이고 타인은 손님"(夏目漱石, 「私の個人主義」, 『漱石全集』第21巻、岩波書店, 1956, p.142.)이라는 신념을 가진 자아로 이해하고자 한다.

29 『그 후』는, 스토리가 다이스케, 미치요, 히라오카의 삼각관계를 중심으로 전개되기 때문에 연애소설(예를 들면, 猪野謙二, 「漱石の『それから』」, 『明治の作家』, 岩波書店, 1966. 平岡敏夫, 「『それから』論」, 『漱石序説』, 塙書房, 1976. 등), 또는 간통소설(千種キムラ・スティーブン, 「姦通文学としての『それから』」, 『漱石文学』第十巻, 翰林書房, 1998.)로 평해지는 일도 있으나, 이 삼각관계는 근대적 자아의 행방을 묻기 위한 소재(素材)로 사용된 것이라고 볼 수 있다.

30 山室靜, 「漱石の『それから』と『門』」, 『日本文学研究資料叢書 夏目漱石 I 』, 有精堂, 1982, p.191.

다이스케는 "그 자신의 특유한 사색과 관찰력"에 의해 자신이 살고 있는 메이지 사회의 현상을 간파하여 그 병폐를 날카롭게 공격하고 있는데, 그의 논리는 "왜 일하지 않느냐"는 친구 히라오카의 질문에 대한 답변에 잘 나타나 있다. 그는 자신이 일하지 않는 것은, "일본사회가 정신적, 덕의적, 신체적으로 대략 건전"하지 못하기 때문이고, 일본사회가 이렇게 된 것은 "서양 대 일본의 관계가 잘못 됐"기 때문이다. 그러므로 자신은 현실사회에 관여하지 않고 "있는 그대로의 세계를 있는 그대로 받아들여 그 중에서 나에게 가장 적합한 것에 접촉하여 만족한다."(이상 六)는 것이다. 따라서 "빵에 관련된 경험은 절실할지 몰라도 이를테면 열등"(二)한 것이고, "일 하는 것도 좋지만 일을 한다면 생활 이상의 일이 아니면 명예롭지 못하다. 모든 신성한 노력은 모두 빵을 떠나 있다."(六)며 생활을 위한 직업을 부정한다. 이러한 직업관은, "자기 본래의 활동을 자기 본래의 목적"이라 생각하고 "자기 활동 이외에 일종의 목적을 세워서 활동하는 것은 활동의 타락이 된다."는 그의 "무목적無目的 행위"(이상 十一)론에서 비롯된 것으로, 철저한 자기본위의 입장에 의한 것이라고 하겠다. "즉물적卽物的, 즉자적卽自的인 사실, 자기의 생리적 쾌 불쾌만을 인식과 행위의 가치 기준"[31]으로 삼는다는 것은, 자기 존재의 목적을 자기 이외의 어디에서도 찾지 않는다는 것이다. 이러한 점에서 다이스케의 논리는, 자아의식이 강한 자기본위의 사람들이 원망願望하고 있는 이상일지 모른다. 그러나 이것은 "돈에 어려움이 없다."(六)고 하는 전제 조건 없이는 결코 현실에 적용하기 어려운 이상에 불과하다고 하겠다. 다이스케의 논리는, 그의 논리 속에서 경멸하는 것으로 얻은 아버지와 형의 돈이 있음으로 해서 비로소 성립되기 때문이다.

31 樋野憲子, 「『それから』論と－「自然」との出会い－」, 內田道雄・久保田芳太郎 編, 『作品論 夏目漱石 I』, 双文社出版, 1976, p.186.

이상과 같이, 타인의 노동에 의존하여 기생하는 고등유민 다이스케는, 철저한 자기본위의 입장에서 자기 나름의 논리를 정립하고 그 논리에 입각하여 자신에게만 충실한 삶을 즐기는 사람이지만, 그 논리가 타인에게 압력을 가하지 않고 그 자신에게만 작용하는 한, 그것은 이상적이고 도덕적이라고 할 수 있겠다. 즉, 생활을 위한 직업과 열성熱誠을 부정하여 현실사회와 인간에 대하여 관계를 끊고, 자신을 "nil admirari"(二)[32]의 경지에 있다고 생각하여 매사를 방관적으로 바라보는 다이스케의 삶의 방식은, 그 자신에게만 있어서는 이상적이고 도덕적일 수 있다. 그러나 이러한 다이스케의 세계는, 히라오카・미치요 부부의 상경을 계기로 붕괴되지 않을 수 없게 된다. 지금까지 자기 자신의 일에만 적용된 다이스케의 논리가 타인을 향해 작용하게 되고, 그 결과 그는 가족과 사회의 압박을 피할 수 없게 되어 지금까지 경멸해온 "먹기 위한 직업"(六)을 찾지 않으면 안 되는 자기모순에 빠져버리기 때문이다. 그 과정을 다이스케와 미치요와의 관계를 중심으로 살펴보도록 하겠다.

다이스케는 "중학교 때부터의 친구로, 특히 학교를 졸업한 후 1년간은 거의 형제처럼 친하게 왕래했"(二)던 히라오카의 부탁으로 또 다른 친구 스가누마菅沼의 누이동생인 미치요를 그에게 주선하여 두 사람을 결혼시켰다. 부부는, 근무처인 지방으로 갔다가 히라오카가 직장에서 실패하여 새 직장을 찾기 위해 3년 만에 도쿄로 돌아온다. 이들과 재회한 다이스케는 두 사람의 부부관계가 냉랭한 데다, 회사원으로서의 히라오카의 실패로 미치요가 생활고에 시달리고 있음을 알게 된다. 그는 처음에는 동정심에서 여러 가지로 원조하지만, 그러는 동안 자신의 본심에 직면하게 된다.

32 nil admirari; 무엇에도 놀라지 않는다는 뜻.

즉, 3년 전 미치요를 히라오카에게 주선했던 것은 자신이 미치요에게 관심이 없었기 때문이 아니다. 실은 히라오카보다 먼저 미치요를 좋아하고 있었지만, 미치요에 대한 사랑을 고백하며 결혼하도록 도와달라는 히라오카의 부탁을 받고 자신의 미래를 희생하더라도 친구의 바람을 이루어주는 것이 친구의 본분이라고 생각했기 때문이었다. 그러나 그 일은 어설프게 행한 의협심에 불과하다는 것을 비로소 알게 된 것이다. 그러므로 다이스케는 불행한 결혼생활을 하고 있는 미치요에 대해서 가엽게 생각함과 동시에, 이것이 "너무나 자연[33]을 경멸한"(十六) 자기 행위에 의한 것이라고 생각하여 점점 그 일을 후회하게 된다. 즉, 다이스케는 건강도 좋지 않은 미치요가 남편의 사랑을 잃고 생활고와 외로움으로 힘들어하는 것을 보았기 때문에, 3년 전의 자신의 행위에 의해 불행해진 미치요에 대해 책임감 같은 것을 느끼고, 그 보상의 의미로 그녀에게 "자신의 성의"(十四)를 다하고 있는 것이라 하겠다. 이러한 마음에서 시작된 미치요에 대한 다이스케의 관심은, 그녀에 대한 애정을 확인하고 그것이 부정하기 어려운 일이라는 것과 자신의 현재 생활의 공허함을 알게 해주는 요인이 되었다.

따라서 미치요와 히라오카의 소원한 부부관계는, 다이스케가 미치요에 대한 자신의 본심을 확인하고 그에 따른 삶의 향방을 결정하는데 있어서 필요불가결한 조건으로 기능하고 있다고 말할 수 있겠다. 만일 미

33 '자연'의 의미에 대해서는 여러 논자(桶谷秀昭, 『夏目漱石論』, 河出書房新社, 1972. 樋野憲子, 「『それから』論－「自然」との出会い－」, 内田道雄・久保田芳太郎 編, 『作品論 夏目漱石 I 』, 双文社出版, 1976. 瀬沼茂樹, 『夏目漱石』, 東京大学出版会, 1979. 등)가 설명하고 있어 그 내용은 조금씩 다르지만, 이들을 종합해보면 '자연'은 자기에게 속하면서 자기를 초월하는 것이고, 모든 인위적인 것보다 위대한 것이고, 원초적, 이상적인 것이어서 인간을 아주 행복하게 해주지만, 한편 고통이 되기도 한다는 의미라고 하겠다. 작품 『그 후』 속에서 설명되고 있는 '자연'은, "인간이 만든 모든 계획보다도 위대한 것"(十三)이고 "순수하고 티 없이 평화로운 생명"(十四)이고, '이해타산' '도덕'을 초월하는 것이다. 또 '자연'은 "하늘의 뜻"(十三)이라는 존재의 원리로서 의식되고 있다.

치요가 히라오카와 행복한 결혼생활을 영위하고 있었다면 다이스케는 결코 위와 같은 생각을 하지 못했을 것이기 때문이다.

뒤늦게 미치요에 대한 사랑을 확인한 다이스케는 "직선적으로 자연이 명하는 대로 발전시킬 것인가, 또는 전혀 그 반대로 나가서 아무 것도 모르던 옛날로 되돌릴 것인가 어느 쪽을 택하지 않으면 생활의 의의를 상실하는 것과 같다."고 생각하게 된다. 다이스케는 '자연이 명하는 대로' 행동하면 "하늘의 뜻에는 맞지만, 사람의 법도에 어긋난다."(이상 十三)고 하는 현실에 부딪쳐 "자연의 아이가 될 것인가, 또는 의지의 사람이 될 것인가" 망설이지만, 아버지가 권하는 정략적인 혼담 때문에 결단하지 않을 수 없게 된다. 결국 다이스케는, '의지의 사람'이 되어 아버지가 권하는 혼담을 받아들여 사가와의 딸과 결혼한다 해도 미치요에 대한 자신의 '자연'의 감정을 속박할 수 없다고 한다면 그것은 "고통을 더하기만 할"것이고, 또 새로운 위선으로 괴로워하지 않기 위해서는 '자연'의 의지에 따르는 길밖에 없다고 결단하고 "적극적인 생활"(이상 十四)에 들어가기 위해 미치요에게 사랑을 고백하고 그 사랑을 관철시키려고 한다.

그러나 이러한 다이스케의 행위는 그 자신에게는 지복至福을 가져다주겠지만, 히라오카에게는 회복할 수 없는 명예훼손이 되어 크게 상처받게 된다. 게다가 세상의 규범과도 충돌하여 사회는 그들을 용서하지 않을 것이 틀림없다. 다이스케는 자신의 '자연'의 의지에 따르기 위해서는 모든 것과 싸워야 하고, 또 자신이 취한 행위에 대해서는 책임을 져야한다는 것을 알면서도 자신의 생각대로 밀고 나간다. 그 결과, 히라오카는 물론 아버지와 형에게서도 의절을 당하여 지금까지 보장되었던 경제적 기반이 붕괴되고 만다. 그러나 경제적인 기반 없이는 애써 획득한 '안위' '자유' '평화'도 충분히 향유할 수 없기 때문에, 다이스케는 자신의 자유와 권리를 지켜 향유하기 위해 경멸해 마지않던 '먹기 위한 직업'을 찾지 않으면 안 되는 자기모순에 빠져버린다. 불안과 동요의 회오리에 휩싸여 일자리를 찾으러 염천에 밖으로 뛰쳐나간 다이스케는, 착란상태에서 "자신의 머리가 다 탈 때까지 전차를 타고 가려고 결심"(十七)한다.

이 다이스케의 모습은, 개인에게는 행복이고 이상적인 '자연'이 사회에 있어서는 타인을 상처 받게 하고 자신도 상처를 받게 됨을 보여주는 것이라 하겠다. '자연'의 의지에 따르는 행위는 결국 '자기가 주인이고 타인은 손님'이라는 자기본위의 입장을 관철시키는 것에 다름 아니다. 자기를 '주인'으로 생각하여 자기가 원하는 대로 행동하는 것은 당사자에게는 가장 바람직한 일로 '행복'이 되겠지만, 그 행위가 당사자에게만 한정되지 않고 타인과 관계가 있을 때는 타인의 개성이 상처받게 된다. 타인의 개성을 존중하면서 자기를 '주인'으로 생각하는 것은 거의 불가능하기 때문이다. 따라서 자기를 '주인'으로 생각하여 타인의 개성에 상처를 주면, 타인이 '주인'을 주장할 때 그것에 의해 자신도 상처를 받지 않을 수 없게 된다.

소세키는, 근대적 자아의 소유자인 다이스케의 삶의 태도를 통하여 자기의 '자연'의 의지에 따르는 일, 즉 자기본위의 입장을 관철하는 일은 근대적 자아를 확립한 개인에게는 이상적인 것이지만, 그것이 개인을 떠나 타인, 즉 사회를 향해 작용할 경우에는 추악한 에고이즘으로 나타나게 되어 타인뿐만 아니라 자신도 상처받을 수밖에 없다는 모순을 보여주고 있다. 개인에게는 이상적인 자기본위의 입장이 사회에 있어서는 추악한 에고이즘으로 나타나고, 그 때문에 사회로부터의 압박을 피할 수 없게 되어 결국 파멸해버린다면 근대인은 어떻게 살아가면 좋은가라는 문제가 『그 후』에 제기된 최대의 문제라고 하겠다.[34]

요컨대 미치요・히라오카의 소원한 부부관계는, 이 문제를 실험적으로 추구하기 위한 다이스케의 삶의 태도를 결정하는 계기를 만들어 주제 도출에 필요불가결한 요소로 기능하고 있다.

세이고 · 우메코 부부는, 충실하게 '이에제도'와 가부장제의 이데올로기에 따라 삶으로써 당시의 사회가 지향하는 이상적인 부부관계를 보여주고 있지만, '자연'의 의지에 따라 살려는 다이스케에게는 맞서서 싸워야 하는 적敵으로 기능하고 있다. 따라서 다이스케가 '자연'의 의지에 따라 미치요와의 사랑을 관철시키자, 형도 아버지와 똑같이 의절을 선언하여 그를 압박하고 고립무원의 상태로 내몰아 착란상태에 빠지게 한다.

이상, 춘원의 『재생』과 소세키의 『그 후』에서 보이는 부부관계의 양상과 기능에 대하여 고찰했는데 이를 요약, 정리하면 다음과 같다.

『재생』은, 춘원이 작가로서의 자신의 '재생'을 모색[35]하는 한편, 3 · 1운동에 참가했던 한국의 젊은이들의 패배한 모습을 통해 그들에 대한 질타와 함께 '재생'을 촉구하기 위해 자신이 "가진 모든 동정과 모든 심정과 모든 힘을 다하여"[36] 쓴 작품이다. 그는, 독립운동의 실패 후 절망감과 허무감에 빠져 '모두 돈과 쾌락만 따르는 이기적 개인주의자'가 된 사회 분위기에 편승하여 살아가는 주인공 김순영의 부부관계와, 타락한 삶을 사는 대표적인 인물로서 순영을 타락으로 이끄는 유력한 조력자로 기능하고 있는 명선주의 부부관계를 통하여 보여주는 불행한 삶의 모습을 '충실히 묘사'함으로써, 실의에 빠진 민족의 현실을 '폭로 · 설명'하고 그 지향을 피력하고자 했다. 즉, 젊은이들에게 경각심을 불어넣어 '그 시

34 吳 敬, 「『それから』考－近代的自我のゆくえ－」, 『德成女大論文集』14, 1985. 참조.
35 허영숙과의 사랑과 애정 도피, 독립운동과 3 · 1운동의 좌절, 상해(上海)에서의 방황, 세상의 무성한 소문 등으로 고통스러운 삶을 영위한 춘원이 그러한 것들을 정리하고 자신의 '재생'을 모색하기 위하여 장백산인(長白山人)이라는 호로 발표한 작품이 『재생』이고, 이 작품 이후엔 「동아일보」에서도 '춘원(春園)'이라는 이름을 당당히 쓰게 된다.
36 李光洙, 「余의 作家的 態度」, 『李光洙全集』第16卷, 三中堂, 1964, p.270.

대의 조선청년의 진로에 한 암시를 주'고자 했다고 하겠다. 따라서 순영과 윤희가 노정하는 부부관계는, 이러한 작가 의도의 구현을 위해 중요하게 기능하고 있다고 말할 수 있겠다.

과거의 전통적인 이데올로기에 순응하여 살아가는 부부의 전형적인 관계 양상을 보이고 있는 백윤희・본처, 김순흥 부부를 통해서 보여주고 있는 것은, 아내들이 부당한 대우를 받더라도 일방적으로 감수할 수밖에 없도록 정해 놓은 악습으로 남편의 횡포가 조장되어 수많은 여성들이 불행한 삶을 강요받았다는 사실이다. 그 대표적인 예가, 딸 다섯을 낳았어도 아들을 낳지 못했기 때문에 남편이 여학생 첩을 얻어도, 이혼을 한다 해도 받아들여야 하는 윤희의 본처이고, 자신의 분수를 잘 알고 빠른 상황 판단에 따라 적절한 조치를 취할 줄 알며, 남편과 아들딸에게 헌신적인 사랑을 쏟는 데도 남편에게 사랑받지 못한 채 묵묵히 인고의 삶을 살아가는 순흥의 아내이다. 이들이 한국의 전통적인 가부장제와 조혼제도가 만들어낸 희생양이라면, "나만 그런가, 세상이 모두 그런걸, 세상이 모두 나를 이렇게 만든걸."(三十四) 하며, 벼 100석지기를 주겠다는 말에 늙은 윤 변호사의 첩이되기로 한 것에 대한 선주의 변명처럼, 순영과 선주는 타락한 사회가 만들어낸 희생자라고 할 수 있겠다.

소세키는, 『그 후』에서 근대적 자아의 소유자인 다이스케의 삶의 태도를 통하여 자기의 '자연'의 의지에 따르는 일, 즉 자기본위의 입장을 관철하는 일은 근대적 자아를 확립한 개인에게는 이상적인 것이지만, 그것이 개인을 떠나 타인, 즉 사회를 향해 작용할 경우에는 추악한 에고이즘으로 나타나게 되어 타인뿐만 아니라 자신도 상처받을 수밖에 없음을 보여주고 있다.

미치요・히라오카의 소원한 부부관계는 이 문제를 실험적으로 추구하기 위한 다이스케의 삶의 태도를 결정하는 계기를 만들어, 주제 도출에 필요불가결한 요소로서 작가의 의도를 구현하기 위한 한 축으로 기능하고 있다.

당시의 사회가 지향하는 이상적인 부부관계를 보여주고 있는 세이고·우메코 부부는, '자연'의 의지에 따라 살려는 다이스케에게는 맞서서 싸워야 하는 적으로 기능하고 있는데, 이들의 관계의 배후에도 '이에제도'와 가부장제의 이데올로기가 작용하고 있다.

『재생』에서는 부부관계의 배후에 전통적인 가부장제와 조혼제도가 있어 윤희의 본처와 순흥의 아내와 같은 희생양을 만들어냄은 물론, 순영과 선주와 같은 타락한 시대의 여성들에게까지 작용하여 여성은 모두 시대의 희생자가 될 수밖에 없음을 시사해주고 있다. 반면, 『그 후』에서는 미치요가 사랑을 고백하는 다이스케에게 "어쩔 수 없군요. 각오를 합시다."(十四)라고 말하여, 『재생』의 경우와 똑같이 작용하고 있는 '이에제도'와 가부장제의 이데올로기에 그대로 매몰되지 않고 이를 극복하고자 결단하는 모습을 보이고 있다.

Ⅱ 부모자식·형제관계

1. 양상

1) 『재생』

『재생』의 주요 등장인물들의 부모, 형제와의 관계 양상을 파악하기 위해 먼저 남녀주인공인 신봉구와 김순영의 경우부터 살펴보도록 하겠다.

신봉구는, 순영에게 보낸 편지에 "내게는 저 늙으신 어머님 한 분이 계실 따름"(上篇:90)이라고 썼고, 실제로 작품 속에 다른 가족구성원이 등장하거나 언급된 적이 없으므로 홀어머니와 단둘이 살고 있는 외아들이라고 하겠는데, 이들 모자의 관계가 어떠한지 그 양상을 구체적으로 살펴보겠다.

한마디로 봉구와 어머니는, 서로가 유일한 가족인데도 친밀한 관계를 유지하지 못하고 서로에 대한 생각과 행동에 큰 차이를 보이고 있다.

> 봉구의 어머니는 봉구를 위하여 근심하였다. 그는 감옥에서 나온 후로 날이 지날수록 기운이 없어지고 말이 없어지고 밥을 먹다가도 멍하니 숟가락을 떨어뜨리게 되었다. 그 어머니는 봉구의 괴로워하는 까닭을 짐작한다.
>
> 봉구가 밖에서 돌아 오는 길로,
>
> "어머니 내게 편지 안 왔어요?"
>
> 할 때마다,
>
> "아니 무슨 편지를 그리 기다리느냐?"
>
> 하고 봉구가 기다리는 편지를 기다릴 필요가 없는 뜻을 은연히 보였고 한번은,
>
> "요새 계집애들 돈 밖에 안다든? 더구나 낯바닥이나 밴밴한 년들은 눈깔에 돈 밖에 안 보이나 보더라. 그러길래 모두 학교까지 졸업한 애들이 남의 첩으로들 가지. 복례도 첩으로 갔단다."
>
> 이 모양으로 은연히 봉구더러 순영이에게 대한 것을 단념하라는 뜻을 표하였다.
>
> (중략)
>
> "(전략) 요새 계집애들이 누구는 안 그러냐. 모두 돈만 알지. 순영이도 벌써 어떤 다방골 부자하고 말이 있다더라. (중략) 그리고 요새는 그 애 학비도 그 백 부자가 대어 준다고 그러더라." (『再生』上篇:23-24)

봉구는 기미년 만세운동 때 친구인 순흥, 그 여동생 순영과 함께 활동

하면서 자연스럽게 순영을 사랑하게 되어 감옥에 가서도 3년 동안 그녀만을 생각하며 살았다. 그러나 순영은 봉구에게 정다움을 느끼기는 했지만 그를 "사랑하겠다고 결심한 일도 없었고 더구나 봉구에게 대하여 그러한 뜻을 표한 적도 없었"(上篇:27)으므로 헤어진 지 얼마 안 되어 그를 거의 다 잊어버렸다. 그리고 지금은 중년의 부자 백윤희와 결혼 말이 오가고 있어 순영은 봉구에게 아무런 관심도 없는데다가 그가 출옥한 사실도 모르고 있다. 이런 순영의 상황을 전혀 알지 못하는 봉구는 순영에게 기대하던 꿈이 깨지자 애태우며 괴로워하고 있다. 이를 본 그의 어머니는 순영에 대한 마음을 단념하라고 그녀에 대한 소문을 봉구에게 넌지시 알려준다. 봉구의 괴로움을 잘 알기에 근심하면서도 이루어지기 어려운 사랑을 단념시키기 위해 아들이 상처받지 않도록 배려하는 어머니의 깊은 마음을 읽을 수 있다.

반면, 봉구는 어머니가 부엌에서 저녁 준비를 하면서 내는 덜거덕거리는 소리를 들으며 "아아—육십 넘으신 어머니가 손수 부엌 일을 하시는구나!"(上篇:24-25) 하며 슬퍼하는 아들이기는 하지만, 사랑의 열병을 앓고 있는 그의 관심은 온통 순영에게만 쏠려있다. 그래서 자신이 보낸 열렬한 구애 편지에 일시 마음이 흔들린 순영이 새로 옷을 장만할 돈 200원을 내일 안으로 취해 달라 하고, 또 300원 가량만 준비가 되거든 다음 주에 석왕사釋王寺에 같이 가자고 청하자 봉구는 다음과 같이 행동한다.

> 순영의 이러한 태도를 보고 봉구는 그가 자기를 사랑하는 것이 물론인 줄 자신하였다. 그래서 갑자기 큰 기운을 얻어서 어머니에게서 자기가 옥중에서 팔아 먹다가 남은 땅 문권과 지금 들어 있는 집 문권을 얻어 가지고 그날 그 이튿날 종일 쏘다녀서 아는 사람들의 힘으로 제발 빌어서 석

달 삼푼 변으로 돈 오백원을 얻어 내었다. 그 오백원이 손에 들어올 때에 봉구는 어떻게나 기뻤는지 모른다.

'아— 나는 그이가 구하는 것을 이루었다!' (『再生』上篇:93)

봉구는 순영의 요구를 들어주기 위해 자신이 무슨 일을 하고 있는지조차 생각하지 않고 '오백원'을 손에 넣는 일에만 골몰하고 있다. 그래서 '땅 문권'과 '집 문권'을 어머니에게서 얻었다기보다는 빼앗아 가지고 그것을 담보로 '석달 삼푼 변'으로 돈을 빌린 것이리라. 노모에게 있어서 '땅 문권'과 '집 문권'은 전 재산으로 생존과 직결된 것이므로 결코 함부로 내돌릴 수 없는 소중한 것이다. 오직 순영을 위해 어머니의 목숨과도 같은 재산을 담보로 돈을 빌린 봉구는, 그녀가 '구하는 것을 이루었다'는 사실에 만족하며 기뻐하고 있을 뿐 노모의 입장은 안중에 없다. 남편 없이 홀로 외아들을 의지하고 그 눈치를 살피며 살아갈 수밖에 없는 노모의 처지가 가엽기 그지없다.

그 뿐만이 아니다. 봉구는 자신과 결혼하리라 굳게 믿었던 순영이 다방골 부자 백윤희와 결혼하자 분노하며 복수심에 불타 그녀를 죽이겠다고 날뛰고, 어머니는 이런 아들을 붙잡고 간곡히 만류한다.

"얘, 네가 분한 것을 나도 안다마는 사내 대장부가 그게 무에냐. 그까짓 계집애 하나 때문에 일생을 버린다는 것이 말이 되느냐—늙은 어미를 생각하더라도 네가 어디 그럴 수가 있느냐."

어머니의 목소리는 슬프고, 말은 간절하였다. (후략)

"어머니 제가 불효자올씨다."

"아서라, 그런 소리 말고 어서 마음을 가라앉히어라. 왜 조선 천지에 순영이 밖에는 계집애가 없드냐. 그런 계집애가 들어 오면 집안 망한다, 집안 망해. 우리 집에 안 오기를 잘했다."

"어머니 그렇지마는 어쩌면 사람의 마음이 그렇게도 변합니까. 다른 사람도 그런가요?"

"그럼, 지금 세상에 누구를 믿니? 부모 형제도 서로 못 믿는 세상에."

"어머니도 저를 못 믿으셔요?"

"네가 나를 안 믿지."

"아니요, 나는 어머니를 믿지마는 나를 안 믿으시지요. 어머니 제가 불효자입니다. 그렇지만 어머니 좀더 저를 불효하도록 내버려 주세요, 네?"

(중략)

"왜 그런 소리를 하느냐— 감옥에서 나오자마자 왜 또 그런 소리를 하느냐— 삼년 동안을 어떻게 기다리기는 하며 또 무슨 원수를 갚는단 말이냐. 안 된다. 안 되어, 인제는 나를 묻고, 가고 싶은 데로 가거라. 내 생전에는 다시는 아무 데도 못 간다— 봉구야 가지 말아, 응?"

(『再生』下篇:128-129)

여기에서 찾아볼 수 있는 봉구의 모습은, 배신한 여자에 대한 복수심으로 자신의 일생을 버리는 일도 마다하지 않으며, 자기 밖에 의지할 데 없는 노모의 애절한 간청에도 불구하고 고집을 꺾지 않는 냉정한 불효자의 모습뿐이다. 어머니는 봉구가 분한 마음에 무슨 일을 저지를지 몰라 간절한 마음으로 그를 위로하며 진정시키려고 애쓰지만, 봉구는 이런 어머니의 마음은 아랑곳하지 않고 제 마음을 바꿀 생각은 추호도 없다. 그래서 입으로는 '제가 불효자'라 하면서도 '그렇지만 어머니 좀더 저를 불효하도록 내버려 주'라며, 울면서 만류하는 노모를 뿌리치고 집을 나간다. 기미년 만세운동을 하다 투옥되어 이미 3년이나 노모를 홀로 지내게 한 봉구는, '감옥에서 나오자마자' 배신당한 순영에게 복수하기 위해 또 다시 3년을 나가 살겠다는 것이다.

어머니로서는 지난 3년은 봉구가 나라를 위해 일하다 감옥에 간 것이니 홀로 외롭고 힘들어도 아들을 자랑스럽게 생각하며 견딜 수 있었을지 모른다. 그러나 이번에는 '계집애 하나 때문에' 늙은 자신을 버리고 집을 나가겠다니 이를 순순히 허락할 리 없다. 어머니가 울면서 '나를 묻고, 가고 싶은 데로 가'라고 결사반대하는 것은 당연하다고 하겠다.

순영에게 복수하기 위해 큰돈을 모으는 일에 혈안이 된 봉구가 늙은 어머니에 대한 효도나 의무 같은 것을 생각할 리 없지만, 이러한 아들에 대한 어머니의 사랑과 태도에는 변함이 없다. 집을 나간 봉구가 살인죄로 투옥되었다는 소식을 듣고 벌벌 떨면서 면회실에 가 몸부림치며 울던 어머니는, 공판 날 방청하러 가서 "아들을 근심하노라고 정신이 다 빠진 사람" 같아서 "도리어 슬퍼하는 빛조차 없었다."(下篇:183-184)고 묘사되어 있다. 살인죄로 재판을 받고 있는 외아들에 대한 어머니의 염려와 걱정이 얼마나 깊고 컸을지 미루어 짐작할 수 있다.

그러나 봉구는 사형을 선고받고도 공소를 포기한다. 범인을 알고 있지만 "남을 밀고하여서 잡아 넣고 내가 살아 날 생각은 조금도 없"(下篇:223)다는 이유에서다. 자신의 무죄를 주장하여 어머니의 염려와 걱정을 불식시키기 위해 반드시 필요한 공소를 단지 자신의 마음이 편하고자 포기한 것이다. 자신 때문에 어머니가 당할 고통이 얼마나 클지는 조금도 생각지 않는 너무나 이기적인 행동이 아닐 수 없다.

다행히 진범이 잡혀 이태 만에 집으로 돌아온 봉구는 어머니 앞에 꿇어앉아, "어머니 이제부터는 잠시도 어머니 곁을 떠나지 아니할 께요. 꼭 어머니 곁에만 있을 께요."(下篇:290)라고 맹세하면서도, 은인 김연오의 딸로 자신을 열렬히 사랑하는 김경주와 결혼하라는 어머니의 간청과, 자기 딸을 불쌍히 여겨서 버리지 말아 달라는 경주 어머니의 "눈 감기 전 마지막 소원"(下篇:332)도 묵살하고 순영에 대한 사랑 때문에 끝까지 독신으로 지낸다. 봉구는 "어서 며느리를 보고 손주 새끼들을 보고 싶은 마음이 간절한"(下篇:324) 어머니의 원초적인 바람까지도 외면하는 아들이다.

한마디로 이들 모자에게서 찾아볼 수 있는 것은, 비록 아들이 불효할지라도 어머니는 그 아들을 끝까지 사랑하고 의지할 수밖에 없는 외로운 처지[37]이고, 아들은 여자 때문에 어머니의 극렬한 반대나 간절한 소원도 무시한 채 제 뜻대로만 행동하는 이기적인 모습이다. 다시 말해 이들의 부모자식관계는 삼종지도三從之道[38]에 따라 살아야 했던 무력한 여성들의 가련한 처지와, 가부장제에 의해 부여된 권력을 마음대로 행사하는 호주[39]의 횡포를 잘 보여주고 있다고 하겠다.

신봉구는 형제 없이 어머니와 단 둘이 살고 있어 형제관계를 찾아볼 수 없는데 반해, 김순영의 경우는 작품 속에 직접 부모가 등장하거나 언급된 일이 없어 그 관계를 알 수가 없다. 다만 순영이 셋째 오빠 순흥과 함께 기미년 만세운동을 하다 경찰을 피할 몸이 되었을 때 "시골서 올라와 사는 순영과 순흥은 서울에 친척을 많이 둔 봉구의 힘을 빌리지 아니하고는 몸을 숨기지 못할 사정"(上篇:19)이라 했고, '순영아! (중략) 너를 학교에 데려 올 때에 내가 어떻게나 애를 쓴 줄 아느냐? 집에서는 돈을 아니 주어서 내가 점심 한때를 굶어 가면서 네 학비를 대기를 이태나 했'다는 순흥의 언설로 유추할 때, 시골에 부모가 있다는 것만은 알 수

37 불효자 봉구에 대한 어머니의 사랑은 본능적인 모성애 때문이기도 하겠으나, 그 위에 봉구밖에는 의지할 사람이 아무도 없는 홀어머니의 외로운 처지가 더해져 그에 대한 사랑을 한층 더 절대적이고 무조건적인 것으로 만들었다고 하겠다.

38 봉건 시대에 여자가 지켜야 할 세 가지의 예의 도덕. 어렸을 때는 어버이를 좇고, 시집가서는 남편을 좇고, 남편이 죽은 뒤에는 아들을 좇으라는 것.

39 호주는 가족에 대해서 절대적 권력을 가졌기 때문에 아버지가 안 계신 집안에서 호주가 된 외아들 봉구가 모든 것을 제 뜻대로 해도 어머니는 어쩔 수가 없다. 가부장제하에서는 여성에게 삼종지도를 따라 살도록 강요했을 뿐만 아니라 재산권도 인정하지 않았으므로, 비록 어머니라 할지라도 아들을 제어할 아무런 힘이 없어 고통스런 삶을 영위할 수밖에 없는 것이라고 하겠다.

있다. 서울에서 여학교에 다니면서 기숙사에서 생활하고 있는 순영의 삶에는 시골의 부모보다는 서울에 사는 두 오빠들과의 관계가 크게 작용하고 있다.

순흥은 친구 신봉구와 기미년 만세운동을 했는데, 거기에 순영도 가담하여 함께 활동하면서 자연스럽게 봉구와 정이 든다. 결과적으로 순영과 봉구를 연결해준 매개자가 된 순흥은 "봉구와 순영이가 깊이 정들어하는 양을 알아차리고 만족해하는 눈치"를 보이며 봉구에게 농담 삼아 "여보게 이애가 이렇게 자네 앞에서는 얌전을 빼지마는 어지간한 말광량일세."(上篇:21) 하고 의미 있는 말을 하기도 한다. 순흥은 순영을 특별히 사랑했기 때문이다.

> "순영아! 네가 내 동생이냐? 우리 여러 동기 중에 내가 너를 제일 사랑한 것도 네가 알 것이다. 너를 학교에 데려 올 때에 내가 어떻게나 애를 쓴 줄 아느냐? 집에서는 돈을 아니 주어서 내가 점심 한때를 굶어 가면서 네 학비를 대기를 이태나 했어. 나는 재주가 없지마는 너는 재주가 있길래 그래도 무슨 큰 일을 할 여자가 되려니 그것만 믿었어. 내가 학교 동무들이나 친구를 대해서 얼마나 네 자랑을 했는지 아느냐."
>
> (『再生』下篇:265)

시골의 부모들은 여자인 순영을 서울에 보내어 공부시키는 것을 반대하여 학비를 주지 않은 것 같다. 그러자 여동생의 재능을 아끼는 순흥이 점심을 굶으며 모은 돈으로 2년이나 학비를 대주었고, 친구들에게 자랑을 많이 하고 다닐 정도로 재주 많은 누이에 대한 기대도 컸던 것이다. 이처럼 순흥이 여러 형제 중에서 제일 사랑하는 순영이 자신의 가장 친한 친구인 봉구와 가까워진 것을 알아채고 마음속으로 그들이 맺어지기를 바라는 것은 당연한 일이 아니겠는가? 순영 또한 가장 감화하는 힘이 많은 순흥과 친밀한 관계를 유지하며 여학교를 다녔다. 그러나 순흥이 감옥에 들어간 뒤로 그의 감화를 받을 길이 없어진 순영은 타락한 시대의 조류에 휩쓸려, 진실한 사랑의 봉구를 버리고 돈 많은 백윤희와 결혼하여 불행한 삶을 살게 된다.

감옥에서 나온 순흥은, 가장 사랑하고 자랑스러워하던 순영이 백윤희의 첩이 된 것을 보고 비분함을 이기지 못하여 그녀를 미워한다. 그러면서도 "낸들 왜 네게 대하여 동기의 정이 없겠니? 그렇지마는 나는 의리에 살아보려고 지금까지 애를 써왔기 때문에 불의한 너를 억지로 미워한 것이다. 사랑하는 너를 미워하노라고 얼마나 내가 괴로왔는지 네가 아느냐?"(下篇:265)며 순영에게 고통스러운 심경을 토로한다. 순흥은 순영에 대한 애증으로 괴로워하면서도 새사람이 되라고 충고하며 설득했고, 이 말을 따르기 위해 순영이 백윤희의 집을 나오자 "조선의 어린아이들을 위해서 몸 바치고 살아라."(下篇:284)고 당부한다. 이 오누이의 친밀한 관계는 순영의 타락으로 한 때 위기를 맞지만, 결국 순흥이 회심한 순영을 용서하고 받아들임으로써 애정과 신뢰를 회복했다고 하겠다.

반면, 둘째 오빠 순기는 순영을 타락의 길로 이끌어 불행에 빠뜨린 인물이다.

> 순기가 동경 유학을 하고 나와서 재녕 나무리에 조상 적부터 전래하던 금전 옥답을 다 팔아 가지고 서울에 커다란 집을 사고 주식 중매업을 하네, 금융업을 하네, 토지업을 하네, 자동차 상회를 하네 하네, 한창 흥청거릴 때에 실업가의 한 사람으로 백과는 교분이 있었고, 또 순기가 아주 판셈을 하게 되는 판에 백에게 빚도 좀 지었다. (『再生』上篇:31)

이상의 묘사로 알 수 있듯이 동경 유학을 한 순기는 집안 재산을 다 팔아 서울에 집을 사고 사업을 한다며 이것저것 손대다 재산을 날리고 빚까지 졌다. '조상 적부터 있는 금전 옥답'은 부모의 재산인데 어떻게 장남도 아닌 둘째 아들[40]이 다 팔아서 서울에 집을 사고 사업을 벌였는지 의문이다. 아마도 부모와 형의 반대를 무릎 쓰고 강탈했던지, 감언이설로 속여 빼앗아 갔을 것이다. 이처럼 가문, 부모, 형제에 대한 애정이나 책임감이 전혀 없는 순기는 사업실패로 빚을 지자 사업자금을 마련하기 위해, 순영에게 마음을 둔 부자 백윤희에게 누이동생을 팔려고 한다. 그것도 "흥정의 원리"를 아는 장사꾼답게 "어찌하면 백에게서 가장 많은 값을 받고 순영을 팔까 하는 계책을 연구"(上篇:31)하면서…….

그렇다면 순기에 대한 순영의 생각은 어떠한가?

> 순영은 둘째 오빠를 싫어 한다. 그는 자기에게 이롭지 못한 사람이라고 순영은 생각하였다. 그의 세째 오빠되는 순흥을 사랑하고 따르는 반비례로 순기를 싫어한다.
>
> 순기는 순영이가 어렸을 때부터 소리나 지르고 걸핏 하면 때리기나 하고, '계집년이 공부는 무슨 공부' 하고 야단이나 하고 돈을 한참 잘 쓸 때에도 학비도 잘 안 주는 아주 무정한, 또 밤낮 술이나 먹고 기생집에 다니는 사람답지 못한 오빠로 알았다. (『再生』上篇:33)

순영에게 있어 순기는 어릴 때부터 소리나 지르고 때리기나 하고 공부도 못하게 야단이나 치며 학비도 안 주는 '아주 무정한' 사람, 한 번도 누이동생을 사랑하고 위해준 일이 없는 '사람답지 못한 오빠'여서 '자기에게 이롭지 못한 사람'으로 각인되어 있다. 이런 순기에게서 평생 처음 "해주 아주머니께서 올라 오셔서 너를 보시기를 원하니, 선생님께 이틀 수유만 얻어 가지고 집으로 나오라."(上篇:33)는 '정다운 편지'를 받은 순

40 순기가 순영의 둘째 오빠인 것으로 볼 때, 첫째 오빠(장남)는 시골에서 부모와 함께 살고 있는 것으로 보인다.

영은 이상하게 생각함과 동시에 불쾌하게 생각한다. 그러나 순기의 집에 간 순영은, "해주 아주머니나 오셨다고 해야 네가 오지, 그렇지 아니하면 어디 오느냐?"(上篇:34)며 반기는 순기에게서 "평생 처음 반가와 하는 빛을 보고 귀여워하는 말소리를 들을 때"에 "그를 미워하는 생각이 다 사라지고 도리어 눈물이 나도록" 고맙게 느낀다. 그리고 사업에 실패한 뒤로는 풀이 죽어서 궁한 빛이 보이는 순기를 보며 "오빠는 불쌍하다—다시 한 번 옛날 모양으로 돈이라도 있게 해 드렸으면."(이상 上篇:35) 하고 생각한다. 이렇게 "이상한 기회에 그 둘째 오빠에게 대한 동기의 애정을 회복"(上篇:36)한 순영은, 순기의 계책에 휘말려 중년의 부자 백윤희를 만나게 된다. 이 후 백윤희에게 시집보내려는 순기의 집요한 노력과 백윤희의 유혹에 넘어간 순영은 결국 백윤희의 첩이 되고 만다. 이처럼 순기는 자신의 이익만을 위해 순영을 타락의 길로 인도하여 불행한 삶을 살게 한 오빠로, 2년 후 백윤희와의 결혼생활이 파탄이 나 집을 나온 순영에게서 그 아들을 빼앗아 백윤희에게 데려다 주는 등, 누이동생을 생각하는 형제애라고는 조금도 찾아볼 수 없는 매정한 파렴치한이라고 하겠다.

그런데, 순영은 상술한 것처럼 어릴 때부터 싫어하던 둘째 오빠가 처음으로 정다운 모습을 보이고 또 사업 실패로 풀이 죽어 있는 모습을 보자 미워하는 생각이 사라졌다.

> (전략) 오빠가 집에서는 왕 노릇을 하면서도 여기 모인 중에 제일 못나 보이는 것이 부끄럽고 불쾌하였다. 남들은 다 기운을 펴고 언성을 높여서 떠드는 판에, 그 오빠만이 말참견도 잘 못하고 풀이 죽어 앉았는 것이 불쌍하도록, 또 그 때의 순영 자신의 지위가 떨어지는 듯도 하였다.
>
> (『再生』上篇:48)

그렇지만 한편으로는 평소 '집에서는 왕 노릇'을 하면서도 여러 사람 앞에서는 풀이 죽어 있는 오빠의 모습이 못나 보여 불쌍하게 생각하면서도 그런 오빠 때문에 '자신의 지위가 떨어지는' 것처럼 느낀다. 오빠에 대한 연민과 그의 누이라는 것 때문에 불쌍함과 부끄러움, 불쾌감을 동시에 느낀 것이라 하겠다. 순기에 대한 순영의 이러한 감정은 형제라면 충분히 느낄 수 있는 것으로, 순기에게 대하여 형제애가 있다는 방증이다. 그러나 이 형제애는 순기와의 소원한 관계를 해소시켜 오히려 순영의 삶에 악영향을 미치는 덫이 되고 말았다.

주변인물인 김경훈·김경주의 경우를 잠견하도록 하겠다. 인천 미두취인소米豆取引所 주인 김연오와 그 아들 경훈과의 관계는, "주인은 그 아들에 대하여 특별한 애정이 있는 것 같지 아니하였"고, "경훈과도 거의 날마다 다투고도 다툴 때에는 아주 영원히 부자의 윤기가 끊어질 듯이 성을 내건마는 몇 시간이 못되어 곧 풀어 버리고 만다."(下篇:142)는 봉구의 설명이 잘 대변해주고 있다. 일본에서 대학을 다니는 경훈은 아버지에게 사랑과 신임을 받지 못하는 아들이지만, 그래도 아버지는 그를 근심하고 있다.

> "경훈 형이 마음에 무슨 근심이 있나 봐요."
> 하고 한번은 주인 영감에게 그 말을 비추었다.
> "무슨 근심?"
> "글쎄올씨다. 무슨 근심인지는 몰라도, 심상치 아니한 근심이 있는 것 같습니다."
> "글쎄, 또 어떤 계집애한테 미쳤담. 그래도 안될걸."
> "무엇이 안된단 말씀이세요."
> "제 본처 이혼해 달라고 그러지—어림도 없는 소리를—원낙 사람놈이 못났어."

하고 주인은 유쾌한 듯이 고개를 흔들고 일어나더니 그래도 근심이 되는 듯이 다시 봉구를 돌아 보며,

"여전히 모두 자네만 믿네. 경훈이도 잘 돌보아 주게."

하고는 봉구의 어깨를 만졌다. (『再生』下篇:142)

봉구가 경훈의 일이 심상치 않게 보여서 주인에게 알리자, 경훈 아버지는 아들이 또 여자를 만들어 본처와 이혼케 해달라는 것으로 받아들이고 있다. 경훈은 전부터 여자 문제로 아버지와 자주 다투었는데, 이런 아들이 걱정되는 아버지는 봉구에게 '잘 돌보아 주'기를 부탁한다. 아버지로서는 마음에 차지 않는 못난 외아들이기에 더욱 마음이 쓰이는 것이리라.[41]

반면, 경훈은 자기가 "그렇게 똑똑하고 영악한 사람으로는 못"(下篇:145)된 것은 아버지를 닮아서고, 아버지의 돈은 "할아버지가 가난한 백성을 속이고 빼앗아 모아 두었던" 것이니 "이럴 때에 한번 써야 지옥에 간 할아버지 죄까지 풀린"(下篇:147)다고 생각하고 있다. 아버지에 대한 애정이나 존경심 같은 것은 조금도 없이 무시하고만 있을 뿐이다. 일본에서 우연히 독립단의 일원이 된 그는, 소속된 단체에 내놓기로 약속한 30만원을 마련하기 위해 귀국하여 아버지에게 돈을 달라고 조른다.

"아버지, 내 말을 들어 보아요."

"글쎄글쎄 안된다는데 그러는구나."

"무얼 말씀이야요?"

41 "경훈은 주인의 전실 아들이요, 시홍 딸은 그 담 후실의 딸이요, 지금 아내에게는 경주와 열 살 되는 경옥이라는 계집애가 있을 뿐"(下篇:143)이라는 설명으로 보아, 경훈은 상속자가 될 유일한 아들이므로 아버지가 더 마음을 쓰며 근심하는 것이라 하겠다.

"글쎄글쎄 안돼 안돼!"

"아니 이혼 말구, 그 돈 말씀이야요."

"글쎄글쎄 공부해서 학교만 졸업하려무나, 그러면 돈도 주마."

"지금 있어야 해요—지금 안 주시면 큰일이 틀어지고 집안에도 큰일이 납니다."

"에이 듣기 싫다. 미친녀석!"

경훈과 그의 아버지와 사이에는 이러한 문답이 수없이 반복되었다. 아버지는 그것이 듣기 싫어 아무쪼록 그 아들을 피하였다. 그러나 경훈은 아버지를 붙들기만 하면 그 소리를 반복하였고 그 때마다 아버지는,

"안돼, 안돼!"

하고 소리를 지르고 나가 버렸다. (『再生』下篇:150)

이 대화를 보면, 부자는 서로가 자기 생각만을 주장하며 상대방의 생각이나 의견 따위에는 관심도 없고 들으려고도 하지 않는다. 돈을 구하지 못한 경훈은 마침내 돈을 재촉하는 '고려인 일파'에게 "그러면 내게다 육혈포 한 자루를 주시오. 아버지한테 한번 더 담판을 해보고는 최후 수단이라도 쓰리다."(下篇:150)라며 아버지를 죽일 생각까지 한다. 결국 아버지와 말다툼을 하다가 '육혈포'로 아버지를 살해함으로써 패륜적인 부자관계를 보여준 경훈은, 자신의 죄를 봉구에게 덮어씌우고 달아났다가 체포된 후 모든 것을 자백하고 감옥에서 최후를 기다리는 신세가 되었다.

여학교에 다니는 경훈의 여동생 경주는, 아버지가 외출하면 "가끔 어떤 동무 하나나 둘을 데리고 아버지가 없는 동안 사랑에서 떠들고 놀았"(下篇:137)고, 감옥에 있는 경훈도 면회 온 봉구에게 "그게 내 선친이 퍽 귀애하던 딸"(下篇:333)이라며 경주를 거두어 달라고 부탁한 일 등으로 미루어볼 때, 아버지의 사랑을 많이 받았던 딸임을 알 수 있다. 어머

니 또한 딸의 앞날을 위해 봉구에게 사위 삼을 뜻이 있음을 비치고 친절하게 대하며 공을 들인다. 남편의 사후, 병으로 죽어가면서도 경주를 버리지 말아달라고 봉구에게 간청하며 딸을 염려하는 어머니는 최선을 다해 딸을 사랑하는 모습을 보이고 있다.

경훈과 경주, 그리고 시홍 딸은 모두 어머니가 다른 형제들인 만큼 그 관계가 좋을 수가 없지만, 경훈과 경주는 특별히 나쁘다고 할 만한 관계는 아니라고 하겠다. 상술한 것처럼 아버지를 살해하고 수감되어 죽음을 기다리고 있는 경훈이 아버지를 생각하며 눈물어린 눈으로 '내 선친이 퍽 귀애하던 딸'이라며 경주를 거두어 달라고 봉구에게 부탁한 것에서 그렇게 유추할 수 있다. 그러나 "벌써 삼년째나 친정에 와있어서 시집으로 갈 생각을 아니하는"(下篇:137) 시홍 딸은 친정 재산을 뺏기 위해 경주모녀와 입에 담지 못할 욕설과 함께 몸싸움까지 벌여 최악의 모녀[42]·자매관계를 보여주고 있다. 일반적으로 형제간의 분쟁 중에서 가장 많이 발생하는 것이 재산문제인데, 이복형제일 경우에는 그것이 더 심각할 수 있음을 잘 보여주고 있다고 하겠다.

2) 『그 후』

『그 후』는 사토 마사루佐藤 勝의 지적[43]대로 소세키 작품 중에서 아버지가 아버지로서 명확한 자리매김이 되어 있고, 아버지 나가이 도쿠長井得와 아들 다이스케代助가 대비적으로 그려진 작품이다. 여기에서는 이런 다이스케와 아버지와의 관계를 중심으로 고찰하면서 형 세이고誠吾와 아버지, 미치요三千代와 부모와의 관계를 살펴보고, 형제관계에 대해서는

42 후실의 딸인 시홍 딸은 경주 어머니의 친딸은 아니지만, 호적상으로는 모녀지간이라고 할 수 있다.

43 佐藤 勝, 「夏目漱石」, 『解釈と鑑賞』69. 4, 至文堂, 2004, p.39.

다이스케와 세이고의 관계를 중심으로 하되 미치요와 오빠 스가누마菅沼와의 관계도 언급하도록 하겠다.

남자주인공인 다이스케는 직장도 갖지 않고 결혼도 하지 않은 채 집을 나와 살면서 "정신의 자유"(十六)를 누리고 있지만, 아버지로부터 완전히 독립하여 자신의 의지대로 살아갈 수 있는 입장이 못 된다. 그의 삶은 한 달에 한 번씩 본가에 가서 생활비를 받지 않으면 유지할 수 없는 것이기 때문이다. 아버지의 경제적인 원조는 다이스케를 호주의 권한에서 이탈할 수 없도록 하는 구속력을 갖고 있으므로 아버지는 다이스케가 "자기의 태양계에 속해야만 한다고 이해하고", "자기는 어디까지나 다이스케의 궤도를 지배할 권리가 있다."고 믿어 의심치 않고 있다. 다이스케도 이러한 아버지로부터 벗어나서 잠정적이기는 하지만 '정신의 자유'를 누리기 위해 "어쩔 수 없이 아버지라는 노 태양의 주위를 똑바로 회전하는 것처럼 가장하고 있"(이상 三)어, 표면상으로는 부자관계가 그런대로 유지되고 있다. 그러나 이 관계는 언제 깨질지 모르는 아주 불안정한 것이다.

> (전략) 다이스케는 어렸을 때 대단한 불뚱이로, 18,9세 때 아버지와 맞붙어 싸운 일이 한 두 번 정도 있었는데, 성장하여 학교를 졸업하고 얼마 지나자 짜증이 뚝 그치고 말았다. 그리고 이후 여태껏 한 번도 화를 낸 적이 없다. 아버지는 이것을 자신의 훈육의 효과라고 믿어 은근히 자랑하고 있다. (『그 후』三)

아버지가 자랑하는 자신에 대한 훈육이 "부자간의 끈끈하고 따뜻한 정을 서서히 냉각시켰을 뿐"이라고 생각하는 다이스케는 "서른이 되어 직업도 없이 빈둥거리고 있는 것은 정말 꼴사납다."는 아버지의 비판에,

자신은 "다만 직업 때문에 오염되지 않은 내용이 풍부한 시간을 갖는 상등인종上等人種"이라고 생각하고 있다. 그리고 "젊은이가 자주 실패하는 것은 정말로 성실과 열심이 부족하기 때문"이라는 아버지에게 "성실과 열심이 있기 때문에 오히려 실패하는 일도 있"다고 대답하는 다이스케는, 아버지가 가장 소중히 여겨 머리 위에 걸어놓은 "성자천지도야誠者天之道也"[44]라는 액자를 아주 싫어해서 "정성은 하늘의 도리라는 글 뒤에 사람의 도리가 아니라고 덧붙이고 싶은 기분"(이상 三)이 된다. 유신維新 전 "무사에게 고유한 도의본위道義本位의 교육"(九)을 받아 아직도 이 교육에 집착하는 등, 기성관념의 절대화를 강조하는 아버지와 인간의 실질實質에 적합한 가치관을 소유한 다이스케의 생각은 서로 달라 그 접점을 찾을 수가 없다. 부자의 이 위태로운 관계 형성은, 유교의 감화를 받은 아버지가 "자식이 부모에 대한 천부天賦의 정이 자식을 다루는 방법 여하에 의해 변할 리는 없다. 교육을 위해 조금 무리를 하더라도 그 결과는 결코 골육의 정에 영향을 미치는 것은 아니"라고 믿고 끊임없이 밀고 가 "자신에게 냉담한 한 아들"을 만들어 내고도 "자신의 교육이 다이스케에게 미친 나쁜 결과에 대해서는 지금까지도 전혀 알아채지 못하고 있"(이상 三)는 데서 비롯되었다.

물론 다이스케와 아버지와의 관계가 처음부터 그랬던 것은 아니다. 다이스케는 아버지의 "덕의상의 교육"(九)을 받아 처음에는 "아버지가 금으로 보였"던 것이다. 그러나 "대부분을 아버지가 칠한" 도금을 "완전히 그 자신의 특유한 사색과 관찰력에 의해"(이상 六) 스스로 벗겨온 지금은 아버지를 "신경이 미숙한 야만인이든지 그렇지 않으면 자신을 속

44 성자천지도야(誠者天之道也); 「중용(中庸)」 제20장에 "정성은 하늘의 도리다. 이것을 정성껏 행하는 것은 사람의 도리다."라고 쓰여 있는데, 정성이라는 것은 천연자연으로 받은 것이지만 그것을 내 자신이 구현하도록 노력하는 것이 사람의 도리라는 의미.

이는 어리석은 사람"(三), 또는 "자신을 은폐하는 위군자僞君子이든지 아니면 분별력이 부족한 어리석은 사람"(九)에 지나지 않는다고 생각하고 있다.

다이스케의 이러한 변화는 3년 전 "도금을 금으로 통용시키려"(六) 했던 자신이 "너무나 자연을 경멸"하고 "의협심"을 "어설프게 행사"(이상 十六)한 이래 생긴 것이다. 즉, 평소 "~을 위해서 힘쓰는"(三) 것을 모토로 살아온 아버지의 이타본위의 논리에 감화된 다이스케는, 아버지의 가르침대로 "내 미래를 희생하더라도" 히라오카平岡의 바람을 들어주는 것이 "친구의 본분"(이상 十六)이라고 생각하여 히라오카와 미치요와의 결혼을 주선해 주었다. 그러나 아내가 된 미치요를 데리고 근무처로 떠나는 히라오카의 안경 너머로 "만족한 빛이 부러울 정도로 움직이는" 것을 보았을 때 "갑자기 이 친구를 얄밉게 생각"(이상 二)하게 되었다. 미치요에 대한 자신의 마음보다도 아버지의 훈계를 중시했던 자신의 행동이 얼마나 어리석고 위선적이었던가를 깨닫게 되었다. 금으로 보였던 아버지의 이타본위가 실은 '자신을 은폐하는' 수단이었음을 비로소 알게 된 것이다.

이렇게 하여 "아버지에게 자신을 4분의 1도 털어놓지 않았"고, "그 덕택에 아버지와 평화적 관계를 간신히 지속해"(十五) 온 다이스케는 "자연을 인간이 만든 모든 계획보다도 위대한 것이라고 믿고 있었"(十三)기 때문에, 사가와佐川의 딸과의 결혼을 바라는 아버지의 강력한 의지를 저버리고 자신의 솔직한 "자연의 의지"(十四)에 따라 미치요를 히라오카로부터 빼앗을 것을 결심한다. 그러나 이는 아버지(호주)에 대한 정면 도전으로서 아버지와의 위태로운 '평화적 관계'의 파탄을 의미하는 것이었다. 히라오카에게 미치요를 양보해 달라고 부탁한 다이스케는 히라오카에게 절교당하고, 히라오카가 보낸 편지를 통해 이러한 사실을 알게 된 아버지로부터도 부자간의 의절을 통보 받아 부자절연父子絶緣 상태가 되고 만다.

다이스케의 형 세이고는 아버지가 관계하는 회사에 들어가 바쁘게 활동하며 아버지를 보좌하고 있다. 장남인 그가 "될 수 있는 대로 노인을 화나게 하지 않도록"(十二) 묵묵히 아버지를 따르고 있는 것은, 가독 상속인으로서의 권리를 유지하기 위해서라고 하겠다. 회사를 물려받을 세이고가 아버지와의 불화를 피하려는 것은 당연하므로 아버지와의 관계에는 큰 문제가 없다고 하겠다.

미치요와 부모와의 관계는 어떠한가?

미치요가 대학에 다니는 오빠 스가누마와 함께 도쿄에서 여학교에 다니고 있을 때, 어머니는 "1년에 한 두 번씩은 상경하여 아이들 집에서 5, 6일 생활하는 것이 통례"일만큼, 교육을 위해 떨어져 지내고 있는 자녀들을 염려하며 보살펴주었다. 미치요도 오빠가 졸업하는 해 봄, 어머니가 시골에서 놀러왔다가 장티푸스에 걸려 대학병원에 입원하였을 때 함께 가서 간호하는 등, 비교적 좋은 모녀관계를 보여주고 있다. 장티푸스로 어머니와 오빠가 사망하여 고향에 혼자 남게 된 아버지는, 미치요를 데리고 고향으로 갔으나 "생각지도 못한 어떤 사정 때문에"(이상 七) 홋카이도北海道로 가게 되어, 결국 미치요는 히라오카와 결혼하여 도쿄를 떠났다. 따라서 부녀관계를 자세히 알 수는 없지만, 아버지가 홋카이도에서 미치요 앞으로 보낸 편지를 통하여 그 관계를 대강 짐작할 뿐이다.

> 편지에는 그쪽의 좋지 못한 일이며, 물가가 비싸 살기 어려운 일이며, 일가친척도 없어 외로운 일이며, 도쿄 쪽으로 가고 싶은데 형편이 되겠느냐는 등, 모두 비참한 일만 쓰여 있었다. (『그 후』十三)

결혼 후 히라오카가 직장에서 실패하고 빚까지 진 상태로 직장을 구하기 위해 도쿄로 되돌아와 경제 문제로 고통 받고 있는 미치요에게는 그 어느 때보다도 친정의 도움이 절실한 상황이다. 그런데 아버지는 오히려 미치요에게 기대려는 마음을 갖고 있는 것이다. 이전에 약간의 재산이라고 할 만한 전답의 소유자였던 아버지는, 러일전쟁 당시 어떤 사람의 권유로 주식에 손을 댔다가 완전히 실패하여 조상 대대로의 땅을 팔아치우고 홋카이도로 건너갔다. 객지에서 혼자 외롭게 살아가기 힘들어 딸의 도움을 바라고 있는 아버지는 "아버지와 히라오카만을 의지하여 살"(十三)던 미치요에게 도움이 되기는커녕 오히려 짐이 되고 있다. 경제 문제로 서로에게 도움이 되지 못하는 미치요와 아버지와의 부녀관계가 나쁘다고는 할 수 없지만 그렇다고 친밀하다고도 말할 수 없는 것은 아닐까?

이번에는 다이스케와 세이고의 형제관계를 살펴보도록 하겠다.

> 다이스케는 두 아이(조카; 인용자)에게 대단히 인기가 있다. 형수한테도 꽤 있다. 형에게는 있는지 없는지 알 수 없다. 가끔 형과 동생이 얼굴을 마주하면 그저 세상 얘기를 한다. 둘 다 보통의 얼굴로 아주 태연하게 행동하고 있다. 진부함에 완전히 익숙한 모습이다. (『그 후』三)

위에서 보듯이 '둘 다 보통의 얼굴로 아주 태연하게 행동'하고 있는 다이스케와 형의 관계는 그리 나쁜 것 같지는 않다. 그것은 세이고가 다이스케의 "유흥비를 불평도 말하지 않고 변상해 준 일"도 있고, 아버지가 다이스케를 "아무래도 가망이 없는 것 같다"고 평했을 때, "그냥 놔두어도 괜찮다, 틀림없이 머지않아 뭔가 할 것이라고 변명"(이상 六)해주는 등, 동생에 대한 형의 역할을 그런대로 행하고 있기 때문일 것이다.

그러나 치밀한 사색력과 예민한 감응성, 남이 느낄 수 없는 것을 느끼는 신경의 소유자인 다이스케가 세속적인 형을 경애하고 있다고는 말할 수 없다. 다음과 같은 형에 대한 다이스케의 평이 이를 잘 말해 준다.

> 다이스케는 세이고가 항상 분주해하는 모습을 알고 있다. (중략) 아침부터 밤까지 많은 사람이 모이는 곳에 얼굴을 내밀고 만족하게도 보이지 않으며 실망하고 있다고도 생각되지 않는 모습은, 이러한 생활에 아주 익숙해져 해파리가 바다에 떠다니면서 바닷물을 짜게 느낄 수 없는 것 같은 것일 거라고 다이스케는 생각하고 있다.
>
> 그런 점이 다이스케에게는 고맙다. 왜 그러냐면 세이고는 아버지와 달라 일찍이 까다로운 설교 따위를 다이스케에게 한 적이 없다. 주의라든가, 주장이라든가, 인생관이라든가 하는 복잡한 것은 아예 요만큼도 입에 담지 않기 때문에 그것이 있는 건지 없는 건지 거의 요령부득이다. 그 대신 이 복잡한 주의라든가 인생관이라든가 하는 것을 적극적으로 파기한 시도도 없다. 참으로 평범해서 좋다.
>
> 그러나 재미는 없다. 이야기 상대로서는 형보다도 형수 쪽이 다이스케에게는 훨씬 흥미가 있다. (『그 후』五)

"자신은 특수한 사람이라고 생각"(六)하는 다이스케는 주의, 주장, 인생관 같은 것도 전혀 입에 담지 않는 평범한 인물로서 세속적인 사람의 대표처럼 생활하고 있는 세이고가 자기에게 까다로운 설교를 하지 않고 성가시게 하지 않기 때문에 그 점을 다행이라고 생각하고 있다. 그리고 무슨 생각을 하면서 살고 있는지 전혀 알 수 없는 세이고가 마치 "손잡이가 없는 주전자와 같아서 어디에서 손을 대야 좋을지 모르"(五)겠는 점에 흥미를 느끼기는 하지만, 형을 얘기 상대로도 삼고 싶지 않은 재미없는 사람으로 인식하고 있다.

그렇다면 세이고는 다이스케를 어떻게 생각하고 있을까?

> "너는 평소부터 잘 알 수 없는 남자였다. 그래도 언젠가는 알 수 있는 때가 오겠지 생각하여 오늘날까지 지내왔다. 그러나 이번만은 도무지 알 수 없는 인간이라고 나도 체념해버리고 말았다. 세상에서 알 수 없는 인간만큼 위험한 것은 없다. 무엇을 하는 건지 무엇을 생각하고 있는 건지 안심할 수가 없다. 너는 그것이 네 멋 대로니까 좋을지 모르지만, 아버지나 나의 사회적 지위를 생각해 봐. 너도 가족의 명예라고 하는 관념은 가지고 있겠지." (『그 후』十七)

세이고도 다이스케와 똑같이 동생을 알 수 없는 사람이라고 생각하고 있다. 형제가 생각하는 것이 근본적으로 다르기 때문이다. 세이고가 소중히 생각하고 신경 쓰는 것은 '사회적 지위'나 '가족의 명예라고 하는 관념'이다. 다이스케가 학교를 졸업했을 때 기생질을 너무 많이 하여 진 빚을 갚아준 것도 이러한 이유에서였던 것임을 알 수 있다. 세속적인 그가 장남으로서의 자신의 위치를 확실히 자각하고 있다는 증거다. 그리고 가독 상속인으로서의 권리를 유지하기 위해서 아버지의 비위를 맞추며 묵묵히 따르고 있다.

이에 반해 다이스케는 특수한 "이론가"(十一)로서 '그 자신의 특유한 사색과 관찰력'으로 메이지 사회의 병폐와 아버지의 훈육을 비판하면서 자기본위로 사고하며 행동하고 있다. 이처럼 두 사람은 그 사고가 근본적으로 상이하여 서로를 이해할 수 없기 때문에 피차가 상대를 알 수 없다고 말하고 있는 것이다. 결국 이들의 형제관계도, 아버지가 권하는 결혼을 거부하고 히라오카의 아내 미치요를 선택한 다이스케를 향해 세이고가 "뒤에서 부모의 명예에 관계되는 나쁜 짓"을 한 "바보", "쓰레기"(이상 十七)라고 매도하면서 아버지와 똑같이 의절을 선언함으로써 단절되고 만다.

미치요와 오빠 스가누마와의 관계는 김순영 · 김순흥의 경우와 아주 흡사하다. 활달한 성격의 스가누마는 "자신이 활달한 만큼 여동생이 얌전한 것을 귀여워"해서 고향에서 데려와 함께 집을 얻어 학교에 다니면서 "여동생의 미래에 대한 애정"(이상 十四)으로 여러 가지를 배려해주었다.

> 오빠는 취미에 관한 여동생의 교육을 모두 다이스케에게 위임한 것처럼 보였다. 다이스케를 기다려 계발되어져야 할 여동생의 두뇌에 접촉의 기회를 될 수 있으면 주려고 노력했다. 다이스케도 사양하지는 않았다. 나중에 뒤돌아보니 스스로 자진해서 그 임무를 맡았다고 생각되는 흔적도 있었다. 미치요는 처음부터 기뻐하며 그의 지도를 받았다.
>
> (『그 후』十四)

순영은 순흥이 그 친구인 신봉구와 만세운동을 하는 데에 동참하면서 봉구와 자연스럽게 가까워질 수 있었지만, 스가누마는 자신의 친구 다이스케에게 여동생의 취미에 관한 교육을 위임하여 그들이 가까워지도록 기회를 만들어준 것이다. 순영과 미치요는 모두 오빠로 인해 봉구, 다이스케와 가까워질 수 있었고, 두 오빠 모두가 사랑하는 여동생과 자신의 친구가 가까워지기를 바라고 있었다는 점에서 동일하다고 하겠다. 그리고 투옥과 사망으로 인한 오빠들의 부재가 순영과 미치요를 불행하게 만든 결혼을 하게 하는 단초端初를 제공했다는 점에서도 유사성을 찾아볼 수 있다.

2. 기능

1) 『재생』

부모자식·형제관계의 양상에 대한 이상의 고찰을 통해 신봉구와 김순영의 가족관계가 서로 상반된 구조로 되어 있음을 확인할 수 있다. 홀어머니와 단 둘이서 살고 있는 신봉구에게는 형제가, 김순영에게는 부모가 존재하는 데도 불구하고 작품에서 배제되어 있어 그 관계를 찾아볼 수 없도록 되어 있는 것이다. 따라서 신봉구는 어머니와의 관계가, 김순영은 오빠들과의 관계가 그들의 삶에 영향을 미치며 스토리가 전개되고 있다. 그 외에 주변인물인 김경훈·김경주의 경우는 복잡한 집안의 가족관계를 보여주고 있는데, 여기에서는 이런 등장인물들의 가족관계의 구조와 양상이 작품의 사건 전개, 작가 의도 등에 어떻게 기능하는지를 고찰하도록 하겠다.

신봉구와 어머니와가 보여주는 관계 양상, 즉 집안의 호주로서 늙은 어머니를 부양해야 할 그가 책임을 다 하기는커녕 노모의 의사나 간청, 소원 등을 묵살하고 제 뜻대로만 행동해도 어머니는 그 아들을 염려하며 끝까지 의지하고 있는 모습은, 남존여비 사상 위에서 성립된 가부장제의 이데올로기로 여성에게 '삼종지도'의 삶을 강요하고 재산권을 인정하지 않던 시대에서는 흔히 볼 수 있는 일이었다. 그러므로 신봉구의 부모자식관계에서 주목해야 할 것은 그 양상과 함께 가족에서 아버지와 형제를 배제하고 어머니만 존재케 한 이유라고 하겠다. 만약 신봉구에게 아버지가 존재했다면 순영을 위해 '땅 문권'과 '집 문권'을 담보로 돈을 빌리는 일, 어머니가 한사코 반대해도 순영에게 복수하기 위해 집을 뛰쳐나가는 일, 순영에 대한 사랑 때문에 어머니의 소원을 묵살하고 끝까지 독신으로 지내는 일 따위는 하지 못했을 것이다. 가부장제하에서의 아버지는 호주로서 가족을 부양해야할 책임과 함께 가족에 대하여 절대적인 권력을 가졌기 때문에 아버지의 허락을 받지 않은 행동은 용인되지 않았고, 이에 불복하는 자식은 폐적廢嫡되어 축출당할 수도 있었기 때문이다.

그리고 형제가 있다면 집안의 재산을 마음대로 팔거나 담보로 내놓고 돈을 빌리는 일도 하기 어렵다. 아버지의 재산을 한 아들이 마음대로 처분하는 것을 다른 형제들이 수수방관만 하고 있지는 않을 것이기 때문이다.

따라서 신봉구가 아버지 없이 홀어머니와 단둘이 살면서 제멋대로 행동하며 창출하는 부모자식관계와 형제의 배제는, 배신한 순영에게 복수하기 위해 "어머니를 버리고 학교를 버리고 말하자면, 인생을 버리"(下篇:131)는 봉구의 삶이 가능토록 하여, 춘원이 『무정』에서부터 추구한 작가 의도[45]를 『재생』에서도 구현[46]하기 위해 전개한 스토리의 한 축으로 기능하고 있다고 하겠다.

45 제2장 주19 참조.
46 "소설을 모시대의 모방면의 충실한 기록으로 보는 경향이 많은" 춘원은, 『재생』을 "만세운동 이후 1925년경의 (중략) 조선의 기록"으로 생각한다면서 자신의 "의도가 그것들의 충실한 묘사에 있었다."(이광수, 「余의 作家的態度」, 『李光洙全集』第16卷, 三中堂, 1964, p.193)고 술회했다. 그리고 「『재생(再生)』 작자(作者)의 말」에서는 그의 눈에 비친 '만세운동 이후 1925년경의 조선'의 시대상을 "지금 내 눈앞에는 벌거벗은 조선의 강산이 보이고, 그 속에서 울고 웃는 조선 사람들이 보이고, 그중에 조선의 운명을 맡았다는 젊은 남녀가 보인다. 그들은 혹은 사랑의, 혹은 황금의, 혹은 명예의, 혹은 이상의 불길 속에서 웃고 눈물을 흘리고 통곡하고 미워하고 시기하고 죽이고 죽고 한다."(앞의 책, p.270)고 표현했다. 그리고 이와 같은 "당시의 시대상의 일각을 여실히 그려 보려고 한 동기(動機)" 중의 하나가 "그 시대의 지도정신과 환경과 인물의 특색과 및 시대의 약점등을 폭로・설명하자는 역사학적・사회학적 흥미"(李光洙, 「余의 作家的態度」, 앞의 책, p.194)라고 했다. 그러므로 춘원은 신봉구와 김순영의 이기적이고 타락한 삶을 통해 실의에 빠진 민족의 현실을 '폭로・설명'함으로써 젊은이들에게 경각심을 불어넣어 '그 시대의 조선청년의 진로에 한 암시를 주'기 위해 『재생』을 썼다고 말 할 수 있다. "『재생』은 이광수의 창작 의도가 결실되어 한 시대의 상황을 고발하고, 그것을 극복하여 내일을 위한 새로운 가능성으로 지향적 의식을 펼친 이정표를 형성한다."(丘仁煥, 『李光洙小說硏究』, 三英社, 1983, p.85)는 평이 이를 잘 대변해주고 있다.

그리고 신봉구의 변화하는 모습, 즉 그가 김경주의 "자기에게 대한 충성", 공판정에서 김순영이 자신의 무죄를 증명하기 위해 보여준 "헌신적 행위"(이상 下篇:208)를 목격한 후, 이기적인 자신의 모습에 대한 반성과 함께 "진실로 나는 내 몸이 죽을 위험에 있을 때에 내가 귀찮은 세상을 벗어나는 쾌함만 생각하고 늙은 어머니의 슬퍼하실 것조차 생각할 줄 모르는 이기주의자다!"라고 자각하는 모습은, 아내의 헌신적인 사랑을 통해 변화하는 김순흥의 모습을 방불케 한다.[47] "내가 오늘까지 사랑한 것, 슬퍼한 것, 기뻐한 것, 모든 것이 다 이기주의, 더러운 동기에서 나온 것"(이상 下篇:210)이라는 봉구의 깨달음은, 이유 없이 남편에게 사랑받지 못하면서도 남편을 위해 목숨을 바친 아내의 진실하고 헌신적인 사랑을 통해 비로소 순흥이 지금까지의 자신의 삶의 태도를 반성한 것처럼, 전통적인 이데올로기에 매몰된 남성의 이기적인 사고방식과 태도는 여성의 희생과 헌신 없이는 결코 변하지 않을 정도로 강고하다는 것을 다시 한 번 보여주고 있다.

김순영의 경우는 부모가 있지만 작품에 등장하지도 않고 구체적으로 언급되지도 않아서 그 관계를 알 수 없는 대신, 기숙사의 P부인이 부모 역할을 하고 있다.

> P부인은 순영에게는 어머니요, 아버지요, 선생을 겸한 이였다. 누구든지 다 P부인의 귀여움을 받고 P부인을 따르지마는 순영은 특별히 그의 사랑을 받았다고 생각한다. (중략) 자기가 어려서부터 얼마나 P부인을 사모하였던고, 얼마나 P부인과 같이 되기를 바랬던고, 그이와 같이 인격이 높은 교육가가 되어서 우리 불쌍한 조선 여자들을 교육하리라, 그래서 나도 P부인과 같이 늙은 뒤에는 여러 어린 여자들에게 은인같이, 어머니같

47 Ⅰ. 부부관계, pp.243-244. 참조.

이 사랑하고 사모함을 받으리라, 이런 생각을 가지고 있었다.

(『再生』上篇:67-68)

순영은, 공부를 위해 일찍 부모 곁을 떠나 학교 기숙사에서 P부인과 함께 생활하면서 부모와의 관계 속에서 받고 배우며 키워가야 할 사랑, 가르침, 이상理想같은 것들을 P부인을 통해서 얻고 있었다. "순영이가 십 년 동안 학교에서 P부인에게 배운 모든 도덕적 교훈"(上篇:37)은 그녀의 생각과 행동의 잣대가 되어 '인격이 높은 교육가'가 되는 꿈을 갖게 했다. 그러나 타락한 시대의 조류에 휩쓸린 순영은 화려한 생활에 대한 유혹을 떨쳐버리지 못하고 백윤희와 결혼했다가 파경을 맞이하게 된다. 여성이 곤경에 처하게 되면 제일 먼저 생각하고 찾는 것이 부모일 텐데 순영은 부모대신 P부인을 찾아간다.

"순영을 딸과 같이 사랑하여 십여 년을 길러 낸"(上篇:27) P부인은, "저는 속아서 잘못 혼인을 해 가지고 여태껏 죽기보담 더한 괴로운 생활을 하였"(下篇:252)다는 순영의 하소연에, "속아? 누가 순영이를 속였소? 나는 순영이 속인 사람 하나도 없다고 생각하오— 순영이 속인 사람 다른 사람이 아니오— 순영이요. 제 죄 남에게 미는 것 더 큰 죄요."(下篇:253)라고 질타하며 그녀의 생각이 잘못되었음을 일깨워주고, 자살하기로 결심했다는 그녀를 설득하여 새로운 삶을 살아갈 용기와 희망을 갖게 해준다.

이처럼 부모와 떨어져 사는 순영의 곁에는 기숙사에서 함께 생활하던 P부인이 있어 훌륭한 인격과 사랑, 가르침으로 삶의 현장에서 그녀에게 직접적인 영향력을 미치고 있다. 따라서 순영에게는 멀리 떨어져 있어서 딸에게 아무런 영향력도 행사할 수 없는 부모는 거의 존재 의미가 없으므로 작품에서 배제된 것이라 하겠다. 그러나 간과해서는 안 될 것은, P부인이 부모 역할은 훌륭하게 할 수 있었지만 순영이 백윤희와 결혼하는 것을 막지는 못했다는 사실이다. P부인에게는 부모가 갖는 자녀의 결혼이나 장래에 대한 결정권이나 강제력이 없었기 때문이다. 부모가 함께 살며 순영의 삶에 관여했더라면 결코 백윤희의 첩이 되도록 하지는 않았을 것이다.

그러므로 순영의 삶의 현장에서 부모가 배제된 채 P부인이 부모 역할을 대신하고 있는 것은, 시골의 부모들이 보여주기 어려운 훌륭한 인격과 사랑, 가르침으로 순영을 '인격이 높은 교육가가 되어서 우리 불쌍한 조선 여자들을 교육하리라'는 이상을 갖고 공부하는 여학생으로 조형하기 위함이요, 한편으로는 부모가 아닌 P부인이 갖는 한계 때문에 순수한 여학생 순영이 백윤희의 첩이 되는 것을 막지 못함으로써, 타락한 시대상을 '폭로·설명'하기 위한 순영과 윤희 부부의 결혼생활을 그려 내기 위한 장치로 기능하고 있다.

순영의 삶에는 부모보다는 서울에 사는 두 오빠와의 관계가 크게 영향을 미치고 있다. 순영에게 가장 감화하는 힘이 많은 셋째 오빠 순흥과의 친밀한 관계는 함께 기미년 만세운동을 하는 과정에서 신봉구를 만나 정들게 만들었지만, 순흥이 투옥되자 소원한 관계의 둘째오빠 순기가 접근하여 사업자금을 마련하기 위해 순영을 중년의 부자 백윤희에게 팔아넘겨 불행에 빠뜨린다. 물론 순영의 불행한 삶에 대한 책임이 전적으로 순기에게만 있다고는 할 수 없다. 비록 순기가 순영을 속여 백윤희와의 만남을 주선하고 그와의 관계 진전을 위해 여러 가지로 노력했을지라도 순영이 끝까지 백윤희를 거부하고 자신의 이상을 실현시키기 위한 길로 나갔더라면 그녀의 삶은 달랐을 것이다. 그러나 현상적 유혹에 쉽게 넘어가며 외적 현실에 쉽게 동조하는 순진하고 단순한 성격의 순영은, 그녀를 감화시켜 올바른 길로 인도하는 순흥이 없는 상태에서 순기가 유도한 타락한 세상의 유혹에 넘어감으로써 불행에 빠진 것이다. 순영에게 있어 두 오빠와의 관계는 그녀의 삶, 즉 사랑과 결혼에 서로 극명하게 상반된 영향력을 미치고 있는데, 이 두 오빠와의 관계는 나라와 민족을 위해 살겠다는 높은 이상을 가진 순수한 여학생 순영이 3·1 독립운동의 실패로 "교단에서 분필을 드는 교사도 신문 잡지에 글을 쓰는 사람도 모두 돈과 쾌락만 따르는 이기적 개인주의자"(下篇:260)가 되어버린 시대의 조류에 편승하여 함께 타락해가는 모습을 선명하게 보여주고 있다.

따라서 순영이 보여주는 부모자식·형제관계의 양상은, 신봉구의 경우와 마찬가지로 춘원이 『무정』에서부터 지향한 일, 즉 타락한 사람들의 불행한 삶을 통해 실의에 빠진 민족의 현실을 '폭로·설명'함으로써 젊은이들에게 경각심을 불어넣어 '그 시대의 조선청년의 진로에 한 암시를 주'고자 한 작가 의도를 구현시키려는 『재생』의 스토리 전개를 위해 중요하게 기능하고 있다고 하겠다.

주변인물인 김경훈·김경주의 부모자식·형제관계는, 김순영 때문에 인생을 포기한 신봉구와 백윤희의 첩으로 사는 김순영의 타락한 삶에 변화와 파멸을 초래하는 사건[48]의 발생과, '그 시대의 조선청년의 진로에 한 암시를 주'려는 작가 의도에 따라 사형선고를 받았다가 풀려난 신봉구를 "조선의 불쌍한 백성"(下篇:339)을 위해 사는 인물[49]로 조형하기

48 아버지의 사랑과 신뢰를 받지 못하는 김경훈이 독립단에게 주기로 한 30만원을 얻기 위해 아버지와 다투다가 권총으로 살해하고 그 범인으로 신봉구를 지목함으로써 봉구가 사형선고를 받게 되는데, 이를 계기로 주인공들의 삶에 큰 변화를 가져 온다.

49 살인죄로 감옥에 갔다가 풀려나온 신봉구는, '한국의 불쌍한 백성'을 위해 살겠다며 시골로 내려가 농사를 지으며 야학을 가르치며 사는데, 이러한 그의 삶의 모습은 실은 작가가 의도한대로 '그 시대의 조선청년의 진로에 한 암시를 주'기보다는 오히려 순영에 대한 사랑 때문에 김경주는 물론이요 자기 어머니와 경주어머니가 간절히 원했던 경주와의 결혼을 끝까지 거절하고 세상과 단절된 채 자기본위로 살아감으로써 그가 철저하게 이기적인 사람임을 보여주는 예라고 하겠다.

위해 준비된 것으로, 스토리의 중심은 아니지만 사건 전개를 위해 없어서는 안 될 요인으로 기능하고 있다.

2) 『그 후』

『그 후』에서 보이는 다이스케, 미치요의 부모자식 · 형제관계 역시 작품의 스토리를 무리 없이 전개시키며 작가 의도를 구현하도록 기능하고 있음을 알 수 있다.

어머니를 일찍 여읜 다이스케는 어머니 대신 집안일을 총괄하며 안주인 역할을 하는 형수의 보살핌을 받으며 지내왔는데, 대학을 졸업하고도 직장을 갖지 않은 채 계속 형수의 신세를 지고 있는 것이 거북하고 미안했을 것이다. 그래서 그는 별거를 원했고 아버지는 경제력이 없는 그의 생활비를 지원해주기로 하고 그 요청을 받아들였다. 이 별거는 집안에서의 존재 가치[50]가 없는 다이스케가 '이에'家에서 축출당한 것[51]이라고 볼 수 있지만, 한편으로는 그가 '이에'에 매이지 않은 자유로운 신분이라는 것을 의미한다. 다이스케가 아버지('이에')의 '태양계'를 벗어나 '정신의 자유'를 누리며 자기본위로 사고하고 행동할 수 있었던 것은 그가 장남[52]이 아니기 때문에 가능했던 것이다. 장남에게 주어진 '이에'를 위한 가독 상속인으로서의 권한이 없는 대신 의무도 없는 다이스케는 아버지와의 대립을 마다하지 않고 자신의 '자연의 의지'에 따라 행동할

50 실질적인 차남(3명의 형 중 2명의 형은 요절)인 다이스케는, 가독 상속자인 장남 세이고가 건재하고 그 아들도 성장하여, 장남에게 만일의 일이 생기면 가독을 상속하기 위해 필요한 '대리'로서의 존재 가치가 없어졌다.

51 이시하라 지아키는, 다이스케의 별거가 "다이스케가 나가이가(長井家)의 중심에서 따돌림을 당하여 주변에밖에 위치할 수 없다는 것을 말해주는 것"이라고 말했다. 石原千秋, 『反轉する漱石』, 青土社, 1997, p.213.

52 수많은 장남들이 '이에'와 자아실현 사이에서 아버지와 대립 · 갈등하면서도 가독을 상속하여 유지해가야 할 책임(의무) 때문에 끝내 자아실현을 포기할 수밖에 없었던 경우가 많았다.

수 있었다.

따라서 다이스케와 아버지가 창출하는 부모자식관계는, 소세키가 『그 후』에서 제기하려한 문제[53]의 핵심을 제시하기 위한 수단으로 기능하고 있다고 하겠다.

요컨대 소세키는 자신이 제시하려한 문제를, 근대적 자아의 소유자인 다이스케가 자신의 '자연의 의지'에 따르는 일, 즉 자기본위의 입장을 관철하기 위해 히라오카에게서 미치요를 빼앗는 일이 히라오카 뿐만 아니라 자신도 상처받을 수밖에 없다는 사실을, 아버지와의 관계단절에 의한 경제적 지원의 중단으로 그동안 경멸하던 "먹기 위한 직업"(六)을 찾기 위해 염천에 뛰쳐나가 "자신의 머리가 다 탈 때까지 전차를 타고 가려고 결심"(十七)하는 착란 상태의 그의 모습을 통해서 제시하고 있다고 하겠다.

세이고와 아버지와의 관계는 당시의 가부장제하에서 일반적으로 찾아볼 수 있는 부자관계로, 이들은 '이에'(아버지)에 대립하며 자기본위로 행동하는 근대인 다이스케를 협공하는 적으로 기능하고 있다고 하겠다.

미혼의 딸을 남겨둔 채 일찍 사망한 어머니와, 도움이 절실한 딸에게 아무런 도움이 되지 못하는 아버지는 미치요가 사랑하지도 않는 히라오카와 어쩔 수 없이 결혼하지 않을 수 없게 만들었고, 결혼 후에는 히라오카의 사랑을 잃은 채 경제 문제로 고통 받는 미치요로 하여금 남편이나 아버지 대신 자신에게 호의적인 다이스케를 의지케 하여 두 사람의

53 자기본위의 입장을 관철하는 일은 근대적 자아를 확립한 개인에게는 이상적인 것이지만, 그것이 개인을 떠나 타인, 즉 사회를 향해 작용할 경우에는 추악한 에고이즘으로 나타나게 되어 타인뿐만 아니라 자신도 상처받을 수밖에 없다는 모순점을 갖고 있다. 개인에게는 이상적인 자기본위의 입장이 사회에 있어서는 추악한 에고이즘으로 나타나고, 그 때문에 사회로부터의 압박을 피할 수 없게 되어 결국 파멸해버린다면 근대인은 어떻게 살아가면 좋은가라는 문제. 吳 敬, 「『それから』考－近代的自我のゆくえ－」, 『德成女大論文集』 第14集, 德成女子大學, 1985. 참조.

관계를 긴밀하게 만들어주었다. 이를 계기로 다이스케는 3년 전에 자신이 '자연'을 경멸한 결과로 발생한 불행에서 벗어나 그 잘못을 바로잡기 위해 미치요를 히라오카에게서 빼앗는 일을 결행한다.

그러므로 미치요와 부모와의 행복하지 못한 관계는, 작가 의도를 구현하는 인물로 조형된 다이스케가 자기본위로 행동하기 위한 전제 조건으로 기능한다고 말할 수 있겠다.

다이스케와 세이고의 형제관계는 다이스케와 아버지와의 부모자식관계와 마찬가지로 서로의 사고방식이 근본적으로 달라, 다이스케가 자기본위적인 삶을 영위하기 위해서는 싸워야만 하는 적으로 기능하고 있다. 이들 관계의 근저에서 작용하는 것 또한 가부장제와 '이에제도'의 이데올로기에 의해 정해진 장남과 차남의 신분 차이에서 출발된 사고라고 할 수 있겠다.

미치요와 오빠와의 친밀한 관계는 미치요가 다이스케와 가까워질 수 있는 기회를 제공받지만, 어머니와 오빠의 죽음으로 미치요는 자신이 좋아하는 다이스케를 두고 히라오카와 결혼할 수밖에 없었고, 히라오카와의 불행한 결혼생활은 결국 다이스케와의 사랑으로 이어진다.

그러므로 미치요의 형제관계는, 『재생 』에서의 김순영의 경우와 마찬가지로 오빠가 원했든 원하지 않았든 그녀의 사랑과 결혼에 영향력을 미쳐, 결과적으로 다이스케의 삶의 향방을 결정짓는 원인遠因으로 기능하고 있다고 하겠다.

춘원은 3·1운동에 참가했던 한국의 젊은이들의 패배한 모습을 통해 그들에 대한 질타와 함께 재생을 촉구하기 위해 자신이 가진 '모든 동정과 모든 심정과 모든 힘을 다하여' 쓴 작품 『재생』에서 등장인물들이 가족과의 관계 속에서 창출하는 사건을 통해 자신이 의도한 바를 구현시키고 있다. 그는 독립운동의 실패 후 절망감과 허무감에 빠져 '모두 돈과 쾌락만 따르는 이기적 개인주의자'가 된 사회 분위기에 편승하여 살아가는 주인공들, 즉 자신을 배신한 김순영에 대한 복수심으로 의지할 데 없는 노모를 버리고 큰돈을 버는데 혈안이 되어 살다가 사형선고까지 받는 남자주인공 신봉구, 진실한 사랑보다 돈과 영화에 취하여 봉구의 사랑을 버리고 재물과 육욕밖에 모르는 백윤희의 첩으로 사는 여자주인공 김순영의 불행한 삶의 모습을 '충실히 묘사'함으로써, 실의에 빠진 민족의 현실을 '폭로 · 설명'하고 그 지향을 피력하고자 했다. 젊은이들에게 경각심을 불어넣어 '그 시대의 조선청년의 진로에 한 암시를 주'고자 했던 것이다.

따라서 상술한 봉구와 순영의 삶을 가능케 해준 봉구와 노모와의 부모자식관계, 순영과 윤희가 노정하는 부부관계, 순영과 부모 · 오빠들과의 관계는 서로 연합하여 작가 의도의 구현을 위해 주요하게 기능하고 있다.

삼종지도에 따라 살아야 했던 무력한 여성들의 가련한 처지와, 가부장제에 의해 부여된 권력을 마음대로 행사하는 호주의 횡포를 잘 보여주고 있는 신봉구와 어머니와의 부모자식관계는, 과거의 전통적인 이데올로기에 순응하여 살아가는 부부의 전형적인 관계 양상을 보인 백윤희 · 본처, 김순흥 부부를 통하여 보여준 사실, 즉 일방적으로 부당한 대우를 받더라도 감수할 수밖에 없도록 정해 놓은 악습으로 남편의 횡포가 조장되어 아내들이 불행한 삶을 강요받았던 것처럼, 아들(호주) 앞에서 어머니도 똑같은 처지임을 보여주고 있다.

신봉구가 자신에게 '헌신적, 희생적인 행위'를 보여준 김경주와 김순영을 통해 이기적인 자신의 모습에 대한 반성과 함께 자신이 이기주의자임을 자각하는 모습은, 이유 없이 남편에게 사랑받지 못하면서도 남편을 위해 목숨을 바친 아내의 진실하고 헌신적인 사랑을 통해 비로소 지금까지의 자신의 삶의 태도를 반성하는 김순흥과 똑같다. 전통적인 이데올로기에 매몰된 남성의 이기적인 사고방식과 태도는 여성의 희생과 헌신 없이는 결코 변하지 않을 정도로 강고하다는 것을 재확인시켜 준 것이다.

소세키는 『그 후』에서 근대적 자아의 소유자인 다이스케의 삶의 태도를 통하여 자기의 '자연'의 의지에 따르는 일, 즉 자기본위의 입장을 관철하는 일은 근대적 자아를 확립한 개인에게는 이상적인 것이지만, 그것이 개인을 떠나 타인, 즉 사회를 향해 작용할 경우에는 추악한 에고이즘으로 나타나게 되어 타인뿐만 아니라 자신도 상처받을 수밖에 없음을 보여주고 있다. 미치요와 부모 · 오빠와의 관계는 이 문제를 실험적으로 추구하기 위한 다이스케의 삶의 태도를 결정하는 계기를 만들어, 주제 도출에 필요불가결한 요소로서 작가의 의도를 구현하기 위한 한 축으로 기능하는 미치요 · 히라오카의 소원한 부부관계와 함께 그 전제조건으로 기능하고 있다.

다이스케와 아버지 · 형과의 관계는 '자연'의 의지에 따라 살려는 다이스케에게는 맞서서 싸워야 할 적으로 기능하고 있는데, 이들 관계의 배후에도 '이에제도'와 가부장제의 이데올로기가 작용하고 있음을 확인할 수 있다.

『재생』에서는 부모자식관계와 부부관계의 배후에 전통적인 가부장제와 삼종지도, 조혼제도가 있어 신봉구의 어머니, 백윤희의 본처, 김순흥의 아내와 같은 희생양을 만들어냄은 물론, 김순영과 명선주와 같은 타락한 시대의 여성들에게까지 작용하여 여성은 모두 시대의 희생자가 될 수밖에 없음을 시사해주고 있다.

『그 후』에도 부모자식 · 부부 · 형제관계의 배후에 전통적인 '이에제도'와 가부장제가 존재하고 있지만, 미치요는 사랑을 고백하는 다이스케에게 "어쩔 수 없군요. 각오를 합시다."(十四)라고 말하여, 『재생』에서 의 여성들처럼 무력한 희생양으로 머물지 않고 이를 극복하고자 결단하는 모습을 보여주고 있어 여성들의 위치가 진일보했음을 알 수 있다.[54]

54 다이스케와 아버지 · 형(세이고), 히라오카와 미치요, 세이고와 우메코의 관계에 대해서는, 제1부 제2장에서 다루었기 때문에 중복되는 부분이 많음을 밝혀둔다.

부록

나쓰메 소세키夏目漱石 연보
춘원春園 연보

소세키漱石문학과
춘원春園문학에서의 가족관계

나쓰메 소세키夏目漱石 연보

1867년(慶応3년)

2월 9일(음력 1월 5일), 현재의 도쿄도 신주쿠구(東京都新宿区)인 우시고메 바바시타요코초(牛込馬場下横町)에서 나쓰메 고헤에(夏目小兵衛, 호적이름은 나오카쓰(直克); 50세)와 지에(千枝, 후처; 42세)부부의 막내아들로 태어남. 형제자매는 전처소생의 사와(さわ; 20세)와 후사(ふさ; 16세), 지에 소생의 다이이치(大一; 12세, 후에 다이스케(大助)라 부름), 나오노리(直則; 10세), 나오카타(直矩; 9세), 히사키치(久吉; 6세), 지카(ちか; 4세)로 모두 7명. 2월 9일은 경신일(庚申日)로 이 날에 태어난 사람은 큰 도둑이 되나 이름에 쇠 금(金)자나 해당 부수(部首)의 글자를 넣으면 이 화(禍)를 면할 수 있다는 미신 때문에 긴노스케(金之助)라 이름 지어짐. 나쓰메가(夏目家)는 대대로 나누시(名主; 동장이나 이장에 해당)였으나, 당시 가운(家運)이 기운데다 모유도 나오지 않아 생후 곧 요쓰야(四ッ谷)의 고물상(청과상이라고도 일컬어짐)에 수양아들로 보내짐. 그는 매일 밤 가게 앞에 잡동사니와 함께 소쿠리에 넣어져 놓여 있었는데, 이를 보고 불쌍히 여긴 누나가 그를 생가로 데리고 돌아옴.

1868년(明治 1년) 만1세

11월, 나쓰메 집안의 서생으로 지낸 적이 있는 신주쿠의 나누시(名主) 시오바라 마사노스케(塩原昌之助; 30세)와 야스(やす; 30세) 부부의 양자가 되어 시오바라 성을 쓰게 됨.

1870년(明治 3년) 3세

접종한 종두(種痘)가 원인이 되어 천연두를 앓고 얼굴에 마마자국이 남음.

1872년(明治 5년) 5세

3월, 일본에서 최초로 호적이 편성되어 시오바라 마사노스케는 긴노스케를 장남으로 신고함.

1874년(明治 7년) 7세

연초부터 양부 시오바라의 내연녀 히네노 가쓰(日根野かつ; 28세) 문제로 가정 불화가 일어나 4월, 양모 야스와 함께 잠시 생가로 돌아옴. 12월, 도다초등학교(戸田小学校)에 입학. 연말, 야스는 이혼을 결심하고 있었기 때문에 시오바라가(塩原家)의 장남인 긴노스케를 시오바라에게 돌려보냄. 이 때 시오바라는 히네노 가쓰와 그녀의 딸 렌(れん)과 함께 살고 있었음.

1876년(明治 9년) 9세

4월, 양부모가 이혼. 긴노스케는 시오바라가에 적(籍)을 둔 채로 다시 생가에 맡겨짐. 이에 따라 이치가야초등학교(小学市谷学校)로 전학. 양육비, 학비 등 일체의 비용은 시오바라가에서 지불함.

1877년(明治 10년) 10세

5월, 이치가야초등학교 하등(下等) 제2급 졸업. 학업우수로 상을 받음. 12월, 이치가야초등학교 하등 제1급을 졸업.

1878년(明治 11년) 11세

2월, 한문조의 논문 「정성론(正成論)」을 회람잡지에 발표. 이치가야초등학교 상급 초등 제8급 졸업. 학업우등으로 상을 받음. 5월경에 간다(神田)의 금화초등학교(錦華学校)에 전학하여 10월, 소학심상과 제2급 후기(小学尋常科第二級後期)를 우등으로 졸업.

1879년(明治 12년) 12세

간다 히토쓰바시(神田一ツ橋)의 도쿄부립제1중학교(東京府立第一中学校) 정칙과(正則科) 제7급 을(乙)에 입학.

1880년(明治 13년) 13세

긴노스케는 부친에게는 반감을, 모친에게는 경애의 마음을 품고 있었던 것 같고, 일가가 단란하게 지내는 분위기도 없었음. 그런 환경 속에서 그가 어떤 생활을 하고 있었는지 구체적으로는 전혀 알 수 없음. 이 해부터 25, 6세에 걸쳐 만담장(寄席)에 자주 드나듦.

1881년(明治 14년) 14세

1월 21일, 생모 지에가 56세로 사망. 긴노스케는 임종을 하지 못함. 이를 전후하여 도쿄부립제1중학교를 중퇴하고 4월, 한학을 배우기 위해 사립니쇼학사(私立

二松学舎)로 옮김. 7월, 니쇼학사 제3급 제1과 수료. 11월, 니쇼학사 제2급 제3과 수료.

1883년(明治 16년) 16세
9월경, 한학으로는 장래를 보장할 수 없다는 인식하에 결국 1년 정도 다니던 사립니쇼학사를 그만두고 대학예비문의 수험준비를 위해 세리쓰학사(成立学舎)에 들어가 영어를 배움. 이를 전후하여 동급생 하시모토 사고로(橋本左五郎)와 자취생활을 함.

1884년(明治 17년) 17세
1월 3일, 나쓰메가의 가독(家督)을 장남 다이스케(大助)가 상속함. 9월, 도쿄대학 예비문 예과에 입학. 입학 직후 맹장염을 앓고 생가로 돌아감.

1885년(明治 18년) 18세
이 해를 전후로 나카무라 제코(中村是公), 하시모토 사고로 등 10명의 친구들과 하숙하며 통학함. 친구들과 보트레이스, 수영, 파티 등을 즐기며 청년기를 보냄.

1886년(明治 19년) 19세
4월, 도쿄대학 예비문이 제1고등중학교로 개칭. 장남 다이스케와 차남 에이노스케(栄之助, 호적이름 나오노리; 直則)가 거의 같은 시기에 폐결핵을 앓아 병상에 누움. 7월, 복막염에 걸려 제1고등학교 예과 2급에서 1급으로 올라가는 진급시험을 치르지 못하고 성적도 좋지 않아 유급됨. 이 낙제가 전기(轉機)가 되어 졸업 때까지 수석을 차지함. 금전적인 여유가 없어 9월, 아르바이트로 나카무라 제코와 강동의숙(江東義塾)의 교사가 되어 주쿠(塾)의 기숙사로 옮겨 살게 됨. 이것으로 긴노스케는 처음으로 교사생활을 체험하게 됨. 오후 2시간 수업에 월급으로 5엔(円)을 받음. 한편, 이때부터 오랫동안 눈병으로 고생하게 됨.

1887년(明治 20년) 20세
3월 21일에 큰 형 다이스케(향년 31세), 6월 21일에 둘째 형 에이노스케(향년 28세)가 폐결핵으로 사망. 7월 하순 급성 결막염에 걸려 강동의숙을 그만두고 자택에서 통학하게 됨. 9월, 셋째 형 와사부로(和三郎, 호적이름 나오카타; 直矩)가 나쓰메가의 가독을 상속. 9월, 제1고등중학교 예과 1급에 진급함.

1888년(明治 21년) 21세
1월 28일, 시오바라가(塩原家)에서 나쓰메가(夏目家)로 복적하여 나쓰메 긴노스케(夏目金之助)가 됨. 7월, 제1고등중학교 예과를 졸업. 9월, 제1고등중학교 본과 제1부(문과, 현재 고마바(駒場)에 있는 도쿄대학 교양학부)에 진학하여 영문학을 전공함. 처음 긴노스케는 건축과를 희망했으나 급우 요네야마 야스사부로(米山保三郎)의 "건축보다 문학 쪽이 생명이 있다."는 말을 듣고 영문학 전공으로 바꾸었다고 함.

1889년(明治 22년) 22세

1월, 가인(歌人) 마사오카 시키(正岡子規)와 친교가 시작되어 문학상의 영향을 받게 됨. 5월, 마사오카 시키의 『나나쿠사슈(七艸集)』의 비평을 쓰고 처음으로 '소세키(漱石)'라는 필명을 사용함. 8월, 학우들과 보소(房総)방면으로 여행하고 9월, 그 기행문인 한시문집 『보쿠세쓰로쿠(木屑録)』를 집필하여 마사오카 시키로부터 절찬을 받음.

1890년(明治 23년) 23세

7월, 제1고등중학교 본과 졸업. 9월, 도쿄제국대학(東京帝国大学) 문과대학 영문과에 입학. 문부성의 대여장학생이 됨. 이 해 또는 전년에 소설을 쓴 듯함.

1891년(明治 24년) 24세

7월, 성적우수자로서 도쿄제국대학 문과대학 영문과 특대생(특별대우학생)이 됨. 결막염 때문에 통원치료를 받던 이노우에 안과(井上眼科)에서 이전부터 마음을 끌고 있던 갸름한 얼굴의 아름다운 여성을 갑자기 만나 놀라다. 7월 28일, 경애하던 셋째 형수 도세(登世; 25세)가 임신중독증으로 사망하여 크게 낙담함. 8월, 마사오카 시키의 권유로 일본문학 연구에도 관심을 갖게 됨. 대학교의 상급반에는 가와카미 비잔(川上眉山), 오자키 고요(尾埼紅葉) 등이 재학하고 있었는데, 고요의 소설을 읽고서는 이 정도라면 자신도 소설을 쓸 수 있을 거라고 말했다 함. 12월, J. M 딕슨 교수의 의뢰로 일본의 중세수필집 『호조키(方丈記)』를 영어로 번역함.

1892년(明治 25년) 25세

4월, 분가하여 호적을 홋카이도(北海道)로 옮김(병역기피 목적 설이 유력함). 훗날인 1914년에 도쿄시민으로 복귀함. 5월경부터 하이쿠(俳句)에 흥미를 갖기 시작함. 5월, 도쿄전문학교(東京専門学校; 지금의 와세다(早稲田)대학의 전신) 강사가 됨. 7월, 마사오카 시키와 함께 간사이(関西) 여행을 떠남. 오사카(大阪)에서 헤어져 7월 중순, 혼자서 오카야마(岡山)에 체재. 이때 대홍수를 경험하게 됨. 8월, 마쓰야마(松山)에 가 있던 시키를 방문, 그 곳에서 다카하마 교시(高浜虚

子)와 처음으로 만남.

1893년(明治 26년) 26세

1월, 도쿄제국대학 문과대학 영문학 간담회에서 「영국시인의 천지산천에 대한 관념(英国詩人の天地山川に対する観念)」이라는 제목의 강연을 하고, 그 원고를 『철학잡지』(3월-6월)에 연재하여 주목을 받음. 6월, 도쿄제국대학 문과대학 강사로 온 케벨과 접촉하여 영향을 받음. 7월, 도쿄제국대학 문과대학 영문과를 제2회로 졸업. 이어서 도쿄제국대학 대학원에 진학. 제국대학의 기숙사로 옮김. 10월, 고등학교에도 취직자리가 있었으나, 학장 도야마 마사카즈(外山正一)의 추천으로 도쿄고등사범학교(東京高等師範学校; 東京教育大学, 현재의 쓰쿠바(筑波)대학)에 영어교사로 취임.

1894년(明治 27년) 27세

2월, 초기 폐결핵이라는 진단을 받음. 신경쇠약의 악화와 함께 극도의 염세주의에 빠짐. 가을 무렵까지 스가 도라오(菅虎雄)의 새로운 숙소에서 2, 3개월 기숙함. 8월, 청일전쟁이 시작됨. 10월 16일, 고이시카와구(小石川区) 덴쓰인(伝通院) 옆의 호조인(法藏院)에 하숙함. 12월 하순부터 다음 해 1월 7일까지 스가 도라오의 소개로 가마쿠라(鎌倉)의 엔가쿠지 닷추키겐인(圓覚寺塔頭帰源院)에 들어가 샤쿠소엔(釈宗演) 밑에서 참선함.

1895년(明治 28년) 28세

1월, 스가 도라오의 중개로 영자신문 「The Japan Mail」의 기자모집에 지원하지만 채용되지 않음. 4월, 고등사범학교, 도쿄전문학교를 사직하고 에히메켄(愛媛県)의 마쓰야마(松山)중학교 교사로 부임. 이곳에서의 체험이 후년의 『도련님(坊つちゃん)』(1906)의 소재가 됨. 8월, 청일전쟁에 종군중인 마사오카 시키가 각혈하여 마쓰야마에 귀향, 소세키의 하숙집에서 잠시 동안 기거하게 됨. 그 영향으로 시키의 문하생들과 하이쿠에 열중, 점차 하이단(俳壇)에도 참석하게 됨. ‹마쓰카제카이›(松風会; 마쓰야마의 하이쿠회)에 참가하고 야나기하라 교쿠도(柳原極堂)와도 교제를 함. 12월 28일, 나카네 시게카즈(中根重一; 귀족원 서기관장)의 장녀 교코(鏡子; 18세)와 맞선을 본 후 약혼함.

1896년(明治 29년) 29세

4월, 마쓰야마중학교를 사직하고 구마모토(熊本)제5고등학교 강사로 취임. 6월 9일, 자택에서 나카네 교코(中根鏡子)와 결혼. 7월, 교수로 승진. 이후 나쓰메 부부는 결혼생활을 이곳 구마모토에서 보내게 됨. 9월, 부인과 함께 규슈(九州)각지를 여행.

1897년(明治 30년) 30세

6월 29일, 생부 나오카쓰(直克; 향년 81세)의 사망을 알리는 전보가 도착하지만 학기말 시험 때문에 곧바로 귀향하지 못하고 7월 4일에 교코와 함께 상경함. 긴 여행의 피로로 인해 부인 교코는 유산을 하게 되고 그 후 정신상태가 불안해짐. 9월, 단신으로 구마모토로 돌아옴. 10월, 부인 교코도 구마모토로 돌아옴. 마사오카 시키와 자주 만남. 12월 27, 8일부터 다음 해 1월 3, 4일 경에 걸쳐 후에 『풀베개(草枕)』의 소재가 되는 오아마온천(小天温泉)을 여행함. 이 무렵 한시(漢詩)를 지음.

1898년(明治 31년) 31세

6월, 제5고등학교 학생으로 후년에 문하생이 된 데라다 도라히코(寺田寅彦) 등에게 하이쿠를 지도. 6월 말경, 정신상태가 불안전한 부인 교코가 수량이 늘어난 구마모토시내를 흐르는 시라카와(白川)의 이가와부치(井川淵) 하천에서 투신자살을 기도하나 다행히 근처에 있던 어부에게 구조됨. 9월, 부인 교코의 심한 입덧과 히스테리로 고민함.

1899년(明治 32년) 32세

5월 31일, 장녀 후데코(筆子) 출생. 6월, 고등관5등(高等官5等)에 임명, 영어과 주임 발령. 9월 초, 제1고등학교로 전근하는 동료 야마카와 신지로(山川信次郎)와 아소산(阿蘇山)을 등산. 이때 『이백 십일(二百十日)』의 소재를 얻음.

1900년(明治 33년) 33세

5월 12일, 문부성으로부터 영어연구를 위한 제1회 국비 유학생으로 만 2년간의 영국유학 명을 받음. 9월 8일, 독일 기선 프로이센(Preussen Bremen)호로 요코하마(横浜)를 출항. 배 멀미, 설사, 더위로 고생하면서도 영국의 문학서를 열심히 읽음. 10월, 파리에 1주일 체재하고 이때 만국박람회를 관람함. 10월 28일, 런던에 도착. 이때부터 약 2년간 힘겨운 런던 유학생활을 시작함. 10월 31일, 런던탑 견학. 11월-12월, 런던대학 University College의 케어(William Paton Ker; 1855-1923)교수의 강의를 청강. 후에 College를 그만두고 섹스피어 연구자인 그레이그(Craig) 박사의 개인교습을 받음.

1901년(明治 34년) 34세

1월, 차녀 쓰네코(恒子) 출생. 5월, 베를린에서 온 이케다 기쿠나에(池田菊苗; 아

지노모토(味の素)를 창제(創製)한 과학자)와 2개월 간 동숙. 그에게 크게 자극받아 『문학론(文学論)』의 저술을 계획하게 됨. 5, 6월, 단편 『런던소식(倫敦消息)』을 『호토토기스(ホトトギス)』에 발표. 7월부터 하숙집에 틀어박혀 귀국할 때까지 『문학론(文学論)』의 집필에 몰두하며 영국인이나 일본유학생들과의 교제도 없이 고독하게 생활함. 런던에서 도쿄에 있는 부인 교코에게 열심히 편지를 보냈지만 부인도 두 번째의 임신과 친정의 몰락으로 여유가 없어 답장을 쓰지 못함. 게다가 유학비용도 부족해 불안, 불면, 우울증 등 결국 극도의 신경쇠약에 시달리게 됨. 이러한 우울증 증세는 그 후 약 3년간 계속됨. 이 해부터 영시(英詩)를 짓기 시작함.

1902년(明治 35년) 35세

3월, 『문학론노트(文学論ノート)』의 집필을 진행함. 4월 중순, 친구 나카무라 제코를 만남. 과도한 연구로 가을 무렵 심한 노이로제에 걸려 일본에까지 소세키의 발광소식이 전해짐. 9월 19일, 친하게 지내던 마사오카 시키가 사망(향년 36세). 소세키는 런던생활에 적응하지 못했고 친구도 없었으며 유학 후반에는 학교 강의에도 출석하지 않고 하숙집에서 두문불출하게 됨. 하숙집 주인은 매일 컴컴한 방구석에서 노트를 앞에 두고 울고 있는 소세키를 보고 있었다고 함. 이때 문부성에 "나쓰메 발광"이라는 전보가 들어감. 10월, 문부성은 결국 독일 유학생 후지시로 데이스케(藤代禎輔)에게 "나쓰메 정신이상…(중략)…보호하여 귀국하라."는 지시를 내림. 한편, 이때 소세키는 영문학에 관한 서적들을 독파하면서 일본은 서양과 역사, 문화, 습관들이 달라 아무리 서양의 문학자들의 흉내를 내려고 해도 자신의 몸으로 느낄 수 없음을 깨닫게 됨. 2년간 구입한 양서는 문학뿐만 아니라 철학, 역사, 자연과학에 이르기까지 약 400권에 달함. 문학과 근대화의 의미를 찾아 괴로워한 끝에 "서양에 대한 환상을 버리고 진정한 자기본위(自己本位)로 살자."가 소세키의 유학생활의 도착점이었음. "불쾌한 2년"의 생활을 보내야 했던 런던에서 아이러니하게도 소세키의 문학적인 감성이 다듬어짐. 11월 하순, 시키의 사망(9월 19일) 소식을 다카하마 교시와 가와히가시 헤키고토(河東碧梧桐)의 서간을 받고 알게 되어 애도 구(哀悼句)를 지어 보냄. 12월 5일, 일본 우편선 하카타마루(博多丸)에 승선하여 귀국 길에 오름.

1903년(明治 36년) 36세

1월 23일, 고베(神戸)에 상륙. 24일, 도쿄에 도착함. 3월 31일, 제5고등학교(第5高等学校)를 의원면직함. 4월 10일, 제1고등학교(第1高等学校)영어 촉탁 및 도쿄제국대학 영문과 강사로 취임. ‹영문학개설›과 ‹문학론› 등을 강의함. 7월, 『자전거 일기(自転車日記)』를 『호토토기스』에 발표. 이 무렵부터 다시 노이로제 증세가 심해져 9월 10일 전후까지 가족과 별거함. 11월 3일, 3녀 에이코(栄子) 출생. 수채화를 시작하고 서예도 잘 함. 노이로제 증세 다시 심해짐.

1904년(明治 37년) 37세

2월, 러일전쟁이 시작됨. 『맥베스의 유령에 대하여』(1월)와 신체시(新体詩) 『종군행(従軍行)』(5월)을 각각 『제국문학(帝国文学)』에 발표. 4월에 메이지대학(明治大学)강사를 겸임. 12월, 다카하마 교시의 권유로 마사오카 시키 문하의 문장회(山会)에서 처음으로 쓴 소설 『나는 고양이로소이다(吾輩は猫である)』의 제1장을 낭독하여 호평을 얻음.

1905년(明治 38년) 38세

1월, 『나는 고양이로소이다』를 『호토토기스』에 발표. 당초 1회분의 단편으로 끝낼 예정이었으나 의외로 호평을 받아 다음 해 8월까지 11회분의 장편으로 단속적으로 연재됨. 이와 병행하여 『런던탑(倫敦塔)』, 『칼라일 박물관(カーライル博物館)』, 『환영의 방패(幻影の盾)』 등을 여러 잡지에 발표하는 등 활발한 창작활동을 보임. 차츰 교사를 그만두고 직업 작가가 되고 싶다는 생각을 갖게 됨. 12월 14일, 넷째 딸 아이코(愛子) 출생(호적등본에는 12월 20일). 이 무렵부터 모리타 소헤이(森田草平)를 위시해 데라다 도라히코(寺田寅彦), 스즈키 미에키치(鈴木三重吉), 노가미 도요이치로(野上豊一郎), 고미야 도요타카(小宮豊隆) 등, 문하생들의 출입이 많아짐.

1906년(明治 39년) 39세

1월, 『취미의 유전(趣味の遺伝)』을 『제국문학』에, 4월, 『도련님(坊っちゃん)』을 『호토토기스』에, 9월, 『풀베게(草枕)』를 『新小説』에 연이어 발표함. 9월 16일, 교코 부인의 부친 나카네 시게카즈 사망. 10월 11일, 스즈키 미에키치의 제안으로 문하생의 면회일을 목요일 오후 3시 이후로 정한 ‹목요회(木曜会)› 제1회가 열림. 10월, 메이지대학에 사표 제출. 『이백 십일(二百十日)』을 『中央公論』에 발표. 이 무렵부터 『문학론』의 집필 준비에 착수함. 이 해부터 1909(明治 42)년까지 담화필기(談話筆記)가 많음. 11월, 요미우리신문사(読売新聞社)로부터 입사의뢰를 받으나 거절함.

1907년(明治 40년) 40세

1월 1일, 다카하마 교시 등의 권유로 우타이(謠)를 시작함. 1월, 『태풍(野分)』을 『호토토기스』에 게재. 4월, 일체의 교직을 떠나 아사히신문사(朝日新聞社)에 입사하여 전속 직업작가의 길을 걷게 됨. 5월, 『문학론』을 간행. 6월부터 10월까지 입사 후 첫 작품인 『우미인초(虞美人草)』를 「도쿄 · 오사카 아사히신문」에 연재. 이 후 모든 작품을 「아사히신문」에 게재함. 소세키는 입사 전에 자신의 소설은 지금의 신문과는 잘 맞지 않을 거라고 생각하나 어쩌면 10년 후에는 세상 사람들이 알아줄 지도 모른다며, 그래도 괜찮은지를 물었다고 함. 6월 5일, 장남 준이치(純一) 출생.

1908년(明治 41년) 41세

1월 1일, 『갱부(坑夫)』를 「도쿄 · 오사카 아사히신문」에 게재(4월 6일까지). 6월, 『문조(文鳥)』를 「오사카 아사히신문」에 게재(13일-21일까지), 7월 25일부터 8월 5일까지 『십일몽(夢十夜)』을 「도쿄 · 오사카 아사히신문」에, 『산시로(三四郎)』를 9월 1일부터 12월 29일까지 「도쿄 · 오사카 아사히신문」에 연재. 12월 17일, 차남 신로쿠(伸六)출생.

1909년(明治 42년) 42세

1월에서 3월에 걸쳐 『영일소품(永日小品)』을 「도쿄 · 오사카 아사히신문」에 게재. 3월경부터 고미야 도요타카에게 독일어를 배움(6월경까지). 또한 이 무렵 어린 시절 양부였던 시오바라 마사노스케가 돈을 요구하며 자주 찾아와 11월까지 교섭이 계속됨. 결국 100엔을 건네주고, 이후에 관계를 끊는다는 증서를 쓰게 함. 6월 27일부터 10월 14일까지 『그 후(それから)』를 「도쿄 · 오사카 아사히신문」에 연재. 9월 2일, 남만주 철도주식회사 총재인 친우 나카무라 제코의 초대로 만주 · 조선여행을 출발하여 10월 17일에 귀경. 『만주 한국 이곳저곳(満韓ところどころ)』(10월 25일-12월 30일, 「도쿄 · 오사카 아사히신문」)을 게재. 11월 25일, 「아사히신문」에 「아사히 문예란」을 신설하여 주재함. 이 무렵 위경련으로 고통을 받음.

1910년(明治 43년) 43세

3월 1일부터 6월 12일까지, 『문(門)』을 「도쿄 · 오사카 아사히신문」에 연재. 3월 2일, 5녀 히나코(雛子) 출생(호적초본에는 3월 3일). 5월, 위장병이 심해져 거의 외출하지 못함. 6월 16일부터 7월 31일까지 위궤양으로 나가요(長与)위장병원에 입원함. 8월 6일, 전지요양을 위해 혼자서 슈젠지(修善寺)온천에 가 8월 24일 밤, 500g의 대토혈, 뇌빈혈을 일으켜 30분간 인사불성에 빠짐. 이를 '슈젠지 대환'(修善寺大患)이라고 부름. 10월 11일, 조금 회복하여 도쿄에 돌아와 그대로 나가요 위장병원에 다시 입원함(이 해는 병원에서 해를 넘김). 10월 29일부터 다음 해 2월 20일까지 『생각나는 일들(思い出す事など)』을 병원에서 집필하여 「도쿄 ·

오사카 아사히신문」에 연재함.

1911년(明治 44년) 44세

2월 20일, 입원 중에 문부성으로부터 문학박사학위 수여 통보를 받으나 완강하게 거절. 6월, 나가노(長野)교육회 초청으로 나가노시(長野市)에서 「교육과 문예(教育と文芸)」를, 제국대학에서는 「문예와 도덕(文芸と道徳)」을 강연. 7월, 『케벨 선생(ケーベル先生)』을 「아사히신문」에 게재. 8월, 오사카 아사히신문사 주최의 강연여행으로 아카시(明石), 와카야마(和歌山), 사카이(堺), 오사카(大阪)에 갔다가 오사카에서 위궤양이 재발. 유가와(湯川)위장병원에 입원. 9월, 그곳을 퇴원하여 귀경. 이 후 치질에 걸려 절개수술을 받고 통원생활을 함. 11월, 「아사히 문예란」 폐지. 11월에 아사히신문사에 사표를 제출하나 반려됨. 11월 29일, 5녀 히나코 돌연사.

1912년(明治 45년 · 大正 元年) 45세

1월 1일부터 4월 29일까지 『추분이 지날 때까지(彼岸過迄)』를 「도쿄 · 오사카 아사히신문」에 연재함. 이 무렵, 신경쇠약과 위경련의 재발로 고통을 받음. 7월 30일, 메이지 천황(明治天皇)의 서거로 연호가 다이쇼(大正)로 바뀜. 12월 6일, 『행인(行人)』을 「도쿄 · 오사카 아사히신문」에 연재 시작함.

1913년(大正 2년) 46세

1월, 심한 노이로제 재발. 3월, 위궤양이 재발하여 5월 하순까지 자택에서 안정을 취함. 그 때문에 연재 중인 『행인』을 9월 18일까지 중단함. 그 후속인 「번뇌(塵労)」를 9월 18일에 게재하기 시작하여 11월 15일에 『행인』 완결. 12월, 남화(南画)풍의 수채화에 열중하기 시작함.

1914년(大正 3년) 47세

4월 20일에서 8월 11일까지 『마음(心)』을 「도쿄 · 오사카 아사히신문」에 연재. 6월 1일, 호적을 홋카이도(北海道)에서 도쿄로 되돌림. 9월 중순, 네 번째 위궤양의 발병으로 약 한 달간 와병. 11월 25일, 「나의 개인주의(私の個人主義)」를 가쿠슈인 호진카이(学習院輔仁会)에서 강연.

1915년(大正 4년) 48세

1월 1일, 데라다 도라히코에게 보낸 연하장에 "금년에 죽을지도 모른다."고 덧붙여 씀. 1월 13일에서 2월 23일까지 『유리문 안(硝子戸の中)』을 「도쿄 · 오사카 아사히신문」에 연재. 3월, 교토(京都) 여행 중, 위의 통증으로 귀경을 미루고 와

병. 4월 17일에 도쿄로 돌아옴. 6월 3일에서 9월 14일까지 『노방초(道草)』를 「도쿄·오사카 아사히신문」에 연재. 12월, 아쿠타가와 류노스케(芥川龍之介), 구메 마사오(久米正雄), 기쿠치 간(菊池寛) 등이 소세키 문하생들의 모임인 ‹목요회(木曜会)›에 출석함. 이 무렵부터 류마티스로 고생함.

1916년(大正 5년) 49세

1월 1일부터 1월 21일까지 『점두록(点頭録)』을 「도쿄 아사히신문」에 연재. 1월 28일, 지난 해 말부터 류마티스로 왼쪽 팔에 통증을 느껴 유가와라(湯ケ原)로 단기간 전지 치료를 떠남. 2월 19일, 아쿠타가와 류노스케에게 보내는 편지에서 그의 작품 『코(鼻)』를 격찬함. 4월, 의사로부터 류마티스로 생각하고 있던 고통이 당뇨병에 의한 것이라는 진단을 받고, 3개월 간 검사와 치료를 계속함. 5월 26일, 『명암(明暗)』을 「도쿄·오사카 아사히신문」에 게재 시작. 8월경부터 한시를 많이 지음. 11월, 『문장일기(文章日記)』(大正 5년 11월 20일, 新潮社)에 ‹칙천거사(則天去私)›에 대해 씀. 11월 16일, 최후가 된 ‹목요회›가 열려 문하생에게 ‹칙천거사›에 대해 자세히 설명. 11월 21일, 여섯 번째의 위궤양을 일으킴. 22일, 『명암』의 집필을 하려고 했으나 한 자도 쓰지 못하고 쓰러짐. 12월 2일, 두 번째의 내출혈로 병세가 대단히 악화되어 12월 9일 오후 6시 45분 영면. 장례식 접수는 아쿠타가와 류노스케가 담당. 모리 오가이(森鴎外)를 비롯한 많은 명사들이 조문함. 다음날 유체를 도쿄제국대학 의과대학에서 해부. 뇌의 무게는 평균보다 조금 무거웠다고 함. 뇌와 위를 의과대학에 기증. 법명(法名)은 ‹문헌원 고도 소세키 거사›(文献院古道漱石居士). 「도쿄 아사히신문」에 연재 중이던 『명암』은 188회로 중단. 12월 28일, 도쿄 도시마구(豊島区)에 있는 조시가야 묘지(雑司ケ谷墓地)에 안장. 이 조시가야 묘지는 그의 작품 『마음』의 주인공인 ‹선생›의 친구 ‹K›가 자살한 후 묻힌 장소이기도 함.

1917년(死後)

1월 26일, 『명암(明暗)』이 미완상태로 이와나미서점(岩波書店)에서 간행됨. 11월 7일, 『소세키하이쿠집(漱石俳句集)』이 이와나미서점에서 간행됨.

1918년(死後 2년)

1월, 최초의 『소세키전집(漱石全集)』 13권이 이와나미서점에서 간행됨.

1993-1996년(死後 77-80년)

신 편집 최신판 『소세키전집(漱石全集)』 28권이 이와나미서점에서 간행됨.

춘원春園 연보

1892년 1세

2월 1일(음력), 평안북도 정주군 갈산면 익성리 940번지에서 아버지 이종원(李鍾元)과 어머니 충주 김씨(忠州金氏)의 4남 2녀 중 넷째 아들로 태어남. 그러나 형 3명은 모두 요절하여 사실상 전주이씨 문중의 5대 장손이 됨. 당시 아버지 이종원은 42세로 대소과(大小科)에 실패하고 술에 기대어 여생을 탕진하다가 두 번 상처한 후 재혼한 상태였으며, 어머니 충주 김씨는 23세로 세 번째 부인이 됨. 아명을 보경(寶鏡)으로 함. 그가 태어날 때 아버지 이종원은 꿈에 늙은 승려 한 사람이 거울을 주고 가는 꿈을 꾸었다고 하여 이름을 보경이라 지음. 춘원(春園)이라는 아호(雅號) 외에 장백산인(長白山人) · 고주(孤舟) · 외배 · 올보리라는 별호가 있고 필명으로는 노아자 · 닷뫼 · 당백 · 경서학인(京西學人) 등을 사용함.

1894년 3세

가세가 기울어 이 후 극심한 생활고를 겪음.

1896년 5세

5세에 한글과 천자문을 깨치고 기억력이 남달리 좋아 『소학』과 『명심보감』까지 읽고 외할머니에게 『덜걱전』, 『소대성전』, 『장풍운전』 등을 읽어드릴 정도로 명석하였다고 함. 집안이 가난하여 세를 댈 돈이 없어 이 무렵 정주군 내에서만도 아홉 번이나 이사를 다님. 5, 6세가 되도록 잔병치레가 심하여 부모의 간호를 받거나 의원이 그의 집을 자주 출입함. 위로 형이 3명 있었으나 모두 3세를 넘기지 못하고 요절하였기 때문에 일가들은 이 무렵 춘원이 심한 기침과 발작을 하는 것을 보고 그가 일찍 죽을 거라고 예상하였다고 함.

1897년 6세

첫째 누이동생 애경(愛鏡) 태어남. 외조모 양(梁)씨 별세. 나중에 춘원의 후처가 된 허영숙(許英肅), 허종(許鐘)의 4녀로 출생함(음력 8월18일).

1899년 8세
가정 형편상 좋은 학교를 다닐 수 없어 동리의 글방에서 『논어』, 『대학』, 『중용』, 『맹자』, 『고문진보』 등 한학을 배우고 그 뒤 한시 백일장에서 장원을 차지해 신동으로 알려짐.

1900년 9세
자성산(慈聖山) 기슭으로 집을 줄여서 이사. 서당에서 계속 한학을 수학. 둘째 누이동생 애란(愛蘭) 태어남.

1902년 11세
8월, 아버지 이종원(향년 52세) 콜레라로 별세. 어머니 김씨(향년 33세) 같은 괴질로 사망하여 일시에 3남매 고아가 됨. 큰 누이는 조부 이건규에게 의탁되었으나 둘째 누이동생은 남의 집 민며느리감이 되어 보내짐. 외가와 재당숙 집을 전전 기식하면서 방랑생활을 시작함.

1903년 12세
10월경, 둘째 누이 이질로 요사(夭死). 11월, 고아가 되어 육체노동과 상점 종업원 등의 일을 하며 전전하던 춘원은 동학(東學)당원 승이달의 인도로 동학당에 들어가게 됨. 12월, 동학에 입도(入道)하여 박찬명 대령 집에 기숙하면서 도쿄와 한성부(서울)로부터 오는 문서를 베껴 배포하는 심부름을 함. 그 뒤 재능을 인정받아 동학의 서기 일을 맡아 보기도 함.

1904년 13세
2월, 러일전쟁 발발을 계기로 일본 관헌들의 동학(천도교)에 대한 탄압이 심해지자 이를 피하기 위해 향리를 떠나 일시 피신함. 당시 박찬명 대령의 서기 일을 맡아 본 것이 빌미가 되어 춘원에게는 잡아오면 100원, 밀고하면 20원이라는 상금이 붙었다고 함. 8월, 정주읍 연훈루에 수백 명의 동학도인이 모여 진보회(進步會)를 조직하였는데 이에 가담하게 됨. 9월, 진남포에서 배편으로 제물포(인천)를 거쳐 상경함.

1905년 14세
상경 후 삭발을 하고 『일어독학』 전책을 암송하는 식으로 혼자 일본어를 익혀 일진회(一進會)가 설립한 광무학교의 전신인 소공동학교에서 잠시 일본어 교사로 일함. 곧 광무학교가 정식으로 설립되자 이번에는 학생 신분으로 일본어와 산술을 다시 배움. 8월, 일진회의 유학생 9명 중의 한사람으로 선발되어 일본으로 건너감. 일본에서 천도교 지도자이자 독립운동가인 의암 손병희(孫秉熙)를 만나게 됨. 동해의숙(東海義塾)에서 일어를 배움.

1906년 15세

3월, 대성중학교(大城中學校) 1학년에 입학. 문일평(文一平), 홍명희(洪命憙; 19세)와 교유(交遊). 이때 가인 홍명희는 동양상업학교(東洋商業学校) 예과를 다니다가 후에 대성중학교 3학년에 보결 입학함. 12월, 일진회의 내분으로 학비가 중단되어 귀국함.

1907년 16세

2월, 유학비를 국비(학부)에서 해결해주어 다시 도일(渡日). 이 무렵 미국에서 귀국하는 안창호(安昌浩)가 도쿄에 들러 행한 애국연설을 듣고 크게 감명을 받아 독립, 계몽운동에 투신할 것을 결심함. 9월, 메이지학원(明治学院) 보통부 3학년에 편입. 문일평(20세)과 동급생이 됨. 장로교 선교사들이 복음주의 신학을 고집하여 세운 메이지학원의 분위기에 처음에는 쉽게 적응하지 못했으나 차츰 적응해감에 따라 청교도 생활을 흠모하게 됨. 홍명희 등과 함께 재일본 조선인 유학생 모임인 소년회(少年会)를 조직하고 회람지 『소년』을 발행, 거기에 시와 소설, 문학론, 논설 등을 발표하게 됨. 한편, 홍명희와 친하게 지내며 그로부터 영향을 받아 톨스토이 문학을 접하게 됨. 또한 일본 유학 중 프리드리히 니체의 무신론과 불가지론(不可知論), 에른스트 헤겔의 적자생존론, 찰스 다윈의 진화론 등을 접하고 두루 섭렵함.

1908년 17세

홍명희의 소개로 육당 최남선(崔南善; 19세)을 알게 됨. 메이지학원에서 신입생을 위해 어학과를 설립, 일어와 영어를 학습함.

1909년 18세

11월, 『노예(奴隷)』, 일문(日文) 『愛か(사랑인가)』, 『호(虎)』를 쓸 정도로 습작에 열중함. 그 해 12월에 『愛か』를 메이지학원 동창회지인 『백금학보(白金学報)』에 발표, 「정육론(情育論)」을 「황성신문」에 발표하면서 문명(文名)이 알려지기 시작함. 구니키다 돗포(国木田独歩), 나쓰메 소세키(夏目漱石), 기노시타 나오에(木下尚江), 도쿠토미 로카(徳富蘆花) 등을 애독하는 한편, 홍명희의 영향을 받아 바이런의 『카인』, 『해적』, 『돈환』 등을 읽음으로써 당시를 풍미한 자연주의 문예사조에 휩쓸림. 아호를 고주(孤舟)로 칭함.

1910년 19세

3월, 메이지학원 보통부 중학 5학년을 졸업한 뒤 할아버지가 위독하다는 전보를 받고 귀국함. 향리의 오산학교 교주 남강 이승훈(李承薰)의 추천으로 오산학교의 교원이 됨. 그가 오산학교의 교사로 있을 때 김소월 등의 담임을 맡기도 함. 오산학교에서는 그 외에도 유영모, 1913년에 신규 교사가 된 조만식 등이 교사로 활동하였음. 3월 31일, 조부 이건규 별세. 7월, 중매로 만난 한 살 연하의 백혜순(白惠順)과 결혼. 10월, 한국 고전연구기관이자 계몽단체이기도 한 광문회(光文會)의 회원이 됨.

1911년 20세

1월, '105인 사건'으로 오산학교 교주 이승훈이 구속되자 학감으로 취임하여 임시 교장으로 온 로버트 목사와 함께 오산학교의 실질적인 책임자가 됨. 7월, 상경하여 최남선의 집에 투숙하면서 동인지나 각종 자료 편집을 도와줌.

1912년 21세

춘원은 당시 오산학교에서 국어와 문학을 담당하고 있었는데 학생들에게 사상의 자유, 표현의 자유를 말하며 영원히 변하지 않는 진리는 없다는 것을 수업시간에 설파함. 또한 톨스토이와 찰스 다윈, 토머스 헉슬리, 에른스트 헤겔을 언급하면서 학생들에게 생물 진화론과 변증법, 유물론, 무신론, 적자생존론 등을 가르치기도 하여 기독교계로부터 비난을 받기도 함. 10월, 일부 기독교 선교사들은 오산학교에서 춘원을 해임시킬 것을 요청했으나 옥중에 수감 중인 이승훈의 반대로 해임을 면함.

1913년 22세

9월, 오산교회의 로버트 목사에 의해 배척을 받던 중 11월에 세계여행을 목적으로 오산학교를 떠나 한국·만주의 국경을 넘음. 안동현(安東懸)에서 정인보(鄭寅普)를 만나 상해(上海)로 갈 것을 결심. 12월, 상해에서 홍명희, 문일평, 조용은, 송상순 등과 동숙함. 미국의 여성 작가 해리엇 비처 스토(Harriet Beecher Stowe)의 『검둥의 설움』을 한글로 처음 번역하여 신문관에서 간행. 시 「말 듣거라」 등을 『새별』에 발표함.

1914년 23세

1월, 예관(睨觀) 신규식(申奎植)의 추천으로 샌프란시스코에서 발행되는 「신한민보(新韓民報)」의 주필을 맡기로 함. 6월, 러시아 블라디보스토크와 시베리아를 경유하여 미국으로 향했으나 그해 8월 러시아 치타에서 제1차 세계대전이 일어났다는 소식을 듣고 미국행을 단념하고 귀국함. 9월, 잠시 오산학교에서 다시 교편을 잡음. 소년잡지『새별』편집에 참여. 10월, 최남선의 주재로 창간된『청춘』에 참여함. 12월, 기행문『상해에서』, 수필『중학교 방문기』등을 발표.

1915년 24세

8월, 장남 진근(震根) 태어남. 김병로(金炳魯), 김성수(金性洙), 전영택(田榮澤), 신석우(申錫雨) 등과 교유. 9월, 인촌 김성수의 후원으로 오산학교를 사직하고 다시 일본으로 유학, 도쿄 와세다대학(早稲田大学) 고등예과에 편입함.『독서를 권함』,『침묵의 미』,『한 그믐』,『내 소원』,『생활난』등을 발표.

1916년 25세

7월 5일, 와세다대학 고등예과를 수료. 9월, 와세다대학 문학부 철학과에 입학. 「매일신보(毎日申報)」의 의뢰로 「동경잡신(東京雜信)」을 게재. 10월, 심우섭의 소개로 「경성일보」와 「매일신보」 사장인 아베 미쓰이에(阿部充家)를 만남. 12월, 「매일신보」로부터 신년소설(장편)을 쓰라는 전보청탁을 받고 구고(舊稿) 중에서 박영채에 관한 것을 정리하여『무정(無情)』이라고 제목을 붙임.

1917년 26세

1월 1일부터 6월 14일까지『무정』총126회를 「매일신보」에 연재. 4월, 와세다대학 철학과에서 특대생(특별대우학생)으로 진급함. 유학생회에서 허영숙과 알게 됨. 격심한 과로 끝에 결핵과 폐질환이 악화되어 귀국함. 6월, 충남·전북·전남·경남·경북의 5도 답파여행을 떠남. 도중에 조선을 여행 중이던 일본 작가 시마무라 호게쓰(島村抱月)일행을 만남. 7월, 아베 미쓰이에 사장의 소개로 부산에서 일본 작가이자 사상가 도쿠토미 소호(徳富蘇峰)를 만남. 11월, 두 번째 장편소설『개척자(開拓者)』를 「매일신보」에 연재함.

1918년 27세

4월, 폐질환이 재발되어 허영숙의 간호를 받음. 비록 병은 완치되지 않았으나 그녀의 헌신적인 간호에 감동을 받고 결혼을 약속함. 7월, 와세다대학 철학과 3학년에 우등으로 진급. 허영숙(22세)은 도쿄여의전(東京女医専)을 졸업함. 9월에『신생활론』을 「매일신보」에 연재. 부인 백혜순과 이혼에 합의함. 10월, 도쿄로부터 귀국, 여의사 허영숙과 장래를 약속하고 제물포항에서 배를 타고 베이징(北京)으로 애정도피를 떠남. 12월, 다시 일본으로 건너가 '조선청년독립단' 조직에 가담하게 됨.

1919년 28세

1월, 「조선청년독립단선언서」(2·8독립선언서)의 초안을 작성하고 이를 송계백(宋繼白)을 통해 본국으로 전달하게 함. 2월, 백관수(白寬洙), 김상덕, 최팔용(崔八鏞), 김도연, 송계백 등과 재일조선청년독립단(在日朝鮮青年獨立團)을 조직. 이 독립선언서를 영어로 번역하여 해외각지에 배포하는 책임을 맡고 상해로 탈출. 김규식(金奎植)·여운형(呂運亨)·문일평(文一平)·신규식(申奎植)·신채호(申采浩) 등이 발기한 신한청년당(新韓青年黨) 조직에도 가담. 4월, 신익희(申翼熙), 손정도(孫貞道) 등과 상해임시의정원 조직에 협력함. 7월, 임시사료편찬위원회 주임을 맡고 국제연맹 제출용『한일관계사료집』4권을 작성. 8월, 임시정부기관지「독립신문」의 사장 겸 편집국장으로 취임. 10월, 도산 안창호(安昌浩)의 흥사단(興士團)이념에 감명을 받고 그를 도와「독립운동방략(獨立運動方略)」을 작성함.

1920년 29세

3월, 허영숙, 영혜의원 개업. 4월, 흥사단의 입단 서약식을 마치고 흥사단우가 됨. 이 무렵 문학 집필과 저술을 통한 국민계몽 활동을 하기로 결심. 재정난으로 사료편찬위원회 해산.「독립신문」도 속간이 어려워짐.

1921년 30세

2월, 허영숙 상해에 갔다가 3월, 단신으로 상해를 떠나 귀국하던 중에 일경에 체포되나 불기소 석방됨. 김억의 소개로 염상섭과 알게 됨. 5월, 허영숙과 정식으로 결혼.『개벽(開闢)』에 발표한『소년에게』가 출판법 위반으로 걸려 종로서에 연행됨. 9월, 사이토 마코토(斎藤実) 총독을 만남. 11월,「민족개조론」을 집필.

1922년 31세

2월, 상해에서 귀국한 동지들과 흥사단의 측면 지원조직인 수양동맹회를 발기함. 5월,『개벽』에 발표한「민족개조론」으로 인해 필화사건이 일어남. 9월, 경성학교, 경신학교 등에 영어강사로 출강함.

1923년 32세

2월,「동아일보」에 단편『가실』을 'Y생'이라는 익명으로 게재. 3월, 장편『선도자(先導者)』를 '장백산인'이라는 아호로「동아일보」에 연재. 5월,「동아일보」에 입사함. 8월경, 금강산 보광암에서 월하노사(月河老師)를, 유점사에서 삼종제 운허 이학수(李學洙)스님을 만나 훗날 법화경에 심취하는 인연을 맺음. 12월,『허생전(許生傳)』을「동아일보」에 연재함.

1924년 33세

1월, 「동아일보」에 발표한 연재 사설 「민족적 경륜」(2-6일)이 물의를 일으켜 스스로 퇴사하나 김성수와 송진우의 배려로 「동아일보」의 기자로 다시 복귀함. 4월, 비밀리에 북경의 안창호를 방문하여 그의 담론 「갑자논설(甲子論說)」을 필기해 옴. 8월, 김동인, 김소월, 김안서, 주요한 등과 함께 『영대(靈臺)』의 동인이 됨. 방인근(方仁根)의 출자로 만든 『조선문단』의 주재를 맡음. 11월, 『재생(再生)』을 「동아일보」에 연재.

1925년 34세

2월, 단편 『혼인』을 집필한 후 과로로 쓰러짐. 7월 건강상태가 안 좋아 『조선문단』의 주재를 사퇴함. 9월, 신천에서 요양하며 『재생』을 탈고. 10월, 도산 안창호의 지시에 따라 수양동맹회와 동우구락부의 합동에 힘을 써 이듬해 1월에 통합조직 수양동우회를 탄생시킴. 수양동우회는 '인격수양과 민족문화 건설'을 목적으로 하고 있었으나, 실질적인 모든 사업과 실천 내용은 흥사단의 국내조직 역할을 하는 단체였음. 장편소설 『춘향전(春香傳)』 등을 발표.

1926년 35세

1월, 수양동우회 발족. 양주동과 문학관에 대해 지상논쟁을 벌림. 5월, 동우회의 기관지인 『동광』을 창간. 도산 안창호의 연설을 '산옹(山翁)'이라는 필명으로 『동광』에 발표. 6월, 병이 재발하여 경의전병원에 입원. 11월, 동아일보사 편집국장에 취임함. 장편소설 『천안기(千眼記)』, 『마의태자(麻衣太子)』 등을 발표.

1927년 36세

1월, 숙환의 재발로 6개월간 병석에 눕게 됨. 5월, 차남 봉근(鳳根) 태어남. 8월, 신천온천, 황해도 연등사로 전지요양을 감. 9월, 건강상태가 안 좋아 동아일보사 편집국장직을 사임하고 편집고문으로 전임.

1928년 37세

1월, 경의전병원에서 퇴원. 10월, 병상수필 『병창어(病窓語)』 집필. 11월, 『단종애사(端宗哀史)』를 「동아일보」에 연재. 장편소설 『마의태자』를 발간(1월, 박문서관).

1929년 38세

2월, 『단종애사』 집필 중에 신장결핵이라는 진단을 받음. 5월, 경의전병원에 다시 입원하여 왼쪽 신장 절개수술을 받음. 9월, 3남 영근(榮根) 태어남. 12월, 『단종애사』 연재를 217회로 끝냄. 『3인 시가집』(춘원 · 요한 · 김동환)이 삼천리사에서 간행됨.

1930년 39세

『군상(群像)』 3부작으로 『혁명가의 아내』, 『사랑의 다각형』, 『삼봉이네 집』을 「동아일보」에 연재. 5월 이충무공 유적지를 순례하고 기행문 『충무공유적순례』를 발표.

1931년 40세

3월, 이갑(李甲)을 모델로 『무명씨전(無名氏傳)』을 『동광』에 연재. 이로 인해 다시 당국의 주목을 받게 됨. 6월, 『무명씨전』이 당국의 저지로 중단. 장편 『이순신(李舜臣)』을 「동아일보」에 연재.

1932년 41세

4월, 계몽문학의 대표작 『흙』을 「동아일보」에 연재. 6월, 도산 안창호가 상하이에서 체포되어 인천항에 도착하자 자동차로 인천항에 가서 안창호의 호송 차량을 경성까지 따라감. 8월, 서대문형무소에 수감 중인 안창호의 면회를 자주 다니며 안창호의 재판비용과 석방, 구명운동에 나서는 한편 윤치호, 김성수 등을 찾아가 안창호의 출옥을 도와 달라고 호소함. 12월, 춘원은 안창호가 심장과 간장 등 건강상태가 좋지 않음을 들어 병보석을 시도하였으나 실패하고, 안창호는 징역 4년의 언도를 받게 됨. 이후 주요한, 주요섭, 김동원, 조병옥 등과 연락하며 수양동우회를 운영해 나감.

1933년 42세

6월, 주요한과 『동광총서』를 편찬함. 7월, 『흙』의 연재를 끝냄. 8월, 주요한, 방응모의 권고로 동아일보사를 사임하고 조선일보사 부사장에 취임함. 9월, 「조선일보」에 시평 「일사일언(一事一言)」을 '장백산인'이란 필명으로 집필함. 9월 24일 장녀 정란(廷蘭) 태어남. 10월, 장편소설 『유정(有情)』을 「조선일보」에 연재하기 시작하여 12월, 76회로 끝냄.

1934년 43세

2월, 장편 『그 여자의 일생』을 「조선일보」에 연재. 차남 봉근을 패혈증으로 잃고 상심에 빠짐. 5월, 조선일보사 부사장직을 사임함. 7월, 소림사에 칩거하며 불서에 열중함. 김동인, 「춘원연구」를 『삼천리』에 연재함.

1935년 44세

1월, 차녀 정화(廷華) 태어남. 4월, 「조선일보」의 편집고문으로 입사하여 「일사일언」을 다시 집필하고 『그 여자의 일생』을 「조선일보」에 계속해서 연재함. 9월, 2월에 가출옥된 안창호와 개성 만월대 박연폭포 등지를 유람함. 「조선일보」에 『이차돈(異次頓)의 사(死)』를 연재함.

1936년 45세

1월, 가회동 소재 대지 및 저작의 판권들을 팔아 효자동 175번지에 '허영숙산원(産院)'을 짓기 위한 신축지를 마련함. 5월, 일본에 있는 가족을 만나기 위해 도일(渡日), 은사 요시다 겐지로(吉田絃次郎)를 비롯하여 사토 하루오(佐藤春夫) 등 일본의 유수한 작가들과 만남. 12월, 「조선일보」에 연재 중이던 『애욕(愛慾)의 피안(彼岸)』을 끝내고, 자전적 장편 『그의 자서전(自敍傳)』을 연재하기 시작함. 이 해에 누이동생 애경(愛鏡) 만주에서 사망.

1937년 46세

4월, 수양동우회 사정을 상의코자 송태산장(松苔山莊)으로 안도산을 찾아감. 6월, 수양동우회사건(흥사단사건)으로 김윤경, 신윤국 등과 함께 종로서에 유치됨. 「조선일보」에 연재 중이던 『공민왕』이 14회로 중단. 이때 노작(勞作) 법화경, 한글풀이 등의 원고를 압수당함. 이 무렵 도산 안창호도 송태에서 검거되어 서울로 호송됨. 8월, 서대문형무소에 수감. 12월, 병보석으로 경의전병원에 입원. 안도산도 병세가 위독해져 병보석으로 출감되어 경성제국대병원에 입원.

1938년 47세

1월, 동우회사건 검속자(檢束者) 42명 검사국에 송치. 3월, 도산 안창호(61세)의 서거소식을 듣고 통탄. 4월, 단편 『무명』과 전작 장편 『사랑』을 집필. 손자 명선(明善) 태어남. 7월, 병원생활 8개월 만에 퇴원하여 자하문밖 산장에 들어감. 12월, 전향자 중심의 좌담회 '시국유지 원탁회의'에 참석하여 강연한 것을 시작으로 친일 행위에 나서게 됨.

1939년 48세

4월, 문하의 박정호(朴定鎬)를 만주로 보냄. 5월, 『세조대왕(世祖大王)』, 『꿈』의 집필에 착수. 홍지동 산장을 팔고 효자동으로 이사. 6월, '북지황군위문사절(北支皇軍慰問使節)' 후보 선거 실행위원을 맡고 문단사절 파견을 주도하는 등, 소위 '북지황군위문'에 협력함으로써 적극적으로 친일의 길을 걷게 됨. 10월 29일, 경성부민관(府民館)에서 250여명의 문인이 모여 결성한 총독부 어용문인단체인 '조선문인협회(朝鮮文人協會)'의 발기인의 한사람으로서 참가, 이 후 창립총회에서 회장으로 선출됨. 12월, 동우회사건 1심에서 7년 구형을 받으나 무죄로 선고됨.

1940년 49세

1월, 심한 경제적 곤란과 함께 부인의 입원, 자녀 영근과 정란의 병 등으로 고초를 겪음. 형사사건에 관련 중임을 구실로 '조선문인협회'를 탈퇴함. 2월 20일, 「매일신보」에 「創氏와 나」를 발표하여 창씨개명을 적극 옹호하고, '가야마 미쓰로(香山光郞)'라는 이름으로 창씨개명을 함. 5월, 장편 『세조대왕』을 약 1년 만에 탈고함. 8월, 동우회사건 2심에서 5년의 징역판결을 받으나 피고 전원이 불복 상고함. 10월, 조선총독부로부터 저작의 재 검열을 받아 『흙』, 『무정』 등 10여 편이 발매금지 처분을 당함. 이해 모던일본사 주최의 제1회 조선예술상(문학부문)을 수상.

1941년 50세

11월, 4년 5개월을 끌어오던 동우회사건 관련자가 경성고등법원 상고심에서 전원 무죄로 판결. 장편 『원효대사』의 집필에 착수. 12월, 태평양전쟁 발발, 이해 각지를 순회하며 친일 연설을 행함.

1942년 51세

2월, '조선임전보국단' 주최 저축강조 전진대강연회 연사로 활동. 3월, 장편 『원효대사』를 「매일신보」에 연재, 10월에 연재를 끝냄. 5월, '조선임전보국단'이 주최한 징병제도 연설회에서 '획기적 대선물'이라는 원고로 연설. 6월 10일 조선문인협회 주최로 부민관에서 열린 '일본군인이 되는 마음가짐'을 듣는 좌담회에 참석. 11월 3일부터 도쿄에서 열린 제1회 대동아문학자대회에 참가. 12월 8일 '대동아전쟁 1주년 기념 국민시낭독회'에서 시를 낭독.

1943년 52세

4월, '조선문인보국회' 이사로 취임. 「징병제도의 감격과 용의」, 「학도여」를 써서 학도병지원을 권장함. 11월, 손녀 정자(靜子) 태어남. 12월, 이성근(李聖根), 최남선 등과 함께 조선인 학생들에게 학병자원을 권유하러 도일.

1944년 53세

1월, 장편 『40년』을 『국민문학』에 발표. 3월, 양주군 진건면 사능리 520번지에 농가를 짓고 문하 박정호와 농사를 시작함. 8월, 중국 남경에서 열린 제3회 대동아문학자대회에 참가. 이 해, 구(舊) 저작의 전부가 조선총독부에 압수되어 발간

중지를 당함.

1945년 54세

8월 16일, 일본의 패망을 사능에서 알게 됨. 부인 허영숙이 피신을 종용하나 이에 응하지 않고 사능에서 독서와 영농에 힘씀. 부인과 두 딸만 상경.

1946년 55세

5월, 부부가 함께 종로구 호적계에 나타나 가족 및 재산보호 목적으로 합의 이혼함. 9월, 종제 운허당 이학수를 찾아 양주 봉선사로 들어감. 당시 이학수가 설립한 광동중학교에서 영어와 작문을 가르침. 「산중일기」를 쓰다.

1947년 56세

1월, 흥사단의 청으로 사능에 돌아와 전기 『도산 안창호』를 집필하기 시작함.

1948년 57세

6월, 수필집 『돌베개』 출간. 8월, 자전적 일기 『나의 고백』, 9월, 『유랑』을 집필. 친지와 가족의 권고로 사능을 떠나 효자동으로 돌아옴.

1949년 58세

2월, 반민법(反民法)에 걸려 육당 최남선과 함께 서대문형무소에 수감되나 곧바로 병보석으로 출감. 3월, 『사랑의 동명왕(東明王)』을 집필하기 시작함. 8월, 반민특위의 불기소로 자유로워 짐. 12월, 『사랑의 동명왕』 탈고.

1950년 59세

1월, 장편 『서울』(미완)을 「태양신문」에 연재. 3월, 유작 『운명(運命)』을 집필. 6월, 고혈압과 폐렴으로 다시 병석의 몸이 됨. 6.25동란. 7월, 효자동집이 공산군에 의하여 차압, 내무서에 끌려가 심문을 받음. 그 후 인민군에 의해 납치되어 평양감옥에 수용되었다가 강계(江界)로 후퇴하던 중에 지병인 폐결핵의 악화로 10월 25일에 병사함. 부인 허영숙과 세 자녀는 부산으로 피난.

1953년(死後 3년)

『춘원선집(春園選集)』이 영창서관에서 출간됨.

1954년(死後 4년)

미완의 유작 『운명』이 『새벽』에 연재됨.

1962년(死後 12년)

전기(傳記) 『춘원(春園) 이광수(李光洙)』 출간. 『이광수전집(李光洙全集)』(전20권)이 삼중당(三中堂)에서 간행됨.

1979년(死後 29년)

『이광수대표작선집(李光洙代表作選集)』(전12권) 우신사(又新社)에서 출간.

1983년(死後 33년)

『이광수대표작전집(李光洙代表作全集)』(전12권) 중앙서관(中央書館)에서 출간.

소세키漱石문학과 춘원春園문학에서의 가족관계

참고문헌

소세키漱石문학과 춘원春園문학에서의 가족관계

참고문헌

제1부

• 단행본 •

石原千秋,『漱石の記号学』, 講談社, 1999.

________,『反転する漱石』, 青土社, 1997.

小森陽一,『世紀末の予言者·夏目漱石』, 講談社, 1999.

新村出 編,『広辞苑』, 岩波書店, 1998.

夏目筆子, 「夏目漱石の『猫』の娘」,『漱石全集』別巻, 岩波書店, 1996.

佐々木充,『漱石推考』, 桜楓社, 1992.

清水忠平,『漱石に見る愛のゆくえ』, グラフ社, 1992.

夏目伸六,『父·夏目漱石』, 文春文庫, 1992.

平岡敏夫,『漱石研究』, 有精堂, 1987.

Emmanuel Lévinas,『Le temps et l'autre』, 1948. 原田佳彦 訳,『時間と他者』, 法政大学出版局, 1986.

三好行雄 外 編,『講座 夏目漱石』第三巻, 有斐閣, 1981.

内田道雄·久保田芳太郎 編,『作品論 夏目漱石』, 双文社出版, 1976.

荒 正人,『漱石研究年表』, 集英社, 1974.

中川善之介 外 5人 編,『家族問題と家族法 V扶養』, 坂井書店, 1958.

川島武宣,『イデオロギ－としての家族制度』, 岩波書店, 1957.

唐木順三,『夏目漱石』, 修道社, 1956.

『漱石全集』第1巻, 第2巻, 第8巻, 第11巻, 岩波書店, 1956.

『岩波講座 文学の創造と鑑賞』第1巻, 岩波書店, 1954.

夏目鏡子 述·松岡譲 錄,『漱石の思ひ出』, 改造社, 1928.

吳 敬,『가족관계로 읽는 소세키(漱石)문학』, 보고사, 2003.

이희승 편,『국어대사전』, 민중서관, 1961.

• 논문 및 잡지 •

呉 敬,「フェミニズムで読む漱石文学の夫婦関係(下)」,『文芸と批評』第9巻 第9号, 文芸と批評の会, 2004.

_____,「フェミニズムで読む漱石文学の夫婦関係(上)」,『文芸と批評』第9巻 第7号, 文芸と批評の会, 2003.

_____,「漱石文学における家族関係－兄弟関係を中心として－」,『文芸と批評』第9巻 第2号, 文芸と批評の会, 2000.

_____,「『こゝろ』再考－‹親子関係›を中心として－」,『文学研究論集』第12号, 筑波大学比較・理論文学会, 1995. 3.

久米依子,「猫の家の人々」,『漱石研究』第十四号, 翰林書房, 2001.

藤尾健剛,「『吾輩は猫である』－知識人の抵抗とその限界－」,『大東文化大学紀要』(人文科学)39号, 2001. 3.

水村美苗,「見合いか恋愛か 夏目漱石『行人』論(下)」,『批評空間』, 福武書店, 1991. 7.

________,「見合いか恋愛か 夏目漱石『行人』論(上)」,『批評空間』, 福武書店, 1991. 4.

佐々木充,「『それから』論－嫂という名の〈母〉－」,『国語と国文学』, 1989. 1.

秋山公男,「『吾輩は猫である』－笑いの性格－」,『立命館文学』508号, 1988. 10.

石原千秋,「反=家族小説としての『それから』」,『東横国文学』19, 1987. 3.

三好行雄,「漱石図書館からの展望」,『国文学 解釈と鑑賞』, 至文堂, 1984. 10.

大岡昇平,「姦通の記号学－『それから』『門』をめぐって－」,『群像』, 1984. 1.

浜野京子,「‹自然の愛›の両儀牲－『それから』における‹花›の問題－」,『玉藻』19, 1983.

西垣 勤,「『行人』－自我と愛の相克」,『夏目漱石必携』, 学灯社, 1980. 冬季号.

越智治雄,「猫の笑い, 猫の狂気」,『解釈と鑑賞』, 1970. 9.

________,「『それから』論」,『日本近代文学』5, 1966.

梅原猛, 「日本人の笑い－『吾輩は猫である』をめぐって－」, 『文学』, 1959. 1.
江藤淳, 「『猫』は何故面白いか?」, 『三田文学』, 1955. 12.
無署名, 「明治三十八年史」, 『新潮』, 1906.
吳　敬, 「가족관계로 읽는 『그 후(それから)』」, 『日本文化研究』 第18輯, 동아시아일본학회, 2006.
_____, 「가족관계로 읽는 『吾輩は猫である』」, 『日本文化研究』 第14輯, 동아시아일본학회, 2005.
_____, 「漱石文学における〈夫婦関係〉－『門』の場合(Ⅱ)－」, 『인문과학연구』 제3집, 덕성여자대학교 인문과학연구소, 1996.

제2부

• 단행본 •

石原千秋, 『反轉する漱石』, 青土社, 1997.
夏目筆子, 「夏目漱石の『猫』の娘」, 『漱石全集』別巻, 岩波書店, 1996.
瀨藤芳房, 「『虞美人草』における父の「肖像画」」, 『新編 夏目漱石研究叢書』1, 近代文芸社, 1993.
夏目伸六, 『父·夏目漱石』, 文春文庫, 1992.
江藤淳 編, 『朝日小事典 夏目漱石』, 朝日新聞社, 1977.
内田道雄·久保田芳太郎 編, 『作品論 夏目漱石 I』, 双文社出版, 1976.
小宮豊隆, 「『文学論』解説」, 『漱石全集』第9巻, 岩波書店, 1956.
『漱石全集』 第5巻, 第8巻, 第9巻, 第21巻, 第28巻, 岩波書店, 1956.
桶谷秀昭, 『夏目漱石論』, 河出書房新社, 1972.
猪野謙二, 「漱石の『それから』」, 『明治の作家』, 岩波書店, 1966.
福田清人·網野義纊 編, 『人と作品 夏目漱石』, 清水書院, 1966.
中川善之介 外 5人 編, 『家族問題と家族法Ⅴ 扶養』, 坂井書店, 1958.
瀨沼茂樹, 『夏目漱石』, 東京大学出版会, 1956.

平岡敏夫, 『漱石序説』, 塙書房, 1956.
片岡良一, 『夏目漱石の作品』, 厚文社, 1955.
猪野謙二, 「『それから』の思想と方法」, 『岩波講座 文学の創造と鑑賞』1, 岩波書店, 1954.
고려대학교 민족문화연구원, 『고려대 한국어대사전 ㅂ~ㅇ』, 창작마을, 2009.
______________________, 『고려대 한국어대사전 ㅈ~ㅎ』, 창작마을, 2009.
呉 敬, 『가족관계로 읽는 소세키(漱石)문학』, 보고사, 2003.
연세대학교 국학연구원 편, 『춘원 이광수 문학연구』, 국학자료원, 1994.
趙演鉉, 『韓國現代文學史』, 成文閣, 1993.
______, 『韓国現代作家論』, 正音社, 1979.
金允植, 『李光洙와 그의 時代』3, 한길사, 1986.
______, 『李光洙와 그의 時代』1, 한길사, 1986.
金澤東, 『比較文學論』, 새문社, 1984.
丘仁煥, 『李光洙小說研究』, 三英社, 1983.
尹弘老, 『韓國近代小說研究』, 一潮閣, 1980.
김 현 編, 『作家論叢書 李光洙』, 文學과 知性社, 1977.
李烱基, 「再生」·「麻衣太子」, 『李光洙全集』第2巻, 三中堂, 1974.
李光洙, 「그의 自敍伝」(「朝鮮日報」 1936. 12. 7), 『李光洙全集』第16巻, 三中堂, 1964.
______, 「多難한 半生의 途程」(『朝光』 1936. 4-6), 『李光洙全集』第14巻, 三中堂, 1964.
______, 「杜翁과 나」(「朝鮮日報」 1935. 11. 20), 『李光洙全集』第16巻, 三中堂, 1964.
______, 「余의 作家的態度」(『東光』 1931. 4), 『李光洙全集』第16巻, 三中堂, 1964.
______, 「文學에 뜻을 두는 이에게」(『開闢』 1922. 3), 『李光洙全集』第16巻, 三中堂, 1964.
______, 『無情』(「每日申報」 1917. 1. 1-6. 14) 『李光洙全集』第1巻, 三中堂, 1964.
______, 「婚姻論」, 『李光洙全集』第17巻, 三中堂, 1964.
______, 「婚姻에 對한 管見」, 『李光洙全集』第17巻, 三中堂, 1964.

______, 「『再生』 作者의 말」, 『李光洙全集』第16巻, 三中堂, 1964.
______, 「早婚의 惡習」, 『李光洙全集』第1巻, 三中堂, 1964.
金東仁, 「春園硏究」, 『東仁全集』第8巻, 弘字출판사, 1964.
李秉岐・白　鉄, 『国文学全史』, 新丘文化社, 1960.
金東仁, 『春園硏究』, 春潮社, 1956.

• 논문 및 잡지 •

佐藤　勝, 「夏目漱石」, 『解釈と鑑賞』69. 4, 至文堂, 2004.
北田幸恵, 「男の法, 女の法 『虞美人草における相続と恋愛』」, 『漱石研究』第16号, 翰林書房, 2003.
朴順伊, 「夏目漱石『虞美人草』と李光洙『無情』－主に女性像を中心に－」, 『久留米大学大学院 比較文化研究論集』11, 久留米大学大学院 比較文化研究科, 2002.
李美正, 「夏目漱石『それから』と李光洙『再生』－文明開化を中心として－」, 『広島大学大学院 教育学研究科紀要』 第2部 (文化教育開発関連領域)第51号, 2002.
尹惠映, 「李光洙と漱石(下)－『無情』と『虞美人草』とを中心に－」, 『現代社会文化研究』第22号, 新潟大学院 現代社会文化研究科 , 2001.
______, 「李光洙と漱石(上)－『無情』と『虞美人草』とを中心に－」, 『現代社会文化研究』第18号, 新潟大学大学院 現代社会文化研究科, 2000.
李智淑, 「夏目漱石研究」(大東文化大学 博士論文), 2000.
千種キムラ・スティーブン, 「姦通文学としての『それから』」, 『漱石文学』第十巻, 翰林書房, 1998.
佐々木充, 「『それから』論－嫂という名の〈母〉－」, 『国語と国文学』, 1989.
石原千秋, 「反=家族小説としての『それから』」, 『東横国文学』19, 1987.
崔明姬, 「漱石『虞美人草』と春園『無情』の比較研究」, 『人間文化研究年報』10, お茶の水女子大学大学院 人間文化研究科, 1987.
大岡昇平, 「姦通の記号学－『それから』『門』をめぐって－」, 『群像』, 1984.

浜野京子, 「‹自然の愛›の両儀性－『それから』における‹花›の問題－」, 『玉藻』1, 1983.

山室靜, 「漱石の『それから』と『門』」, 『日本文学研究資料叢書 夏目漱石Ⅰ』, 有精堂, 1982.

高橋和已, 「夏目漱石における近代」, 『文芸読本 夏目漱石』, 河出書房新社, 1980.

越智治雄, 「『それから』論」, 『日本近代文学』5, 1966.

오 경, 「부모자식 · 형제관계로 읽는 『재생(再生)』과 『그 후(それから)』」, 『日本文化研究』43, 동아시아일본학회, 2012. 7.

_____, 「부부관계로 읽는 『재생(再生)』과 『그 후(それから)』」, 『日本文化研究』41, 동아시아일본학회, 2012. 1.

_____, 「형제관계로 읽는 『무정(無情)』과 『우미인초(虞美人草)』」, 『日本文化研究』37, 동아시아일본학회, 2011.

_____, 「부부관계로 읽는 『무정(無情)』과 『우미인초(虞美人草)』」, 『日本文化研究』34, 동아시아일본학회, 2010.

_____, 「親子関係で読む『無情』と『虞美人草』」, 『日本文化研究』29, 동아시아일본학회, 2009.

_____, 「가족관계로 읽는 『행인(行人)』」, 『日本文化研究』23, 동아시아일본학회, 2007.

_____, 「가족관계로 읽는 『그 후(それから)』」, 『日本文化研究』18, 동아시아일본학회, 2006.

_____, 「『それから』考－近代的自我のゆくえ－」, 『德成女大論文集』14, 德成女子大學, 1985.

_____, 「韓日の近代文学における死生観の比較研究－夏目漱石の『虞美人草』·『こゝろ』と李光洙の『無情』·『再生』を中心に－」, 『韓日比較文化研究』1, 德成女大 韓日比較文化研究所, 1985.

柳相熙, 「『傲慢과 偏見』과 『虞美人草』와 『無情』」, 『人文論叢』22, 全北大学校附設 人文科学研究所, 1992.

孫順玉, 「韓日比較文学の一考察－『無情』と『虞美人草』を中心に－」(한국외

국어대학대학원 석사논문), 1976.
田大雄, 「春園의 作品과 宗敎的 意義」, 『東西文化』1, 啓明大學校 東西文化研究所, 1967.
白 鐵, 「春園의 文学과 그 背景」, 『自由文学』, 自由文学社, 1959.

찾아보기

기타

저자 오 경 吳 敬

덕성여자대학교 국어국문학과 졸업(문학사)
이화여자대학교대학원 국어국문학과 수료(문학석사)
일본 쓰쿠바筑波대학대학원 지역연구과 수료(국제학 修士)
고려대학교대학원 국어국문학과 박사과정 수료(비교문학 전공; 문학박사)
일본 쓰쿠바筑波대학 외국인연구자(일한문화교류기금 후원)
일본 와세다早稲田대학 외국인연구자(한국학술진흥재단 파견교수)
현 덕성여자대학교 일어일문학과 교수
현 동아시아일본학회 학회발전위원회 위원. 동아시아일본학회 회장 · 부회장 · 편집위원장, 한국일본어문학회 상임이사, 한국일어일문학회 이사 역임.

• 저서 · 역서 •

동아시아일본학회 일본문화연구총서21 『가족관계로 읽는 소세키漱石문학』(보고사), 『나쓰메 소세키 3부작 연구』(제이앤씨; 공저), 『나쓰메 소세키 작품 『마음こゝろ』 연구』(제이앤씨; 공저), 한국일어일문학회 일본문화총서 001전통문화 『게다도 짝이 있다』(글로세움; 공저), 한림신서 일본현대문학대표작선(3) 『이불』(田山花袋『蒲団』 小花; 역서) · (24) 『전후일본단편소설선2, 브라질풍의 포르투갈어』(大江健三郎 外), 한림대한림과학원 일본학연구소(小花; 공역서), 『碧梧桐』(木埼さと子 『青桐』)(歴史批判發刊會; 역서), 『315가지 예문으로 배우는 일본어 경어표현』(제이앤씨; 공저), 『한국인의 언어 습관에 따른 일본어 회화』(不二文化社; 공저)

• 논문 •

「漱石文学의 家族関係 研究」(고려대학교대학원 박사학위 논문)
「漱石文学おける家族関係－『明暗』の場合－」(早稲田大学 『文芸と批評』第9巻 5号)
「フェミニズムで読む漱石文学の夫婦関係(上)」(早稲田大学 『文芸と批評』第9巻 7号)
「フェミニズムで読む漱石文学の夫婦関係(下)」(早稲田大学 『文芸と批評』第9巻 9号)
「『こゝろ』再考－‹親子関係›を中心として－」(筑波大学 『文学研究論集』第12号)
「親子関係で読む『無情』と『虞美人草』」(『日本文化研究』第29輯, 동아시아일본학회)
「부부관계로 읽는 『재생再生』과 『그 후それから』」(『日本文化研究』第41輯) 외 다수

소세키漱石문학과
춘원春園문학에서의 가족관계

초판인쇄 2014년 02월 17일
초판발행 2014년 02월 26일

저 자 오 경
발행처 제이앤씨
발행인 윤석현
등 록 제7-220호

주소 서울시 도봉구 창동 624-1 북한산현대홈시티 102-1106
전화 (02) 992-3253 (대)
전송 (02) 991-1285
전자우편 jncbook@daum.net
홈페이지 http://www.jncbms.co.kr
책임편집 김선은

ISBN 978-89-5668-755-1 93830 정가 25,000원